庆祝中华全国总工会成立100周年
天津市职工作家创作文丛

"姐夫"驾到

阿彦 著

JIEFU JIADAO

中国工人出版社

图书在版编目（CIP）数据

"姐夫"驾到 / 阿彦著.—北京：中国工人出版社，2024.4
ISBN 978-7-5008-8429-3

Ⅰ.①姐… Ⅱ.①阿… Ⅲ.①中篇小说—中国—当代 Ⅳ.①I247.5

中国国家版本馆CIP数据核字（2024）第048053号

"姐夫"驾到

出 版 人	董　宽
责任编辑	孟　阳
责任校对	张　彦
责任印制	栾征宇
出版发行	中国工人出版社
地　　址	北京市东城区鼓楼外大街45号　邮编：100120
网　　址	http://www.wp-china.com
电　　话	（010）62005043（总编室）
	（010）62005039（印制管理中心）
发行热线	（010）82029051　62383056
经　　销	各地书店
印　　刷	北京市密东印刷有限公司
开　　本	880毫米×1230毫米　1/32
印　　张	14.125
字　　数	293千字
版　　次	2024年4月第1版　2024年4月第1次印刷
定　　价	42.00元

本书如有破损、缺页、装订错误，请与本社印制管理中心联系更换
版权所有　侵权必究

天津市职工作家创作文丛·序

长风破浪会有时

蒋子龙

甲辰年初夏——"五一"劳动节来临之际,津沽大地绽放出一束别样的文学景观:十位作家,一套丛书,十部作品。作家居然成一个班的建制"闪亮登场",让人有些惊奇和振奋,甚至感到有些突然。曾几何时,社会一度在关注天津青年作家队伍的现状,如今看谁还敢说"天津文学后继乏人"?!

说突然,其实并不突然。在过往的岁月里,他们都公开发表过多篇小说、散文、诗歌等作品,有的还出版过长篇小说,只是多以"散兵游勇"的姿态游离于文学界。久而久之,他们当中或许有人会成为名家,或许有人会与文坛渐行渐远,这也充分说明了机遇和平台的重要性。这十位作家来自不同的行业,他们共同的身份是所在单位的工会会员。这批俗称语境中的"业余作者",之所以能和他们的作品一起在天津文坛集体出场,得益于天津市总工会的"职工作家培育工程"。回想起早年间，我所在的厂工会是职工的文艺之家，文、音、体、美、舞全面开花，富有吸引力、感召力和亲和力。离开工厂多年，我无论如何都想不到，天津市总工会竟办成这样一件给文学界鼓气提神、为职工生活锦上添花的大好事。

职工是社会的重要见证者和参与者，也是通过劳动创造生活的实践者。主办方天津市总工会告诉我，启动于去年春天的"职工作家培育工程"，参加条件之一是"在职职工"。在我看来，"在职职工"的视野里有真东西，生活中有真体验，情怀中有真良心，笔尖上有真表达，这就从根本上杜绝了鸡零狗碎的胡编乱造——看似写的是现实生活，却没有现实感，触及不到现实的敏感神经和痛点。纵观过往的文学大家，大都是"在职职工"。钱钟书对"纯文人"甚不以为然，他在《论文人》中就直言："古人所谓'词章家'、'无用文人'、'一为文人，便无足观'的就是。至于不事虚文，精通实学的社会科学与自然科学等专家，尽管也洋洋洒洒发表着大文章，断不屑以无用文人自居。"在物质社会、同质时代，差异就是优势，职业本身就使他们具备天然的差异性。因此，"在职职工"更容易培养和保持自己的势能。而写作，是不能失去势能的。

克莉斯蒂有句名言："作家是缺少自信的人，永远需要鼓励。"从某种意义上讲，天津市总工会提供的"培育"更像一种鼓励。这种"鼓励"可谓形式多样、内容丰富，其中包括联系名家交流创作体会、提供修改建议等。这不仅是对"业余作者"

的鼓励,也是对文学创作"造血"机能的培育。岂止是"业余作者",即使是名家,也需要这种鼓励。陈忠实写完《白鹿原》,先拿给一位并非声名赫赫的评论家朋友看,得到朋友的认可和鼓励后,才敢寄给出版社。同样的道理,十位作家与工会这个"知音"不期而遇,从而有了十部作品的高山流水。

这十位作家中有机关干部、产业工人、教师、公安干警、社区工作者等,他们带来七部长篇小说和三部5万字以上的中篇小说。其中的《坚不可摧》在我看来是长篇架构,只是没有完全展开,交代多于描写。这些作品无一不是从他们熟悉的生活元素中提炼出来的,题材多样、内容丰富,带有明显的天津地域色彩,创作理念也各有千秋。他们有沉实的生活底蕴,再配上足够的想象力,小说就有了魅力。

文学不能失去社会性,这十部书有着结实的人物形象和故事,写出了现实生活的骨感。《追光》中的女主人公刘少英,原是家里的墙上贴满奖状的模范人物,是村里最早致富的领头人,为支持村里办炼铁厂让全村人致富,不惜拿出全部家当。为此丈夫离开了家,而唯一的儿子死于事故。因儿子宅基地上无房,无法拆迁分房,村里干部和开发商与她多次协商无果,她成了"钉子户"和"上访专业户"。幸好后来为给山里送电,负责解决这一问题的男主人公陈进,年轻时曾是刘少英的崇拜者,诚直和厚、古道热肠,在他的调解下,刘少英主动迁走了儿子的坟墓,为"追光"工程让路。晚年,她孤身一人顽强而不倨傲地生活在山脚下,守护着儿子的孤坟。整部小说风骨硬朗、气象清扬,并不回避社会现实中的丑恶与矛盾，却令人动容，并感到温暖。

文学界似乎或明或暗、或断或续地一直在争论写"光明面"和"阴暗面"的问题。文学的力量不取决于写不写这"两面"，而是怎样写、以什么样的心态写。倘是怀着阴暗的心理歌颂"光明"，那就是对"光明"的嘲讽，效果适得其反。而《追光》的作者挣直有胆识，文不负心，持经世情怀，纵是揭露了种种社会矛盾和丑恶，却能真正打动人，反不会令人有晦暗之感。诺贝尔文学奖获得者、德国作家格拉斯曾言"文学正在从公众生活中撤退"，这才是文学被边缘化和失去感染力的原因。现实主义的基本逻辑是真实，深刻必蕴于诚实之中。现实主义的真实有超越虚构和说谎的力量。

中篇小说《坚不可摧》就具备这样的品格，两个优秀的警察，不得不躲在医院卫生间里彻夜分析案情，商量破案办法。为什么？因为他们的顶头上司公安局长是凶杀案的幕后主使。小说气格峥嵘，提供了一个很好的故事，触及了现实的痛处。直面现实，才能超越现实，富有建设性。这样的作品有益于世道人心，给人一种精神鼓舞。

长篇小说《肺活贴》也如此，主人公吴刚的亲人罹患绝症，又被现行医疗环境逼到绝境，竟发愤自己制药……从一个个剖面，层层剥开掣肘职场、阻碍顺畅呼吸的病灶，绘制一幅幅青春奋斗风貌。这样的小说才是读者乃至社会的"肺活贴"。作者把自己的灵魂注入作品之中，用真诚使文字有了一种巨大的感染力量。真诚是创作的命根子，写作不是精神逃避，有真性情才有好文字。在虚假文字泛滥、作家的虚构能力减弱的当下文坛,这十部作品尤其显得难能可贵,有一种回归创作本真的强心意义。

长篇小说《"姐夫"驾到》文思灵幻,生面别开。单是主人公获得了"姐夫"这样一个称谓,便带着亲昵、诙谐等诸多涵义。一个合资企业的代理工会主席,像"姐夫"一般千方百计、足智多谋地为职工谋求合法权益,关心职工的进步和发展,最终竟将企业的外方老板也教化成半个"姐夫"。小说气象融合可亲,用嬉戏笔法消解了企业内部的紧张矛盾,语言俊丽、文采盎然。

《一条大河波浪宽》中的"大学生村官"闫行的一段话,让我觉得这部小说的境界,高于眼下同类题材的许多作品:"我不想唱高调,对我来说,我就是找了一份普普通通的工作,自己做得开心的同时,也能让身边的大家伙儿开心,这就是我工作的价值。"这部书提出了一个了不起的观念:大学生当"村官"应该"职业化",而不是"运动化"。就如同企业界有"职业经理人"一样,有契约、有标准、有职责,双向选择,这样的"村官"更便于融入农村。所以闫行刚进村的时候是"小闫"或"小行",渐渐变为"真行"或"大行",后来成为"老行"!

成熟的文学原不受题材的局限,《车间主任》《新生代》等作品,描写了现代企业生产经营、管理与发展的各种情状,看似是所谓的"工业题材",实际是表现现代人的"职业性",或者说现代职业生涯中的人性。在计划经济的年代,工厂车间的主要职能是生产、出产品,人际关系简单,谁的技术好,谁就会受到上级和工友的尊重。"公私合营"后企业的性质只有一种"国营",理论上工人是国家的主人。仅这十部书中涉及的企业,就有国有、独资、合资、股份制、全民所有制……人际关系变得极其复杂和微妙,本该以生产为主的车间,人际关系成了"第一生产力"……

过去写工厂生活有个很大的困难,不写生产过程,故事无法展开,人物塑造和矛盾的铺陈都离不开"生产"这个元素,但一写生产过程,作品就显得枯燥乏味,被贬为"车间文学"。而《车间主任》等作品完全没有受这些因素困扰,其表现的是工业生产环境下的职业人生,有其特殊性,也有共性。"工业题材"是个约定俗成的概念,工业剧烈地改变了社会,改变了生活,小说是冲着被工业化改变了的社会生活以及"工业人生"去的,工业生产只是工业人性的背景。工业社会里没有容易的人,也没有容易的人生,小说有察世之智,朴诚沉挚。这是《车间主任》《新生代》乃至《肺活贴》等作品对"工业题材"的开拓和新贡献。

《暖春》题材新颖,在此之前,我还没有读到过像模像样的反映"社工"生活的小说。小说中的居委会,已经完全不是从前由一个"老大姐",俗称"街道大妈"主持工作的居民委员会了。网络社会,网中人在微信上亲,见了面淡,住在同一栋楼,可能很久都见不上一面。而小说《暖春》,却气度温婉,文字有清趣。

《大湖长歌》显然是取材于东丽湖的开发,因为东丽区的赤土村很有名,小说保留了这个村名。东丽区曾经是天津的一块文学高地，20世纪九十年代崛起的几位专写长篇小说的东丽作家，均已年过花甲。在天津市总工会推荐的十位作家中，看到李旸的名字，令人高兴。

以前东郊区有大片的田地覆盖着黑乎乎的污水，人们钓鱼不敢去东郊。先有东丽湖的开发，后有空港的建成，不仅是一个区改天换地，天津东部半个城市的面貌都大为改观。李旸倘是把格局打开，不局限于一个区、一个湖、一座神龟亭，驰骋想象，把东部天上地下、湖里岸边、神龟金条等串在一起，纵放宕出、浑然成章，或许小说有另一番气象。作家就应对现实深切关注，同时保持易于思考和发挥想象的适度距离。

我居住的小区靠近西外环，十多年前每有西风，便会闻到一种烧胶皮的臭味。无风时也有这种臭味，天空的西边还汹涌着浓密的黑烟……岂料那竟是小说《青铜雕像》的生活原型。社会开放，被贫穷挤压太久的农民，一有了发财致富的自由，便无师自通地寻找各种"赚钱的门路"，然后不顾一切地走下去。其中一条门路是到城里收购废铜烂铝，回家稍作处理，加价卖出。

其中的代表人物李清泉，最初乘长途公交车，奔波一天再乘车回家时，要经过一个检查站。像战争年代穿过封锁线一样，他把装着金属破烂的编织袋东藏西掖，还经常被没收。后来他骑"铁驴"自行车，驮着一二百斤甚至更重的破铜烂铁绕过检查站……书中有个细节具有经典元素，收破烂走街串巷，是十分劳累和辛苦的。一天中午，主人公李清泉实在又累又饿，坐靠在一个变压器小屋的墙根下，从怀里掏出干饽饽和一块咸菜，

长风破浪会有时

吃着吃着竟睡着了。迷迷糊糊感到有个热乎乎的东西在嘴边蠕动，用手一拨拉，摸到一团毛烘烘的东西，睁眼一看，是一条流浪狗，正用舌头舔他嘴边的饽饽渣……

他很生气，自己不仅被人欺负，连狗也欺负他，当即把流浪狗赶跑。随后他却想到，这条狗也是饿坏了，才来舔他的嘴，其实自己比流浪狗也强不了多少，早知道就剩点饽饽给它。我想给作者再补充几句：以后这条狗就跟着李清泉到处走街串巷收破烂，成了他的好伙伴，这让他觉得轻松愉快了很多。后来他越做越大，渐渐发展到一个集装箱一个集装箱地大规模处理废旧电缆、电线和各种金属垃圾，最终创建了没有污染的"再生资源公司"。直到他去世后，那条狗还整天守护着他的"青铜雕像"。小说可以有闲笔，增加情趣和意蕴。

《青铜雕像》格调沉郁，文思饱满有力，读罢难抑苍凉之慨。李清泉这个人物不同于以前文学作品中的诸多农民企业家形象，有着完全不同的心性和智慧。从买卖废铜起家，最后为他立了一尊"青铜雕像"。

天津市总工会邀我为这套"十人书"作序。读罢书稿，神思感奋，似能与作者心源相接。于是不避妄言多失，写下读后心得。聊以应命。

作者系中国作家协会原副主席、
天津市作家协会原主席
2024年4月

目 录

第 一 章
加班狂人 ...001

第 二 章
乌鸦嘴 ...008

第 三 章
当头两棒 ...018

第 四 章
停工三日 ...029

第 五 章
未雨绸缪 ...049

第 六 章
唇枪舌剑 ...060

第 七 章
狠人出场 ...077

第 八 章
约法三章 ...089

第 九 章
"幸福2+1" ...102

第 十 章
"姐夫"你好 ...120

第 十 一 章
代表亮相 ...133

第 十 二 章
最美食堂 ...148

第 十 三 章
寻找大拿 ...163

第 十 四 章
春风圆梦 ...179

第 十 五 章
匿名举报 ...200

第 十 六 章
就地免职 ...212

第 十 七 章
萌生去意 ...224

第 十 八 章
拘留五日 ...239

第 十 九 章
动荡之下 ...258

第二十章
红棉吉他 ...280

第二十一章
推倒重建 ...295

第二十二章
一波三折 ...308

第二十三章
柳暗花明 ...323

第二十四章
幸福起航 ...340

第二十五章
"车神"小魏 ...358

第二十六章
夏日胡杨 ...373

第二十七章
一抹清凉 ...389

第二十八章
一条消息 ...401

第二十九章
归去来兮 ...411

后 记 ...436

第一章

加班狂人

时断时续的疫情就像蚕儿吐不完的丝,两年了,就这么一圈圈,一天天,林海觉得生活被分割得星星点点、鸡零狗碎。

晚上十点,林海把公司的疫情情况报告发到园区防疫办公室邮箱,这一天的工作才算结束。疲倦地坐在车里,他觉得这是世界上最安全的地方,不用戴口罩,不用警惕哪位不戴口罩的人擦肩而过。这车除了女友怡菲、同事袁雪,很少载其他人,即便如此,每天晚上回家一下车,他都要拿酒精喷雾瓶朝着车内喷几下来寻求一份安心。

女友怡菲在中心医院做行政工作,疫情之下,她每天的时间都被打上了防疫水印,两个人见面的机会很有限。即便见到了,也不像恋人,她的惯用动作像警察掏枪,麻利地掏出酒精喷雾瓶,"待在原地,一米距离!"她清澈的眼神里笑意荡漾,动作却是冷冰冰的,拒人于千里之外。一般情况下林海都是苦笑着亮出手机，"小心走火，绝对绿码……"

　　车子缓缓行驶在空荡荡的街道上，倒是一件惬意的事情。就像以前的周末，载着怡菲用30迈的速度去海边丈量幸福的长度，让窗外的风景慢一点，时光就会多一丝甜。他还记得第一次开着这辆八千块钱买的二手长安逸动汽车去见怡菲时的情景。怡菲歪着头，摘下半拉墨镜，看清楚车标后，歪着嘴带着十万个不情愿的表情坐进了车里，"这破车"刚说出口，脸色一变，笑眯眯又来一句"我喜欢"。搞得林海心里七上八下，这车确实跟她那辆宝马没法比！这妮子，太聪明，势不可当。

　　说起这辆车，两年前，林海本来想求援老爹老妈搞台新的，老爹头也不抬地说他不管钱，老妈笑眯眯地问："交女朋友了？"当听到他只是为了上下班方便，一个白眼飞来，"边儿待着去。自行车倍儿好，不加油不费电，节能环保还能锻炼身体。"碰了一鼻子灰后，历史的经验让林海放弃了无谓的挣扎，扒拉扒拉手机看看账户余额，去了二手车市场。本来他看上一台吉利轿车，八成新，七千块，付钱的时候忽然想起老爹名叫林吉利，莫名感觉不妥，于是多花一千块钱买了现在的车。当林吉利听儿子汇报此事，倍儿感动，虽然此吉利非彼吉利，但孩子心细，怕自己沾染了当牛做马的命运，孝顺！一扭身，也不知从哪里掏出两千块钱，压低声音说："别告诉你妈，这是前两天给一老板刻一套藏书票换来的。"老爹打年轻起就喜欢版画，大半辈子只此一个雅好，可惜没混成艺术家，平日里看着顺眼的作品一般送到街上画廊代售，偶尔也能遇到几个知音。

同事袁雪，也是个聪明的女子。她和林海供职于花田精工，一家生产蓄电池的中日合资企业。袁雪在人事课，林海在设备课，两个人在公司工会兼职，一个是宣传委员，另一个是文体委员，都是公司工会主席李爱国几番考察之后招之麾下的精兵强将。

还记得疫情来袭的那年，一向笑眯眯的李爱国主席，这个白发苍苍的小老头第一次严肃地对他们说："上级工会下通知了，咱们得马上行动起来，把困难当作彰显作为的磨刀石，员工的身体健康要保护好，企业生产的平稳运行要保障好。"

他们都在背后亲切地称呼他"李老头"。老头在公司上上下下口碑极好，林海、袁雪，以及工会经审委员刘昔云、工会女职委兼财务委员谭晓静也都服这老头，有啥事皆是一呼百应。刘昔云上有老下有小，谭晓静的两个娃嗷嗷待哺，于是需要加班的一些防疫工作便落在了林海和袁雪头上。李老头也执意加班，让林海给拦住了，打趣地说："您白天里里外外忙活一天了，赶紧回家歇着，给我个表现的机会，您退休了我来当主席，袁雪当副主席。"看着袁雪审视的眼神，他赶紧纠正："袁雪当主席，我当副主席。"老头也倍儿爱找乐，眯着眼笑呵呵地说："看好你俩，你们能进工会可是我千挑万选出来的，林海袁雪，林海雪袁（原），你们听听，连名字都自带组合属性，不论将来你俩谁来接我的班，你们都是天造一双、地造一对的好搭档。"说的这俩人一愣一愣的接不上话——这老头要成精了。

在病毒面前，疫情防控是检验一个国家、社会向心力以及综合保障能力的试金石。随着疫情防控工作逐渐深入，精准预防提上日程，一手抓疫情防控，一手抓生产促发展，双战双赢，全社会都行动起来了。花田精工公司工会承担着公司的疫情防控工作，班组、车间、部室，层层落实，近千名员工的身体状况、家庭情况、出行轨迹等诸多信息每天都要及时掌握并汇总上报。袁雪和林海负责汇总，经常一忙就到晚上十点了。而第二天早上七点就得赶到公司，与保洁一起做好办公楼、员工休息室的消杀工作，还有体温监测、防护用品发放……真应了那句话：起得比鸡早，睡得比狗晚，干得比牛多。同事给他送了个"加班狂人"的雅号，有人戏谑说年度劳模非他莫属。林海没有半丝那个想法，一切纯粹是因为在李老头的忽悠下干了工会工作，而自己一向比较轴，凡事不干则已，干则必成。在袁雪眼里，这哥们儿比较哏儿，干啥活都跟二傻子一样全力以赴，不计较、不算计，闲下来的时候也跟二傻子一样，有点肉，有点蔫儿。

白驹过隙，如是两年。他习惯了。加班习惯了，就连做核酸也习惯了，一天不做嗓子就不舒服，气得袁雪举起铅笔说："来，哥们儿，我给你捅捅。"

晚上回家，袁雪大多是搭林海的车，直至半年前交了个男朋友，隔三岔五地，便由宝马男来接驾护送。她男朋友名唤小马，开一辆锃亮的宝马车，梳着锃亮的油头，西装革履，典型的"高富帅"，在一家国企工作。前两天她男朋友"中招"了，进了隔离医院，估计一时半会儿出不来了。送袁雪回家的路上，林海逗她："宝马男还好吗？还是宝马坐着舒服吧，那哥们儿住院期间是不是换了新发型……"

一向古灵精怪的袁雪气得直翻白眼："真是个白话蛋（特别能说的人）！也不知您那位宝马女怎么受得了你的！"

她特讨厌宝马男这个称呼，小姐姐可不是那种宁愿坐在宝马车里哭，也不愿坐在自行车上笑的那种人。男朋友是亲戚给介绍的，就是若即若离地处着看。这男朋友帅是帅，奈何有点脂粉气，让她一时半会儿消化不了。一个爷们，出门要做防晒，水乳、面霜等护肤品似乎比她的还要齐全。有一次看见他对着车里的化妆镜一丝不苟地涂唇膏，让她心里情不自禁地哆嗦一下，着实想象不到娱乐圈的阴柔风竟然吹到了滨城。

所以，只要林海不跟她提起这个宝马男，她就觉得挺开心的，下车的时候要么"帅哥，车费两毛五够吗"，要么"靓仔，千万别'中招'，耽误我搭车"。然后这大眼妞下了车就大摇大摆地招摇而去，看得林海的脑袋也情不自禁地跟着摇啊摇：妖孽！

回到家，林海进入固定消毒流程——盐水漱口、洗鼻器冲洗鼻腔，脱得一丝不挂，把衣服一股脑儿扔进洗衣机，加双倍消毒液、洗衣液开洗，然后转身进浴室，洗刷20分钟后，吹干头发，泡一杯绿茶，钻进被窝，给怡菲发微信。只要不忙，俩人一般腻歪到十一点，最后对着手机屏幕啵一个互道晚安。当然，睡前还不忘看一眼核酸结果。

第一章　加班狂人

非常时期，需要对自己狠一点。确实，也狠出了一杯绿茶好催眠的境界。因为，一天下来太累了。

这所谓的家，其实是租的房。疫情还没开始那年，老妈看儿子26岁了还孑然一身，把身边的亲朋好友托了个遍给介绍了七八个姑娘，一半是人家看不上他，一半是儿子看不上人家，儿子也不着急，每天一下班就钻屋里拨弄破吉他。自己正好也赶上更年期，心烦意乱，便下了驱逐令：住公寓去！什么时候找到女朋友，什么时候回来！她听说那公寓里小姑娘多，乌泱乌泱的，千里挑一应该有希望。林海每天被催得心烦，找对象就像插头找插座，光插上不行，还得来电啊，那才能生活见亮。第二天，他挥手作别老妈老爹，搬去了公寓。

公寓里人是真多，乌泱乌泱的，连宿舍里也是。一间屋子，上下八张床，八条汉子，八种味道，八种声音……林海住了一晚，第二天换到了四人间，第三天搬到了现在的出租房。

后来，疫情来袭，他认识了女朋友怡菲，也没搬回家住。老两口也没让他搬回去，怕传染，就连打个电话都是八个字结尾："怡菲不来，没事少回。"老两口对怡菲自然没得挑，身材高挑，貌美如花，上得厅堂，下得厨房，儿子能找到电影明星一样漂亮的女朋友，简直是老林家祖坟冒青烟了。老妈喜欢得不得了，但老爹有时候就觉得有点儿门不当户不对。有一次就跟儿子嘀咕："人家家庭条件那么好，显得你就是一癞蛤蟆。"林海一听就急了："真怀疑我是不是你们亲生的，一个要赶我出家门找对象，找到对象了，另一个说自己儿子是癞蛤蟆。"老爹赶紧解释道:"我就是督促你这个小子要努力,别吊儿郎当地混日子!"

其实,老妈虽然狠心地把儿子赶外边住,但心里有谱,因为儿子打小自理能力就很强,会做饭,饿不着。

7岁煎出人生第一个蛋,9岁炒出人生第一碟菜,15岁搞定四菜一汤。但凡吃过的菜,一回生两回熟,第三回保证做得八九不离十。这话尽管有点夸张,但林海的手艺的确在家里排行第一,搞得老妈一直怀疑他上辈子是个厨子。大概是寸有所长,尺有所短,林海的学习成绩就像老妈的厨艺,家常饭、家常菜、家常味,能吃得下、吃得饱,考试从来没有得过100分,也从来没有低于60分,活脱脱一厨子的命。老妈从林海小学到中学,培训班、强化班、特训班花钱若干,奈何林海对此免疫,每次摸底考试一如既往,波澜不惊。后来,在他高考前,老妈去了三趟潮音寺,上了三次香,求了三次菩萨,也不知是不是菩萨显灵,高考过后,林海优哉游哉地踏过了二本线。

第二章

乌鸦嘴

早上闹钟响第二遍的时候,五点五十八分,林海正按时上厕所,外面手机就唱起来了,音乐是他弹的吉他曲《滴答》。

这一定是上辈子的冤家!林海匆匆结束去找手机,一看来电姓名——袁雪。

"林主席,不好啦,晓静姐来电话,她负责的那条班车线有人'中招'了!"

"首先,希望你是乌鸦嘴,能保我上位。其次,咱有事别一惊一乍、地动山摇的。"

"是是是,吃早点容易噎着您!"

林海登时满头黑线,无语凝噎。

见林海没音,她有点着急,"喂,真噎着了?"

"还……还有啥事?"林海直挠头。

"那……那个停运的班车正好是我坐的那辆,现在打车不方便不说，而且即便打到车也特危险，是不……"她有点不好意思。

"好啦，知道啦。我一会儿吃完早点，20分钟后去接您。"

"好好，太好啦！受累，给捎一份早点，给钱。我……还没起。"

"啊？哦……好，晓得了。"真不知道上辈子欠这丫头什么了。

林海撂了电话，赶紧洗漱完，准备早点。面包八片，四片一份，煎两个鸡蛋，火腿切四片，生菜四片洗净，西红柿一个洗净切四片，一片面包一层沙拉酱，依次铺上生菜、火腿片、煎鸡蛋、西红柿片，保鲜膜一裹，十分钟完事。看时间还早，自己吃了一份。林海刷完煎锅，口罩手套武装到位，左手提着垃圾，右手提着"还债"的早点出门。他扔垃圾时刻意地打量了一下，每天事情太多，生怕把早点当垃圾扔了。

初春的早上，寒意袭人，这些天滨城疫情再次拉响警报，街上的车辆、行人稀稀拉拉，早上的太阳也透着莫名的疲惫。袁雪早早地等在路边，小区门口的电喇叭一遍又一遍念经一样提醒居民戴口罩，也不知从哪里录的音，带着地道的唐山味。

袁雪看见林海的车，笑眯眯地奔过来，动作利索地钻进车里，小嘴甜得跟抹了蜜一样："谢谢林主席！"

林海递过早点，说："赶紧堵住你的乌鸦嘴，这话让老头听见了该多伤心，还没到点退休呢，这不轰他走人嘛。"

"好好好，咱不这么迫不及待。"她摘下口罩，刚要打开塑

第二章　乌鸦嘴

料袋里的早点，林海递过酒精湿巾，"哎哎哎，先消毒。"

她嘿嘿一笑，说："是是是，上哪找这么细心的男人，你女朋友至少是两辈子修来的福气。"

"早点都堵不上你的嘴，赶紧吃吧，鸡蛋应该还是热的。"

"嗯！好吃好吃，从哪儿买的？"

"我做的，现在买个早点多费劲，上哪儿买去？"

袁雪闻言，大眼睛已经在冒星星了。

难不成这个年代的年轻人都不会做早点？看着她的表情，林海不由得笑了，"看着点，别把保鲜膜吃了。"

到了单位，下了车这妮子还在念叨："这是我2022年吃过的最好吃的一顿早餐，再来杯热牛奶就更完美了。太太太遗憾了，搭了那么多次车，我错过了多少顿早点！"

林海学她："不不……不至于好吃得……结……结巴了吧，那……那回头给你备个……奶瓶。"逗得她笑成一朵牡丹花。

他们的李老头来得更早，正帮保洁人员给喷雾器兑消毒液，看见最佳组合来到，赶忙招呼，"小林赶紧，有个保洁隔离了，今天来不了，咱们顶上。"说着就示意林海帮他背上喷雾器。

"这事我来吧。"林海利索地套上防护服，把喷雾器抢了过来。

李老头帮着林海背上喷雾器，嘱咐一声："办公楼楼道、室内地面全部消杀，卫生间无死角消杀。你先去，稍后我带着消毒剂去找你。"然后看一眼袁雪，"小袁，你先根据工作群信息，整理一下感染人员、密接人员名单，落实详细信息，准备上报。"

"保证完成任务！"袁雪一抬手臂竟然敬了个礼。

李老头吓一跳，"咦？今天状态不错啊。"

袁雪嘿嘿一乐，"报告老板，今天吃上早点了。"那副满足的样子就像半年没吃过早点。林海差点扑哧笑出来，赶紧装作没听见，转身就走。

背着近三十斤的喷雾器，林海有节奏地扳动着增压摇杆，雾化的84消毒液均匀地浸湿地面。尽管戴着口罩，刺鼻的气味依然浓烈地传到鼻腔里。从一楼消杀到五楼，看似简单，这一圈下来，也是腰酸腿疼。看林海每天忙忙碌碌，有同事好奇，问他被多少好处刺激得没白没黑地干，当听说半毛钱都没有的时候，同事颇为惊讶，连连称赞他是新时代好青年。女友怡菲看了他的自拍照，则将他鉴定为"新时代的小毛驴"。

林海兼职工会工作，纯粹是因为李老头，佩服他一天天真心实意地关心关爱员工，帮助大家解决各种问题。当初李老头找他们的时候，说得也很明白："做兼职工会工作，没有名、没有利，只有义务奉献，也不是谁都能做，你得有时间、有精力、有能力，最主要的是有一颗真心，心窝里事事、处处想着大家。"李老头一直是这么做的，大家都看在眼里，感受在心里。李老头在厂里所经之处，热情的招呼、亲切的问候一向是此起彼伏。员工有啥事都主动跟他说，好办的他尽快办，难办的他尽力协调，不能办的他答疑解惑做好疏导。有的公司高管就羡慕老李，若自己的人气有老李的一半，各项工作推动肯定事半功倍。所以，在推行一些工作任务时经常要跟李老头沟通，让工会多帮衬些，末了还不忘美言几句，什么"您老德高望重，一呼百应""工会就是咱们公司的发动机、增压涡轮"，让李老头很受用。其实，李老头心里明镜一样，只要有益于员工、有利于公司，照办不误。

当林海消杀到三楼的时候，喷雾器里的消毒液不多了，他回身去找李老头补充消毒液，发现老头没跟上来。他记得上来时老头在给楼梯间的门把手消毒。刚转过弯，便发现李老头坐在楼道的长椅上闭目低头，手按胸口。

林海心里咯噔一下，赶紧快走几步上前，"李主席，您没事吧？"

"没事，有点不舒服，坐下歇会儿。"李老头语气里透着疲倦，睁开眼睛看了一眼林海，又闭上了，"可能是最近太累了。"

林海不放心，麻利地把喷雾器卸下肩，摘了手套，扶住他的肩膀，问道："您是胸口不舒服？"

"有点闷，还隐隐作痛。没事，以前也有过，歇一会儿就好了。"

"不行，咱别大意，去医院。"林海心里掠过一种不祥的感觉。

李老头摆摆手，说："一会儿吧，等咱们消杀完，别耽误大家上班。"

"您别管了，我一会儿找人来做。"林海说着便掏出手机，刚拨响袁雪的电话，就听见李老头嘴里"哎"的一声，脸上眼见的就白了几分。

"林主席，您老有啥吩咐？"电话里这妮子甜得发腻。

"赶紧，三楼楼道，李主席身体不舒服。"说罢，赶紧扶住李老头，"您别紧张，先侧躺下休息一会儿，我让袁雪把车开到楼下。"

随着一阵急促的脚步声响起，袁雪飞也似的从四楼赶来，气喘吁吁地问道："怎么样呀？要不要打120？"

"咱们直接去医院更快，你马上把我的车开到楼下，然后把扶手箱里的速效救心丸拿上来。这个时候尽量不要活动，先用药，再下楼。"说着从裤兜里掏出车钥匙递给袁雪。袁雪接过钥匙一溜烟向电梯跑去。

林海不停地安抚李老头："您放心，一会儿您含上药缓一缓，咱们再去医院。"

公司保安忽然听见一阵咆哮的引擎声，一抬头，便见一辆轿车刹停在办公楼前，一个身影冲出车，也没熄火，门也没关……

"有情况，快，办公楼。"保安这才反应过来。

接过林雪递过来的药，林海取出十粒，让李老头含在舌下，并叮嘱说："安全起见，您这种情况不能剧烈活动，您含一会儿药，感觉好一些咱们再下楼。"李老头虚弱地点点头。

当李老头被搀扶下来的时候，楼门口围在车旁的保安才明白怎么回事，赶紧搭手帮着把李老头扶进车里。

第二章　乌鸦嘴

林海把速效救心丸递给后排的袁雪,"一会儿再给李主席含五粒,现在打120,告诉他们做好准备,有位疑似心梗病人预计15分钟后送到滨城医院。"说罢,驾车一溜烟出了工厂。本来他想送到怡菲所在的中心医院,但这种紧急情况之下首选的应该是距离最短的。电话很快打通,医院那边表示尽快安排。

李老头的状况似乎缓解了一些,虚弱地说:"小林,慢点开,不要闯红灯。"他从发动机的吼叫声中感觉到林海的焦灼。

看李老头的状态比刚才好一些,林海松了半口气,"幸亏今天路上车少,搁平时这个时间,那可是蠕行模式。您放松点,咱们一会儿就到了。"

袁雪也安抚说:"李主席,您就是太累了,防控疫情工作太忙,过年您都没歇上一天,惦记着那些回不去老家的员工,一把年纪了,以后可不能太拼了。"

李主席微微颔首。这种不舒服的症状好久了,以前忍忍就过去了,所以没怎么在意,这次有点病来如山倒。

顺利地赶到医院,早已等在急诊室的医护人员迅速把李老头扶上担架车,林海跟着去了急诊室,袁雪去停车。

李老头的病如林海所想,心梗,还好送医及时。李老头的家人风风火火地赶到医院,对他们俩千恩万谢一通,然后又埋怨李老头,天天把家当饭店、旅馆,一年到头就没有个闲的时候,早就让他别干工会工作了,一把年纪了,还有半年就退休了,就是不听。

一番检查后,医生给李老头装了个心脏药物球囊。手术很顺利，剩下的就是慢慢休养。"

林海和袁雪这才放下心来，辞别李老头家人，赶回公司。路上，俩人都有一种筋疲力尽的感觉。

半道上，林海找个僻静的路边停下来。"我得稳稳神。"林海疲惫地扭头对袁雪说。

"我也是，到现在都有点蒙圈。"说着，袁雪拍拍自己的脸，"李主席这次太危险了，分明就是积劳成疾，多亏你的药了——哎，你怎么会有这药，难不成你的心脏不好？"

林海苦笑道："有备无患。有时候可以救自己，有时候可以救别人。"说着转过头，认真地看着她，又说："心梗不是老年人的专利。没看见网上那些因心梗辞世的年轻人吗？我看到后想到的第一件事就是要备一瓶药在身边。"

袁雪微微一笑，"看你平时肉肉憨憨、吊儿郎当的，没想到竟然如此心细。"

"要惜命。咱们每天加班，没白没黑的，应该掌握一些急救知识、自救知识。回头送你一瓶。"

"得了吧，想想就怕。"袁雪话音一落，又改口道："要，要，让你这么一说，我也要惜命。"

林海把那个小药瓶递给她，"希望永远用不上。"

"当然，当然。"她嘿嘿笑。

林海打着火，"李老头要休息一段时间了，咱们要把所有的工作担起来。昔云姐和晓静姐都有家有娃的，咱俩得多承担一些。一句话，不能给李老头掉链子，不能给工会丢脸。当然，

第二章　乌鸦嘴

只要不忙的话,我自己加班弄那情况报告就行。"

"没事没事,咱们一条船上的,有福同享,有难同当。"袁雪连连摆手。

第二天早上,刚把闹钟第一波吵闹声关掉,又听见微信讨厌地响了一声,林海脑中跳出"袁债主"三个字,努力睁开惺忪睡眼,一看,是李老头。

"小林,昨天多亏了你,让我躲过一劫。手术很成功,医生说需要静养一段时间。昨晚我跟胡总请完假了,所以,现在的工会工作就得靠你了。做好防疫工作是头等大事,控制好疫情才能保护好生产。另外,现在生产不稳定,员工因为疫情也不能正常上班,非常时期,你们一定要主动作为,对上、对下,要多了解、多沟通、勤观察、常判断,避免劳资矛盾的发生。为了便于你开展工作,我请示胡总了,就由你代理工会主席一职,有什么困难可以直接找胡总。刘昔云和谭晓静上有老下有小的,给她们少安排一点工作,你和袁雪多承担一些。但是,你要照顾好袁雪,尤其是晚上,加完班一定要把她送回家。我知道你们都很累,一定要多保重。有不好办的事,咱们多沟通。李老头。"

这老头末了还不忘幽默一下。他知道这几个小家伙在背后常喊他李老头。

林海看完消息,有点蒙圈,又看一遍,只感觉千斤重担压下来。平日里干工作没有问题,就像划桨的水手,只要跟上节奏卖力地划就行了，不用走脑子想太多，但让他来掌舵，着实有点分不清东南西北。

"您好好休养，等您康复了咱们喝一杯好好庆祝一下。对于工作，您放心，我们会好好地干，有啥不懂的就请教您，绝不给您树立起来的工会招牌抹黑！"林海给李主席回了微信，然后把两个人的对话截个图给"袁债主"发过去。

截图下面，又发过去三个字：乌鸦嘴。

第三章

当头两棒

"周一面包片夹煎鸡蛋、生菜、火腿、蓝莓酱;周二面包片夹煎鸡蛋、生菜、火腿、西红柿、沙拉酱;周三面包片夹煎鸡蛋、生菜、红腐乳;周四面包夹生菜、孜然鸡腿肉;周五呢?"副驾上的袁雪美滋滋地品尝着林厨子做的早点,扭头问道。

"周五煮葱花鸡蛋面。荷包蛋要煮出完美的圆润光滑质感,不散花不起沫,好看得让你舍不得吃;葱一定要用碧绿的小葱,切细段,再加点姜丝,一来增色,二来升一下阳气。如是一碗,呼噜噜吃下去,四体通泰生暖,一周的损耗就此补足。"林厨子说得头头是道,让袁雪感觉自己就是一老坦儿,眼里直冒小星星,"林主席,我又卧(饿)了。"

林海笑道:"您受病了吧,这现做现吃才好吃。你说假若为了吃碗面去我那里,让你那宝马男知道了,那醋坛子打翻了可是不好收场,闹不好他会给我拿拿龙。"

袁雪摆摆手,"别胡诌白咧,在吃和男人之间,永远都要爱自己——吃,是吃到嘴里饱在胃里,至于男人嘛,三条腿的蛤蟆不好找,两条腿的男人海了去了。老祖宗也教导我们,民以食为天,那意思是说——吃就是当仁不让的老大。好好做早点,把我的胃送好温暖、关心好,小姐姐不才,能让你当主席,也能让你变成光杆司令,灰溜溜下课!"她边说边用狡黠的眼神看着林海。

一听到"主席"二字,林海一时之间又头大了,"我怕了你这乌鸦嘴了。我现在还是蒙圈状态,咋干?从哪儿入手?咋能干好?我是六神无主、束手无策,想想就头疼。"

"瞅瞅你废物点心的样儿,可不能撂挑子,介有嘛啊?学学李老头,每天悠哉悠哉上转转、下看看,勤沟通、多交流,只要公司政通人和、风和日丽,你就能向李老头完美交差。"

"唉,如果能像你所说的这么简单,那就谢天谢地啦!"林海叹气。

林海所在的设备课,负责公司机械设备、电器设备的管理、维护、保养、安装、调试、维修等工作。林海主要负责设备档案管理。

早上做完消杀工作,一进办公室,老课长孟德贵把老花镜往鼻梁下扒拉一下,冲林海一招手,"小林,过来一下。"

"孟课长,早,您老啥指示?"

"恭喜你荣升主席啊。"孟课长是东北人,大嗓门,跟冰碴子一样实在。

林海直挠头，苦笑道："我真的是赶鸭子上架，也不知道李主席咋想的，非得让我上，我现在还蒙圈呢。"

"这就当锻炼一下，就那点事儿，你没问题。咱们部门你就把手头的事做好就行，设备档案不出错，然后工会那边，你该做啥做啥。"

"明白，我最近正琢磨咱们这块儿的管理工作，看看怎么实现自动化、智能化。"

孟课长拍一下林海的肩膀，"我就佩服你们年轻人，干工作思路多、点子多，你就放开手撒丫子大胆干，芝麻开花节节高，你发展空间大着呢！对了，胡总刚才来电话，让我告诉你去找他一趟。"

"胡总？"

"对，估计是交代你近期的工会工作，好像是调整工资的事，董事会那边撑不住了，这两年亏损比较多。"

林海瞪大眼睛，"我的天，这活儿可不好接啊。"

调整工资的事情从去年底就开始风声四起，一直没有落地，没想到现在"狼"真的来了。显然，这事非常棘手，员工工作做好了可能风平浪静、天下太平，做不好那就是风雨交加、电闪雷鸣。林海心里直嘀咕，李老头病得真不是时候！

第一次来到胡总的办公室，林海多少有些拘束。胡总笑着一摆手，"来，小林，不，林主席，坐。"

"胡总，我就是临时帮李主席承担一些工作。"林海一脸微笑，心里暗自祷告千万不要派个棘手的任务。

"李主席的病需要静养，我已经批了他三个月的假。说起来李主席没有出大问题，多亏你发现及时、送医及时，这我得代表公司对你提出表扬。"

"谢谢胡总，这是我应该做的。"

"小林，我以前跟李主席沟通了很多，我一直非常重视工会工作，我知道工会在企业中存在的价值和意义。这都是因为老李，李主席，你们这个团队所做的一系列工作，开阔了我对工会的认知视野。毫不夸张地说，工会是企业发展的压舱石，是企业发展的关键引擎之一。这个引擎有着多重属性，它可以推动技术发展，也可以推动员工素质的提升，还可以激发员工爱岗敬业精神，等等，它几乎可以赋能企业各方面的进步。而兼职做这份工作的人，都是无私的，没有报酬，只有奉献，体现的是一种志愿精神。所以，我本人一直非常敬佩你们。"胡总这番话说得很中肯，发自肺腑。

林海听得心里热乎乎的，说："胡总，我真没想到您能对工会工作理解得这么深。说实话，虽然我兼职这份工作也有三年多了，平时都是按照李主席的部署开展工作，但对工作还没有深入地理解本质。刚才听您这番话，真有醍醐灌顶的感觉。"

胡总注视着林海清澈的眼神，语重心长地说："小林，有的人干工作，把自己干成机器人，在一个重复的轨道里机械地完成；有的人干工作，把自己干成超人，他们跳出固有的思维、固定的模板，不停地去寻找一种更好的方式方法，赋予工作更优秀的可能。他们有着本质的不同，其实就是两个字——匠心。

第三章　当头两棒

用心去热爱，用心去思考，精益求精，精雕细琢，就像老匠人一样。"

林海听得心潮涌动，自己不就是一个机器人吗？！每天机械地去完成自己的工作，从来就没有意识去琢磨怎么把工作干得更好、更有创造性。"我懂了，胡总。谢谢！"

胡总颔首而笑，说："好，咱们言归正题。今天找你来，是交给你一项任务，也是交给你们工会一项任务。想必你也早就听说了降薪的事情，前两天董事会终于作出决定，计划全员降薪，降薪的幅度，大概是15%。你也知道，自疫情发生以来，公司四条生产线虽然勉强维持两条，但也很难保证满负荷生产，公司连续两年亏损，再这样下去，关门也是有可能的。有的董事提出裁员的方案，日方的董事甚至提出将生产线转移东南亚的计划，形势严峻，所以公司必须在经营管理上作出改变。目前来说，降薪是不可避免的。"

林海一边听着，一边感觉自己的心一点点往下沉，看着面色凝重的胡总，他明白这个任务的分量，责任重大，分外棘手。"现在确定降薪15%吗？"

"目前还没有最终确定，现在董事会交给我的任务是做前期调研，然后形成一个意见，提交给董事会。时间期限是一个月。这个意见的征集、协商协调，需要工会的参与。作为我本人，我清楚目前的情况给员工们的家庭生活带来了不同程度的影响，毕竟维持两条生产线，大家轮岗上班，几乎是三天打鱼两天晒网，只能拿到基本工资，在这种情况下再提出降薪，于情于理，大家很难接受。"

"那工会应该怎么配合？"林海问。

胡总沉吟一下，"首先，工会要坚持维护员工权益的立场，这是职责所在。公司这两天会下发一个通知，征求公司全员的意见，你们工会要尽快开展职工情况调研，把大家的生活情况摸清楚，以此答复董事会，争取少降一点。可以预想，一定会一石激起千层浪。我们必须相互配合好，浪不能激起太高，不能影响到现有生产线的正常生产。这是我所担心的。"

"我明白。最好的结局是双方各退一步，如果员工所能接受的降薪不能让董事会满意，那可能会陷入僵局。"

"说服董事会，理由必须充分。"

看着胡总坚定的眼神，林海点点头，"好。我们尽力，争取找到充分的不降薪或者少降薪的理由。"

胡总的食指敲了敲桌面，"理由必须充分。"

上午，林海忙完本职工作，给公司工会的成员发了微信：昔云姐、晓静姐、雪姐姐，接到一份重要任务，咱们一起讨论一下吧。他深知，现在是发挥集体智慧的时候，谁也无法预知未来事态的变化，不能打无准备之仗。他上网查找案例，借鉴处理方式，心里勾勒出一个大致的应对预案雏形。

公司办公楼一楼的职工书屋是工会的根据地，袁雪、刘昔云、谭晓静，尽管戴着口罩，但眼神里笑意盈盈，看着林海一进门，几乎异口同声地说："林主席好！"

林海微笑，"代理的，代理的，我就是帮着李老头打理事务的杂役。"

"代理的也是升官——"谭晓静拖个长音。

林海合掌作揖，"明白，安排！请三位美丽的小姐姐吃湘菜。"

谭晓静一听有老家菜，喜笑颜开，"有前途！"

袁雪本想接茬儿说就吃你做的菜，一想不妥，就忍住了。早点是个小秘密，她连自己亲妈都没说。有时候她妈说："我给你做点吃了再走，不要去外面买。"她大大咧咧地说："不用啦，单位晓静姐每天给我带一份。"她哪里敢说是男同事。她妈现在可是万分中意宝马男，经常在她耳边念叨："人家工作好、家庭好，人也文质彬彬长得帅，你就别挑了，错过这个村就没有这个店了。"

当林海把胡总交代的任务一说，大家都感到压力很大。现在本来开的就是基本工资，虽说大多时间都待在家里，减少了吃喝玩乐诸多开支，但依然感觉日子过得紧巴巴的。

刘昔云说："以前吧，李主席在的时候，每年工资集体协商，都是想办法给大家涨点工资，那是好事，大家都开心。现在要降薪，让大家堵心，我觉得难度很大。"

谭晓静也说道："我做女职工工作，我之前有空就去车间跟女职工聊聊天，深知她们都不容易，大多是农村来的，双职工家庭，没孩子的还好，有孩子的都是把老家父母接来当保姆，有房子的都背着二三十年的房贷，没房子的租着房子住，一大家子人尽管节衣缩食,但是每天吃喝拉撒花钱依旧跟流水一样。没有办法,为了生活,为了将来得到一份养老金,只能咬牙硬扛。我觉得,咱们工会应该尽职履责,维护好大家的权益,争取不降薪或者少降薪。"

"我同意晓静姐的观点,咱们干工会工作的,应该站好自己的立场。虽然公司因为疫情一直在亏损,但是降薪15%,能弥补多少亏损暂且不说,如果因此导致停工,更大的损失可想而知。即便员工们无可奈何地接受了,有的人可能也就此处不留爷、自有留爷处了,员工流失的背后意味着公司要为招收新员工付出培训的代价,付出产品不良率上升的代价。我做人事工作比较清楚这一点,在一些脏、累、环境差的岗位上,每年的员工流失率高达60%,那些生产线的不良率也一直居高不下。之前我也提议根据岗位特点适当加薪,但是高层一直在研究中。"袁雪边说边掰着手指头,算了明账算暗账。

"袁雪说得对,应该把这笔账算明白了,别因为这15%,让人心散了,那队伍可就不好带了。小林,你说一下吧。"刘昔云说。

"我同意大家的意见。综合一下,顺便谈一下我的想法。第一,咱们是干工会工作的,职责使命不能丢。第二,胡总的意思也很清楚,希望咱们工会配合做好此事的调研工作,要给董事会一个不降薪或者少降薪的充分理由。这个调研咱们要尽快展开,袁雪你先按照困难职工调研模板做一份调研问卷,之后咱们做网上调研,这样也便于后期统计。袁雪统计整理,然后我来做这份报告。昔云姐，您本身干的是财务工作，整理一下疫情期间政府对企业员工薪酬等福利方面出台的政策以及举措，包括相关的法律条文，先整理出来，发群里大家再学习一下，我想写报告应该用得上。晓静姐建立以班组长为主的微信群，咱们也都进群，一个是调研信息由这个微信群转发给员工，另一个是员工思想动态有风吹草动，他们要第一时间报告到这里。第三，在公司下发通知之后，密切关注员工的思想动态，避免出现停工状况，一旦出现，咱们要及时顶上去化解。我先做一个应急预案，回头咱们一起研究确定。"林海顿一下，又说："这件事咱们先不要说出去，等行政那边的通知。大家还有补充的吗？"

"调研问卷尽快做吧，公司发出通知的第一时间，咱们也要尽快发出。把这个节奏把握好，可以转移一下注意力，给大家及时提供一个解决问题的沟通渠道。"谭晓静说道。

袁雪点头，"好的，我尽快拿出初稿，完成后发咱们工会工作群一起看一下。"

刘昔云说："疫情防控的工作也不能忽视了，小林和袁雪你们辛苦了，每天都要加班到很晚。"

"谁让他当主席的，能者多劳多写多请客！"袁雪冲林海挤了个眼，逗得大家哈哈一乐。

晚上加完班，送袁雪回家的路上，林海说："今天降薪的消息无异于当头一棒，但是胡总对工会工作的理解，是另外一棒。"

袁雪打着哈欠，疲惫地笑道："那，岂不是两记闷棍？"

林海摇头，"不一样。第一棒是有点蒙圈，第二棒是豁然开朗。"

"此话怎讲？"

"确切地说，是敲醒了我。工会工作远没有看上去那么简单，想把工会工作干好，洞察力、责任心、热情，缺一不可。工会工作绝不是夏天发汽水、冬天发大米、春节开个茶话会那么简单，只要你想，就可以赋予它无限的可能，为员工、为企业做很多事。"

"恭喜你练级成功！"

"得了吧，我打小就是一个容易满足的人，没有远大的理想，没有宏伟的抱负，什么985、211，什么考公务员……"

袁雪闻言就支棱起身子，"哎哎哎，是不是指桑骂槐呢？我考公务员怎么了？我就是想换一种工作环境，就是想要得到一份好的待遇。"

袁雪考公务员考三年了，按她妈的话说，魔怔了。奈何时运不济，第一年差1.5分，第二年差0.5分，第三年分数倒是够了，面试愣是三选二没过，也不知道为啥。假如是选美的话，她若是白菜，那两个人分明就是土豆啊。袁雪气得三天没吃饭，直到听老爹说："姑娘，估计这是遗传，你老爹我干了一辈子小学教师，也没混上高级教师的职称，一开始评的时候都说今年该老袁了，我觉得也是，结果每年都花落人家。嗯，基因强大，强大到不是正点上。"

林海不知这些故事,看袁雪小脸变色,忙解释:"别误会。我就是举个例子,表明我自己甘于平庸、不求上进、与世无争。我不骗你,连我老妈都说,给我一只鹤,我都不用娶媳妇了。"

林海的话逗得袁雪一阵大笑,"梅妻鹤子,你妈太逗了,这是我多年以来听到的最搞笑的段子。"

看着袁雪开心的样子,林海想起了怡菲,好久不见了。

"红灯啊!"一只小手啪地抽在他的手背上,"想什么呢?"

怡菲听说林海荣升代理主席,从微信里发来一个夸张的点赞表情,并发了一条信息:老林同志有前途,看好你哦!其实怡菲心里一直发虚,老妈可是横竖没看上林海。按她老妈的意思,至少是个副总才勉强可以在亲朋好友面前拿得出手。确实,怡菲的老爹怎么也是一个处级领导,怎么可能让唯一的宝贝女儿嫁个工人!所以,这也是怡菲不敢带林海登门拜访爸妈的原因。她也隐隐向林海透露了爸妈的态度,安慰林海自己会想办法。

第四章

停工三日

当花田精工管理部发出降薪征求意见的通知,其反响远远超出了林海他们的预判,每个部门、每个车间、每个班组的微信群都炸了锅,把他们发的《疫情期间员工生活状况调查问卷》文件淹没得无影无踪。紧接着,下午,车间里仅存的两条生产线停工——停工了!

胡总喊着林海与一众高层赶到现场。昔日机器轰鸣的车间一片安静,员工休息室里烟雾缭绕,员工一个个满脸怨气,根本不看这些公司领导。

胡总黑着脸,"通知所有部室领导、班组长现场开会!"

时间不长,集合完毕,胡总扫视一圈,缓缓地说:"停工,这是花田精工成立以来的第一次。一纸降薪征求意见的通知,就搞停了整座工厂,不可思议。通过停工,我看到的恰恰是我最不愿意看到的——你们在员工的心里究竟积攒了多少凝聚力、号召力？一个没有凝聚力、没有号召力的管理机制是失败的！一个没有凝聚力、没有号召力的管理者是不合格的！"他顿了顿，平息了一下心中的怒气，又说道："一纸降薪征求意见的通知，各位，看清楚没有？是'征求意见'。'征求意见'是什么意思？是沟通！是磋商！不——是——确——定！通知里也说得很清楚了，你们究竟向员工传达了什么？你们是用什么方式传递的？你们是否传达得非常准确、清晰、明白？"

现场没有一个人吱声。他们也不是没有做出努力，而是努力全白费。他们说服不了员工，也在此时意识到自己的指挥棒出现了问题。

"我想看到什么，各位都清楚。"说着，胡总对林海一招手，"林主席，你来一下。"他连个代理也没加。林海哪见过这阵仗，叫得他心里发毛，赶紧答应一声，走上前。

胡总提高嗓门说道："现在，我正式委派咱们公司工会的林海主席和管理部郑德涛部长全权处理此事，你们都要配合好。配合不力的，就地免职！"说罢，他看一眼林海，"林主席，你有什么要说的？"

林海赶紧稳稳心神，迅速整理一下思路，开口说道："现在，首要的任务是复工。复工的前提是迅速统一员工的思想。我需要各位班组长明确向员工传递两个信息。第一，捍卫员工权益是工会责无旁贷的职责，今天我们发的《疫情期间员工生活状况调查问卷》，其目的就是整理出一个说服董事会不降薪的理由。也就是说，工会已经在行动了，请大家放心。第二，停工不是解决问题的最好方式。有问题，很正常，对话协商是正确的解决之道，没有必要采取极端的方式。更何况，现在这个降薪也只是征求意见。我们工会的态度就是带着员工的意见和董事会进行协商乃至谈判，妥善解决。另外，各位班组长除了向员工传达以上两个信息，还要尽快整理员工的意见，并组织每个班组员工推选出两名代表。我们工会，稍后进班组和员工座谈。"

胡总点点头，"传达两点信息，做好两件事，希望大家做好。郑部长，你来说一下。"

郑德涛部长理了一下花白的头发，看了一眼林海，说道："刚才林主席说得很好，我们管理部也全力配合好，先复工，尽快协调协商，争取把事情圆满地解决好。"

胡总点点头，"好，随时汇报。散会。"

郑部长跟着胡总回到办公室，门一关，就问道："胡总，您对小林了解多少？这么重的任务他能扛得起来吗？"

胡总直皱眉头，"我也不知道他有几把刷子，但是现在，只有工会的人介入才是合适的。"

林海把谭晓静、刘昔云、袁雪召集到一起，简单介绍一下目前的情况，决定深入班组座谈，统一大家的思想。谭晓静和刘昔云到女职工占比最多的包装生产线座谈，林海和袁雪到生产线最前端的压延车间座谈，一头一尾，争取把员工团结到工会的旗帜下。

压延车间的当班班长是绰号叫"小河南"的赵金奎,五短身材,远远看上去就是小号的说相声的孙越。他看见林海走进员工休息室,赶忙站起来,"林主席,刚才我把那两点跟员工们说了,他们都异口同声地说:'董事会不撤销降薪的决定就不复工,否则先停工三天。'"

林海不动声色地点点头,"员工代表推选出来了吗?"

"都不同意,说要谈一起谈。"小河南一脸为难。

休息室里烟雾缭绕,员工们挤在长条凳上或吞云吐雾抽烟,或低头闷闷不语。林海环视一圈,开口说道:"大家好,我是工会代理主席林海。"

"代理的?管用吗?"

"俺还是比较相信李主席。"

"人都说工会是'娘家人',受累去跟董事会谈谈吧,跟我们谈是没有用的!"

"停工三天,谁劝都挡不住,是不是,兄弟们?"

"是!"这节奏带得很整齐。

林海一句话换来一顿劈头盖脸的话。之前哪里遇到过这场面?一点经验也没有,但他明白,无论如何,不能乱了阵脚。见大家发泄得差不多了,他抬起双手示意一下,"兄弟们,听我说一句好吗?"

小河南一撸袖子,粗鲁地咆哮道:"都别吱声,想解决事吗?想解决就听听林主席怎么说!"

林海心想这哥们儿难不成是少林武校毕业的,连忙拍拍他的肩膀,"没事,大家心里有气,我理解。"然后心平气和地说道:"我这个工会主席的身份目前是代理,为什么是代理呢?因为咱们的老主席——李主席,累倒了。他始终站在防疫的第一线,没白没黑,我相信大家都看得到。他太累了,两年多了,根本没有正儿八经的休息日。这次,如果不是抢救及时,就有可能永远都见不到他了。"林海顿了一下,"我知道,我也很清楚,李主席在大家心目中的地位。请大家相信我,我会努力像李主席一样为大家办实事、办好事、解难事。工会,永远都是可以信赖的'娘家人',请大家相信这一点。"

"说这些能解决问题吗?跟我们说有用吗?我们又不是董事会。"有位歪着戴工作帽的大个儿阴阳怪气地说。

袁雪闻言脸色一变,恼怒怎么会有这么不讲道理的人,开口直言:"工会,是为了帮助大家解决问题来的,不是工会去跟董事会谈一谈就可以解决问题的。解决问题,需要大家配合工会的工作。如果得不到大家的配合,工会拿不到足够的不降薪的理由,那很遗憾,谁都谈不成。"

"我的个天啊,谈不成就停工呗!看谁先撑不住。"大个儿一竖粗眉,啪的一声给了桌子一巴掌。

袁雪有点急了,还想说什么,被林海拦住了。他淡淡地说道:"我们是真心拿大家当兄弟,也是真心想帮着大家——不!也是帮我们自己办好这个事!降薪也有我们的份儿啊,对不对?"

"所以啊,咱一起停工吧,多好啊,这是最好的办法!"大个儿站起身,掏出烟,竟然给林海递上一支,"来,李主席,不,林主席。"

林海微微一怔,还是把烟接了过来。

"来来,别嫌孬,七块一包的,哥们儿给您点上。"大个儿说着,吧嗒打着打火机。

林海吸了一口,微笑着拍拍大个儿的肩膀,"你像我一个高中同学,上学时他经常拉着我们抽烟。那时候,抽四块一包的石林。只不过,那哥们儿有点癖好,喜欢钻厕所里抽。厕所里味儿太大,我常劝他,咱换个地儿吧,他总说,介地界儿里最安全,老师不会来,在这里抽着舒坦,够味儿。"一句话把大家逗乐了。

林海接着说:"我好久没抽烟了,今天点上这根,是因为你真的很像我那位同学。"

"明白,林主席您是念旧的重义气的人。"大个儿是个聪明人。

"好,今个儿就当遇见老同学了,择日不如撞日,今晚咱俩喝点。"说着掏出手机,"来,加个微信。"

大个儿一怔,还是笑呵呵地扫码加了微信。

林海说:"嗯,备注好了,韩大伟。那先这样,哥几个先歇着,讨论一下,选两个代表,咱们准备跟董事会谈判,这事,工会管定了!哪怕董事会把我撸下来,把我开了,也要维护好大家的权益。呃……不,是再选一位,韩大伟算一个。"他拍了一下大伟的肩膀,"再选一个脑子反应快、嘴皮子溜的,到时候少不了打嘴仗。"

听到这三两句话，一屋子人莫名地吃下了一粒"定心丸"。

小河南有点蒙，"林主席，不……不复工了？"

林海一摆手，"复什么工，给董事会来点压力！咱们一起先准备好，跟董事会谈判，决不能打无准备之仗。先这样，我去别处转转。"说着掐灭烟屁股，示意袁雪撤，又招呼一下韩大伟，"大伟，只要今晚不是你老婆生孩子，咱们就喝点。"逗得大家又一阵大笑，大伟连声应允。

刚走出压延组员工休息室，两个人就听见有人吼："复个鸡毛工，还复工？"有人对小河南不满。

走到车间外面，袁雪一脸蒙圈的样子，"林主席，您老不是叛变了吧？"

林海真想弹她个脑崩儿，"没看出来吗？早就统一口径了，那大伟就是班组里掌握话语权的人。而且，我想整个流水线的员工已经拧成一股绳了。"

"那怎么办？今天真不谈复工了？"

"今天复工是不可能的，除非董事会同意不降薪。"

"那您是不是就真的豁出去了？哪怕被撸下来，哪怕把您开了，也要管这事？"

"这事工会管定了，我肯定也豁出去了，大不了把我开了，我也得告诉大家工会在这事上没尿！"

袁雪拍拍脑门，"对对，工会就是干这事的！得，陪着您，我也豁出去了！"

那"慷慨赴义"的样子把林海逗笑了，"别别，别这么沉重。现在这样,你先去找晓静姐她们看看情况,我把那大伟约出来再单独聊聊。"

"好。一起豁出去!"袁雪挥舞一下小拳头转身而去。

林海给大伟发条微信:车间外,带着烟。

不一会儿,大伟出来了,笑呵呵地问:"林主席,有瘾了?"

"别主席主席的,咱们都是打工的。"林海接过烟,让大伟给点上,深深吸了一口,感慨道:"真是好多年没吸了。"

大伟是个聪明人,看着林海,轻声说:"那我就不客气了,叫您一声林哥。您给我透个实底,这事,咱工会能办成吗?您把我约出来,不仅是为了抽根烟吧?"说着呵呵一笑。

林海拿手指一戳大伟的胸膛,"聪明!大伟,我看你也是个爽快人,实话告诉你,这事想办成,咱们必须以工会的名义去办,因为,工会现在是大家和董事会之间的缓冲地带,一手托两家,可以避免矛盾升级,也可以防止两败俱伤。这个时候,最明智的选择,就是大家要拧成一股绳,配合好工会,让工会冲在前面。刚才我当着大家的面也说了,这事工会管定了,哪怕把我撸下来,哪怕把我开了!所以,请相信工会。另外,我还要透露给你一个底儿,别往外说,公司胡总他们其实不赞同此次降薪。"

"哦?"大伟听到这个消息有点意外,他沉吟一下,把工作帽扶正一下,"只要能办成,配合不是问题。"

"哦?"林海也学着大伟刚才的表情,又打量他说:"你不是说大话吧?"

"明人不说暗话,林哥,停工这个事如果不心齐,肯定没力度。整条生产线,现在是一条绳,钢丝绳,谁都拆不散。"

林海抬手打断他,"大伟,首先,咱们目标一致,对吧?"

大伟点点头,"对,林哥,大家的想法很简单,不降最好,少降一点点也可以接受。"

"这自然是我们努力的目标,前提是大家得相信工会,而且一定要按照工会的节奏来。"

"节奏?"

"这么说吧,协商是有技巧的,不能僵住了,有时候需要以退为进,有时候需要以进为退,无论进退,目的是尽量达成我们的诉求。至于什么节奏,晚上咱们边喝边聊吧。"

大伟似懂非懂,笑了一下,说:"好,就这么定了。"

林海照着大伟厚实的胸脯打一拳,"好!约几个说话有力度的哥们儿下班后一起喝点儿,我安排,就在我办公室。"他顿一下,又说道:"今天不用复工,但是让他们先把员工代表选出来。"

林海为了不打扰李老头休养,省得他着急,又新建了一个工会群。他在群里发条信息:收工,回"根据地"。然后他去找胡总。胡总正和郑部长面面相觑,见到林海,赶忙问:"小林,情况怎么样?"

林海说:"目前我所了解到的情况是,这次停工,员工们是拧成一股绳了。"说得俩人眉头拧成了疙瘩。

第四章　停工三日

"现在，我正努力先促成两件事。第一，让大家认可工会来代表他们去协商。第二，选出员工代表，我们工会来做他们的工作，争取尽快复工。"

胡总很敏锐，"目前已经打开局面了？"

"我计划下班后跟他们喝点，就在我的办公室里聊聊。我告诉他们，这事工会管定了，哪怕把我开了也在所不惜，全力维护大家的权益。另外，我也透露给他们，降薪是董事会的意思，公司行政管理层并不赞同。我想，这可以产生积极的作用。"

胡总一边听一边思忖，"把你开了不可能。说我们管理层不赞同降薪，也没有问题。还是那句话，把理由整理充分。小林，你放手干吧。"

郑部长也说："小林，有任何需要，管理部全力配合，整车厂的供货不能中断，那个影响是谁都不能承受的。"

林海走后，郑部长对胡总笑道："这个小林不按常规出牌啊，小酒都喝上了。"

胡总笑了笑，"解决问题，得靠敏锐的洞察力，迅速找到突破口。这个小林我感觉靠谱，你得关注一下，如果确实有两把刷子，回头给换个适合的位置。"说完，顿了一下，"你啊，安排食堂那边，给他们加个菜。"

郑部长哈哈一笑，"好，给小林助攻一下。"

林海回到工会的根据地，只见晓静她们三人呆坐着，面面相觑，一脸疲惫。很显然，她们碰了钉子，水泼不进，针扎不透，员工们就咬定以停工来达成意愿。林海坐下来，把事情简单复述一下，感慨地说："既然是职工'娘家人'，咱们就得以心换心，虚情假意是绝对玩不转的，谁都不是傻子。晚上我和他们好好谈谈，争取有大的突破。"然后让袁雪去超市采买烟酒及下酒菜。袁雪问昔云："能报销吗？"林海不等昔云表示，连忙摆手："算我的，算我的。"

下班后，林海站在办公室窗口看着外面，员工们陆陆续续从车间里出来，心事重重地向外走着，没有了往日里下班的快乐气氛，没有打闹，也没有说笑。基本工资的15%是多少？对于他们来说，是几百块钱。这几百块钱，或许是他们一个月的生活费，或许是家里老人一个月的药费，或许是孩子一个月的奶粉钱……企业确实遇到了困难，但是，能不能从降本节支、降本增效上来降低亏损呢？他忽然心头一动。

大伟和三位同事应约来到林海的办公室，林海早就把会议桌收拾利索，招呼大家坐下，"大伟，介绍一下，这几位兄弟怎么称呼。"

大伟逐一介绍，胖墩墩的是化成车间的周同，瘦高个儿的是涂板车间的姚新亮，白白净净书生模样的是组装车间的韩立文，都是好哥们儿。林海逐一握手，"好，都是好哥们儿。本来吧，想约大家去外面的饭馆小聚一下，考虑到各方面原因，今个儿咱们就在这办公室了，喝点，聊聊天。"忽然他想到什么，喊大伟："大伟，来，看看。"

说罢，他打开电脑，找出一个放满照片的文件夹。"看啥？"

大伟凑上前。

"看看这个家伙跟你像不像。"说着,林海点开一张照片。

"嘿,还真是啊,天下真有这么巧的事啊。大伟,这是不是你失散多年的兄弟。"几个人凑上前一看,照片里的人跟大伟简直是一个模子里刻出来的。

正说着,袁雪拉着装得满满当当东西的小车进来,打眼一瞧,好嘛,喝的有白酒牛二、啤酒青岛、饮料可乐,吃的有烧鸡、猪蹄、火腿、鸭货、狗屁果仁,抽的有——林海看见了有点牙疼,这妮子竟然给整了四包软中华,心里苦啊,这妮子以后嫁了人一定是个败家娘们,这四包烟就约等于满满一箱汽油。他心里疼,脸上笑,"袁姐辛苦了!给办了这么丰盛的下酒菜,来来,搭把手给摆上。"

袁雪笑眯眯,"林主席客气啦,记得报销就行。"

大伟看见袁雪有点不好意思,"袁姐莫怪啊,下午我说话有点冲。"

袁雪满不在乎地说:"没事,理解,对事不对人。"刚说完,她电话响了,郑部长打来的。接完电话,她郑重地宣布一件事:"各位,说个事,今晚这个局让领导知道了。"

大伟和周同、姚新亮、韩立文顿时一惊,"啊,这,咱们是不是赶紧撤?"

那惊慌的表情把袁雪逗乐了,"别别别,我话还没说完。领导说,让食堂给加了两个菜。"

"啊?加……加菜?"

林海数落袁雪,"哎哟喂,看你,说话大喘气。"

"这领导怎么给加菜了?"几个人相互打量着,丈二和尚摸不着头脑。

林海一摆手,"今天胡总和郑部长找我了,问工会把这事解决得怎么样,我直说了,今天晚上和几个员工代表聊一下,顺便喝一杯。"说着一皱眉,"这个加菜的事我是真不知道。不过,这就有点意思了,领导信任你们!"说着指了指大伟他们四位。

姚新亮点点头,笑道:"这领导……还挺有意思的。"

很快,袁雪去食堂把菜取来,热气腾腾两个菜,满满两大汤碗。有酱红亮丽的红烧肉和外表金黄的干炒鸡。干炒鸡配着碧绿鲜嫩的芹菜和红艳艳的辣椒丝,看着就让人胃口大开。

"食堂老王说了,这是他看家的本事。"袁雪看着他们眼里放光的样子笑道。

大伟笑道:"这个老王平时做菜要都是这水平就好了!"

"这个可以有,回头让林主席给沟通一下,让大家每天都吃好。"周同说。

林海点点头,"是,等咱们把这事圆满解决了,好好地为大家谋点福利。"

菜摆好,酒入杯,几人落座,林海举杯,"哥几个能来,是信得过我们,就冲哥几个的信任,我们工会一定尽全力把这个事给办好!我这一杯,敬哥四个,先干为敬!"说着一仰脖,满满一纸杯的白酒来个一口闷。吓得袁雪瞪大眼睛,心想:这……这家伙是不是有点二,海量也不能这样喝吧!

第四章 停工三日

大伟他们四个人一看，异口同声地说："林哥够意思，来，一起干了这杯。袁姐您随意。"

推杯换盏，林海对这几个人多了一分了解。几个人都是建厂之初来的老员工了，这些年下来经历了多个岗位，论岗位技能，都是师傅级的，所以在班组里话语权有时比班组长还大。他们一直没有提职，大伟、周同、姚新亮主要是学历不足，韩立文有大专学历，但一直不得领导赏识。姚新亮说："老韩其实就是太较真，领导说把不良率写低点，老韩总写实数，好像是跟领导对着干一样。"韩立文解释说："一是一，二是二，降低不良率不能把力气用在造假数据上，我就是看不惯。"他们挺瞧不上一些班组长，管理基本靠吼，质量不行吼，效率太低接着吼，一天下来吼得自己口干舌燥，员工怨声载道。林海说："我觉得，班组的管理，应该以技能服人，重点是要做好传帮带，不仅是传好、帮好、带好操作技能，还有敬业的态度。"袁雪说："咱们工会虽然不能直接插手生产管理工作，但也不能袖手旁观，得想个办法转变公司的管理思路，毕竟公司发展好了，大家才能一起受益。"林海说："是啊，这也是我在想的，胡总一直告诉我，要找到充分的不降薪或者少降薪的理由，我有一点思路了，等成形了就跟大家探讨一下。"一番话说得大家多了一分期待。

大伟他们几个都是外地人，大伟是山东的，周同是河北的，姚新亮是河南的，韩立文是东北的，大家特别为五湖四海走到一起干了一杯。

林海说："人生难得的是相遇。咱们在这个公司成为同事，也许真的是五百年修来的缘分。"

袁雪打趣："这哥们儿喝多了，人家都是拿这个给爱情开个美颜滤镜。"逗得大家一阵大笑。

酒过三巡，各自微醺。中华烟的青烟缭绕而起，大家把话题回到停工。他们坦言，这是没有办法的办法。为了生活，他们必须硬着头皮去博弈。他们在这座城市买了房，娶妻生子，根已经扎下来了，面对生活中的各种开销，尤其是像砖头一样压在心头的房贷，工作是他们唯一的光，他们承受不起生活或者工作中有半点风吹草动。对于停工，他们心里也没有底，只是表达一种反对的姿态，希望对方能正视他们的意见。他们也清楚，如果董事会执意执行决定，他们也束手无策，只能屈服。因为到时候肯定是想干的留下，不想干的走人，简单、直接、暴力，关键是有效。所以，当林海站出来，以工会的名义代表他们去博弈，他们心里踏实了很多。听着四个人无奈地吐槽，林海和袁雪的心里五味杂陈。

"哥几个放心，工会维护员工权益天经地义，我们也会竭尽全力。"林海安慰他们。

袁雪接话茬儿说道："今天林主席可是在大伟班组放出话了，这事工会管定了，哪怕把林主席撸下来、开除了，也得管！"

大伟连连点头，"是是，说实话，这话一出，大家心里都有底了。"

袁雪接着说："现在，为了让事情圆满地解决，需要大家配合工会的工作。兵来将挡，我们工会带领大家一起上；水来土掩，我们齐心合力把土夯实了，把准备工作做扎实。"

韩立文说："是，林哥，袁姐，你们安排就好，我们一定配合好。"

林海点点头，看了一眼在座的每个人，说道："好。我跟大伟说过，谈判是有技巧的，有时候需要以退为进，有时候需要以进为退。这个节奏就像踢足球，场面节奏控制好的球队更容易赢球。我们工会的想法，主要分三步走。第一，复工；第二，大家尽快填写《疫情期间员工生活状况调查问卷》，这是一项非常重要的谈判筹码；第三，整理相关法律规章。既然要谈判，免不了要谈法规、说政策，这个我们工会的昔云姐、晓静姐已经在做了。"

一听到复工，几个人安静了下来。刚停工半天就复工，离他们预想的停工三天差得有点多，刚起势就蔫了，着实有损士气。

林海见状，补充说："复工，就是以退为进的一步，表达我们的诚意。"他点上一支烟，"如果不复工，可能会让事态发展到失控的状态。比如，会影响订单的交付，严重的话，会失去客户。这是任何一方——包括我们自己，都不能承受的。毕竟公司订单减少，也会影响我们的收入。另外，胡总还说了一条信息，说有董事提议将生产线转移到东南亚。这不是不可能。因为，对资本来说，逐利而行是它的本质。"

"我们也清楚，停工对大家来说，是唯一抵抗降薪的手段，不使用这个手段，大家会心里没底。"袁雪说道。

韩立文开口说:"确实是这样。但是,林哥,袁姐,我们现在有理由相信你们,相信工会。哥几个,你们说呢?"

大伟点点头,"我同意。就像林哥跟我说过的,没有必要两败俱伤。"

周同和姚新亮相视一眼,"好,我们俩也没有意见。停工不是目的,只是一种手段。现在,就拜托林哥和袁姐了。"

林海抬手一摆,"不,是靠我们大家。这次,我们要一起上阵。你们都作为职工代表出席,每个班组至少有一名有影响力的代表。"

"明白了。"韩立文晃晃手机对大伟他们说:"通知大家,明天复工,选出员工代表配合工会谈判。另外,尽快如实填写那个——"

"《疫情期间员工生活状况调查问卷》。"袁雪提示他,"今天发群里了,可能大家都没注意。我看这样吧,咱们几个先建个工作群,我转发一下链接给你们,让大家相互转发,每个人都要填写。"

很快,他们将复工消息分发到自己的车间群。各车间员工看到了他们几个简短有力的解释,大多数人表示同意,少数人对工会半信半疑,奈何别无他法,还是答应了。林海和袁雪得到了想要的结果,非但没有轻松,反而感觉万斤重担压肩来。这一把,他们输不起。输了,就意味着工会的形象在员工心里一落千丈!就意味着他们没脸见李老头了!如果现在有李老头掌舵该多好,他们就不用如此烧脑、百爪挠心了。

当林海把明日复工的消息发给胡总和郑部长的时候,这两位正在办公室里毫无食欲地吃盒饭。胡总看了一下手机,长舒一口气,笑着对郑部长说:"你这俩菜加得有力度啊!"

郑部长苦笑,"等彻底解决完这事,给他们摆一桌。"

胡总也苦笑,"彻底解决有难度啊,停工的事情已经让董事长震怒了。这事有点棘手,我估计三两天就会有空降兵。"

"咳,兵来将挡,水来土掩。先把饭吃完。"

林海五个人干掉了四瓶白酒,没尽兴,一人又加了一听啤酒。林海想要把所有啤酒都干掉,被袁雪拦住了,劝说现在不是庆功的时候,几个人方才作罢。大伟他们几个人摇摇晃晃地辞别,一起打车走了。

袁雪把摇摇晃晃的林海塞进车里,载着他回家去。林海说:"先送你吧。"袁雪说:"好,送了我,我再送你。"林海说:"好,够哥们儿。"袁雪问:"半斤的量干吗喝一斤?"林海答:"你不懂,酒是男人的血。"袁雪说:"我看是酒壮尿人胆。"林海大笑,笑得直抹眼泪,好不容易止住笑,幽幽地说道:"知我者,袁雪也。真的,我心里好虚啊,真没底,我拿什么去跟董事会谈?我也是,干吗接下这个摊子,太累心了,太烧脑啦,我真想举手投降算了。"

袁雪赶忙把车靠边,安抚他:"多大点儿事啊,至于要崩溃吗?"

林海呵呵笑了几声,靠在椅背上,闭上眼睛,自言自语:

"不是，不是……不是崩溃，是本性使然。我不想出人头地，我甘于平凡平庸，我喜欢不求上进，我热爱与世无争。"听得袁雪只想伸手摸摸这家伙的头。

袁雪点头，"嗯！明白，正如你妈所说，给你一只鹤你都不用娶媳妇了。"

林海傻乐，"我骨子里就是这样的人，跟我老爹一样。他当了一辈子工人，挺满足的，每个月赚多赚少也不在乎，不过也没法在乎，工资卡长什么样都快忘了。"

袁雪打趣，"你一定要把你老爹的好传统、好作风继承下来。"顿一下，又说道："那可真的便宜宝马女了。"

林海依旧闭着眼睛，缓缓地说："这点钱，人家不在乎的。"袁雪感觉，那语气透着微微的凉意。

车到林海住的小区，袁雪不放心摇摇晃晃的林海，便把他送上了楼。开门，开灯，房间里简单简洁，井然有序，袁雪想起自己的房间不由得有点冒冷汗。林海进了门，感觉胃里翻江倒海，摇摇晃晃直奔卫生间而去，抱着马桶哇啦哇啦酣畅淋漓地一通大吐。袁雪也顾不得别的，抡拳给他捶背，助力他吐得更彻底。林海边吐边叫："轻点儿，再使劲我该吐血了。"到这份儿上他还不忘开玩笑。

吐得胃里空空如也，林海才消停下来，接过袁雪递来的水，漱完口，一屁股坐到沙发上。他闭着眼睛，嘴里念叨说："真喝多了。你回去吧，开车走，注意安全，到家告诉我一声。"

"你还是去卧室睡吧，在这里会着凉的。"说着，就伸手拽他。林海顺从地起身,摇摇晃晃地走到卧室里。卧室里依然简单简洁,让袁雪暗自感叹,这哥们儿真是上得厅堂下得厨房、贤惠持家的"家庭主夫"。

照顾林海躺下,她去卫生间捏着鼻子收拾利索。回到客厅的时候,听见茶几上林海的手机一连响了几声,拿起一看,是怡菲发来的,锁着屏,不知道什么内容。她走进卧室,把手机放到林海的床头柜上,轻声道别:"我走了,明天早上来接你。"

林海躺着没动,嘟囔着说:"别走,怡菲。"

袁雪愣一下,轻轻带上门,回家去了。

第五章

未雨绸缪

第二天一早,袁雪去接林海,电话打了两遍,才把他吵醒。一听来接他,林海还纳闷儿:"咦?一般不是我去接你吗?你怎么来接我了?"

一刻钟后,他睡眼惺忪又醉眼蒙眬地下楼来。

一上车,第一句话就问:"我昨晚是怎么回来的?"

袁雪无限同情地看着他,"我送你回来的,差点把我的鞋跟崴掉。"

林海拍拍额头,"喝大了,断片了。昨晚他们几个确定是今天复工吗?"

"是啊。你说你这人,酒分量饮,干吗玩命地灌自己?"说着,递过早点。

"你做的?"林海接过早点,"我好久没这么喝了,主要也是开心。"

"我妈做的。"

"哦,谢谢妈。"林海说着就往嘴里塞早点。

"啥?"袁雪吓一跳。

林海忽然反应过来,"是谢谢你妈……嘴里吃着东西呢,可能说得不太清楚。"林海一脑门黑线,脸上发烧,心想:我这是还没醒酒吧!

胡总和郑部长早早地来到公司,看着员工陆陆续续进厂,心里那就是十五只吊桶打水——七上八下。林海不知道他们来这么早,也就没来汇报工作,一如既往,去忙活消杀工作了。他心里也没着没落,怕有变故,还特地在群里问了一句。大伟他们几个人答复:放心,正常上班。他心里才踏实一些。

胡总和郑部长得到员工正常上班的确切消息后,长长舒了一口气。俩人不放心,去车间转了一圈,心里的一块石头才落地,迅即给董事会发去已复工的消息。回到办公室,又把林海喊来。

"小林,复工一事,头功给你记上了。下一步,怎么协商解决降薪的问题,你们工会还要多努力。"

"胡总,郑部长,这事我们正在积极准备中。不过,能有多大胜算,不好说。因为《劳动法》有明文规定,用人单位根据本单位的生产经营特点和经济效益,可以依法自主确定本单位的工资分配方式和工资水平。再者,根据目前政府发布的疫情防控期间劳动关系问题的通知,企业因受疫情影响导致生产经营困难的,与职工协商一致后可以调整薪酬。所以,从法律法规角度来说，董事会的决定，无可厚非。我们仅有的一根稻草就是'协商一致'。"林海这两天也恶补了一些相关法律及政策知识。

"有多大把握？"胡总直接问。

林海挠挠头，"只希望董事会能派两位好说话的领导。当然，该做的准备，我们还要全力以赴。目前工会的调查问卷回收情况还不错，截止到今天早上的结果，百分之九十以上了。我们计划晚上加个班尽快梳理出来，希望董事会能看到员工们的真实生活状态。"

胡总沉吟一下，"董事会派谁来，不是咱们能决定的。按你们所想，全力准备吧。"

"我们相信你，晚上再给你们加俩菜。"

林海被郑部长逗乐了，"谢谢领导关心！还没跟您汇报，昨天您一个电话给袁雪打过去，听说您知道喝酒的事，他们差点吓跑了，等听明白是给加菜，把他们几个人感动得稀里哗啦。由此可见，员工们的心理就是这样，对他们的好，不是非得加多少工资、奖金，而是让他们感受到公司的真诚。"

胡总重重地点点头，用手指了指林海，"好！你有如此领悟，看来是得到了李主席的真传！"

林海笑道："我确实是一直在领悟李主席之前的所思所想所为。话说回来，那菜是真好，就是酒差点，喝得我现在还头疼。"

郑部长扭头看胡总，"胡总，这是跟您要茅台呢。"

林海笑着摆手："不敢不敢。酒太好，看看都会醉的。"

第五章 未雨绸缪

当晚，得益于最初的问卷设计以选项类为主，统计得非常快，十点多的时候林海和袁雪就完成工作回家了。路上，林海忽然想起什么，昨晚吃喝的花销还没给袁雪，就问她多少钱，袁雪就说二百多。林海说："不对啊，四包中华就二百多。"袁雪说："那个是从家里拿的，老妈不让老爹抽烟了，怕放坏了，我就偷偷找老妈以给单位领导送礼的名义给要来的，一条呢，剩下的六包在你车的后备厢。"林海开心地叫道："谢谢妈。"袁雪怀疑自己的耳朵出了问题，"一早一晚的，听到两次了，你说啥？"林海坏笑着说："我要给你妈当干儿子，对我太好了，省了满满一箱汽油钱啊！"袁雪差点背过气去，没好气地说："滚犊子！"林海说："给个准数，我转给你。"袁雪说："得了吧，这次算我请，下次你请我。"

回到家，林海洗漱完，给怡菲发微信：宝，睡否？

过了三分钟，那边才回：你好好陪着那位女同事加班吧！

林海一头黑线，赶忙回信息：宝，我为了解决停工的事情真的忙晕了，早上不是跟你说了嘛，昨晚喝大了，所以真的没有听到你发来的微信。那边再也没有回音，估计是真的生气了。他不知道的是，怡菲为了他，已经和父母"冷战"好几天了，无论怎么劝说，她的父母依然不接受他。

林海郁闷半天，发了一条微信：你知道我有多爱你，连我老爹都说我是癞蛤蟆，配不上你，但是，只要你不放手，我就黏你一辈子，比502胶水还要黏。

第二天一早，林海比闹钟醒的还早，看怡菲一晚上都没有回音，情绪低落，失意满怀。洗漱完，点上一根烟。他开始吸烟了，慢慢就习惯了。难道，也要慢慢习惯怡菲的冷落疏远吗？

"你带早点吧，我起晚了。"他忽然想起什么，给袁雪发去一条信息。

袁雪发来一个翻白眼的卡通表情。

等林海来接上她的时候，袁雪明显感觉他的天空多云转阴。

袁雪把早点递给林海，"给，我妈给他干儿子煎了两个太阳蛋。"

"太阳蛋？"

"嗯，驱散阴霾，有时候需要俩太阳。你别以为就你那荷包蛋可以煮出完美的圆润光滑。"她一语双关。

林海听出一些玄机，掩饰道："最近有点累，大战在即，风起云涌啊。"

袁雪啥也没说，只是夸张地呵呵两声，大快朵颐地吃起早点来。林海心想：这小姐姐是不是属狗的，我心情郁闷她都能嗅出味儿来。于是他打个哈哈，"替我谢谢干妈，这俩太阳蛋一定预示着今天晴空万里、好运连连。"

到公司没多久，胡总就告诉他，下周二准备迎接董事会的贵客。林海闻言，莫名有种束手待毙的感觉。

整理一下思路，林海在群里发了全体员工代表开会的通知，又让袁雪协调制造部安排人手顶上岗位空缺。

职工书屋的长桌前，十六位员工代表和他们工会的四个人围坐一圈。林海环视一圈，开口道："各位，接到通知，董事会

第五章 未雨绸缪　　　　　　　　　　　　　　　053

派来协商的人下周二下午到，大家都要出席，我们一起去跟董事会派来的人面对面谈谈。"

大伟兴奋得直撸袖子，"好，盼星星盼月亮，终于把他们盼来了。"

林海赶忙制止，"好嘛，您这是准备给他们拿拿龙？"逗得大家一阵大笑。"各位，不是去吵架，更不是去打架。今天召集大家来，就是统一一下思想，届时，具体分工不同，但是目标一致。大家参加座谈，第一，是代表全公司员工出席；第二，有行使员工授予的发言权；第三，有向广大员工通报协商结果的责任和义务。所以，大家都认真对待，咱们所要做的，是努力为全公司员工争取到一个最好的结果。但是，协商在很多时候都是一个从分歧走向一致或者相互妥协的过程。不降最好，争取少降也是我们的一个选项。"

有代表举手提问："少降是降多少？虽然我们是员工代表，可以代表员工，但是怕最后的结果不能让大家满意。"

林海点点头，"这个问题问得好。众所周知，董事会提出降薪是因为疫情导致公司连年亏损，为了减少亏损才出此下策，我们也要理解，这是董事会不得已而为之。我说这话的意思，不代表认可降薪这个措施。这段时间，我也在想，除了降薪，还有什么方法可以帮助公司减少亏损。比如，我们每一个操作岗位，能不能在降低不良率上下功夫？能不能在工艺或者操作上找窍门？能不能在提高效率上想办法？答案是肯定的。我跟压延车间韩大伟、化成车间的周同、涂板车间的姚新亮、组装车间的韩立文，都有过深入的沟通。他们都是多能工，熟悉每一道工序，知道什么环节可以进一步改进。我说这个，也是抛砖引玉，我想大家都是岗位上的老师傅，都具有丰富的操作经验，我希望大家都从岗位工作出发，多一些思考，多一些发现，让整个生产线都加持一些革新的动能，同时带动一线员工投入降本增效的行动中来。我相信，这是我们协商的一个重要筹码。"一番话说得大家频频点头。

林海接着说："当然，降薪的幅度，我们也要制定一个策略。降多少？员工们的心理预期是多少？我们讨论一下。先请咱们工会的经审委员昔云姐从数据方面介绍一下。"

昔云起身跟大家打了个招呼，说道："我是在公司做财务工作的。我们工会为了圆满解决这件事，从各个方面都做了大量的工作，包括相关法律法规、指导政策整理汇总等。一句话，企业降薪是有自主权的。也就是说，企业有这个权利，咱们需要承认这一点。我着重介绍一下降薪这方面的一些数据，咱们今天这个计算是取平均工资。因为员工的基本工资不同，降薪数据自然也不一样。公司员工总数958人，员工平均基本工资5000元，每人每月降薪15%，公司一年降低亏损约862万元，每名员工每年平均减少收入9000元。确实，如果按照这个标准，公司每年近两千万元的亏损可以降低接近一半。但是，这个降薪幅度是很难被员工所接受的。如果按照10%来计算，公司一年降低亏损约574万元，每名员工每年平均减少收入6000元；按照5%来计算，公司一年降低亏损约287万元，每名员工每年平均减少收入3000元；按照2%来计算，公司一年降低亏损约114万元，每名员工每年平均减少收入1200元。"

林海起身，"数据不是精确的，仅供大家参考。下面有请工会的晓静姐，介绍一下区域内部分企业是如何应对疫情带来的经营困难问题的。"

晓静点点头，"这方面的情况有的是通过私人关系了解的，有的是通过咱们工会的上级单位园区工会、开发区总工会了解的，因为我们只是想做一个横向的对比，受限于企业数量有限等原因，这个对比仅作参考。面对疫情对生产经营的影响，表现最好的是国企，没有发生降薪和裁员情况；五家外企中，两家没有发生降薪和裁员情况，三家选择降薪，降薪幅度从2%到8%不等；五家合资企业中，两家没有发生降薪和裁员情况，三家选择降薪，降薪幅度从2%到5%不等；五家民企中，一家没有发生降薪和裁员情况，三家选择降薪，降薪幅度从5%到15%不等，一家选择降薪和裁员，降薪幅度10%，裁员比例8%。需要补充的是，这个数据的不同，可以反映出企业受到疫情冲击的程度不同，与企业所在行业以及所在产业链的地位等密切相关。也就是说，它不代表社会整体情况。我们公司现在提出降薪，从社会整体情况来说，也是可以理解的。"

林海起身，"我补充一下，这个降薪数据都是指基本工资。另外，所谓的不降薪，也是指不降基本工资，一些平常的加班费等补贴，在薪水比例中还是不少的，而这些由于轮岗、歇班等原因大多数已经不存在了。换句话说，其实，企业员工的收入都降低了。还要补充的是，这个统计里仅限于制造企业。众所周知，服务业、娱乐业遭受的冲击是最大的，很多门店的亏损已不是降薪裁员可以拯救的。从这个角度来讲，我们需要理解公司降薪的决定。我们在低收入中挣扎，企业则是在亏损中挣扎。当然，我们不支持大幅度降薪。现在，我们就可以接受降薪的幅度，来举手表决一下我们协商的底线。我相信大家在私下已经讨论过这个问题了，知道员工们可以接受的降薪底线。请袁雪来统计一下。"

举手表决直接跨过不降薪和降薪15%，从10%开始，没人选10%，8%有两人，5%有三人，2%有十五人。

"好，根据表决，我提议，如果降薪不可避免，我们的底线是2%到8%。也就是说，不能突破8%。大家认为如何？"林海询问大家。

昔云说道："8%的话，员工每年减少收入4800元。当然，这个计算基数要按照员工的基本工资来计算，很多一线员工的基本工资平均三千多元，这样的话，员工每年减少收入将近三千元。"

韩立文举手起身，"我说一句。我觉得8%可以接受，为什么？这件事就像林主席所说的，协商或者谈判，本身就是从分歧走向妥协的过程，这几乎不存在任何一方的完全妥协，就像我们不会同意降薪15%一样，董事会也一样不会同意不降薪。我们现在设定的这个底线就是最坏的结果。"

林海起身，"对，这是最坏的结果。但是，我们还有前置条件，比如，疫情结束、生产经营正常后，降薪取消。再比如，在一定的时间内，大家齐心协力把效益提高到多少、不良率降低到多少，预计在年度内可以为公司带来多大的效益，公司应该按照效益的一定比例予以加薪。"

"对对，这一点非常好！"大伟拍手叫好，大家也纷纷表示赞同。下棋看三步，看来这个林主席不白给。但他们却不知林海在暗地里为此下了多少功夫，咨询上级工会，从网上看案例、觅良策，甚至三十六计、孙子兵法都涉猎一二，比他当年冲击高考有过之而无不及。他明白，这次事情不亚于一次大考。

然后大家举手，全票通过。随后，袁雪起身，就会场纪律、会议礼仪等嘱咐大家一遍，尤其是今天讨论的可以降薪的底线，叮嘱大家暂时保密。散会后，林海单独留下韩大伟、周同、姚新亮、韩立文，交头接耳地交代一番。

工会四人组又开个小会，预判一下谈判可能出现的各种情况，商量一下应对策略。末了，昔云问林海："小林，说句实话，你心里有多大的胜算？"

林海叹口气，"说实话，我心里也没底。毕竟，不知道对手什么样，能不能听进去员工的心声，不知道跟你讲不讲道理。事已至此，既然开弓没有回头箭，也只能明知山有虎、偏向虎山行了。我想，尽力而为，会有一个好结果的。"

晚上，回家的时候，林海让袁雪开车，看袁雪皱着眉头，林海打哈哈，说要再复习一下晓静和昔云整理的资料。袁雪阴阳怪气地感叹:"可惜了,早这么努力,何至于混了十多年才弄个二本。"林海不屑一顾,"学历算个啥,不代表能力。"他心里却想:看我回头怎么收拾那帮来谈判的高学历的人。袁雪一脸狐疑:"哎哟,看不出来还憋着大招啊!"她不知道的是林海看时间太晚,正忙着给女朋友怡菲发微信呢。直到林海看着手机不由自主地笑眯眯,袁雪才意识到什么,到红灯前故意咔的一下给来了个急刹车!

第六章

唇枪舌剑

袁雪的妈妈这些日子比较开心，宝贝闺女屡次点赞了自己做的早点，还一下要两份。这天她忽然犯了嘀咕，"雪儿，跟妈说实话，早点是给谁带的？"袁雪说："同事啊，我们经常互请早点。"老太太追问："男的女的？"袁雪说："就是我们工会的小林，经常搭人家的车。"老太太闻言直皱眉："那也不至于天天给他带早点，让小马知道了会怎么想。"袁雪说："你想多了，人家女朋友可漂亮了。"老太太依旧不高兴："那姑娘心还挺大啊，你要跟他保持好距离，不能让小马想歪了。"袁雪不耐烦了，左一个小马右一个小马的，太腻歪人了，她作揖告饶："拜托，不要再提小马了，我已经告诉他了，我们不合适。另外，以后不用给我做早点了。"袁雪妈妈急了："你说啥？你这个死丫头想成心气死我吗？"袁雪一脸哭丧相："求您了，别逼我，我也不知道是为什么，对他就是不来电。"

小马比她还要郁闷，这个丫头着实让他着迷，跟个小太阳似的，自带灿烂的属性，奈何一开始就对他若即若离，前两天竟然说他们之间不合适，太伤自尊了！以前都是他甩别人，怎么可能被甩！于是乎他就更加玩命地捯饬自己，自个儿皮肤都快跟小姑娘有得一比了，倘若穿上裙子说是女的都有人相信。

协商的日子很快到了。

公司会议室里，林海率众人在圆形会议桌一侧分两排落座，静候董事会代表的到来。他们身着干净的工服，戴着蓝色的口罩，一个个仪表整洁、神采奕奕。

林海面似沉水，心里却波涛汹涌，自己不过一介小小代理工会主席，从未料想一出场就遇到了天色大变、风起云涌。看来自己之前的低调冥冥中是有原因的，若非如此，还不知道会遇上多少麻烦。为了此次协商，胡总和郑部长一连找他三次，询问准备情况，他们生怕谈不拢会导致停工重启。林海何尝不怕，他这可是赌上了工会的声誉。

当董事会代表出现在会议室的时候，他心里反而轻松了许多。看来，恐惧源于未知不无道理。

在胡总的陪同下，董事会三位代表落座林海他们对面。

胡总为大家介绍，"这位是董事会秘书何方先生，大家欢迎。"一位西装革履、梳着油亮大背头的中年男子站起身来，雪白的N95口罩之上，是一双深邃的无法洞察心扉的眼睛，在掌声中他瘦削的身材向众人微微一鞠躬，点头示意。

"这位是董事会法律顾问甄有理先生,大家欢迎。"甄有理摘下口罩,放在一边,鼻梁上那副嵌着厚厚镜片的眼镜,仿佛无声地诉说着它的厚乃是源自无尽知识的积累,微微有点鹰钩的鼻子下,刀片一样的嘴唇完美搭配了他的职业。

"这位是董事会财务干部吴友芙女士,大家欢迎。"她个头不高,身材臃肿,烫着一头大波浪,脸也圆,眼也圆,窄窄的鼻梁上架着一副眼镜。

来者不善,善者不来。

这三位让林海感觉是董事会千挑万选出来的协商代表,哪一位都不好惹。正想着,就听胡总开始介绍他,"这位是公司工会代理主席林海。"

林海微笑起身致意,"欢迎何秘书,欢迎甄律师,欢迎吴女士。"

"这次协商,是公司全体员工委托公司工会来负责的,现场的这些人员,包括工会工作人员四名,员工代表十六名。"胡总介绍完,对何秘书说:"这次协商,我委托公司管理部郑德涛部长旁听,如果有工会代表或员工代表不掌握的情况,可以请郑部长解答。"

何秘书点点头,"好的,胡总,您忙您的。"

胡总离开后,何秘书淡淡地说:"我们就开始吧。"

甄有理举手示意,"何总,在开始之前,我有句题外话问一下这位林主席。"在得到林海允许后,他站起身,松了一下领带,盯着林海开口道:"林主席,我有一个小小的问题请教你。"

林海欲起身，不料被他拦下，"你不必站起来，坐着回答即可。"他的语气里透着一股威压。

林海心头掠过一丝不爽，这是先来一个下马威吗？他微微一笑，"请教不敢当，您有什么问题但说无妨。"

"我很好奇，你为什么是代理主席？是否因为你有什么过人之处，还是为了这次协商特意把你推到前台的？"

这哥们儿洞察力不错。不过，这居高临下的架势让林海不爽。

林海缓缓地说道："我做这个代理工会主席，并非出自本意，而是因为我们工会李主席正在休病假，前些天他累倒在了岗位上，心梗，如果不是我们发现及时，后果不堪设想。是他把我推到了这个代理的位置上。说实话，这个位子真不好坐，如果再给我一次选择的机会，我一定拒绝。为什么？因为这个位子肩负的工作很多、使命很重，心里要装着员工的工作生活，脑中要牵挂着公司的生产运转，我和我的工会同仁，每天都是十四五个小时的超负荷工作。"

"这样的话，加班费是怎么计算的？"甄有理迅速抓住一个关键点。

"哦，甄律师您可能不太了解工会，干工会工作是没有工资、没有补贴、没有加班费的，都是义务奉献。"

何秘书问郑部长："郑部长，是这样吗？"

"是的。干工会工作没有工资、没有补贴、没有加班费。尤其是疫情发生以来，除了本职工作，他们没白没黑的，肩负着公司大量的防疫工作。我们工会的李主席，就是积劳成疾，差点倒下。在我个人的印象里，公司工会就像员工和公司之间的桥梁和纽带，为维护劳资和谐关系发挥了重要的作用。"郑部长答道。

何秘书见郑部长越说越起劲，整出了小作文的节奏，摘下口罩，抬手打断，"好的，郑部长，时间有限，咱们回到正题。"他原本以为甄律师可以抓住这个小辫子给他们一个下马威，可惜反而给对方塑了个金身。他对工会没有兴趣，他的职责是为董事会带回去一个幅度可观的降薪数字。

甄有理再次松了松脖子上的领带，坐下身去。他有点失算，对工会工作了解得不够。

何秘书扫视了一眼职工代表们，缓缓说道："我想在座的大多是老员工了，首先，我代表董事会，对大家多年以来为公司发展付出的辛勤劳动表示感谢！"

林海听到这里第一个鼓掌，引领起一片掌声，让何秘书很受用。

他接着说："疫情之下，企业发展举步维艰，降薪是不得已而为之，这也是众多企业降低亏损的普遍做法。我希望，能得到大家的理解和认同。现在的情况是，因为大家都不理解，更谈不上认同，所以出现了停工。董事会对出现停工事件感到很遗憾，有的董事也非常不满，甚至有提出要把生产线转移东南亚的计划。我们今天坐在这里，就是要好好协商出一个双方都能接受的结果。林主席，您意下如何？"

林海表示赞同："是的，何秘书，我们目标一致——协商出一个双方都能接受的结果。"

何秘书让吴友芙介绍一下降薪方案的出台背景。吴友芙扶了扶眼镜，嘴上说要简要概述，却啰里啰唆了足足二十分钟。从公司疫情以来的各项财务数据，到亏损的构成分析，再到董事会降低亏损的策略方案，都做了说明。方案中占比最大的是降薪，她就降薪幅度做了说明。

"这是董事会基于数据研判，经过深思熟虑的结果。"何秘书环视一圈，"众所周知，任何一家公司如果持续亏损，这是投资方很难接受的，也是很难承受的。就目前的形势而言，不能正常生产经营，则意味着亏损将持续，而一旦到了资金链断裂的地步，生产运转无法维持，将面临倒闭的风险。我想，这是公司所有人都不愿看到的。所以，请大家理解董事会的决定，其目的是公司的生存。何况，此次降薪，是全员，不仅只针对一线生产员工。林主席，你说呢？"

这番话说得滴水不漏。林海沉吟一下，说道："换位思考，作为投资者，换作任何人面对企业出现亏损情况，都不会无动于衷，都会采取各种举措，运用各种手段，努力扭转亏损局面。降薪，是其中的一个选项，也是最直接、最简单的举措。我们工会认为，既然降薪仅仅是其中的一个选项，自然还有其他的选项。"

"其他的选项？难道你们能让疫情消失吗？"甄有理打断林海的话。

"不能。"林海微笑着，"疫情确实是这次事件的导火索，我想我们都讨厌它，所以每天在工作场所消毒的时候，我们都期望消毒液能让病毒退避三舍，远离我们公司，不要影响我们的正常生产。"

甄有理用笔敲了敲桌面，"请正面回答我的问题，其他的选项是什么？"

林海依旧微笑，"您刚才问了两个问题，我刚才回答的是第二个问题。"

甄有理也微笑一下，镜片后的眼睛有光芒一闪而过，"好，请用简短、准确的语言回答我即可，我们今天不是作文大赛。"

这咄咄逼人的气势让在场的袁雪她们和员工代表们格外愤怒，为什么不能有话好好说？为什么要把人逼到墙角？

林海压住心头的怒火，微微一扬下巴，"我的小学语文老师告诉我，适度的描述，恰恰是为了更准确、更形象、更直观。"看甄有理还要打嘴炮，伸手下压，继续说："对于第一个问题我要告诉你的是有很多选项，我还要告诉你这些选项都来自生产一线的员工。"看他锋利的嘴唇张开欲言，林海没有给他机会，继续说道："至于这些选项究竟是什么，在揭晓答案之前，我们工会想请各位听听《疫情期间员工生活状况调查报告》中，关于公司员工的相关数据。"说罢，径直看向昔云，"有请工会经审委员刘昔云。"说罢，他用余光扫一眼甄有理，看见一张微微扭曲的脸。这番连珠炮让员工代表颇为振奋。

昔云迅速起身，不给对方说话的机会，当场中气十足地宣读他们的调研结果。"我们的这组数据,来源于此前的一个调研问卷——《疫情期间员工生活状况调查问卷》。全厂干部员工共计958人,实际回收有效问卷936份,经公司工会对问卷统计梳理,得出如下数据:在已婚家庭中,62%的家庭人口中包括从异乡来的父母,他们来的目的是照顾员工的孩子,做免费保姆;87%的家庭是双职工家庭,其中27%的家庭配偶因疫情失业;71%的家庭月收入在4000—6000元,23%的家庭月收入在4000元之下,6%的家庭月收入在6000元以上。需要说明的是,收入骤减,源于员工们拿到手的仅是基本工资,之前的加班补贴等不复存在;家庭月支出情况比较复杂,如住宿舍的租费月平均800元,租房的房租月平均2000元,买房的还贷额月平均3500元,这仅仅是关于住的,而吃喝、看病、交通等月平均2300元。综合收支,基本上是入不敷出的。100%的员工不赞同通过裁员来降低企业运营成本;90%的员工不赞同通过降薪来降低企业运营成本,在公司极度困难的情况下,10%的员工认同小幅度的降薪;91%的员工对公司目前的待遇感到满意,该满意基于公司没有给大家降薪;96%的员工对公司未来的发展充满信心;98%的员工认为在岗位工作中具有进一步提高生产效率和产品品质的空间……"

当昔云一气呵成读完,林海示意袁雪给三位代表送上一份盖着鲜红工会大印的《疫情期间员工生活状况调查报告》。

"数据真实地反映了我们员工在疫情之下的生活状态和思想状态。我们开展此次调研的目的是摸清情况,测评一下我们的员工究竟可以承受多少降薪而不至于影响生活。换句话说，对于降薪，降不降、降多少，董事会应首先充分考虑员工的生活状态，不能让员工们生活得太艰难。"林海解释说。

吴友芙翻了翻分析数据，说道："从财务角度而言，我认为，这个数据是不准确的，所具有的参考价值不足以左右降薪的幅度。"

甄有理把那沓纸往桌面一扔，也开口道："数据究竟掺了多少水分，也很难判断。不能因为盖个工会的公章，就表明了它的可信度。"

林海微微一笑，看了一眼甄有理，"甄律师所说的数据水分，我认为是不严谨的。为什么？因为我们所有的问卷不仅有员工的姓名、住址、所在车间班组，而且每一份问卷反馈里都有详细的IP地址甚至答卷提交时间，那是精确到秒的。当然，数据没有绝对的准确，就像您每个月的支出不一致一样。另外，关于公章，公章本身就代表了一个组织的公信力，除非萝卜刻的，但是那不仅是丧失公信力的问题了，而是已经触犯了法律。工会既然把章盖下去，就表明认可这个数据，认可它基本反映了员工的生活状态。"

董事会三位代表未料想这个年轻的工会主席准备得如此充分，相比之下，他们着实大意了，本以为三下五除二，顶多退一步，降薪10%就可以给董事会一个不错的交代，不想一开局就落了下风。最郁闷的当属甄有理，堂堂大律师被反复地怼，难以招架。连袁雪都纳闷儿，这一向蔫不唧唧的、时而吊儿郎当的林海，嘴皮子跟开了光一样，那份不卑不亢、沉着稳健的画风令她大呼意外，手心里直冒汗。林海也暗自欣慰遇到一位不善于情感自控的律师，他那种"攻其一点、不计其余"的辩论态度和方法恰是可以拿捏的小辫子。

"林主席，员工们生活困难，投资人连年亏损，这都是摆在明面上的，如果按照您的套路，我们是不是也要搞一个投资人的调研报告，听听他们的满腹苦水？"何秘书故作大度，"好了，这个调查问卷我会提交董事会，但是，我觉得您所谓的其他选项可以放在一边了，咱们开门见山，您认为降薪的幅度多少才是合适的？"

林海报之一笑，"何秘书，说句题外话，工会代表和维护劳动者的合法权益，是《劳动法》《工会法》规定的，本人从事工会工作，实在不敢有半点懈怠。我们工会的李主席经常教导我们，为了员工的利益，工会干部在履行职责时，不要说不能办，要多想怎么办，用实际行动做到职工有所呼，工会有回应。所以，降薪的幅度问题，不是我个人说了算，是员工，现在九百多位员工的一致想法是不降薪。"

"不降薪？董事会的决定是儿戏吗？还是花田精工脱离了董事会的领导？"吴友芙笑了，应该是被气乐了。

林海互动性地堆起一脸笑，连忙说："这话是您说的，不是我说的。我们尊重董事会的任何决定，不代表服从有问题的决定。所以，这也是您光临公司的原因。"

吴友芙挺直身子，"我可不可以把不降薪的想法，理解为拒绝降薪,而这,是不是意味着把协商的路堵死了?"

林海一摊手,"没有啊。一开始何秘书也说了,好好协商出一个双方都能接受的结果。我想提出其他的选项,各位好像也不感兴趣。目前有分歧,我觉得也很正常。您看,您刚才摆明了公司之难,我们也诉说了员工之苦,我们双方应该相互谅解,您多体谅员工的生活不易,我们也多理解股东们的满腹苦水。其实,咱们都是一家人,都有一个共同的目标,让公司渡过难关,正常生产,稳定发展,大家各取所需。"

甄有理忍不住了,"降薪,是法律赋予董事会的权利。《中华人民共和国劳动法》第四十七条规定,用人单位根据本单位的生产经营特点和经济效益,依法自主确定本单位的工资分配方式和工资水平。人力资源和社会保障部办公厅发出的《关于妥善处理新型冠状病毒感染的肺炎疫情防控期间劳动关系问题的通知》也明确指出,企业因受疫情影响导致生产经营困难的,可以通过与职工协商一致采取调整薪酬、轮岗轮休、缩短工时等方式稳定工作岗位,尽量不裁员或者少裁员。"

林海挠挠头。韩立文立刻说道:"您的意思是我们之前签订的劳动合同是无效的?假如劳动合同是无效合同,那公司算不算与员工签假合同知法犯法?如果是有效合同,那是不是公司言而无信?"

甄有理笑一下,"您可能没有注意到,《劳动法》第二十六条规定,有下列情形之一的,用人单位可以解除劳动合同,但是应当提前三十日以书面形式通知劳动者本人。其中,第三种情形是，劳动合同订立时所依据的客观情况发生重大变化，致使原劳动合同无法履行，经当事人协商不能就变更劳动合同达成协议的。也就是说，如果不能就调整薪酬达成协议，董事会可根据此款法律条文解除劳动合同。"

林海摸摸耳朵。大伟啪地一拍桌子站了起来，"咋的，你是说要解除我们的合同？"众人没有想到大伟的脾气跟个炮仗一样点火就爆。林海赶忙起身去拦，大伟把工作帽往桌上一扔，"我就想问问你，你能把全厂九百多人的合同都解除吗？"

"就是嘛，哪有这样的。"

"大不了接着停工。"

"走吧，走吧，告诉弟兄们继续停工！"

郑部长没有想到会出现这一幕，赶忙拦着："大家冷静，大家冷静，不要冲动。"

林海赶紧把大伟按下去，让纷纷起身的几位代表坐下，"大家听郑部长说两句。"

郑部长表情严肃，"请告诉我，你们今天来这里的目的是什么？是吵架吗？吵架能解决问题吗？不要动不动就停工，这不是解决问题的办法。请记住，因为停工导致无法按时交货，因为无法交货导致客户流失，这个责任是任何人都承担不了的。"这话也是说给这三位代表听的。一个个话里话外藏了太多小聪明，为什么就不能真诚点呢？说罢，他扭头看向脸色极其难看的何秘书，"何秘书，我看谈的时间也挺久了，咱们先休息一下。"

何秘书顺坡下驴，点头同意。他深知，谈崩了，停工了，自己回去也无法交差。今天从一开始就不顺，他对这俩助手也很不满，给他们留出那么多时间准备，结果一出场就被怼了个满头黑线。策略不对，方式不对，语气不对，等等，活脱脱一支找虐小分队。恨铁不成钢，也怪自己，主动接下这个艰巨的任务，本来想露一手，可气的是选了两个猪队友。

林海看他们出去了，关上门，抬手打断大家的议论，"各位，幸亏我们的准备比较充分，没有一下被弄蒙圈。"

"是，是，林主席受累了，赶紧的，润润嗓子。"大伟说着递上一瓶水。

林海喝了两口，放下，郑重地说："大戏刚刚开幕，不要松懈。把各自准备的材料好好熟悉一下，需要你发言的时候，一定要不卑不亢，无论有理没理，都要理直气壮。"说着戳戳大伟，"这会议桌看着挺结实的，但是也别练铁砂掌一样玩命拍，手疼。"逗得大家哄堂大笑。

等了二十多分钟，只见郑部长一个人回来了。郑部长关上门，扫了众人一眼，叹口气，"看看你们，谈就谈呗，干吗吵起来了。现在代表们很生气，胡总赔了半天不是了。"

林海微笑，"郑部长，您在现场可是都看到了，他们根本就不想听听员工的心声，就不想听一下工会的意见。"

郑部长摆摆手，"说吧，一句话，最低降薪多少可以接受。"看大家不作声，补充说："就我本人来说，我也不想被降薪，好端端的钱包里被掏走千儿八百的我也不乐意。但协商就是相互妥协的过程，双方都要各退一步，才有达成协议的可能。"

林海点点头，"郑部长，那对方啥意思，最低多少？"

"最低10%。"郑部长说道。

"太高了，我们的意见是最低2%。"林海看看大家，大家点头同意。

郑部长竟然很爽快，"得，就这么着。"他转身而去。敢情他是替人家来问底价的。

过了五分钟，郑部长回来了，"这个最低2%，他们不接受。"

"那……"林海问。

"那什么那，协商暂停，他们回总部汇报，后续接着谈，你们先回去干活。"

林海答应一声，宣布道："大家回去好好工作，回去就跟兄弟们说，让大家放心，我们会竭尽全力争取一个好结果。对于今天的协商过程，如果有人问起来，咱们就统一口径——今天的协商，董事会代表充分肯定了大家的工作，然后双方心平气和地交换了意见，经一致同意，将改天继续协商。"

大家点点头，认同了林海的说辞。

郑部长对林海说，"跟我来，胡总有请。"

胡总顶着满额头的油光正在办公室转圈。他万万没有想到会谈成这个样子，即便有各种刁难，但是拍桌子也是不对的。扭头看见林海进来，他便问："小林，这怎么还拍上桌子了？"

林海一脸不好意思，"胡总，这个事发突然，我着实没有想到。其实之前我也都叮嘱好了，千万不能冲动，结果没有想到对方一开始就频频发难，毫无诚意，三言两语地就把员工代表给惹毛了。"

郑部长也帮腔，"胡总，人家根本听不进去，也不想听工会的意见，我可是现场录音了，估计您听完也得拍桌子，拍完桌子还得骂娘！真搞不懂董事会怎么派来这么三个人，没有诚意怎么谈？不能虚心听取员工的心声怎么谈？"

胡总看看郑部长，拿手指头点点他，转脸对林海说："把下边都嘱咐好，谈崩的事先别公开。"

郑部长替林海答道："您放心吧，小林想得周到，都安排好了。"说着就冲林海竖起一个大拇指，"今天发挥不错，回去好好准备，那帮人再度杀回来免不了还是一场硬仗。记好了，下个月我的工资少了我就扣你的。"

林海呵呵一笑，"郑部长，今天也多亏您帮衬。"

郑部长一挥手，挤挤眼，"别瞎说，我怎么能干那事。赶紧去忙吧。好好准备！"

林海刚出办公室，就听胡总在嚷嚷："来来来，我听听现场录音。"

晚上，向园区防疫办报送完公司疫情情况，林海站起身，长长地伸伸腰，"今天好累好累啊。"

袁雪斜着眼睛审视他，"嗯，今天嘴皮子辛苦了，嘚啵嘚，嘚啵嘚，真是看不出来，老林，你藏得很深啊！"

林海有气无力,"得了吧,赶鸭子上架啊,上去了怎么也得呱呱呱来几声,要不以后咱工会的工作怎么干?"

"嗯,林小鸭同学,我问你,你是不是脑门上安了遥控器?"

"别瞎起外号,太难听了。我脑门上安啥遥控器了?"

"还装!你怎么一挠头,噌地就站起一位来,一摸耳朵就有人啪地拍桌子?"

"不对啊,袁雪,你是不是一直在盯着我看啊?别介啊,这不是成心让宝马男拿砖头拍我吗?"看她小脸晴转多云,赶忙赔笑,"这都被你看出来了,不过是一点小伎俩,活跃气氛的。你也知道,当他们搬出法律法规的时候,我们几乎就等同于束手就擒。"

"也就是说,这出秀才遇见兵的小插曲是故意而为之?"

"是。"林海坦承,"这只是应急预案的一个策略,如果结果不理想,那就让结果更坏一些。"

"不怕谈崩了吗?"

"如果不能好好地谈、真诚地谈,这一次谈崩也是一个好的结局。"

"好结局?"袁雪纳闷儿。

"是啊。谈崩,对于我们而言,是在第一次交锋中,向对方清晰地表达了我们维护员工权益的坚定立场;对于对方而言,实际上是把压力甩给了他们,你说,他们愿意看到公司游走在停工的边缘吗?"

袁雪若有所悟,"你这么安排,干吗要瞒着我们?"

"这个嘛，不想让更多的人知道，就是为了给大家来点惊喜。"

"我也是更多的人吗？"袁雪极度不满。

"当然不是，你妈是我干妈，你是我的好妹妹，怎么能是外人？下不为例。撤吧，哥送你回家。"

袁雪听着别扭，"打住，我妈可养不起你这干儿子。"

"别介啊，我这么优秀。"林海摸摸口袋，掏出半包香烟，深深嗅一嗅，"妹子，回去踅摸踅摸干爹的存货，别放坏了。"

袁雪轻笑一声，"你那宝马女准许你吸烟了吗？"

林海一怔，叹口气，"好久没见了。"听得袁雪心里一阵风起。

"别吸了，对身体不好。"

"我得感谢它，转移了一些事情的注意力。你不晓得，我这些日子玩命一样恶补各种知识，工会的，法律的，演讲口才的，谈判技巧的，等等，感觉自己快要魔怔了，如果重新给我一次选择的机会，一定把这个主席位置让给你。"

"得了吧，我就适合做个助手，我可没有你那雄韬伟略。"

"要不下场你替我冲锋吧。我真怕董事会派出更厉害的妖魔鬼怪，我不是孙悟空，没有七十二变的本事。"

"哎哟喂，林小鸭主席，不就是想抽点好烟吗？小鸭小鸭顶呱呱，等我回去踅摸踅摸。"

第七章

狠人出场

第一次协商会不欢而散。在工会代表的统一口径下，员工们都接受了。毕竟，诉求相差太大，谁退一步都肉疼，那可是真金白银。尤其听说林主席有理有据、舌战群儒，也都安下心来。他们这边波澜不惊，董事会那边则是汹涌澎湃，一听谈回来一个2%，董事们的鼻子都快气歪了。尤其是听到跟他们谈判的是个年轻的代理工会主席，都特别好奇，难道比大律师还难缠？何秘书辩解，员工极其强硬，态度极其恶劣，现场还拍了桌子，主要怕再次引发停工，为了顾全大局，只好先中止协商。董事长看了一圈，直接点名：“史董事，你就辛苦一趟吧。”

消息传来，胡总倒吸一口凉气，"小林，换人了，公司的美女董事来了，来者不善啊！"

"再美也是个人，不是神。咱们有理走遍天下，怕啥？"林海的语气里有点不屑。

"小林,你轻敌了,你现在这个态度,我看要吃败仗。"郑部长敲打他。

林海脑中打个问号,"很霸道吗?"

"岂止是霸道,估计三个你都未必是她的对手。"胡总摇摇头。"她是全国大学生辩论赛的冠军选手,海归,曾任职世界500强企业。"

林海听完冷汗都快下来了,"那……那这人有啥弱点,或者短处?"

"短处?长发,大长腿,漂亮得跟明星一样,唯一有点不足就是离异。"胡总看着雾蒙蒙的窗外。

"这娘们估计是个狠人……"林海思忖一会儿,蹦出这么一句。

胡总转过身,"不过这人我了解,不是坏人,明白吗?只要真诚地去谈,应该没有问题。我不管你用什么方法应对,把事谈好了,不停工,你就立了大功一件。"

郑部长添油加醋,"好好整,根据胜任力给你安排个好位置。"

林海表面上感谢连连,心里却想这俩老头分明就是"画饼"专家。

林海召集众人通告此事,大家支着儿,"兵来将挡,水来土掩,咱们怎么也得整个帅哥出来。"

"我看行,袁姐,您就好好捯饬捯饬林主席吧!"

"怎么也得西装革履，金丝眼镜。"

"别介，我上学最大的收获就是没混上近视眼镜。"

"平光镜或者眼镜框都行，流行。"

林海围着会议桌转了几圈，拍拍脑门，开口说道："各位，来的这位是个狠人，全国大学生辩论赛的冠军选手，连胡总都说三个我都未必是她的对手。我提议，不能跟她硬碰硬，拍桌子的事不能再发生了。胡总说了，这人不坏，何况人家还有董事身份，咱们不能太二了。文明发言，说文明话，都记住了。"

"那您还捯饬捯饬吗？"

"得了吧，如果美男计好用，你们谁爱上就上，行头钱我出，发胶我买，大背头我给梳。"说着瞟了袁雪一眼。那意思是就照着宝马男的样子来呗，气得袁雪直翻白眼。

一直到晚上忙活完，袁雪都不爱搭理他，招呼她走时竟然被婉拒了，"谢谢，岂敢劳驾林主席。"

林海赶忙告饶，"好妹子，别生气，不就是开个小玩笑吗？"

好不容易把她哄下楼，坐进车里。林海道歉，"别生气啦，也没说啥，你男朋友跟模特一样帅啊，你咋还不爱听？"

袁雪瞪起眼睛，"咋回事？没完了是吧？我跟他已经没有关系了！"

"啊，好，怪我多嘴，不提了。"

车子驶出公司大门，林海就看见一辆宝马车停在路边，"哎，说曹操曹操就到。"

"别理他,赶紧走!"袁雪皱起眉头,气呼呼的。

林海意识到他们之间真的出了问题,轻声安慰,"其实吧,朋友之间闹点小矛盾很正常,就事论事,慢慢化解呗。"

"别说了,好好开车。"

一会儿,反光镜里,那辆宝马车跟了上来。林海叹了口气,"不会误会咱俩了吧?"

看袁雪没吱声,林海打开车载音乐填满车里的沉默,侃侃的《滴答》:

嘀嗒嘀嗒嘀嗒嘀嗒
时针它不停在转动
嘀嗒嘀嗒嘀嗒嘀嗒
小雨它拍打着水花
嘀嗒嘀嗒嘀嗒嘀嗒
是不是还会牵挂他
嘀嗒嘀嗒嘀嗒嘀嗒
有几滴眼泪已落下
嘀嗒嘀嗒嘀嗒嘀嗒
寂寞的夜和谁说话
……

车快到袁雪居住的小区门口时,后面紧紧跟随的宝马车突然急速超车拦在了车前。小马的发型今天有点凌乱,他重重地关上车门,朝林海的车快步走来。袁雪怒气冲冲,下车看也没看他,径直向小区走去。

"站住!"小马吼道。

袁雪回转身,冷冰冰地问:"你吼谁?"

"为嘛这样对我?为嘛我去接你你不让?为嘛要他送?他的破车就那么好吗?"说着就去拽袁雪的胳膊。

袁雪甩胳膊挣脱,"别碰我!我让谁送我是我的事,和你有关系吗?"

林海怕袁雪吃亏,赶忙下车。小马怒气冲冲地冲他走来,"你知道她是我女朋友吗?"

"哥们儿,冷静一下!"林海双手下压,"袁雪和我是同事,她是不是你女朋友跟我无关。"

"我告诉你,她是我女朋友!"小马油亮的大背头抖动了两下。

"马志高,我早就告诉你了,咱们不合适!赶紧走。"袁雪气得直哆嗦。

"我走?好,你告诉我,你跟他有关系我就走。"马志高急切地想找到一个撒火的沙袋狠狠地捶个稀里哗啦。

袁雪也怒了,"好!我告诉你,我喜欢他,怎么了?这是我的自由!我就喜欢他,喜欢他长得不帅,喜欢他的破车!"

林海顿时蒙圈了,这姑奶奶不是给自己拉仇恨吗?他赶忙劝,"冷静,冷静,这哪儿跟哪儿啊,没有的事。"

马志高已经听不进去了,颤抖的手指指着俩人,"好!好!

等着!"转身钻进车里,很快地,轰鸣的宝马车闯过一个红灯消失不见了。

两个人站在原地沉默片刻,林海开口说:"感情的事,还得自己拿主意,别委屈自己就好。回家吧。"

袁雪长舒一口气,"不好意思。你回吧。"说罢转身而去,头也没回,又补上一句,"注意安全。"

林海看她的身影消失在小区的拐角,从兜里掏出烟,点上,让香烟安慰一下自己。他没看见的是,袁雪泪流满面。

车里的音乐还在响。

> 嘀嗒嘀嗒嘀嗒嘀嗒
> 有几滴眼泪已落下
> 嘀嗒嘀嗒嘀嗒嘀嗒
> 寂寞的夜和谁说话
> ……

袁雪住的小区离自己住的小区有一刻钟的路程,林海开得很慢,他想起怡菲,漂亮的怡菲,他们的未来在哪里,癞蛤蟆不知道。

忽然,后面的车辆对他不停地闪远光灯,林海脑中闪过的第一直觉是马志高!靠边,停车。随着急促的刹车声,两辆车一前一后把他围住,车里走下五个提着棒球棒的年轻人,包括马志高。还没等林海下车,就听见后备厢砰地被重重一击。林海怒从心中起，恶向胆边生，开门冲出去朝着那个砸车的男子扑过去。那男子挽着袖子，故意露出双臂上花花绿绿的文身，见车里下来的男子赤手空拳，不要命地朝他扑来，不由得一愣，挥棒便砸，随着第二击落下，他下巴直觉一震就仰面躺下不省人事了。林海往前冲的速度快，所以额头接触的是球棒的中部，无形中化去不少力量，估计再慢半步，今个儿就得挂了。

林海脑门一疼，直觉热乎乎的东西顺着脸颊往下流，心里暗道："开瓢了。"他也顾不得擦一下，飞快捡起球棒，朝着剩下的四个人一指，"一起上呗，来，今天我就按住一个打，我是正当防卫，弄死一个当垫背，弄死两个是赚的，弄不死你们，也要让你丫的永远与轮椅为伴！"

江湖有道是：软的怕硬的，硬的怕不要命的。四个人一看他鲜血淋漓的狰狞模样，腿竟然软了，待在原地没敢动。那三个帮凶心里那个恨啊，马志高你个蠢货怎么得罪这么狠的人。

林海指指地上躺着的那位，恶狠狠地问："谁来当第二个？他今个儿在这挂了也是咎由自取。"

那三个人一瞅昏迷不醒的同伴，手里的球棒就扔了，"哥们儿，误会，误会。对不住了。"

林海盯住马志高，一步步走上前，"马志高，你告诉我，这是误会吗？"

马志高一看情势不妙，转身就躲到一辆车后，"你别过来，我伯伯是派所儿的。"

"去你的派所儿，你过来。"

林海追,他就围着车转圈,气得林海照着他的宝马车一通乱砸。那三个人趁着这个机会赶忙把躺在地上的那个人像拖死狗一样塞进后面车里,打着火就跑,另外一个人钻进马志高的车里打着火,扯着嗓子喊"上车",马志高趁机弯腰溜进车,发动机嘶吼着逃命而去。林海也钻进车里,打着火就追。马志高看见了惊呼:"他追来了!"于是,他们又一次闯了红灯,消失得无影无踪。

林海过了绿灯,靠边,掰下车内化妆镜一看,额头开个口子,这会儿血流得少了,他赶忙找纸巾去擦。就在这时,手机响起来了,搭眼一看,怡菲,还是视频电话,接也不是,不接也不是,林海赶忙擦两下,接通了。

"啊,你怎么啦?"怡菲看见视频里林海的那张脸吓得叫起来。

林海赶忙安慰,"没事,蹭破点皮。碰见俩醉汉,干起来了,都被我打跑了。"他哪敢说实话。

怡菲估计是怕爸妈听到,压低声音,命令道:"快,去医院,我一会儿就到。"不容林海说话,咔的一下就给挂了。

伤口不大,林海本想自己回去处理一下,家里碘伏、绷带都有,实在架不住这小姐姐的声势,乖乖地去了医院。

怡菲比他到得还早,看见林海到了,她跑过来边查看伤势边埋怨:"看见醉汉走就得了,跟他们能讲清道理吗?报警了吗?"林海说:"没有,早跑没影了。"

怡菲轻车熟路,挂急诊,让医生一通检查,消毒,脑门上缝了两针打了个补丁，开了点药就完事了。

出了医院，钻进怡菲的车里，林海道歉，"对不起，让你担心了。"

怡菲摸摸他的脸颊，"你记住，以后再遇到这样的事，第一件事就是跑！"

林海握住她冰凉的小手，轻轻地抚摩着，笑着点点头，"嗯，下次我玩命跑。"

"你别嘻嘻哈哈的，多危险啊！你要出点啥事，我怎么办？"

"是啊，万一给打成傻子，那就玩完了，这么漂亮的女朋友可就跟人跑了。"

"你这叫对我不负责任，明白吗？即便我不跑，我守你一辈子，你于心何忍？"说完抽出手，无奈地说："本来，我还琢磨这两天让你去见见我爸妈呢，这下好了，破相了。"

林海心里有些沉重，"他们松口了吗？"

"说先见面看看，帮我把把关。"

林海沉默了一会儿，轻声说："你好好的，无论将来什么样，只要你幸福，岁月便是美好的。"

"干吗呀，说得跟永别一样。"正说着，她的手机响了。"我妈催我回去了。"她挂掉，发了一条语音过去，"我在回去的路上了。"

林海摸摸她的长发，"你在前面开，我在后面跟着送你。"

怡菲摸摸他的脸，温柔地拍两下，"跟紧了。"

林海跟着漂亮的宝马车，忘了额头的伤痛。在一个路口，怡菲开过去后，红灯亮了。

第二天一早，林海特意找了个帽子戴上，尽管帽檐压得很低，绷带还是扎眼得让袁雪发现了。

"怎么搞的，还破相了？"

"没事，昨天不小心磕门上了。"

袁雪半信半疑，"我劝你还是说实话。我读过心理学，分析过微表情。"

林海笑了，"得了吧，别忽悠了。"

袁雪面无表情，"脑门磕门上我信了，那手背怎么有点红肿，这是不是对着墙壁自残了？"

林海直觉有冷汗冒出来，呵呵一笑掩饰道："好啦好啦，实话告诉你吧，昨天晚上回去在小区停车的时候跟个醉汉打架了，他愣说我占了他的车位，一言不合，还把我的车给砸了一下。"

"然后呢？"

"然后……我怒从心中起，恶向胆边生，睁开眉下眼，咬碎口中牙，一鼓作气势如虎，把他打了个落花流水、逃之夭夭。"

"你是不是单田芳评书听多了！你怎么也是堂堂一家企业的工会主席，怎么跟人干架呢？这可不像你的一贯风格！"

对林海来说，撒谎这事真不擅长，他直觉有汗从脑门上渗出，索性把帽子摘了。但是，这实情还真不能告诉她，搞不好她真会跟马志高去玩命。现在多一事不如少一事，得全力以赴迎接董事会那个狠人，经不起别的折腾分心了。然而袁雪何等聪明,知道林海依旧没有说实话,抄起电话拨了出去,半天没人接,于是又打,结果对方给挂了。

袁雪扭头问林海:"说,是不是马志高?"

林海一口否认,"真不是,昨天他不是走了吗?"

袁雪小脸上升腾起怒意,"他可告诉我,已经换车跟踪我三天了,每天都是看你送我回来,我不相信他不会盯你的梢。"说着又操起手机,按下微信语音键破口大骂:"马志高,王八蛋,以后我见你一次砸你一次车。"

"啊?!"林海简直要抓狂了,这妞也是个狠人啊!

摸摸狂跳的心口,他安慰她说:"那个……恐怕,你没机会了。"

"嗯?"袁雪盯着他。

"昨天我追他,他围着车躲我,我顺手把他的车砸了个稀巴烂。"

这丫头听到这里,竟然哈哈大笑,"爷们!昨天干了几个人?我就知道他自己没那个胆。"

"你就是个人精啊!袁雪!这都能猜出来。"林海重重地点点头,"两辆车,五个人,把我逼停到路边,拎着棒球棒气势汹汹就围上来了,我见势不妙,发狠朝那个砸我车的狗癫冲过去就一拳,那狗癫抗击打能力超级弱,白眼一翻就躺下了,不过我也没躲过他那一棒子。见了血我就发狠了,冲那几个人一吼,老子是正当防卫,弄死一个当垫背,弄死两个是赚的,弄不死你们,也要让你丫的永远与轮椅为伴……"

第七章　狠人出场

袁雪听着他兴奋地描述着,快要笑抽了,末了,竟哇地哭了,一个劲儿地念叨,"对不起,对不起,都是我害的……"

林海把车停在路边,递过纸巾,安慰说:"看你刚才破口大骂的样子,我还以为你是个狠人呢,唉,没想到是纸老虎。"

袁雪抽泣着,"去你的,你才纸老虎呢!"她是真的后怕,倘若林海出点啥事,她得愧疚一辈子。

话分两头,那马志高的肠子都悔青了,自己漂亮的宝马车坑坑洼洼、玻璃全裂,惨不忍睹不说,自己请的哥们儿脑震荡都失忆了,醒来第一句话就是"我怎么在这里"。有人就说报警吧,这人成这样、车成那样的,怎么也能关他个四五年。好在这时候还有清醒的人——估计该关几年的是咱们吧!

到了公司,胡总和郑部长一看见林海这副模样,都吓了一跳,"这怎么搞的,还挂彩了?"

林海摸摸纱布,微笑道:"苦肉计。那女的不是个狠人嘛,比比看谁更狠。"

第八章

约法三章

董事会代表史雅带着秘书小方来的这天,林海额头上的伤口刚拆了线,补丁还没到揭下来的时候。

随着一阵高跟鞋敲打地面的声音,在胡总的陪同下,一位身材高挑、穿着宝蓝色西装套装的女子气场十足地出现在会议室门口。一张明星脸,五官精致,化着淡妆,自带十级美颜滤镜效果,一袭长发烫着小波浪卷,知性里透着野性。她身后跟着一位身材略矮的短发女子,齐刘海下有一双会放电的大眼睛,唇红齿白,洋娃娃似的脸蛋,透着一股干练。众人的眼睛都要看直了,连袁雪这等美女都自愧不如。

"这位是董事会董事史雅女士,大家欢迎!"胡总向大家介绍那位身材高挑的女子。

掌声响起。史雅落落大方,冲大家领首致意,"大家好!我是史雅,历史的史,雅致的雅。这是我的秘书小方。"声音甜而不腻，中气十足。小方冲众人点头致意。

胡总指着林海介绍道："这位是我们公司工会代理主席林海。"

林海起身，微笑致意，"您好！史董事。"

"哎，林主席，这怎么还挂彩了？"史雅盯着他额头上的绷带。

林海连忙苦笑着解释，"意外，意外。"

史雅调侃起胡总，"不是演苦情戏吧？"

胡总哈哈大笑，"您真幽默。小林是前几天晚上加完班回家，遇上五个流氓，忍无可忍，英勇反击，不幸负伤。"

"一对五，战斗力爆表啊！胡总，您这是强将手下无弱兵啊。"

"哈哈……您过奖了。"胡总心里苦笑，这话说得我就像黑社会老大一样。

这人气场十足却不高冷，有点出乎林海意料，有点意思，不过心里也不由得暗暗忌惮几分。

胡总退去，双方落座。史雅环视一圈，"我们两个人来的消息大家早就知道了吧？"微笑地盯着林海。

林海笑一下，"是的，史董事。"

"不知道林主席是如何向大家介绍我们的呢？是两个手无缚鸡之力的小女子，还是……"

"是全国大学生辩论赛的冠军选手。"

史雅和秘书小方对视一眼，"你觉得是实话吗？"

小方莞尔一笑,"No!"

林海迎着史雅的目光,心里一阵发虚,有内奸?他觉得现场所有的目光都聚焦到他的身上,往郑部长那儿一瞅找答案,这大爷含笑看天花板,这是啥意思?于是敷衍笑道:"我确实是这么介绍的。"

"还有呢?"

"还……"林海感觉郑部长的表情在暗示什么,一咬牙,心一横,"这娘们是个狠人。"

话音刚落,哄堂大笑,对面的两个人笑得花枝乱颤。那个小方几乎笑抽了,快要钻到桌子底下了。郑部长笑得直抹眼睛,好家伙,这老头眼泪都笑出来了。林海尴尬地咧嘴笑着,心里不亚于十二级地震,肯定有泄密的,不然她不会这么肯定地诈我。林海猜得没错,这泄密者就是胡总。史雅见到胡总就问:"你们下边的人怎么评价我们啊?"胡总了解史雅,直爽,做事从不藏着掖着,随口就说:"我们工会主席说了,这娘们是个狠人。"她们已经笑过一次了,没有想到这话从林海嘴里说出来,还能让她们再笑一次。

"对不住啊史董事,我们这旮沓一般都把能力超级强的人称为'狠人',就是佩服您,没有半点不敬。"林海看她们笑得差不多了,赶紧解释。

史雅止住笑,整理一下褐棕色长发,笑意盈盈地盯着林海,心里想:你这个小子竟然这么评价老娘,眼光挺毒啊!她嘴上却说:"不用描了,越描越黑。其实,我问你这句话的意思,就是看看你是不是一个真诚的人。我觉得，只有真诚的人坐在一起，才能切实解决问题。"

一番话出口，众人无不点赞，这娘们确实有两把刷子。回想上次谈判，如果何秘书那拨人也满怀诚意而来，何至于拍桌子谈崩了。史雅是聪明人，当何秘书带着那两位来的时候，她就预见到了，除非对方是尿包，一唬就能唬住，否则，只能铩羽而归。所以，当她被派来的时候，何秘书还提醒她注意那个工会主席，并让她给胡总他们捎个好，就说自己生病了，这次去不了了。

史雅环视一圈，"那我们现在开始吧，开始之前，我要告诉大家一声，会议全程录音，方便我们整理会议记录。这个不妨碍大家发表意见，董事会也不会借此秋后算账。我向大家保证，拍桌子也没有问题。"逗得大家一阵哄笑。

史雅打开小方递过的文件夹，继续说道："林主席你们整理的那个《疫情期间员工生活状况调查报告》我也看了，你们工会的工作很用心、很细致，心里装着员工的冷暖。我想，正是你们在员工心目中的号召力和凝聚力，才顺利地化解了此次停工事件。仅此一点，董事会就应该对工会说一声'谢谢'。"

一上来就给戴高帽，这是林海无论如何都没有想到的。他以为遇到的是一番针锋相对的唇枪舌剑，未料想是春风拂面、和风细雨。

"从我个人角度来看，看到员工的生活不易，我也非常同情。当然，如果从董事会的角度来看，他们也是满腹苦水无处诉。毕竟，连年亏损，再不行动出手止损那就像进了股市，奥迪进去，奥拓出来；奥拓进去，奥利奥出来。"史雅逗得大家又是一阵哄笑，简直是把谈判现场变成脱口秀专场的节奏。

"我一直认为，公司和员工是利益共同体，一荣俱荣，一损俱损。打个比方，公司就像董事会投资的一艘货船，员工是划船的水手。货船要赢利，靠的是好的待遇和愿景激励水手提高效率，卖力划船，多拉快跑。倘若光想让马儿跑却不给马儿吃草，那结局只有一个——磨洋工。"她顿了一下，"现在的问题是，货船遇上了风暴，遇上了漩涡，不能全负荷载货，水手们是不是应该为这艘赖以生存的船作点贡献，共渡难关？"

林海颔首，"我非常赞同史董事的观点。货船和水手的比喻非常形象，让我深有感触的是，这社会也像茫茫大海，如果船沉了，水手都有救生圈吗？即便能找到一个救生圈，能不能找到一艘新的货船？即便找到了新的货船，能不能比以前的更好？所以，在这个危难时刻，船主和水手的命运紧紧绑在了一起，需要一起想办法，驶出风暴，逃脱漩涡。说到这里，我一定要提一下咱们的员工兄弟，通过调研问卷也可以直观地看出，91%的员工对公司目前的待遇感到满意，该结果基于公司长期以来对员工的厚待，在薪资待遇方面一直是曲线上扬；96%的员工对公司未来的发展充满信心；98%的员工认为岗位工作具有进一步提高生产效率和产品品质的空间……"林海看看左右两侧的员工代表，"他们很多人是伴随着公司成立入职的，兢兢业业干了快二十年了，对公司充满了深厚的感情，他们都希望公司越来越好。虽然这次停工的举动令人遗憾,但这是他们朴素的表达,他们也是于心不忍。"

"林主席对这个比喻理解得很深刻。我也相信您所说的停工是朴素的表达。您也提到,需要一起想办法,比如您刚才说的98%的员工认为岗位工作具有进一步提高生产效率和产品品质的空间,这块儿能不能详细谈一下?"史雅说道。

"概括来说,是两项竞赛加福利升级,我们称之为'幸福2+1'计划。"

"'幸福2+1'?请具体介绍一下。"史雅非常感兴趣。

"我先说一下这个计划的背景,大致有两点。一是为了努力实现降本增效,集腋成裘,弥补公司亏损;二是顺势而为,利用好生产线不忙的时期,以练兵、竞赛的方式提升员工技能,为公司发展夯实人才基础。"

史雅肯定地点点头,"不因困难而懈怠,非常好。您继续。"

林海接着说:"'幸福2+1'里的'2'是指两项竞赛。一个是以工会'五小'活动为载体的员工竞赛活动。这里给您做个说明,'五小'是指小发明、小创造、小革新、小设计、小建议。这是工会组织的一个品牌活动。我们计划围绕这五个方面,鼓励员工立足岗位,为公司降本增效作贡献,并设立奖项,对具有实用价值、可产生实际经济效益和安全效益的优秀提案予以现金奖励。第二个竞赛以技能竞赛为载体,鼓励员工岗位练兵,主动提升自身技能素质,通过岗位技能竞赛的形式,一方面以赛促学,为各岗位优秀技能人才脱颖而出提供平台,进一步掀起学本领、练技能、提素质的热潮，促进生产效率及产品品质提升；另一方面选拔技能人才，为下一步开展多能工培训计划储备技师人才，夯实公司高质量发展的人力资源基础。对于优秀技能人才，不仅要大力表彰，还要在工资中给予技师补贴。除此之外，将为优秀技能人才打开管理岗的晋升通道。以上获奖人员自动晋级年度优秀员工评选，并予以重奖。"林海顿了一下，接着说："'幸福2+1'里的'1'，就是福利升级。包括多个方面，比如员工的生活、学习、文体等方面，切实提升员工的幸福感、获得感。尤其要加大帮扶困难员工的力度，不仅要借势借力用好上级工会的福利政策、帮扶政策，我们还计划公司工会和公司行政共同出资设立'花田温暖基金'。"

史雅叮嘱小方："把这块儿记一下。您继续。"说罢就示意林海继续说。

林海说："还是举例说明吧。让各位员工代表来说一下，毕竟他们在生产一线，熟悉自己的岗位。谁来说一下？"

后排的一个员工代表举手站起来，谈了厂区节电建议，通过采用LED灯、红外感应灯等方式，实现节电降本的目标。还有一名叉车工代表谈了库区扩容、提升周转率以及节油的提议。随后，韩大伟、周同、姚新亮、韩立文也纷纷起身从所在车间的情况着重谈了岗位革新、多能工培训、技能竞赛的价值，并以数据形式计算了降低不良率带来的利润。袁雪从某些岗位离职率居高不下的原因分析了稳岗想法，并以数据的形式比较了熟练工和新人在工作效率、产品品质方面的差异。昔云介绍了现有的上级工会福利政策和帮扶政策，表示公司工会将充分利用好上级工会的普惠政策，借势借力为员工办实事、办好事。晓静从升级评优评先的缘由、意义谈起，介绍了从物质层面和精神层面加强员工激励的想法。最后，林海作总结，并坦言，相信"幸福2+1"这道计算题，最后的结果一定大于3，有些潜在的经济价值是需要时间来积累的。

史雅把笔放下，认真地说："刚才听了大家的发言，都非常好。咱们先把降不降薪放在一边，我想听听郑部长的意见，您对这'幸福2+1'的可操作性感觉如何？"

郑部长开口道："这'幸福2+1'计划是小林他们工会的集体创意，最近这几天胡总和我们正在细化方案，将打破固有的管理思维和模式，瞄准激发员工创新能力、内在动能，全面推行。另外，还将在班组这一层级的管理岗位推行轮岗制，让更有能力的一线员工走上管理岗位。当然，这需要一个培训的过程，工会将借助系统的力量来开展。包括选拔技师，建立让技师在生产一线发挥传帮带作用的制度，也正在谋划中。我们的目标就是形成一个不断发现人才、培养人才、激励人才的良性循环。在讨论这些问题的时候，我们也没有考虑凭借这个去当作少降薪或不降薪的筹码，我们觉得很有意义，用胡总的话说，这叫背水一战之际的二次创业。"

史雅频频点头，"是的，我也有同感，这是一件非常有意义的事情。我请教一下郑部长，为什么之前没有想到这么多的改进或者革新的好点子？这是不是说明我们之前的管理还存在问题?"

郑部长坦言,"您说的这个问题我和胡总也反思过,我们推进的精益生产一直是自上向下推进,因为作为管理本身,它的设计是相对完善的,只要员工按照这个设计去操作即可。但是,我们却忽略了员工本身具有的能动性。换句话说,是把员工仅仅当作操作员、最终执行人,像机器一样运转,这是一个巨大的缺陷。"

史雅若有所思,说道:"我一直也在思考,我们大力推行的精益生产,不能说没有成效,总感觉还缺少一种东西,今天明白了。这就像是电灯安装好了,但电压不够。目前看,这个'幸福2+1'计划就是一座小型发电站,在带给员工幸福光亮的同时,最可贵的就是以稳定的电压输出激发了士气,提升了凝聚力。我相信,任何管理忽略了人性都不会走远。我谨代表我个人向林主席这个提案点一个大大的赞。"说罢,她翘起纤细的大拇指。

林海脸上荡漾起舒心的微笑,"谢谢史董事。说实话,对企业管理我是门外汉,对工会工作我也不过是一个小白。想必您也听说了,我是临时代理的,因为此次降薪引发的停工逼迫我恶补了许多知识。也许是当局者迷、旁观者清的缘故,感觉在这个方向发力,可以解决很多问题。有句老话叫:得道多助,失道寡助。我觉得放在企业管理的角度也是适宜的。试想一下,企业如果在福利上多用'情'、文化上多讲'情',争取到员工发自肺腑的热爱,就没有达不成的目标。包括我们工会工作也一样，工会工作的本质，就是做人的工作。只有真心实意地为员工办实事、解难事、做好事，让员工感受到工会的好，体会到'娘家人'的亲，他们才能与工会形成良好互动，自动团结在你身边，才愿意跟你走。"

"我对工会了解得不多，印象里听老一辈人介绍，就是吹拉弹唱、打球照相、布置会场、迎来送往、领导讲话、带头鼓掌，还有什么……"史雅纤细的食指跟聪明的一休一样在耳边画圈。

"谋点福利，搞点游艺，过节来探望，平时指不上，还有什么发米发面、发油发丧、敲敲锣打打鼓、卡拉OK跳跳舞……"林海嘴上一套套的，心里却说："没事，我帮你翻老账，看完老唱本你就会发现新剧本的好。"这些顺口溜都是老爹听说他成为代理工会主席之后念叨给他的，让他别穷折腾，没用，那是按方子吃药——总是老一套，不会有新鲜玩意儿。

"对对对。"史雅笑成一朵花，"那个年代的工会就是这样。"

袁雪看着有点憋气，这俩人是在说对口相声吗？

林海笑道："那是老皇历了，现在不一样了。您可能不了解，现在一些拉美工会已经开始借鉴中国工会的经验了。因为，它们发现一味地停工已经不好使了。"

"什么经验？"史雅极富兴趣，盯着林海。

"双维护。"林海解释道："工会维护员工权益天经地义，维护企业利益也是责无旁贷。猛一听这有点两面派，其实不是，维护企业利益就是为了更好地维护员工权益。企业发展好了，员工才能更有保障。企业关门歇业了，员工又该去哪里找保障？"

史雅点头,"我明白了。这应了那句古话:皮之不存,毛将焉附?"

郑部长开口补充道:"史董事,我们下一步要做的,就是全力支持工会工作,让工会为企业管理注入不可替代的活力。"他看看表,提议:"我看时间不早了,咱们休息一下,先用午餐,下午继续?"

史雅有点意犹未尽,连连摆手,"不作过多打扰,咱们尽快说正题吧。"言罢,对林海一笑,"林主席,现在咱们谈谈降薪降多少?"

林海心想现在应该算是趁热打铁的好时候,他呵呵一笑,"是啊,史董事,跟您聊得很开心,有点出乎我的意料,我本以为跟上次一样,会唇枪舌剑,互相不服。"

史雅颔首赞同,"我跟您的感觉一样,没有想到会聊得很投机。这样吧,双方都做让步,您先说一下大家的底线。"

"2%。"林海没有犹豫,迅即补充说:"刚才咱们就如何降低公司的亏损也探讨了一系列方案,我相信董事会从公司长远发展的角度,也会重视这些方案。其实我不想把这个当作协商的筹码,这本身也是工会以及我们员工应该做的,即便谈得不理想,这个计划我们还是会全力推进。"

史雅点头,盯着林海,"我明白。实话实说,从我个人角度来讲,2%我接受,但是董事会那边接受的难度估计会很大,我希望你们能再做一些让步。"

林海对视着那双漂亮的会说话的眼睛,"那您认为,董事会的底线是——"

"8%。"她朱唇轻启,又补充道:"我会建议董事会在生产经营正常之后,取消降薪。"

林海伸手想挠头,忽然又落下,他怕大伟误会自己在发信号,尽管事前已经明确文明谈判。而这个降薪幅度着实太高,令人挠头。"史董事,恕我直言,这有点太高了。我知道,您也得回去好交差,但8%的话,按平均工资计算,员工每年减少收入四千多元,当然,也许在很多人看来,每月不过区区四百元。我需要补充的是,有些信息,您可能从我们那份报告里看不到。这四百元,可能是员工孩子一个月的奶粉钱,可能是家里老人一个月的药费……我觉得,在员工生活遇到困难的时候,我们应该优先关照他们。虽然在生产经营正常之后您会建议董事会取消降薪,我认为,纵然锦上添花万般好,总归比不上雪中送炭情意重。"

史雅思忖一下,开口道:"如果我再加一条,你们的'幸福2+1'计划倘若在生产经营正常之后发挥了巨大的作用,体现出真金白银的效益,我还会向董事会建议加薪。"史雅不想明确这个数字,林海的这番话让她心软,人心都是肉长的,员工的收入她清楚,那份报告她看了好几遍,就像有人所说,生容易,活容易,生活不容易。

林海咬咬嘴唇,尽管他和大家早就商议好底线,真到这一刻,让他来决定的时候,才知道太难了。那种感觉就像是他从兄弟们的口袋里掏钱一样,九百多人哪。思忖片刻,他站起身,对着两侧的员工代表深深地鞠了两躬，一下把大家搞愣了。

"兄弟们，感谢你们的信任！对不起，我决定，再加一个点，3%。"

大家这才反应过来，看着面色凝重的林海，心里涌起一股说不出的滋味。袁雪瞬间泪目，眼泪在眼眶里打转。史雅的心像是突然被什么撞了一下。

大伟反应最快，起身安慰林海："林哥，咱们不都说好了吗，都听你的。"

林海重重地点点头，看向史雅。

史雅也盯着他，心里清楚，公司越难，心越不能散了，也许正如林海所说，纵然锦上添花万般好，总归比不上雪中送炭情意重。沉默片刻，她终于作出决定，开口道："我同意。"她莫名地感伤，仿佛多拿走员工1%薪水的人是她。

林海向她深深鞠一躬，"谢谢！"

史雅摇头，说："不。不用谢我。林主席您请坐。毕竟，我是受董事会委派，希望得到大家的理解。"她用笔在记录本上圈画几下，接着说："首先，我会向董事会如实汇报今天座谈会的情况；其次，我会尽最大努力促成董事会同意咱们的协商成果，也可以称为约法三章。第一，在生产经营正常之前，全员月工资降薪3%；第二，在生产经营正常之后，取消该降薪；第三，倘若'幸福2+1'计划顺利实施并取得成效，按估算利润的一定比例给全员加薪，具体比例再议。"

会议室里响起了热烈掌声。这一刻，林海的眼睛湿润了。

第九章

"幸福2+1"

史雅走后,胡总听了郑部长的汇报,百思不得其解,就这么简单?就这么容易?前些天都快打起来的秋风萧萧愁煞人的节奏,变成了现在春风拂面艳阳天。他问郑部长:"这怎么跟拍电影一样,剧本想怎么写就怎么写啊!"郑部长直挠头,说:"是呢,出乎意料,这史董事一向是个狠角色啊,江湖传言她谈判跟带着刀子一样。"

不光这俩人深感意外,就连林海、袁雪、昔云、晓静、韩大伟、周同、姚新亮、韩立文以及其他代表们在喜出望外的同时,也感到不可思议。林海说:"莫不是这娘们是菩萨转世?"韩大伟说:"咱们是得去拜拜菩萨,保佑董事会那边顺利通过。"

林海忽然想到什么,一抬手,"各位,迅速行动起来,细化'幸福2+1'计划。"

好在以前李老头在的时候,有开展一些活动的底子,在原有方案上优化修改倒也容易。林海和袁雪奋斗了一个晚上,"幸福2+1"计划草案出炉,第一时间发群里,让各位员工代表提可执行、易执行的建议。对于技能竞赛,先拿了一个框架,因为具体的竞赛项目需要制造部来根据岗位工作进行梳理设计,这个需要时间。第二天,又结合各位员工代表反馈建议进行修订,直到下午才成稿。

当林海把草案送到胡总办公室的时候,只听胡总开口道:"你来得正好。"

胡总又把郑部长喊来,才对俩人说:"史董事刚才来电话,要'幸福2+1'计划。"

林海给俩人递过去,"草案,热乎的,刚出炉。"

胡总闻言一顿惊叹,盯着林海问:"你们家是不是算卦世家?"

把林海说蒙圈了,在郑部长的大笑声中才恍然大悟,"胡总您别开玩笑。我可不是未卜先知,我就是觉得好事应该尽快干,快点干,早点出成绩,争取取消这个降薪计划。不过,我确实也想到了,如果董事会对这个'幸福2+1'计划感兴趣,应该很快就找咱们要。"

胡总点点头,"嗯,行,有算卦的天资。"说着就招呼郑部长,"赶紧的,咱们看一下,对了,这事制造部高部长也得掺和一下,喊他一起来看,没有问题就报过去。"

郑部长说:"那一会儿的月度例会推迟一下?"

"明天再说。"

"明天是周六。"

"哦。下周吧，这事要紧。"说着，从办公桌后转出肥胖的身子，招呼林海，"林主席，您请上座。"

"啊！"林海吓了一跳，这是让贤吗？

"啊什么，用我的电脑，我们看有啥不合适的地方现场改。对了，带电子版文件了吗？"

"带U盘了，想着给您拷贝一份呢！"林海坐下来，心想总经理的位子还是蛮舒服的嘛。

制造部高部长人如其姓，瘦高个，竹竿一样，早年留学日本，曾在日企工作多年。他一进门吓了一跳，怎么总经理换人了？

胡总赶紧招手，"来来，老高，咱们现场办公，尽快敲定一下这个方案，上次我跟您聊过的，您那块儿得配合好。让咱们工会的小林主席现场改。"

高部长也倍儿找乐，"吓我一跳，我以为总经理换人了呢。"

这三位逐字逐句地读，逐条逐款地审。林海正忙着噼里啪啦地敲字，手机忽然响了，吓一跳，一看是怡菲，赶忙挂掉。不料怡菲又很快打来，林海直觉汗水噌地冒出来，郑部长给他解了围，"没事，你先接。"

林海接通，小声说："我在开会，一会儿回给你。"说罢就挂了，挂完又直接关了机。

电话那边的怡菲特别不高兴，心想那就发个微信告诉他吧，回个微信总没有问题吧！结果石沉大海，等到下班也没有回音，再打电话，关机。

四个人忙活到晚上七点半，才最终定稿。毕竟里面涉及的诸多条款需要结合公司实际情况来反复推敲。这三位深知董事会那边对上报文件的要求，来不得半点疏漏，不能因为冠之"草案"就可以少一丝严谨。

把方案电子版发给史雅，胡总松了一口气，一歪头，看见林海，"你还坐上瘾了，还不闪开。"逗得郑部长、高部长一阵大笑。林海尴尬地笑道："这地界确实挺舒服。"

正笑着，胡总手机响了，他一看，嘘一声，"别说话，狠人来的。"

"胡总，您这也太高效了，下周一给我就行。"那边说话很客气。

"呵呵，史董事，您吩咐的事情，我们哪里敢怠慢？不瞒您说，我和郑部长、高部长、林主席，忙到现在晚饭还没吃呢！"

"罪过罪过，回头我去开发区的时候请你们。"

"呵呵，史董事您客气了，该我们请您，好好答谢您！这事您就多费心了。"

"胡总放心，我会尽力的。董事长想看这个详细计划，也预示着事情在往好的方面发展。这样吧，我这两天好好地拜读一下，有什么不明白的我再请教您。"

"这个方案是我们林主席主笔的，为了提高沟通效率，让我们林主席跟您对接吧，一会儿我让他加您的微信。"说着，竟然冲林海挤个眼，也不知暗藏几个意思，林海只觉一阵头大。

第九章　"幸福2+1"

胡总跟史董事通完电话，吩咐林海："小林，这个任务就交给你了，24小时待命，随时准备回答史董事的问题。"说完就把史雅的微信名片推送给林海。看林海苦笑，说道："干吗啊，哭丧个脸，又不是让你去……"

林海微笑着赶忙投降，"马上加。"他掏出手机才想起关机的事，一开机，只听炸机一样的信息接连响起。怡菲发来好多条信息，估计生气了，但现在还顾不上看。

"史董事您好！我是林海。"验证消息发过去。

三秒后，那边通过，"您好！林主席。"外加一个抱拳的小表情。她的昵称叫"吐个泡泡"。

"胡总吩咐我24小时待命，您有任何问题尽管问我。"外加一个特囧的小表情。

史董事咔地给他送上一个兰花指OK的表情。

"嘿，聊上了？"胡总有点不怀好意，"咱去食堂吃点饭吧。"

林海尴尬一笑，"胡总，您跟郑部长、高部长去吧，我回去看看袁雪那边疫情报告的上报情况。"看见沙发旁边的方便面箱子，又接着说："借您点泡面就行了。"

"好，随便拿。"

"好嘞。"说罢，林海抱起那箱子就走。

"哎——太狠了，都给搬走了。"

郑部长笑道："得了吧，给您办了多大的事啊，还在乎这点泡面。"

胡总呵呵一笑，"嗯，还别说，我觉得，这小子专'克'那史董事。"

郑部长摆手,"说得不对,那怎叫'克',对第一拨人那才叫'克'。"

袁雪正在电脑前统计数据,听见脚步声,抬头看见林海抱着一箱方便面回来。"哟,您这一下午,就赚了一箱面?没劲!去外面干零工搬砖也能赚俩鸡腿啊。"

林海摸一把额头上的汗,"别找乐,我的天啊,这一下午折腾的,快散架了,然后又被架上了。"

"咋了?"

"正赶上董事会要那方案,仨老头折腾我改了半天,终于发过去了,又让我24小时待命伺候那娘们。"

袁雪酸溜溜地说:"哎哟喂,多美的差事啊,那么美的还能聊得投缘的大美女,我要是男的肯定求之不得,心里乐成一朵花。"

"小姑奶奶,求放过,我给您老泡个面。"林海告饶。

袁雪一笑,"聊归聊,小心点,别让您那宝马女给你拿拿龙。"

林海闻言一惊,"坏了,不说都忘了。"

"今晚来我家吃饭,我爸妈答应见见你。"

"看见了吗?"

"开什么会?连个微信也不能回?"

"你搞什么呢?"

"你要不愿意就直说!"

"姓林的,说话!"

"好了,算了。"

怡菲整整等了他一下午,最后失望至极。算了?算了是几个意思?天啊,这事怎么都赶在了一块儿。林海脑门上直冒汗,用手背擦了擦,一想还是电话来得快,拨通了怡菲的手机,结果响了两声,那边就传来"您拨打的电话正在通话中"。完了,不接。他只好回复微信:对不起,我绝对没有故意不回消息的意思,我确实走不开,有个文件董事会要得急,公司那三个老头逐字逐句地改,我得敲字……他一口气发了十来条消息。

袁雪在一边看得清楚,知道那宝马女现在已经给这哥们儿拿上龙了。

林海摸摸口袋,起身,"你先辛苦一下,我透透气。"

袁雪知道他是出去抽烟了,摇摇头,心中涌起无限的同情。

林海回来的时候,袁雪正对着两个饭盒、两桶泡面托腮发呆。

"怎么不吃?怎么还变出来俩菜?"

"郑部长说犒劳犒劳你。"

"没胃口,你吃吧。"

"早说嘛。"说罢,她打开饭盒盖,就着泡面甩开腮帮子大快朵颐,就差吧唧嘴了。

林海看得两眼发直,"哎,咱保持点淑女形象好不?"

她嘿嘿一笑,"哥们儿,我是真饿了。我劝你啊,遇事别跟林黛玉一样，那样死得早。不管咋的，先吃饱。学过历史吗？数千年的历史告诉我们，只有肚子吃饱，才能天下太平。"

林海坐下来，面条一样趴在会议桌上，侧脸贴着桌面，挤出一个变形的苦笑，过了好一会儿才忽然说："我想喝点。最近好累。"

"喝吧，上次剩的啤酒不都在你办公桌下面吗？"袁雪颠颠地去给他取，钻到办公桌下薅出一包，"六听够吗？你安心喝，我开车送你。再说，郑部长电话里安排了，周末让咱们歇两天。"

林海只喝了一听，便觉得醉了。酒不醉人人自醉。

回家的时候，袁雪看到尾厢盖被砸的那个大坑，"这不准备修了吗？"

"这么着吧，看着多拉风。"

"我觉得还是修修好，不然会影响你的运气。这就像家里太乱，会挡财运的。"

"好吧，忙过这阵再说。"

直到周六晚上，林海终于打通了怡菲的电话。

"对不起。"林海的声音有点沙哑。茶饭不思，躺床上一天。电话里怡菲叹口气，什么也没说。

"我知道，这是你好不容易争取来的机会，我不应该错过的。希望你能理解，我不是故意的。"

"我妈准备了一桌子菜……"语气里，怡菲到现在还没释怀。

"对不起，是我不好。"

"你不知道，我费了多大劲儿才说服他们……"

"请给我一次机会，我当面道歉。我一定要解释清楚。"

"先这样，再说。"怡菲挂了电话。

怡菲挂了电话，来到客厅，对爸妈说林海要来。怡菲妈一听就火冒三丈，想起自己腰酸腿疼准备的那桌子菜，他想来就来，不想来就不来？咱家是饭馆？怡菲爸却说："来吧，明天就来，我正好要看看这是哪个名门望族家的公子。"怡菲的眼泪不争气地落下来。她觉得自己就是钻风箱里的老鼠——两头受气。为什么自己的幸福不能自己选择？她不在乎林海的家庭是什么样的，不在乎林海做什么工作，不在乎林海赚多少钱，她只想找一个善良有趣的、把她捧在手心里的、自己喜欢的人。想到这里，她转身回屋。最先软下心肠的是爸爸，他说："好了，不是说了嘛，让他明天上午来。"她脚步没停，眼泪不止，仿佛心里憋屈着一个哀伤的贝加尔湖。

林海看到"明天上午来吧"的消息后，心里舒服了好多。他赶紧盘算带点什么礼物、穿什么衣服，一照镜子，看见额头上的补丁，这哪能成，自己小心地揭开纱布，伤口愈合得不错，不过看样子可能会留疤。想来想去，痛痛快快地洗了个澡，自己消了毒，贴了创可贴，比补丁好看一些。忽然想到车被袁雪开走了，他赶忙联系袁雪，袁雪说车在修理厂呢。他吓了一大跳，"怎么了，周五晚上你撞车了？"袁雪说："修尾厢盖去了，着急用明天就去取。"

第二天一早，袁雪早早地把车送来，见林海打扮得利利索索，不由得心里一沉，抬眼看见他额头上的创可贴，直觉心被揪得生疼，轻声问："伤口还没好吗？"

林海说："没事了。"

"您这是去相亲还是定亲啊？"她的语气酸不溜秋。

林海没回答她，看尾箱被砸的坑已经修平了，漆面破损处抹了腻子，"谢谢，做好事也不打招呼。"

"客气了，林主席。"说罢，袁雪转身便欲扬长而去。

林海拦她，"干吗去，上来吧。"

她歪着头，"咋的，要我陪你去相亲？"

"我去商场，正好顺道送你。"

她犹豫了一下，第一次坐进后排。

林海一怔，没说什么。一路上，她看着窗外，一言不发。车停在小区门口，她才扭身下车，留下一句毫无感情色彩的"祝你好运"。

当林海大包小包地提着一堆东西出现在怡菲家的时候，看着宽敞的客厅、昂贵的红木家具、精致的瓷器、大家手笔的字画，不由得想起自己那个局促狭小的家。没办法，万事皆有命，半点不由人。自己老爹幼时家贫，没上几年学，没法混上处长，没有发财的想法，天天有空就鼓捣版画，也没混成艺术家。生在这样的家庭，是命。尽管在他的内心里，不认为物质的鸿沟可以阻隔爱情，而真到了现在，底气着实不足了。

怡菲爸妈礼节性地请他落座，怡菲看茶，二老盯着林海的额头看。林海摸摸创可贴，说是不小心磕的，然后对周五未能赴约深表歉意，说了事情缘由。

怡菲妈捶着自己的腿诉苦，那感觉就像准备年夜饭一样，好不容易做好摆上桌，一看日历，结果是明天过年。

林海尴尬地冒了汗，再次道歉。然后怡菲爸开始问家庭、学历、年龄，对工作一通打听，林海如实一一答复。

"企业终归是企业，现在市场变化太快，今天红红火火，明天可能就偃旗息鼓，你就没有想过换个稳定的工作吗？"怡菲爸问。

林海微微一笑，"目前没有这个想法，走一步看一步吧，计划是先把现在的工作踏踏实实干好。"

"干工作踏实是一项基本素质，但是作为新时代的年轻人，应该跟上时代的步伐，踏准时代的节拍，心中有理想，脚下有方向，身上有闯劲儿，勇立在潮头，才会发现天地广阔。你看看现在好多的年轻人，为什么考研、考公务员？明知道人多桥窄，还要削尖脑袋往里钻，无非就是为了一个稳定的饭碗，为了人生有更好的发展，为了自己的家庭更幸福美满。小林，我不是说你现在的工作不好，意思就是年轻人应该有年轻人的朝气、志气。"怡菲爸语重心长地说。

林海频频点头，"叔叔教育得对，我会好好记住，努力上进。"

"我觉得你的学历现在是一个很大的问题，二本，需要提升。像我们机关招聘，报名的是大把的研究生，哎呀，真是不可想象，以前感觉本科就很不错了。"怡菲爸摇摇头。

"本科生现在端盘子也不稀奇。去年我跟姐妹去火锅店吃火锅，端盘子的小姑娘就是本科生，因为一直没有找到理想的工作，只好先干着。"怡菲妈双手一摊，"这要放在五年前，怎么可能？大学生啊，寒窗苦读十多年端盘子去了。"

怡菲有点不乐意了，怎么就揪着学历不放了，哪壶不开提哪壶啊，"妈，这个年代劳动最光荣，靠自己双手不偷不抢、不赌不抽，多赚多花，少赚少花，只要钱是干净的就足够了。"

怡菲妈抬手制止，"你得了吧，你上班两三年攒下几个钱？买衣服、包包还不是搜刮你爸的钱包吗？前两天说带着我出去逛商场，结果一拐弯先去了加油站，油钱你都让我掏。"

怡菲满头黑线，心想那就是跟您撒个娇、卖个萌，怎么就成了搜刮？干吗在林海面前说这些。她没好气地打断说："好好，回头您算算我花你们多少钱，我都还给你们。"

林海赶忙灭火，岔开话题，"怡菲，阿姨说端盘子的事，无非就是举一个真实的例子，那意思是说咱们一定要努力上进，不然会被这个社会甩在后面。"

怡菲爸见老婆冲女儿发飙，不管怎么样这还有客人呢，赶忙也劝，"时间不早了，你赶紧去张罗几个菜吧，一会儿让小林留下吃个饭。"

怡菲妈手一摊，"哎呀，我怕跟周五一样准备一通再来不了，就啥也没准备。"说着起身，"我现在去买菜。"

"不用了，阿姨，我坐一会儿就回去了……"林海正说着，手机响了，掏出来一看，是史雅的微信语音电话。这大姐真是会挑时候，他赶忙接通。

"喂……"

"林主席上午好啊，没打扰你吧?"史雅声音特大，林海只感觉悦耳的女声在偌大的客厅里回荡，马上调小声音也不可能了，他眼睛的余光察觉到这一刻怡菲和她爸妈的耳朵好像都支棱起来了，目光唰地聚焦在他的脸上。

"史董事您好，我在外面有点事，我一会儿回给您可好?"

"哦……好的，就是'幸福2+1'的事，也不着急，您什么时候有空再回给我。"说完就利索地挂了电话。

林海抬起脸，"不好意思，我们公司的一位董事，就是上次来公司对接调薪的那位。我们给董事会提交了一个活动草案，因为是我起草的，公司胡总安排我跟她对接沟通。"

"'幸福2+1'，这听着还挺哏的。"怡菲妈开口，仿佛说出所有人的心声。

林海赶忙解释："'幸福2+1'是为了说服董事会不给员工降薪而制定的一个降本增效的方案，那天胡总他们拽着我就是为了修改这个方案才耽误了事，没来成。"

"哦，这女的听声音就感觉特漂亮。"怡菲妈也不知要带什么节奏，林海听着有点刺耳。

"妈，你不是去买菜吗?"怡菲的脸色明显不好了。

林海起身，"不必麻烦了。叔叔阿姨，时间不早了，我就不打扰了。"

怡菲不满地拽他一下,"不是跟你说在这吃饭吗?"

林海微笑,看了一眼怡菲,"你刚才也听见了,老总交代的事,我不能怠慢了。下次吧,下次我带点海鲜来,我有个同学家里有渔船,经常出海。"

怡菲爸站起身,"小林,那这次就不留你了,既然是单位老总交代的,不能马虎。你以后来就来,千万别带什么东西,家里都有。"

"好的,叔叔,阿姨,那你们留步,我就告辞了。"林海看了一眼怡菲,"你穿这么少,就别出去了,今天风大。"

怡菲还是执拗地送他出去,到了那辆破车前,怡菲叹口气,"今天我妈有些话不要放在心上,她平时就那样,刀子嘴豆腐心。"

林海点头,"好,我知道,没事,阿姨也没说啥啊。你回去吧,风有点大。"他嘴上说得云淡风轻,心里却是波涛汹涌。他爱眼前这个漂亮的姑娘,很爱很爱。

"风把我刮跑了你才高兴呢。"怡菲的脸色却跟川剧变脸一样,面带愠色,"晚上给我说清楚这个美女董事是怎么回事!"

怡菲爸妈站在窗前,看着楼下林海的那辆破车,"看见了吗,老张?脑门上打补丁不说,车屁股上还打个补丁呢。"

"说这个有用吗?我北京战友三环有里三套房,他儿子是国企的副总,开的是迈巴赫,你宝贝闺女不乐意有个屁用!"

第九章 "幸福2+1"

林海开车行至一处僻静之地，靠边停下。点上一支烟，拨通了史雅的微信语音电话，很快，那边接通了。

"林主席忙完了？"

"是的，史董事，您有何吩咐？"

"吩咐不敢，是请教。我想问一下工会经费的问题，我看到在一些福利支出和奖励支出中提及了工会经费。"

"工会经费是按每月全部职工工资总额的2%上缴上级工会，然后咱们公司工会可以留存其中的60%。"

"嗯，我想问问工会经费现在有多少？从财务角度支出没有问题吧？"

"现在有40多万元，财务支出这块儿有规章制度，活动奖励每人不超过300元。"

"力度不大。那剩下的就靠公司来兜底吗？你看，一等奖可是3000元。"

"原来我写的是600元，当时计划工会和公司一家一半。胡总说太少，没有吸引力，对人才就应该重奖，才提高到3000元。"

"没错，荣誉不能填饱肚子，依我看3000元都不多，因为你选出的是全公司的精英人才。"

林海感慨，"您说得对，人才宝贵。另外，史董事，我还要补充一下，工会经费支出的范围很广，比如开展培训活动聘请讲师、组织开展文体活动、节日慰问等，都可以走工会经费，能为公司节省不少开支。"

史雅笑了，"我不是那个意思，就是想了解一下，到时候免得被董事长问住了。另外，我看技能竞赛的项目还空着。"

林海赶忙解释："对，因为计划让更多的员工都参与进来，所以，就意味着在竞赛项目的设计上要体现出广覆盖、全员参与的特点。现在高部长那边马不停蹄地在忙这件事。"

"好，我明白了。谢谢林主席，打扰啦！"

"不客气，随时待命。这事还得拜托您多多费心。"

林海放下手机，看着前方，街边的树木生出了嫩绿的新芽，远远望去，写意一般为小城涂上一抹如云似雾的绿。春天来了，可为什么心里还住着一个冬天。

林海一时不知该往何处，突然闲下来让他手足无措。呆了许久，他决定回家看看，好久没有回去了。拐弯去菜市场，买了点水果、蔬菜和排骨。老爹喜欢吃排骨，老妈舍不得买，一周给吃一次就不错了。今天去怡菲家他花了大几千，回家看自己父母岂能吝啬，买了十斤排骨。

回到家，老爹正戴着老花镜伏案刻版画。听见门响，一抬头，看见儿子进来，"哟，稀客啊，林代主席。咦？脑门怎么打补丁了？"

"没事，不小心磕了一下。"

"今天是什么风把您吹来了？"

"这不今天休息嘛。主要吧，是因为我昨晚做个梦，您要吃排骨，我妈说啥也不买，然后你们就吵架了。看，十斤，让您吃个饱。"林海大大咧咧地胡诌。

老爹瞪大眼睛说："这……都能梦着？你妈现在越来越不像

第九章 "幸福2+1" 117

话了,我都半个月没吃过一块排骨了,现在她是一门心思地要攒钱给你买房,天天往外跑,去看房子。"

"啊……"林海万万没有想到自己的胡说八道成真了,"这买啥房啊,我也没要啊!"

"人家说了,远郊一万多的不买,要买核心区三万以上的,要配得上儿媳妇的。"

"那您告诉她我要去北京三环内。"

"啊?你要换工作去北京?"

"是啊,去捡破烂儿!"林海看着老爹的样子又气又笑,这老头怪不得吃不上排骨。

洗手下厨,择菜蒸米,这是林海的拿手好戏。他自己都觉得以后失业了可以去开个狗食馆,面积不用太大,创新几个精致小菜,养活自己不成问题。

老妈大概是闻着饭香才回家的,一进门,浓郁的肉香味让她极不适应,冲林吉利吼:"老林,你是不是拿我的钱买肉了?"

厨房里探出来个脑袋,"我的妈啊,您不是初一、十五吃素吗?现在改全素了?"

"你咋回来了?怡菲呢?没来吗?"说着,老妈四处打量。

"没有。她忙。"

饭桌上,围绕着房子问题林海和老妈争论一通:"房子住着舒服就好,干吗有一万的不买非得买三万的,城郊远一点不是问题,现在都有车,一会儿就到。"老妈戳他脑门,说:"我算看出来了,你真是随你爹,什么事差不多就成。房子贵有贵的道理,贵有贵的价值，最关键的是让怡菲父母怎么看，人家什么家庭，咱能买个一万多的娶人家过门吗？你老妈是穷，但是要脸面。"林吉利喝着小酒、啃着排骨，不参与讨论。老妈火了，"你就知道吃吃吃，你说我说得对吗？"林吉利放下酒杯，说："这事要分怎么看，如果从咱家存款看，一万多一平的房子首付自然绰绰有余，还能添置点别的。可要是三万多一平的房子，那就首付全进去，咱每天就得啃白菜帮子了。"老妈气坏了，一拍桌子，"林吉利，明天出去打工去。"林海的心里特别不是滋味，赶紧劝："先吃饭先吃饭，有事饭后接着说。"吃完饭，林海洗刷完毕，把今天去怡菲家的事情原原本本地述说一遍。老妈立马蔫了，"那意思就是人家父母没看上你呗，说实话，你脑门是不是让他们家给挠的？"林海说："怎么可能呢，人家文明人，刚才不是说了嘛，在车间不小心磕了一下。我的意思呢，就是买房计划先搁置，你们千万别难为自己的生活，以后的事情谁知道呢。如果这个不行，也许有个持房待嫁的正等着我呢。"林吉利闻言点头，"嗯，我看行。"老妈一听就急了，冲林吉利呸了一下，心里一通哀号：可不，现在这房子就是自己陪嫁来的！哎哟我的天啊，难不成真是龙生龙，凤生凤，老鼠的儿子会打洞？！

第十章

"姐夫"你好

当董事会决定降薪2%的消息传来的时候，胡总、郑部长、高部长、林海等人都愣住了，不是说的3%吗？董事会开恩了？林海说："应该是史董事上报的就是2%。"果不其然，胡总拨通史雅的电话后，史雅第一句话就是："惊喜吗？"第二句话就是："林主席感动了我，员工们不容易，我告诉董事长，'幸福2+1'计划让我看到了比降薪50%还要宝贵的东西。"

林海知道了内情，心里涌起一股暖流，掏出手机，给"吐个泡泡"发去两个字：谢谢！

不一会儿，那个打着OK手势的卡通娘娘跳了出来。

消息传开，员工们都很满意，从15%变成2%，刷新了他们对工会的认知。紧接着，开展"幸福2+1"系列活动的通知发布，首期推出"花田'五小'岗位创新大赛"的公告，让公司员工一片沸腾。一等奖1名，奖励3000元；二等奖2名，每人奖励2000元；三等奖3名，每人奖励1000元；优秀奖100名，每人奖励100元。一时之间，议论纷纷，热度空前。过了没两天，计划开展劳动技能竞赛的通知贴出，希望广大员工立足岗位磨炼操作技能，备战技能大赛。

一切慢慢步入正轨，林海想起了李老头，他恢复得应该差不多了吧，该回来了。他想恢复自己原有的生活节奏，尤其是那天听了怡菲爸爸的话，触动良多，想提升一下自己的学历。拨通李主席的电话后，还没等他开口，就传来熟悉的爽朗笑声。

"林主席好啊！"

"李主席别拿我找乐了，我就是代理的，太累了，天天盼您回来，您恢复得差不多了吧？"

"一时半会儿回不去，前段时间又生病了，输了好几天液。你就好好干吧，你的事我听胡总说了，干得很好，没有给我丢脸，关键是没有给工会丢脸！"

"我还想跟您汇报这事呢。之前没解决的时候也没敢跟您汇报，怕您担心，影响您康复。"

"你就放手干，大胆干，出啥事我给你兜着。"

"好，您也好好休养，等您回来。回头找个时间，我和袁雪她们去看您。"

"再说再说，前两天袁雪已经来过了。"

林海一怔，他不知道这个事，于是开玩笑说："她没告我状吧，这段时间她确实很辛苦。"

"没有，她呢，就说还想继续考公务员。你呢，回头在工作上多给她留点学习时间。"

林海痛快地答应了。

晚上,送袁雪回家的路上,林海说:"以后你晚上就不要加班了。"她不解,"为什么?"林海说:"安心学习,争取今年考上。"她拒绝了,用一种懒洋洋的口气说:"那是我的工作,是李老头交代的,你无权剥夺。"林海笑问:"不识好人心的上一句是什么?"说完,他的肩膀就重重地挨了一记粉拳。

大伟他们约了林海五六次了,说好的庆功宴,说好的他们来请,订了餐又取消,折腾那家湘菜馆好几次了,老板一看见他的电话就发毛,最后一次忍无可忍:"哥们儿,再取消的话,下次就先收你雅间费。"

林海也是没辙,要么因为加班折腾到很晚,要么临下班又被胡总喊走。这天终于成行,他们工会四个人,以及大伟、周同、姚新亮、韩立文四个人,刚好凑了一桌。

这是小城里最正宗的湘菜馆,老板是湖南人,食材大多是从老家发来的,玩的就是特色,食材好,厨艺好,餐具古朴,生意格外红火。

大伟做庆功宴开场白,代表员工表达了对工会的感谢,一线的员工听说了两次谈判的事,又结合当前开展的"幸福2+1"系列活动,都深深感受到了工会对大家的好。

林海很清醒,尤其是那天史董事问他工会经费的事情之后,他回去认真查了查资料,又学习了一遍,这让他倒吸了一口凉气——工会的经费,是员工缴的,工会有什么理由不好好为员工办好事、解难事?有什么理由不把经费好好花在员工身上?

大伟开场白后,邀请林海讲两句,林海起身说出了这个事实。

"首先感谢大伟、周同、姚新亮、韩立文的盛情邀请,我们工会的四个人,说实话,受宠若惊,受之有愧。为什么?因为,各位作为工会会员,工会经费是从大家的口袋里掏出来的,工会为大家办好事、解难事,本是使命所在,本是职责所在,何谢之有?当然,做点事能让大家满意,我们也很欣慰。这是对我们的鼓励,也是满满的期待。我们一定会用行动当好大家的'娘家人',为大家去谋取更多的福利。"林海端起酒杯,"所以,这第一杯酒,是工会感谢大家的信任、支持。"

众人起身举杯,大伟开口道:"好,一家人不说两家话,不客气,不见外,今天咱们就是哥们儿、姐们儿之间的小聚。"

剁椒鱼头、湘西土匪鸭、辣椒炒肉、干锅肥肠、湘西外婆菜、毛氏红烧肉……一道道经典湘菜上桌,色香味俱全,大家食欲大开,深度体验一番无辣不欢的感觉。一个个无不两鬓生汗,额头闪亮,口中生火,四体通泰。吃上家乡菜的晓静红光满面,为大家逐一介绍每道菜的特色和做法。袁雪被辣得红晕染腮,雪碧、可乐全不管用,晓静说要不以辣攻辣来点白酒,袁雪倒了半杯喝了,居然有效。

酒过三巡,林海给抽烟的几位发了一圈烟,"今天有姐姐们在场,咱们稍微控制下,少抽点。"吧嗒点上烟后,他又说:

第十章 "姐夫"你好

"咱们'幸福2+1'系列活动，只能成功，你们几位一定要深度参与，不仅是奖金的问题，还有后续的技师人才储备、管理岗的晋升，都需要在过程中树标杆、立典型，更关乎着董事会给咱们加薪的事情。你们得奔着这个方向努力，缺什么，补什么，全面提升各方面的素质和技能。"

大伟哈哈一笑，"以后就仰仗林哥了。"

林海抬手制止，"仰仗不敢当，我立擂台，你们台上耍大刀，得看自己的真本事，台上的一切事情都公平公正公开。"

周同、姚新亮、韩立文点头称是，周同直言："这点我赞同，别像有些人，业务能耐稀里糊涂，溜须拍马一把好手，凭着给领导送点好处就弄个班组长当，知道的都瞧不起，底下的员工都不服。"

姚新亮也说："我了解底下的兄弟们，就冲着'公平公正公开'这六个字，我看咱这活动不仅能成，还能火起来。为啥？因为班组里缺这个，评先进、涨工资，甚至安排个加班、安排个好岗位，不请个酒吃个饭、送点好处，你都得不到的。"

"任何事情都是这样，真正做到公平公正公开，什么单位都能充满活力、无往不胜。"韩立文说道。

"其实李主席也一直这样要求我们做事情，十二个字——公平公正公开，关心关爱关怀。"林海开口道："说起李主席，我想起一件事，就是工会代表的事。这件事李主席之前就想做，计划通过正儿八经的选举，在各班组推选出一批工会代表，让咱们工会把根扎到底。这事的目的，一个是通过工会代表更好地了解员工需求，倾听员工的心声，把服务做到员工的心坎里；另一个是发挥工会代表的带动作用，动员身边员工积极参与到工会活动中。我跟昔云姐、晓静姐、袁雪都商量过了，计划直接把上次的员工代表都升级为工会代表。"

姚新亮说："林哥，这没有问题，大家肯定都支持。"

林海说："不过，要跟大家交代清楚，干工会工作，是没有任何报酬的，是义务劳动，是志愿者。"

袁雪擦擦额头上的汗，摆摆手，"这话不对，至少还是有荣誉的，不是有'模范职工小家'以及'者子友'嘛。"

"者子友？姐，介是嘛玩意儿？"大伟问。

"就是优秀工会工作者、积极分子、工会之友。"袁雪解释说。

昔云也说："这个真可以有，按照相关规定，评选表彰优秀工会干部和积极分子，物质奖励每年最高800元呢！"

"为什么不能发现金？"大伟问。

"文件规定就是这样的。"昔云答道。

"有些规定就是拖后腿的，实际上就是打消你做事的积极性。"大伟抱怨说。

"前段时间我看新闻，市里搞个医药技能大赛，一等奖是2万元，二等奖是1万元，三等奖是5000元。"韩立文说。

昔云解释："这个情况我问过，区级以上工会是不受限制的。"

"那咱们'五小'竞赛的奖金没事吧？"姚新亮问。

"这个没事，咱们工会支出是最高300元，剩下的是公司掏。"昔云说。

林海说："上边也有自己的难处，毕竟管理者嘛，是担着责任的，规章制度是让事业有章可循、规范运行的基础。话说回来，有，比没有强，不让发现金，买点实用的东西也好，毕竟目的是激励先进典型。这个事啊，袁姐受累搞个方案，咱一年评一次。"

袁雪小手一挥，"袁姐老干活儿，袁姐不开心。"

"袁姐辛苦，敬您一杯。"林海对身边的袁雪举杯。

她呵呵一笑，"我随意，您干了。"

林海看看半杯酒，一仰脖，杯子见底，让众人连连叫好。

林海是那种沾酒就脸红的人，额头伤口的补丁早已拿掉，由于酒精的缘故，那个伤口越发清晰地显露出来，袁雪惊奇地发现那道伤疤弧度优雅，跟简笔画版的微笑小嘴一样，还带着那种调皮的歪扭状。这也太艺术了，刻意文身估计都没有这等自然吧。

大伟无意间看见袁雪的花痴样，故意拎着酒瓶凑到林海身边，"姐夫，我给您满上。"

"嗯？"林海一愣，没有反应过来。

大伟边倒酒边笑道："工会是员工的'娘家人'嘛，喊你一句'姐夫'怎么了。"说着，冲袁雪说道："是不，姐？"

袁雪喝点酒，也没经大脑，张嘴就说："是啊。"

直到大家哄然而笑，俩人才反应过来被套路了，闹了个大红脸。

林海连连摆手,"打住打住,喝多了。"

袁雪嗔笑着,"大伟,你干了,我随意。"

林海双拳一举,给袁雪加油,"把他们都灌桌子底下去。"说罢,起身往外走。他来到前台,掏手机要结账,不料韩立文跟了出来,一把拦住,"林哥,今儿是我们哥几个请你们,赶紧回去。"

一看拉拉扯扯也不好看,林海只好作罢。

袁雪今天喝嗨了,散场的时候走道似踩棉花,摇摇晃晃还不让扶,一个劲儿说没事。林海找了个代驾师傅,把他俩送到袁雪家小区门口,决定把车放在这里了。后座上的袁雪睡着了,斜靠着座位,秀气的鼻尖在路灯的灯光下闪着一星亮光,透着一分别样的可爱。

"姐,醒醒,到家啦。"林海打开车门,轻声唤她。

她竟然笑了,不过没睁眼,"姐想睡会儿,好累。"

"回家睡吧,着凉就麻烦了。"看她不动,林海轻轻摇摇她的肩膀,"再不回去,你妈会生气的。"

袁雪睁开惺忪的眼睛,看看四周,"这……哪里?"

"这不是送你回家嘛。你说你,干吗喝这么多?"

"开心。你管得着吗?"

"开心也不行,以后不能喝酒了,万一遇上坏人怎么办?"

袁雪呵呵笑道:"怕啥,这不有你吗?"说着,挣扎着要下车。

"你慢点，别磕着脑门。"林海一手搀扶着她，一手挡在她头上。她双脚落地，腿一软，就一个趔趄扑倒在林海怀里，俩人触电一样呆住了。

"你是耍流氓吗？"她的脸贴着林海的胸膛问。

林海扑哧笑出声，"好像，这话应该我说。"话音刚落，后腰就被狠狠地掐了一把。

"喝多了，没事没事，刚才扶住的是根电线杆子。"她说完一阵笑，努力站直身子，摇摇晃晃地回家去了。

"你的包不要了？"

"你拿着，把包给我送回家，不用送我。"她一甩手臂。

林海苦笑，"咋感觉你还缺二两五呢。"说着，锁了车，一手拎包，一手搀住她的手臂。

袁雪嘿嘿笑，也不知是装醉还是真醉，"如果遇到我妈，千万松手，不然，她会以为我真的喝醉了。"

进了电梯，袁雪歪着头，笑眯眯地说："我告诉你一个小秘密。"

那样子让林海一阵紧张，"明天再说吧。"

她小脸一板，正色道："不行！听好了——"说着，指着林海的额头，"你这个疤，好好留着，很可爱，会带给你好运，会带给你幸福。"

"啥时候学的相面啊，袁大师。"

正说着，电梯开了，林海扶袁雪刚出电梯，就见一户人家开门走出一位中年妇女。

"妈，我回来了。"她特自然地从林海手里拿过包，并摆脱了林海的搀扶。

"阿姨好！"林海忙打招呼。

女儿和一个年轻男子的出现让袁雪妈瞬间愣住，出乎意料，非常突然。见这个小伙跟她打招呼，这才反应过来，"哎，你好。"转脸看向袁雪，"我正想出去接你呢，你这是喝了多少？"

"没事，喝得不多。"袁雪笑着一指林海，"喝多了也没事，这不还有我们林主席嘛，厉害，打得过好几个流氓。"

袁雪妈打量一下林海，客气地笑着说："上次的事，我听袁雪说了，真是谢谢你。来家里坐一会儿吧。"

林海笑了笑，"谢谢阿姨，时间太晚，就不打扰了。袁雪，我先回去了。"

袁雪摆摆手，"好的，明天早上我给你带早点。"

"好好。谢谢。"林海逃也似的下了楼，心想这丫头是在套路自己吗？

第二天早上，林海打车去取车，顺便接袁雪。等了二十分钟，她才一溜小跑出来，一见面就气喘吁吁，"对不住，睡过了。我……我昨晚真是你送回来的吗？"

"你吧，昨天晚上正面看着像是真喝多了，侧面看着吧，是真没喝多，我也不知哪个是真、哪个是假。"

"我啥都不记得了。"她微笑，"给，早点。"嗯，这事记得还挺清楚。

"是吗？昨晚某人还一本正经地给我看面相，左看看右看

第十章 "姐夫"你好

看，还动手动脚。"

"啊……"

年度工会代表名单公示通知贴在宣传栏后，林海就去找郑部长求援了，宣传栏太小，宣传信息太多，快贴不下了。郑部长大手一挥，"马上，再加两组。"两天后，林海看着新建的两组宣传栏，连连对郑部长竖起大拇指。郑部长说："你尽情耍，广阔天地，看你如何大有作为。"

袁雪建议，既然有空间了，可以考虑海报式宣传，更醒目，更直观，更有吸引力。俩人和昔云、晓静一商量，符合工会财务支出规定，搞！

袁雪学过设计，三下五除二，就花田"五小"岗位创新大赛、劳动技能竞赛赛前通告，以及年度工会代表名单公示，各出了两款设计稿，经工会四人组商讨，将"幸福2+1"作为统一宣传标识，突出宣传用语的使用，确定了一款视觉冲击力更强、创意更好的设计思路。例如，在花田"五小"岗位创新大赛宣传海报中，将"岗位寻宝——小思路撬动大革新"作为宣传主题；在劳动技能竞赛赛前通告宣传海报中，将"寻找大拿——让匠人之心点亮岗位之灯"作为宣传主题；在年度工会代表名单公示宣传海报中，将"工会代表在身边，沟通服务更快一步"作为宣传主题，将"更多福利已启程上路……"作为宣传语。袁雪在图文结合、色彩搭配上又下了一番功夫。海报定稿后，找文印店打印出来，在宣传栏、各班组休息室张贴开来。如是一番操作，活动入心，宣传入脑，反响极好。胡总也赞叹工会四人组可以开广告公司了。他没忘拍照给史董事汇报活动进展。史雅回了六个字：藏龙卧虎之地。

公司上下的一致肯定，也让工会四人组倍感欣慰，干劲十足。对于工会宣传，他们也进行了诸多探讨。围绕要不要开设公众号、开拓线上宣传战线，进行过热烈的讨论。袁雪、昔云、晓静一致认为自媒体传播快、覆盖广、直达粉丝的这些优势是线下宣传所不具备的。林海直言不看好，一边编得红红火火，另一边读者很少，通过点击量可以清晰看到宣传的传播效果是什么样的；一些无良自媒体为了流量搞笑搞怪、造谣造假、东拼西凑、旧饭新炒、胡编滥造，媒体应具有的道德底线洞穿、公信力沦丧，令人反感。何况自己本身工作就很忙，费很大精力搞出来，员工也未必喜欢，倘若步入为发推文而发推文的节奏，那就陷入了自虐循环。袁雪反驳道："你就是老古董，咱们仅仅是面对公司员工。"林海辩解："好的宣传教育只有一个标准——触动灵魂，好的宣传教育只有一个结果——感同身受。上下五千年，最牛的媒体是口碑，口口相传胜过百篇冠冕堂皇的文章，咱把为员工谋福利的事做好，就是最好的宣传。"袁雪感叹："一念之差，失之千里。"林海说："你若不信，可以做个调研，同样的活动宣传，放在微信推文和海报宣传里，最得人心、最有效果的一定是海报。当然，前提是策划设计出相对有水平的海报。"最终，此事后议。

第十章 "姐夫"你好

林海深知,"幸福2+1"计划只许成功,不许失败。而活动能否成功的关键是员工的积极参与,大家有什么看法想法,必须了解到。于是,他和袁雪、昔云、晓静深入生产一线,与员工面对面座谈交流,倾听大家的心声。

果不其然,通过座谈交流,他们发现许多问题。对设立工会代表大家都非常赞成,公示的代表人选也没有异议,问题主要集中在"五小"岗位创新大赛和劳动技能大赛上。比如,有的员工不知道如何用文字和图片方式来描述自己的小发明、小革新,有的员工凭一己之力无法完成效益计算,有的员工问可否两人或者多人申报一个项目,还有员工问劳动技能比赛的项目设计能不能多设立一些,让更多的人参与进来……林海他们均一一解释回答,对需要统一答案的,比如参与"五小"活动的模板,以举例说明的方式及时进行完善发布。林海感慨,座谈交流是个宝,凡是落实工作用一纸通知搞定的,都是假大空。

这一圈走下来,林海的"姐夫"绰号也圆满礼成,一下多了好多"小舅子""小姨子"。尤其是去大伟班组的时候,刚进休息室,就听大伟的大嗓门喊起来:"'姐夫'驾到,热烈欢迎!"

大家喊多了,也都习惯了,袁雪这个"姐"从一开始的粉面涨红,也逐渐变得面不改色心不跳,习以为常了。

第十一章

代表亮相

在工会代表公示期结束之前,林海召集袁雪、昔云、晓静专题议事。林海直言:"工会代表目前看没有变化了,选出来不是为了给工会装点门面的,要发挥他们贴近员工的作用,履行沟通职能。我提议所有工会代表,包括咱们都应该亮身份,让员工随时随处看得见、找得着。身份如何亮,我想了几个点子,一是挂胸章或者戴臂章,二是联系方式上墙。她们三个人说臂章不好看,还有可能会影响岗位工作操作,胸章可以,金属的还不易脏。"然后大家围绕胸章的样式、体现的内容进行讨论,最终交由袁雪根据大家的想法进行设计。至于联系方式上墙,大家认为以海报的形式展现最直观。

袁雪用一个晚上做出了两个设计稿,发群里大家讨论了一下,最终选用圆形徽章,红底金字款,直径2.5厘米,中间是工会标识,其外围绕"花田精工工会代表"八个字,"忠诚党的事

业　竭诚服务职工"两行小字落在底部。袁雪还在工会代表联系人海报里增加了联系人头像。

林海把方案给胡总审阅的时候,胡总频频点头,"小林,我觉得不错,整个活动有大局、有细节,步步为营,稳步推进,我相信'幸福2+1'计划在你们工会团队的运作下,一定会取得丰硕成果。"

"胡总,我们能顺利地开展工作,最关键是得到您的支持和信赖。倘若没有您的支持,'幸福2+1'计划就不会存在。"林海说得很中肯,这也是事实,"我和开发区总工会领导聊基层工会现状的时候,提起过这个关键因素,很多基层单位工会干部不是没有能力,也不是没有热情,而是因为没有遇到一个像您一样懂工会、支持工会的老总。人家说火车跑得快,全靠车头带,我说工会干得好,全靠老总顶!任何单位里任何事,一把手不重视不支持,最后一定是元宵不叫元宵——白丸(白玩)。"

"两天没见,拍马屁的技术连升三级了。"胡总呵呵一笑,"对了,我也正想找你谈谈,关于你工作岗位的问题。我和郑部长合计过好几次了,我们认为你最合适的位置就是工会。你也知道,李主席还有几个月就退休了,他也极力地向我们推荐你。"

林海说:"这个没有问题,我现在也是边学边干,越干感觉越有趣。我也在求证,当工会的作用全力发挥,能为员工带来什么,能为企业发展带来什么。"

胡总点点头,"你能这么想,说明你进入状态了。我刚才的话没有说完，我说的干工会是指专职干工会工作，我们想让你成为专职工会主席。"

林海有点惊讶，"专职？"

"对。因为我们看到了工会的价值，也看到了你的能力和潜力，我们想见证这个选择，看看工会对于企业管理的意义及价值所在。"胡总注视着林海，"这可以理解为一个管理实验。至于你的个人待遇，计划连升三级，按课长待遇。你看有什么意见吗？"

如果说林海不开心，那肯定是假的，工资涨了一大截。"这个安排我睡觉都会乐醒的。胡总，您放心，只要有您的支持，我们一起把'幸福2+1'计划干得漂漂亮亮，让员工得实惠、有奔头，推动公司有活力、有发展，我的待遇不重要。"

"你也不用高兴得太早，这事还得上报董事会批准。我估计问题不大，更何况有史董事在。她对'幸福2+1'计划也很关心，问过我好几次进展情况了。对了，你把这个代表徽章和代表名单海报发我一下，让她看看。"

不一会儿，那边就有了反馈，"胡总，我看了一下，名单那个没有问题，胸章有点异议，我发个图，你们参考比较一下。"一张图片很快发来，手绘的，长方形，彩色logo居左。"'花田精工工会代表'及佩戴者姓名分为上下两行，'忠诚党的事业竭诚服务职工'如果非得要，可加中间点，作为第三行，但是字号要小，所有字为黑色，底色金属选用镜面银。"

林海看了一下，"跟我们做的另外一版比较像，我让袁雪改

第十一章　代表亮相

一下。"

袁雪接到领导的反馈，根据描述很快出了一版，发了过来。胡总让林海直接给史董事发过去。

不一会儿，史雅的语音电话打来，"林主席，动作太快了吧！"

"史董事，实不相瞒，这是我们的另一版方案，跟您的思路比较相近，调整起来相对容易。"林海坦言。

"嗯，你知道为什么我喜欢这版吗？"

"请您赐教。"林海很客气。

"第一，你可曾想到过，这个徽章挂在工服之上是什么样子？跟工服的颜色乃至上口袋的形状是否搭配？第二，既然是工会代表的铭牌，那应该让人一眼就看清楚字。第三，把名字加上，一来是加持代表的荣誉感，二来是让员工一看就记住代表的名字。林主席，这三点建议仅供参考。"

"史董事，您站得高看得远，想得周到，谢谢！"

林海刚从胡总办公室出来，微信又响一下，拿出手机一看，史雅发的：届时给胡、郑、高每人做个工会荣誉代表的徽章"贿赂"一下，让他们拿出全力支持"幸福2+1"计划。

林海笑了，这位董事到底是哪一伙的。他随即回复一个作揖答谢的动图。

林海给袁雪发给信息：排版，加四个人，花田精工工会荣誉代表胡志广、史雅、郑德涛、高岛。

袁雪纳闷儿，"这是玩什么幺蛾子？"

林海回复四个字：下班再说。

晚上，在回家的路上，林海把史董事的支着儿告诉了袁雪，用意就是要公司高管全力支持这个"幸福2+1"计划。林海还透露了胡总关于设立专职工会主席的计划。

"这是好事啊。正所谓有为才有位，此言不虚。"

林海却幽幽地叹道："我感觉压力更大了。其实，都是大家给力，否则我一个人怎么可能担得起来。"

袁雪安慰他："你也是在为大家谋利益，怎么可能不支持你？你不要有太大压力，饭要一口一口吃，胖子也不是一天吃成的。"

"好吧，听你的，我要慢慢变胖。对了，徽章到了之后，我们就开工会代表大会，搞个颁章仪式，届时邀请那四位荣誉代表出席。另外，我还想传达上级工会的福利政策、帮扶政策，并正式启动'花田温暖基金'。"

"上级工会的福利政策、帮扶政策已经整理得差不多了，稳妥起见，咱们应该跟上级工会对对表，核实一下相关政策是否有变化，以及是否有新的政策。"

"嗯，你想得很周全。"他顿了一下又说，"我真的希望你永远都考不走。"

袁雪笑了，"听了你这句话，我忽然信心满满了，今年一定一考必中！"嘴上这么说，袁雪心里却不像以往一样迫切地想往高处走，现在的她，更多的是不甘于之前的失败，就想证明自己,仅此而已。过了一会儿,她幽幽地说:"我也不想离开。"

果不其然,按照袁雪的提议,林海和袁雪、昔云、晓静一起去开发区总工会取经之后,大开眼界,大有收获。总工会权益部的郭部长热情接待了他们,根据他们的来意,详细介绍了市总、滨城总工会、开发区总工会这三级工会在困难员工帮扶、员工福利等方面的政策,并就产业工人队伍改革作了重点介绍。当听到开发区总工会组建了工会代表队伍,表示可以免费派出师资授课,为大家厘清代表职责,教会大家工作方法,让大家学会撰写有质量的代表提案。这让他们喜出望外,简直就是宋江下梁山——及时雨来了。

抱着一沓沓文件资料回到公司之后,四个人一致认为要把这些政策吃透,让广大员工都享受到这些福利政策。末了,还讨论了员工代表大会事宜。

林海说:"我们目前最重要的是开好这次员工代表会议,通过这次去拜访上级工会,我又生出好多想法。我认为,应该进一步丰富会议议程,细化每一项议程的细节。比如,会场的布置,袁雪设计一下会议背板,还有会议主题修改,上午是花田精工公司工会代表第一次会议暨花田精工温暖基金成立仪式,下午是花田精工公司工会代表专题培训。再如,《工会员工代表管理制度草案》要作为会议材料,人手一份,提前给大家电子版看看,有问题及时沟通,现场需要代表们举手表决通过。另外,定制工会员工代表工作记录本,再加上代表徽章,给每一位代表足够的仪式感。"

"好,我和晓静姐重新梳理一遍,发群里咱们再讨论。"昔云说。

晓静说:"我有个提议,也算提前谋划,为了方便工会代表学习或者撰写提案,建议在咱们这个职工书屋加几台电脑,方便工会代表使用。"

林海说:"好主意,我求援郑部长。"

当天下午,林海去找郑部长说了来意之后,郑部长直言全力支持,正好有几台替换下来的旧电脑,说重新给做做系统收拾一下,打个字、写点东西还是没有问题的。

林海双手合十致谢,又说:"还有一事,我们正在筹备第一次工会代表会议,届时想邀请您、胡总、高部长,还有史董事捧场。"

"听你安排。史董事那边你得亲自邀请,以工会的名义,这样有力度。"郑部长拍拍林海的肩膀,"把会议议程等细节想好了,千万不要出纰漏,袁雪在会议方面做得比较多,让她好好琢磨一下。"

"好的好的。对了,电脑桌可能也得需要。"林海微笑。

"还有电脑椅,不能站着干活啊。"郑部长笑着,"回头还得为林主席准备个办公室。"

"您言重了,我有个工位就行了。"

这次会议,林海没有忘记汇报给李老头,并邀请他参加。李老头婉拒了,直言说:"你就大胆耍,现在,你就是公司工会大舞台上的台柱子，只要是为了员工好，为了公司好，你就尽情地唱念做打，尽情发挥。"

"会议通"袁雪一出手，就让林海甘拜下风。主席台上的桌牌、座次、会议材料、茶水，台下的会议材料、纸、笔、本、瓶水，会议议程里的发言人次序、主持人的主持词一应俱全，她还增加了一个代表致倡议词以及领导为代表授章的环节。按林海的话说，那就是环环相扣，层层递进，无懈可击，领导必然满意，员工的巴掌拍不红都不算成功。

袁雪送他一个白眼，阴阳怪气地叮嘱说："开会那天要西装革履，打扮得利利索索的，怎么着也是主席。"

开会这天，林海和晓静、昔云以及工会代表都一样，换上了崭新的工服。袁雪例外，因为她是主持人。为了营造会议的庄重感和仪式感，她特意打扮了一下，穿一件灰蓝色羊毛呢小西服加套裙，内衬白色蝴蝶结绑带的雪纺衬衫，化着淡妆，配着乌黑的短发，简洁大方，透着白领丽人的干练。

胡总和郑部长、高部长，在会议开始前来会场转了一圈。胡总穿一身藏青色西装，内衬浅蓝条纹衬衣，看上去确实比穿着工服的郑部长和高部长这俩老头帅气。当胡总看到代表们整齐端坐的样子不由得点点头，明眼人一看就知道，每一列人都是从前到后、由矮到高来坐的。桌牌、会议材料、文件袋、笔、本、徽章、茶杯整齐排列，每一座次的摆放位置分毫不差。

"搞得蛮正式嘛。"胡总表扬林海。

林海笑着回答："这都是得益于郑部长培养出来的会议

专家。"

郑部长被拍得很舒服,"我发现袁雪给你干活比给我干活还要卖力呢。"

林海打哈哈,"咱们都是一家人,不分彼此。"

胡总他们一行离开去等史雅。袁雪到门外,凑到林海身边,看着他的工服,伸出纤纤细指叭地一弹,"挺新的嘛,新买的吧?"

林海得意地笑,"发的,没花钱。"

"刚才郑老头是不是说我坏话了?"

"没有,老头就说你给我干活比给他干活还要卖力。"

袁雪开心地笑了,"他说对了。"

正说着,就听见咔咔的高跟鞋敲打地面的声音由远及近传来,紧接着映入眼帘的是身着酒红色西装外套的史雅,带着一股强大的气场向会议室走来。林海赶忙满面笑容迎上前,"欢迎史董事,您的到来让花田精工蓬荜生辉。"

两只手握在一起,轻轻浅浅,像两只红酒杯丁零一声清脆地碰一下。

"能参加林主席的活动,我也是荣幸之至。"她的笑容和衣服上璀璨的胸针一起闪着光芒。

胡总打趣,"小林,你的面子比我大。"逗得大家一阵笑。

林海合掌作揖,"不敢,不敢,全仰仗众位领导抬爱。"

主席台上,从左到右,林海、郑部长、史雅、胡总、高部长各自落座。袁雪的同事小萌给台上茶杯中斟上热水。她也是

第十一章 代表亮相

此次会议的摄像摄影师。胡总环视一圈，跟史雅交换一下眼色，示意主持人登场。

袁雪移步主席台一侧的立式话筒前，仿佛从电视里拽出来的主持人一样，落落大方，声音清脆婉转，"尊敬的各位领导，各位工会同仁，各位工会代表，在这个春光明媚的上午，我们在这里举办花田精工公司工会代表第一次会议暨花田精工温暖基金成立仪式。下面，我来介绍出席此次会议的领导……"

袁雪每介绍一位，台下的掌声就热烈地响起五秒，虽然台下工会代表和各方代表只有三十多人，听掌声的热烈程度仿佛有九十人。这让每一位领导都很受用。尤其史雅，出席那么多次会议，第一次感受到如此用心的会务服务。看着亮晶晶的镌刻着自己名字的"荣誉代表"徽章，以及压印着"花田精工工会代表"的PU文件袋，她在心里暗暗称赞。而且PU文件袋的颜色也不一样，女士的是酒红色，惊人地匹配自己的衣服；男士的是藏蓝色，同样匹配着胡总的衣服。他们怎么可能知道自己穿什么衣服，这是巧合，更像是冥冥之中的天意。

"下面，有请林海主席讲话。"

在热烈的掌声中，林海起身，走到发言席前，向主席台和台下各鞠一躬，"今天，是工会的会议，花田精工工会很有面子，一下请来了这么多领导，我提议，大家用最热烈的掌声欢迎各位领导莅临指导我们的工作。"这次掌声至少响了十秒，大伟觉得自己的手心都拍疼了，可他还要卖力地拍得更响一些。

掌声落下，林海继续说道："通过热烈的掌声，我听出了大家对领导们真诚的欢迎，听出了大家对花田精工的热爱，也听出了大家对工会代表这个身份的珍爱。作为工会代理主席，你们让我有底气、有劲头、有信心把这份工作干好。"

台下又响起一阵热烈的掌声。

"从今天开始，大家就是正式的工会代表了，你们的名字将记录在花田精工工会的档案里，工会代表的徽章将挂在你们的胸前，这将意味着，你们在工作中要成为员工的榜样，你们在员工中要成为他们的大哥、大姐，给他们亲人般的关心，给他们力所能及的帮助，带领他们在岗位上成长，引领他们以众人划桨开大船的磅礴气势让花田精工的明天更美好。因为，公司是我们共同赖以生存的家；因为，这是工会代表的责任、义务和使命。我的发言就到这里。谢谢领导，拜托大家！"林海深鞠一躬，掌声雷动。

"感谢林主席的精彩讲话。在这里，我还要透露一个让林主席有底气、有劲头、有信心把这份工作干好的小秘密。确切地说，是两个秘密。"袁雪的主持词写得挺好，"下面，首先有请工会女职委谭晓静为大家揭晓第一个秘密，详解'花田精工幸福2+1'究竟包含了多少种福利。"

谭晓静落落大方地走上台，详解了"花田精工幸福2+1"的构成，着重介绍了员工福利的构成，大致分为三个层面，一是物质层面，有困难职工帮扶、大病救助、金秋助学、会员普惠活动，有爱心妈咪之家、职工小家创建；二是素质提升层面，有"求学圆梦"计划，有业务提升课堂，有技能人才创新工作室创建；三是精神权益层面，有劳模先进评选，有金牌员工、金牌团队评选，有"五小"活动评选，有单身青年联谊等。这些福利将遵从两个结合，一是结合员工所需及公司实际，二是结合上级工会活动计划，能办的马上办，着急的迅速办，长期的分阶段办。这一番介绍让台下的代表们眼前一亮。

第二个秘密由工会经审委员刘昔云揭晓——"花田精工温暖基金"。基金由公司工会及公司管理部各投入五万元，作为上级工会困难职工帮扶及大病救助的补充而存在，共分为深度困难员工帮扶、相对困难员工帮扶、意外致困员工帮扶。帮扶内容包括生活救助、金秋助学、医疗救助，帮扶标准是在市总、区总及开发区总工会规定的各类救助补贴标准及配比金额外，"花田精工温暖基金"将一次性为困难员工发放500—10000元不等的救助金。具体申请标准及申请办法将全文下发。

"下面，掌声有请公司董事会董事史雅女士、胡志广总经理共同为'花田精工温暖基金'揭牌。"

话音刚落，胡总说道："我更正一下，应该请史董事和林主席一起揭牌，这毕竟是公司和工会两家合作的项目嘛。"

恭敬不如从命，林海起身，和史雅一起站在覆盖着一块红绸布的支架两侧。史雅低声对林海说："先稍等。"说罢，她看向胡总，"我有一句话，需要在揭牌之前跟胡总沟通一下。"

胡总眼皮一跳，忽然意识到什么，笑道："史董事，是不是嫌钱少啊？"

史雅闻言笑道："心有灵犀一点通啊。"

胡总说："那公司多掏五万元可好，后期花多少，再按这个比例两家往里加，总体上保持十五万元。"

史雅对着台下员工代表说："大家是不是应该给胡总来点掌声？"话音一落，掌声如雷鸣般响起。

史雅和林海相视一眼，一起将红绸子从前向后揭开，一块金色的铜牌上赫然印着"花田精工温暖基金"八个红色大字。

在审议通过《工会员工代表管理制度》后，台上领导为五位代表颁发徽章，韩立文作为代表发言，宣读了倡议书，表达了要在公司工会带领下为公司高质量发展发挥工会代表榜样力量的心声。

胡总也在会上发言，他幽默地说："我就说一句吧，我刚才已经用钱发言了。"引得满堂笑声。他还是走到发言席，"五万元说一句太亏，我还是再说两句吧。"他环视一下台下，认真地说："你们知道我为什么一下就加五万元吗？我告诉大家，确切地说，是告诉在座的工会代表们，是因为你们今天所表现出来的精气神！因为你们热切的真诚的眼神，因为你们毫不吝啬的掌声。公司有你们，不仅是林主席的底气和信心，也是我的，更是我们管理层的。在接下来实施'幸福2+1'计划的进程中，我希望在座的每一位工会代表都成为员工们学习的榜样，我们管理层将为大家的职业生涯发展做更好的铺垫。让我们一起努力，花田精工的明天一定会更好！"

当史雅在热烈的掌声中站到发言席的时候，她风趣地说："这是我参加的所有会议中掌声最热烈的。如果有谁的手拍肿了,可以向胡总申请工伤。"大家会心一笑。她接着说:"好听的话,都让林主席和胡总说完了,我就不再多说什么,宣布三件事吧。第一,我谨代表董事会向此次会议的召开以及'花田精工温暖基金'的成立表示热烈的祝贺;第二,经董事会批准,任命原设备课员工林海为公司工会专职主席,括弧,代理,毕竟工会有自己的选举办法,目前还是代理;第三,经董事会研究决定,投资兴建的另一家新公司,花田精工动力电池制造有限公司前期筹备工作已经完成,厂房和办公楼主体建设已经接近尾声,新公司基层管理人员将从我们现在这个公司选拔。也就是说,从现在开始,管理人员培训将提上日程。每一位优秀的人才,都将会得到重用。"

史雅的一番话,让大家为之一振,在如此优渥的职业发展机遇面前,谁能安心原地踏步?在一个拥有完善管理体制的企业里,谁不想进步?林海想起开发区总工会权益部的郭部长介绍的产业工人队伍改革,不就是要建设一支有理想守信念、懂技术会创新、敢担当讲奉献的产业工人队伍吗?!这也是"幸福2+1"计划的目标。史雅的话为下一步的工会工作明晰了方向,这是一次很好的结合点。

花田精工公司工会代表专题培训安排在下午,开发区总工会派出了两位业务精英干部,分别讲授了《"三个一"工作法实践》和《如何做一名合格的工会代表》。在下午听课的时候,工会代表们把徽章都挂在胸前,徽章虽小,责任重大,尽职履责,需要满怀热忱,也要满腹经纶。他们学习的认真态度,连授课老师都暗自钦佩。

授课完成后,老师跟林海他们告辞之际表示:"我在基层讲过很多课,很清楚课堂上有多少人在认真听,有多少人在神游八方,有多少人在低头玩手机,这一次,见到真心学、认真学的学员,见到那么多双渴望学习知识、掌握本领的眼睛,这让我也愿意好好讲,恨不得掏尽所学给他们。以后,只要你们有需要,我们整个开发区总工会的师资资源都可以为你们免费提供。"

一席话让林海感动不已,一个劲儿地道谢,说:"这次我们就不跟您客气了,下次咱们按规定来,一堂课的讲课费该多少是多少。"面对这样的评价,让他为这些兄弟姐妹感到自豪,不由得暗下决心,一定要千方百计地让他们变得更加优秀,要为他们铺就一个锦绣前程。

第十二章

最美食堂

　　袁雪是一个复合型人才，不仅是会务专家，还是宣传高手。她大学就是新闻专业的。当天晚上，她整理完白天的会议照片、视频，又撰写了一篇新闻稿。

　　"你知道我多想把这些好消息在第一时间分享给员工吗？迫切需要一个自媒体！！！"她用三个感叹号表明她的态度。

　　林海却说："我们都知道，手机已经成为人体的一个器官。但是，你可知道人们跟这个器官之间更多交流的是什么吗？是游戏、视频、娱乐、购物，是直播的网红，是繁杂的猎奇，是蹩脚的恶搞，是在平台算法之下空耗的美好时光。当然，不可否认，只有比例很少的人把手机当作一个学习的工具。当有些人说爱看书，是用手机阅读的时候，我相信有80%的人读的是网络小说，是玄幻、穿越、仙侠……真正爱书的人，是有纸质情结的。"

"哼！林老头！"她生气他的朽木不可雕，着急他古董一样的思维。

"我需要转移一下员工的注意力，让他们离开手机，看过来——这里的世界有不一样的精彩。拜托，排成A3大小的小报可好？就像开发区总工会那张坚持了三十多年的报纸一样排版，也可以来个报头，彩色打印，进宣传栏，进车间。"

"老顽固！谁还看报纸？"袁雪不理解。

"我不相信一个连报纸都不看的人，会去看手机里的工作宣传。姐，我不是老顽固，不是老古董，不是不开窍，只是现在，我的主要目的是要让他们知道，手机之外，还有不一样的世界。然后第二步，来吧，好好学习立业立身的本领。"

袁雪明白林海的想法，只不过看起来就像天真的童话，或者根本就是痴人说梦。

半夜的时候，林海正睡得迷迷糊糊，手机响了，一看是袁雪，赶忙接通，"喂。"

"喂个屁，赶紧给你的'娃'起名！"

"我的'娃'？哎哎哎，绝对不是我的。"林海吓出一身冷汗，立马清醒过来。

电话那边的袁雪差点儿吐血，"你想哪去了？你的小报！"

林海这才恍然大悟，"哦哦哦，吓死我了。就叫……花田精工报？还是花田小报？"

"俗不可耐！"

"花田……花田……美丽花田……幸福花田，对，幸福花田！"

"嗯，还凑合。"

第二天一早，小报就呈送到胡总的办公桌上。

"嗯，名字起得不错，我觉得你可以开辟起名的副业了。主办是花田精工公司工会、花田精工管理部，也可以。新闻这么快就出来了，不错，照片好，排版好，只不过林主席，你们家的报纸一个版啊？"

"我这个最初设想其实就是一张纸，宣传用。"

胡总提笔，"你这样吧，既然干，就干好，改成四版，新闻稿不够，正好把福利的政策，包括那个温暖基金介绍一下，申报的标准，怎么申报等都放上。内容灵活掌握，这就是咱们的一个宣传阵地。"然后提笔把刊名划掉，"这个，我建议让董事长题字，那日本老头的书法老厉害了。这事，你直接找史董事去办。"

林海眼前一亮，连声道谢，"这招实在是高！"

"对了，听郑部长说你办公室收拾好了，尽快搬过去，全力推动'幸福2+1'计划实施。"

突然而至的幸福让林海有点蒙，"我的办公室？"

胡总很肯定，"对，就是你的。"

林海心里热乎乎地出了胡总的办公室，脑海里唰唰唰地闪过几个版面栏目，温暖小家、学习园地、安全贴士、政策导航、法律宣传、扫码办事……直接就去找袁雪了，袁雪正忙着，头也不抬，"干吗？"

"当然是'娃'的事啊。"

袁雪后面的小萌目瞪口呆，"姐……这……几个月了？"

袁雪的脸噌地红了，"死丫头，你说什么呢，我们说的是工会的小报。"

小萌这才反应过来，"哦哦哦，那个啊，里面还有我的血脉呢。"这用词，差点儿让袁雪钻桌子底下。

"谢谢小萌，照片拍得不错，水平快赶上新华社摄影记者了，怎么样，聘请您做这小报的御用摄影记者。"林海连忙拉拢人才。

"谢谢林主席厚爱！不过，有啥好处吗？"

"多了。"林海故意压低声音，"秋后算账，包您满意。"

袁雪打断林海的忽悠，"赶紧说，怎么改，我手头还有一堆事呢。"

林海赶忙把胡总的意见汇报一遍，然后说："咱们就直接升级为开发区工会报纸那样的规格，4开大小，印刷的事您也受累问问，询个价，回头咱们一起定个数。拜托，我撤了。"

袁雪说："等会儿，郑部长让我告诉您，您的办公室可以用了，我现在带您去看看。"

林海到现在也不信自己有一天会混上一个独立的办公室。

办公室就在职工书屋的旁边。他打开那扇挂着"工会"铭

第十二章　最美食堂

牌的门，走进办公室里，环视一圈，比胡总的小点，跟郑部长那间差不多，配置的办公家具都是新的，电脑也是新的，舒服的老板椅跟胡总那个一样……

袁雪心里为他高兴，脸上却没有露出来，"嗯？看你的样子不开心啊？"

"我……我有点不敢相信，跟做梦一样，你掐我一把。"刚说完，林海就觉得后腰钻心一疼，"好了好了，是真的。"

林海回到设备课坐在陪伴自己多年的工位上，心潮澎湃。一切跟演电影一样。

这时候孟课长提着一双油乎乎的手套从外面回来，"林主席这是要搬家了吗？"

林海发自肺腑地喜欢这个老头，实在，干啥活不管脏累都往前冲，工服基本一天一换。"老领导，都是您培养得好，我才有这样的机会。"这话绝不是恭维夸大，尤其林海干上代理工会主席以来，他就特别关照，让林海以工会工作为主。

孟课长呵呵一笑，"是你干得好，就这回降薪的事，全公司都给你竖大拇指。你知道吗？每当有人当我面提起这事来，我都觉得倍有面儿。这么优秀的人，是咱的兵！"老头还挺幽默。

林海连连点头说："您永远是我的老领导。那天我给李主席打电话还说呢，让我请您二位一起坐坐。"

"必须的，让李老头带两瓶好酒。"

因为设备课人少，加上有两位员工因病请假了，林海只好把工作交接给了孟课长。

林海说:"老领导,这块儿工作,我找了个同学,给做个设备档案管理的小程序,还没完事,他因为白天比较忙,只能业余时间干,完事了我再给您说。这个程序用起来之后,很方便,什么设备的维护期到了,什么备件存货不多了,等等,都会自动提示,不用倒来倒去、费时耗力地去查。"

孟课长眼睛一亮,"哦,这可太好了,每次看这些表啊啥的,我戴着老花镜都费劲。"他拍拍林海的肩膀,"你好好干!我相信一个有心人无论到哪里,都会闪亮发光!"

拜托史雅求字的事情很快办妥,林海看着微信里发来的书法图片,一连发了两个赞。董事长的毛笔字是行楷,酣畅浑厚,雄健洒脱,一看就藏着十年以上的功力。史雅在微信里说,老头一开始对办报不以为意,充满质疑,一听要他题字,估计手痒了,欣然同意。信息后面跟了几个龇牙大笑的表情。

设计专家袁雪把董事长题字的图片拽到软件里,跟煺鸡毛一样三下五除二地把字抠出来,又做成矢量图,往报头一放,增色不少。林海又找到一张报纸来参考着细化报头排版,加上总期数、出刊日期等。他还给"花田精工温暖基金"设置专栏,有家庭困难的员工可以扫码填写帮扶申请。俩人奋斗两天,把剩下三个版充实起来,三读三校才定稿,小报终于"呱呱坠地"。林海照着报纸叭叭亲两口,"哎哟俺的'娃'啊,你可生出来了!"气得袁雪直翻白眼,你倒是美了,苦的是我啊,现在忙得连追剧、复习的时间都没有了!

《幸福花田》正式出刊后，印了一百份，林海特意给史雅寄去五份，给李主席寄去一份，给公司高层人手一份，给工会代表人手一份，工会留存五份存档，剩下的全进了车间。结果反响奇好，韩立文说不够分啊。为了满足大家都能看上报的要求，林海他们几个人一商量，每个车间的班组休息室配书报架，将其他的诸如安全读本等宣传资料一并上架，上架的宣传品看完放回原位，由工会代表任管理员。在袁雪的建议下，挂牌"会员阅读角"，又成为公司里一道亮丽的风景线。至于董事会那边，史雅回信，五份太少，再来五份。董事们认为，通过这个小报可以洞悉公司的发展和变化。林海舍不得把存档的报纸交出去，让大伟他们搜罗来五份给寄过去才算交差。林海也特地致谢郑部长，什么郑部长培养的人才帮了大忙，害得袁雪加了好几个晚上的班。郑部长笑眯眯地看着林海，"告诉你，不能来撬墙脚。"说归说，回头他便把袁雪的工作分出一部分，告诉她现在工会急需用人，平时多去帮帮林主席。袁雪心里挺高兴，脸上却噘着小嘴抱怨，一天到晚工会工会，也没个加班费。

工会代表的作用很快发挥出来，七八位代表反映了员工们抱怨食堂的问题，米饭有时太硬，炒菜更像炖菜……林海他们也去吃，这些现象确实有，有音必回，有呼必应，得赶紧办。

林海对袁雪说："那次食堂老王给做的俩菜，到现在我还记忆犹新、回味无穷，这老头是不是偷懒了？"

袁雪轻轻摇摇头，说道："估计都有一本难念的经，去聊聊吧。"

当他们光临食堂的时候,老王正指挥着手下几个人做卫生。

"王老板。"林海大老远就打趣他。

老王看见公司这个冉冉升起的红人,赶忙迎上来,"哎哟,林主席,您来啦!别老板老板的,我就是个厨子。"

"知道您是大厨,您上次给做的两道菜,我跟袁雪念叨好几次了,红烧肉酱红亮丽,干炒鸡色泽金黄,配着那碧绿的芹菜和红艳艳的辣椒丝,哈喇子都快流出来了。"说话实,表情真,让老王喜笑颜开,连大脑门也跟抹了油一样发亮。

老王是聪明人,"林主席,您无事不到后厨来吧?"

林海痛痛快快的,"俩事,一个是看看咱们食堂有啥困难,另一个是有员工反映食堂的饭菜问题。"

老王吓一跳,驼着的背瞬间挺直,"饭菜怎么了?"

林海安慰,"小事,就是米饭有时太硬,炒菜更像炖菜等,希望能改进一下。"

老王皱着眉,"林主席,这问题吧,以前郑部长也找过我,但是因为咱们食堂人手少,大锅饭大锅菜的,做成精致小炒的口感有点难度。"

"您这话我不反对,我高中、大学的食堂吃一圈下来,深有体会。有段子这样讲:学校的饭本不叫饭,油不要钱,肉贼金贵,要么不放盐,要么全是盐,吃的人多了,就成饭了;虽然超难吃,也没把我饿瘦;食堂大妈抿嘴一笑,吃不死你,是我最后的温柔……"

第十二章 最美食堂

老王被逗得咧嘴大笑。说归说，笑归笑，老王深知食堂的问题所在，他自己也挠头。"林主席，我还是带您转一圈了解一下。"

老王边走边介绍："现在食堂有员工十二人，做主食的三个人，做菜的加上他九个人，其中还包括两个切菜工，另外还雇了四个钟点工，都是大妈，帮着择菜洗菜，洗洗涮涮，开饭的时候也帮着去窗口给员工打菜。你们都知道，菜是两荤两素外加两个凉拌咸菜。这些人手看着挺多，可是每顿饭白天要服务五百多人，中班和夜班分别要服务将近二百人，工作量还是很大的。"

"机械化程度怎么样？"林海问。

"就是和面机，消毒柜应该不算吧。按说大的食堂都是有切菜机、洗菜机的，据说现在新出的洗菜机还带有去农药残留的功能，很先进。我每天都是盯着他们洗菜，就怕洗不干净让大家吃坏肚子。包括用水，现在在很多食堂都安装了净水机，我一直想配，但是预算紧张。"老王掰着手指头数。

"您刚才说的这些设备，需要投入多少钱？"袁雪问。

"我估计……这三样，小型的就足够用，估摸着两三万元。"

"涉及饮食安全的，应该买。我们想想办法。"林海说。

老王的脑门又亮了起来，笑着说："林主席，您要是给办成了，我天天给你们做一道拿手菜。"

林海笑了，"如果成了，只希望员工们能吃到您小炒味道的大锅菜。"

老王笑道："努力，等机器来了，我好好管教他们练手艺。"

"这才是正道，他们练好手艺，您在一边监督就行了。"

"我的理想就是这样的状态。话说回来，机器来了，那钟点工也能省下两个，这一年下来也能省不少钱呢。"说着，他们就进到后厨。

林海和袁雪远远看见四个中年妇女正在手脚麻利地择菜。岁月的风霜爬满她们的脸颊和头发，林海想起自己的母亲。林海摇摇头说："不，别辞退她们。保持这几个人就行了，她们多干点，你们就能有时间琢磨怎么把饭菜做得更好一点。千万不能光想着省钱，要跟当年我们学校食堂一样，一颗蛋成就一桶汤，那会被人戳脊梁骨的。"

"好，好，听您的。"老王连连点头。

一个年轻的厨师正准备炒菜，一大盆切好的西芹，放在一边，林海手痒，"我来试试？"

"啊？"老王摆手，"算了林主席，熏一身油味。"他的本意是"您可别给炒砸了，浪费了食材"。

袁雪知道林海做饭有两把刷子，虽然对他炒大锅菜也有点信心不足，但想到那句"治大国，若烹小鲜"，便怂恿老王别阻拦了，"我们林主席可是有证的，二级厨师。"

林海心里明镜一样，无非就是火候，对大锅菜放盐确实没底，冲那厨师一招手，"来个围裙，一会儿您给放盐就行了。还有，那个大蒜切片，来一盘。"

老王一看是来真的，赶紧吩咐，"快，准备。"

第十二章　最美食堂

不一会儿，大蒜切片来了满满一盘，老王给点着火，火很旺，一种炙烤的感觉扑面而来。林海让那厨师帮忙倒上油，感觉油热了，将一盘姜丝、辣椒丝往里一扔，翻炒一下，两秒后西芹入锅，翻炒十秒后倒入蒜片，五秒后，估计西芹六成熟的时候让老王加盐，两秒后一声"关火"，然后又翻炒十余次将盐彻底化开，此时已近八成熟，等到开餐的时候估计口感正好。一番操作下来，让老王刮目相看。

"林主席，您真是有证的？"

林海笑道："别听袁雪忽悠。我喜欢做饭是真的。来吧，尝一下，批评指正。"

袁雪先来，尝罢连连点头，"我觉得还不错，鲜、脆、嫩，尤其加了蒜片，特提味。"

老王也来一口，"不错，不错，火候掌握得不错。如果说您是第一次炒大锅菜，我真不信。这个火的温度很高的，炒菜得精确到秒。林主席，佩服，佩服，很有天赋！回头我把我那几个拿手菜全教给您，保证您能把媳妇养得白白胖胖！"这哥们儿说就说吧，边说还边有意无意地瞟了袁雪一眼。袁雪瞬间觉得不自然起来。

林海打哈哈，"好好，改天来拜您为师。"

这件事成为老王给徒弟们训话经常提及的例子，看看林主席，从来没有摸过大铲子，为什么能炒出小炒的味道？答案只有两个字：用心！

出了食堂，袁雪问林海，"为什么老王说来了设备要裁去两个钟点工你不同意，为公司减少支出不好吗？"

林海叹口气，"这把年纪了，如果日子能过得去，谁出来干这种累活。再说了，咱们的主要目的是让食堂把饭菜做好，把服务做好。"

"那你亲自炒菜是不是故意示范给他们看？"

"就是这意思，刺激他们一下。不是技术不好，是用不用心的问题。"

袁雪调侃说："还算不错，没有打脸。就凭你这厨艺，以后你养十个八个的娃都不愁做饭。"

林海笑眯眯，"现在我只有报纸这一个'娃'，您多费心。"

"关我屁事。"

林海说："这是咱俩辛勤劳动的结晶嘛。"

言者无心，听者有意。袁雪听出一种别样的意味，哼一声独自走了。

林海回到自己的办公室，搜索一下老王说的那几款设备，在多个电商平台比较一番，心里有了底，整理好资料去找郑部长。郑部长听林海把情况说完，看了一下那几台设备的资料，商用洗菜机（臭氧冲浪）8500元，商用电动多功能切菜机5206元，商用超滤净水机2399元，林海眼看着这老头的眉头就扭成了一个疙瘩。

"这……钱倒是不多，可是……"

林海看出老头为难，毕竟，这段时间让他花不少钱了，赶忙说："我就是听听您的看法，您如果没有问题，我们工会掏钱买。"

老头眉头跟装了猴皮筋一样，唰地就一马平川了，"哦，这走工会经费没有问题吧？"

林海说："这个我查了，在工会经费管理办法里属于资本性支出，可用于购买、自行建造办公用房、仓库、食堂等建筑物（含附属设施）的支出。不过在资产上来说，它属于工会的资产。"

郑部长满脸笑意，"那就好，那就好。小林，说实话，这事我早想过给办一下，这两年所有经费缩减，一直没办。哎，你们工会的这些事，可都是没有预算直接就给办了，知道为啥，那都是胡总咬牙给办的，看你卖力干活的面子。现在公司经费很紧张，天天催我'节衣缩食'，现在我们连打印纸都要求少用，能电子文档看的绝不用纸。"

这是林海不知道的，真是不当家不知柴米油盐贵。

"早知如此，那个温暖基金可以暂缓的，还有我那办公室也让您破费了。"林海一脸不好意思。

"呵呵，那个啊，就当是你的'嫁妆'了。"

"哎哟喂，我这'倒插门'啊！"

两位正聊得热乎，郑部长的电话响了，胡总喊他过去，"你要不要一起去跟胡总汇报下。"

林海摆手，"这事您点个头我就直接办了。"

当崭新的设备安装调试好，老王那欢喜的样子就像娶了三个媳妇一样，摸摸这个，试试那个，一会儿开机试试洗菜，一会儿开机试试切丝切片切块切段，开心得不得了。

林海对袁雪说："记得以前人家说过，狗咬人不是新闻，人咬狗才叫新闻。"

袁雪翻白眼，"我看你就是狗嘴里吐不出象牙。"

"你听我说完好不？这篇新闻的题目我给您想好了，就叫——食堂老王娶了仨媳妇。"

袁雪若不是在人前，一定会笑抽，"你敢写，我就敢发。"

林海挽挽袖子，"你看着，你听着。"说完就喊老王。

老王美滋滋地颠颠地到近前来，"林主席，有何吩咐？"

林海对他说："看你开心的样子，就像给你娶了三个媳妇一样。"

"哈哈哈……"老王开怀大笑，"那可比娶了仨媳妇都美。"

袁雪掩嘴而笑，这家伙太坏了，故意挖坑让人跳。想到这里，手机一举，把他们两人开心大笑的样子留存了下来。

于是这就成了《幸福花田》第二期头版头条的新闻照片。当然，头条新闻的标题就是——食堂老王娶了仨"媳妇"，副标题是——公司工会关爱员工健康升级食堂设备。新闻稿是袁雪写的。新闻中食堂主管老王侃侃而谈，用"比娶了仨媳妇都美"来表达自己的喜悦心情，特别感谢了工会对食堂员工以及食堂工作的关心，并表示要带领食堂员工争取把每一道饭菜都做成员工喜欢的美食。里面还提到了公司工会与食堂将合作开展"金牌厨师"评选活动,即日起,将由用餐员工当评委,通过扫码打分的形式点评每道菜品,每位厨师得分按月统计,每月得分最高者获评当月"金牌厨师",自动角逐年度"金牌厨师"大奖。

　　一番操作下来,食堂满意率噌噌上涨。按老王的话说,那几个徒弟再也不是推一把走三步,主动干活、虚心求教的积极性显著提高,甚至为了员工们吃到口味更好的炒菜,把大锅炒主动改为小锅炒、多次炒。就连那几位钟点工大妈也开心得不得了,腰不疼了,手上的皴裂少了,在窗口打菜的时候也是笑容满面,时不时还察言观色地问员工够不够吃⋯⋯

　　林海对老王说:"好好整,细节自己把握,我听说每年开发区总工会都搞一个'最美食堂'评选,回头我帮你问问评选细节,你若评不上,咱俩断交。"

　　老王直拍胸脯,"林主席,您就瞧好吧,这奖拿不下来,我把姓给倒过来写!"

　　"嗯!嗯?倒过来还是王啊!"

第十三章

寻找大拿

《幸福花田》第二期出刊后着实笑抽一大片。你说小编是标题党吧,那内容却特别真实;你说是夸大宣传吧,吃在嘴里的饭菜味道确实不一样了;你说是作秀吧,带动大家参与"金牌厨师"评选的人次确实逐日增多,参与率从两三成到八九成,上演了一路飙升的好戏。胡总指着那头条的照片笑骂着,郑部长开心地说:"好戏在后面,咱等着瞧吧。"史雅第一眼看到标题后吓一跳,这怎么也能登出来?还头版头条!看完了整篇报道笑得花枝乱颤,跟小方说哪天得去食堂吃一次。就连董事长也一个劲儿地说,公司有活力,无异于顺水行舟、无往不利。

最兴奋的莫过于食堂老王,颠颠地找林海要报纸,"林主席,再来几份吧,不够分啊,我这是第一次上报纸,怎么也得留个纪念吧。"

林海起身相迎,"行啊,王老板,看你满面春风,容光焕发,气色不错嘛。"他这第二期报纸多留了二十份,特别不舍地给他拿了两份,"够了吧。"

老王笑呵呵地看着那沓报纸,"再来两张吧,回头给我们家老爷子老太太来一份,逗他们乐呵乐呵,笑一笑十年少嘛。"

"得,给您三份,剩下的我得存档。还有啊,您好好把食堂管好了,等今年评上咱开发区的'最美食堂',我还给您上个头版头条!"

老王一拍胸脯,"林主席,您瞧好吧!拿不到奖我姓倒过来……"

林海赶忙打断他,"停,我知道,倒过来也姓王。"

最有成就感的当属袁雪,看到自己的"娃"如此讨人喜欢,自然特别开心。很快,她就开始琢磨下一期头条了。

林海摇头晃脑给她支着儿,"这个爆点的头条,有时候是可遇而不可求,有时候是大力出奇迹,咱得多往基层跑。不过,咱们不能偏离'幸福2+1'这条主线。包括咱们正在开展的'五小'活动,晓静说目前有一百多篇了,看看从里面能不能挖出亮点来,一来汇报一下阶段性成果,二来引导大家继续参与。"

袁雪点点头,"好,顺着这条藤,咱给它整出一串葫芦娃来。"

林海心里笑,这小姐姐跟"娃"较上劲了,嘴上说:"能者多劳嘛!袁主编。"他本来想说能者多生嘛。

她笑成一朵花,"您是正的,我是副的。"

如果必须找一个不开心的人,自然是林海的女朋友怡菲。虽然林海的进步让她欣慰,但是她要的不是这样的生活。林海也特别愧疚,他知道如果挤挤,时间还是有的,但是"幸福2+1"计划尽快见到更多成效的压力,让他无法松懈。他觉得自己就像一只越转越快的陀螺,那是要飞起来的节奏!何况,忙忙碌碌的不只是他一个人,还有复合型人才袁雪,连自己复习考试都快顾不上了,拖家带口的昔云和晓静每天晚上回去了还得拿出时间,梳理一下进行中的、亟待开展的工作,要跟上上级工会的节拍,对好表,对好标。

前两天老爹也给他打电话,说:"你妈现在不出去看房了,蔫了,财政放权,买菜做饭都成我的活了,这周买了两次排骨,她也没反对,我寻思是不是生病了,就跟你妈说去医院看看去吧,她却问我有病吗。我看是生你的气了。她自己也念叨,有福不用忙,无福忙断肠。我的意思呢,你千万别一门心思真去找那持房待嫁的,如果不是祖坟冒青烟,遇到的概率很小很小。"说这话的时候,语气里竟然不由自主地流露出一丝得意。林海大大咧咧地安慰他:"你们该吃吃该喝喝,遇事别往心里搁,天大地大,开心最大。"

这段时间最忙的当属高部长,为了技能竞赛这个事,天天往车间钻,确立竞赛项目,制定竞赛规则,忙得焦头烂额又大开眼界——他惊喜地发现,通过选拔优秀的熟练工无意中推开了岗位标准化作业之门。仅仅一个化成车间,如果岗位员工执行到位,现有的不良率至少能降低五个点。他跟胡总感叹,"至少五个点哪,我的乖乖,一年下来至少能节省上百万元。"

第十三章 寻找大拿

胡总问:"这数字有根据吗?"

高部长就开始比画,"上道工序生产极板100万片,到你这儿结果就出去95万片,那5万片去哪了?一般都是扯皮,要么说上道工序数不准,要么说损耗肯定在下道工序。我们跟了这段时间,就总结不良率发生的根源在哪里,就是员工的操作,尤其是新员工,稍有不慎就是几十片几十片地损坏,变形的、开裂的、烧坏的,大多是这样。这一片未裁剪的极板单纯物料及工艺成本差不多就几十块钱了,这还没算上人工成本。"

"我明白了,老高,看来咱这次技能竞赛活动开展得很及时,非常有意义。这样,您把竞赛方案定完稿,咱们开个会,重点研究如何练兵,如何形成标准化作业的长效机制。"胡总的心里有点沉重,作为管理者,只习惯看报表,不深入一线,那是远远不够的。

高部长竞赛方案定稿这天,胡总召集公司中层管理者以及工会四人组开了个技能竞赛专题会。会上,高部长宣读了拟开展的竞赛项目构成以及评分标准,涵盖了电池制造的整个流程。共分为板栅制造、铅粉制造、铅膏制造、涂膏工艺、化成工艺、干燥工艺、裁剪工艺、装配工艺、叉车工九个项目。

会上,胡总的语气很沉重,从高部长的发现说起,"各位,通过一个技能竞赛的前期调研,我们就发现了不少问题,这是很可怕的。可怕在哪里?可怕在我们的管理形同虚设!可怕在没有责任心!你们知道手下的班组长每天在做什么吗?为什岗位操作都不能做到规范？作为中层管理者，你们呢？是不是和我一样每天坐在办公室里下下指标、看看报表就没事了？伟大领袖毛主席说：'我的经验历来如此，凡是忧愁没有办法的时候，就去调查研究，一经调查研究，办法就出来了，问题就解决了。'调查就像'十月怀胎'，而解决问题就像'一朝分娩'，调查就是解决问题。各位，我们的不良率为什么一直降不下来？就是因为我们缺少调查研究的精神，缺少深入一线解决问题的行动。从今天开始，你们都下去，多看、多问、多了解，现场发现问题，现场解决问题。"

到林海发言的时候，他说："我细看了一下竞赛项目的构成，有的竞赛项目显然是多工种构成，操作不同，工艺不同。我认为，需要给员工们一定的学习时间，熟悉操作时间。而这段时间，完全可以作为一个多能工的培训期、练兵期。另外，我建议所有的班组长也应该参赛，检验他们的综合技能是否过关，为下一步班组长管理轮换以及为新公司选拔管理人才做好铺垫。"

胡总频频点头，"建议可行，就以赛前热身为主题，制造部和管理部一起拿个实施方案出来。工会利用《幸福花田》这个内刊做好跟踪报道，要真实地、精彩地反映员工们的精神风貌，展示我们工作的新进展、新成效。"他越来越看好这份小报了，让小报承载向董事会汇报工作的功能，效果也是出奇地好。

会议最终确定，先发布技能竞赛方案，让广大员工熟悉竞赛项目构成，不会的去学，不懂的去问，没干过的去练，形成以学促赛、以赛践学的良好局面。所有中层管理者现场办公，为期一个月，争取在一个月的时间内完成多能工培训。

袁雪眼前一亮，第三期头条有了方向，肩题为《"幸福2+1"计划再获新进展》，主标题为《花田精工技能大赛方案出炉》，副标题为《九大"擂台"推动以学促赛以赛践学 多能工培训率先登场》。

这期头条选用了胡总的发言照片以及会场全景图，而新闻稿的撰写袁雪下了大功夫，在总结会议重点的同时，还对相关人员做了采访，不仅让一位中层领导表达了自己扎根一线、推动多能工培训的信心和决心，还让基层员工们谈认识、说想法，勾勒出一个积极参加培训、扎实提高本领的生动画面。

剩下三个版面汇报了"五小"活动征集情况，还推出了针对农业户口职工的"求学圆梦"政策宣传，4000元的助学金，可谓市总工会和市教委的大手笔。为了帮助大家更深地理解多能工培训，他们在第四版做了整版的宣传海报，以"多才多艺打开晋升之门"为宣传主题，以"今天多一分努力，人生多一份惊喜"为副标题，鼓励大家立足岗位练本领，用本领叩响晋升的门环。

对于更多员工来说，这一期最吸引人的当属"求学圆梦"宣传中的一篇编者按：

　　花田精工的兄弟姐妹，如果你愿意，可否做一个简单的实验，记录一下，你每天捧着手机的时间有多少？你有多少时间沉浸在网红直播、网络小说、网络游戏、影视剧里而难以自拔？

你可曾想到每一次点击、每一次浏览、每一个点赞，都把自己的时间变成他人谋利的流量？你可曾警醒每一次的充值都在造就红尘中的路人甲成为新的千万富翁？你可曾意识到您的青春就这样被手机挥霍，你的时间就这样被娱乐公司欢天喜地地收割？

我们都知道，学习改变人生，知识改变命运。但是，越朴素的真理越容易被无视。有人说，你的时间在哪里，你的未来就在哪里。是啊，你的时间在哪里？

当你对未来迷茫，当你对飞速变化的时代缺乏足够自信，请看一下今朝的中国，舞台的中央，聚光灯下，还有无数的从普工岗位上脱颖而出的劳模和工匠，他们才是我们最应关注的明星。而他们，也是这个国家得以阔步向前的中流砥柱！

真正的明星，从来不需要美颜滤镜的加持。

真正的明星，从来只给人砥砺奋进的力量。

愿"求学圆梦"成为你逆袭的第一个台阶。

当袁雪收到林海发来的这篇小作文，才彻底明白林海执意不做自媒体的原因。她情不自禁地读了好几遍，每一遍都令她心潮澎湃。这家伙写得太好了，她真想狠狠地掐他一把！

很多看了这期报纸的人都格外关注了这篇文章，至少读了两三遍。史雅一字一句读了四遍，她给林海发微信问这是他写的吗，林海回复说是。林海，又让她见识了新的一面——真正的高手，是善于找到支点的人。

出刊节奏很快，让胡总有点儿纳闷儿，问林海："林有才，咱这是周报还是月报？"他也被那篇小作文折服，特意把这期小报带给自己患有"手机瘾"的儿子，让他每周抄一遍小作文，作为鼓励，每抄一遍奖一百元。

一天晚上，在送袁雪回家的路上，袁雪突然说："你有没有感觉做任何事情都太顺利了？"

林海一怔，回想自己成为代理工会主席以来，确实是顺水顺山顺人意，"顺利还不是好事吗？"

"有道是，水满则溢，月满则亏。有时候说话办事应当注意一下。"袁雪说得很委婉。

"我明白那意思，就是枪打出头鸟，刀砍地头蛇。可我都是为了工作，又没有什么私心。"林海嘴上说得轻松，心里泛起嘀咕，看她一眼，问道："你是不是听说什么了？"

袁雪点点头，"我本来觉得，任何人做事不可能让所有人都满意，但是又觉得，还是应该提醒你一下。你知道开会那天，你说完建议所有的班组长也必须参赛，检验他们的综合技能什么的，我看见有几位中层领导脸色不好。"

"动了他们的奶酪吗？"

袁雪叹气，"对啊，你知道谁是谁的关系吗？别看是小小班组长，想干上，要么有真才实学，要么有关系。"

林海摇摇头，"也许是我唐突了，只希望他们能理解，我是为了把他们的降薪加回来，还要争取再多加一点。"

"能理解的自然会理解，不理解的就认为你在动他们的奶酪。"

林海长叹一声，"说句掏心窝子的话，如果不是李老头推我干代理主席，我在设备课挺舒服的，不用天天无尽地操心，我当年参加高考的时候都没有这么玩命。"

袁雪轻笑一声，"我知道啊，你喜欢你的吊儿郎当。不过有利有弊，现在不也加了薪、有了自己的办公室吗？"

"这都是胡总他们认可。正所谓一朝天子一朝臣，胡总如果有一天升职高就，我不是没有可能遭遇这朝不用前朝人的境地。不过无所谓，我又不是官迷，大不了去开个狗食馆，我还能自己当老板呢。"林海笑呵呵地说。

"嗯，你那两把刷子我看行，够用！支持你，至少我有地界混吃混喝了。"袁雪忽然想起前两天老妈的通牒，两年之内嫁不出去开始收食宿费，决不允许她混吃混喝混住。

这天，林海正在办公室里整理"五小"活动征集情况，办公室的门被敲响了。

"请进。"林海抬头，看见一位穿着质检工服的男员工走进来，面容清瘦，架着黑框眼镜，腋下夹着一个蓝色文件夹。

"林主席您好！我叫邓炜，咱们公司质检课的。没有打扰您吧？"

"邓哥，不用客气，咱们工会就是员工的家，想来就来。请坐。"林海很热情地招呼来客。

邓炜坐下来，道明来意："我看咱们公司在工会的推动下，发生了很多欣喜的变化，'五小'岗位创新大赛、劳动技能竞赛、多能工培训等，给我的感觉，这些工作非常有意义，无论是对公司还是对员工个人，都非常好。尤其前两天内刊刊登的您那篇文章，我读了好几遍，深有同感，非常感慨，说出了这个时代的通病。娱乐不能强国，毫无节制的娱乐不仅对这个国家和民族无益，也是对自己人生的不负责任。"

林海把斟满热水的纸杯放在邓炜面前，"邓哥，您的话让我有种知音的感觉。我知道写的那些话在很多人看来，太过于理想化，甚至有些天真——毕竟，让人戒掉手机的瘾有时候太难了！"

"是很难。但是，当一个社会不再有天真的人，不再有理想化的人，它便生病了。一个娱乐至死的人有什么前途？一个娱乐至死的社会也是这样。"邓炜淡淡地笑一下，接着说："虽然我们只是尘埃一样的世间凡人，但我们可以选择活得清醒一些。"

林海点点头，"是。我的本意也是唤醒一些人，别荒废自己的时光。尤其在当下新公司用人之际，这是难得的让自己职业生涯前进一步的好机会。"

"您说的是。我今天来，是想把在心底埋了很久的一个事，跟您说说，听一下您的意见。"

"您尽管说，咱们工会能帮的肯定全力帮。"

邓炜的眼睛里闪烁着热诚之光，他一一道来："我工作本身是质检，这些年生产线各个环节基本都待过。我一直对装配好的报废不良品感到可惜，也参与过对不良品的拆解分析，可以说五花八门，几乎什么情况都有。于是我在想，能不能进行一个全生产流程的质量控制体系梳理，通过各类实验，为各个生产环节找到一个更为精确的控制边界？"

"怎么来理解这个质量控制边界？"林海问。

"就是通过实验来尽量精确地梳理出一份图文并茂的质量控制手册，当然条件允许的话，也可以顺便制作一个质量控制宣传教育视频课件。因为，据我了解，现有的员工培训系统化程度不高，大多是老员工带着新员工干，老员工只是告诉新员工如何干，并没有告诉新员工为什么这样干。每一项工艺的标准如何判断，每一个操作的流程怎样才是正确的，等等，需要有一个详细的规范，让新员工明明白白地去干。"邓炜解释说。

"我明白了，弄懂为什么这么干，这是干好的关键基础。很有意义。"林海点点头，"把这件事做好，难点是不是在实验上？"

"是的，做好这件事，最好能有一间实验室，还有一些实验设备、检测设备。"邓炜扶一下眼镜，接着说："我知道这是有难度的，之所以来征求您的意见，是因为我看上级工会在做职工技能人才创新工作室以及劳模创新工作室等这样的事。"

"对，上级工会一直在推这项工作，而且有支持经费，我

第十三章 寻找大拿　　　　　　　　　　　　　　　　　173

们工会以前也讨论过这个事情,一直没有找到一个合适的点或者合适的人才来做这个事。今天您提出这个想法,我觉得不错,这事做好了,夸张点说,对企业的未来发展是功在当代、利在千秋,对员工们也是一个正面的引导。不过,我想问一下,您这个想法跟部门领导提过吗?"

"去年的时候跟科室的领导侧面说过一次,领导觉得没有必要。领导的意思是,按照公司质量控制体系做好岗位工作就可以了。"

"这事有文字性材料吗?"

"有一个草案,还不成熟。"邓炜说着,从文件夹里拿出一份文件。

林海接过来,认真地翻看起来,从目的、意义,到实验室建设的面积、设备、人员、预算等,非常详细。"人员需要三个,你有帮手吗?"林海问。

"还有两个同事,跟我一起进公司的,平时关系也都非常好,跟我的想法一致,只是感觉实现这个想法很难,因为没有人来支持。"

"我看有些实验是需要借助生产线上的设备来完成,这样会不会影响生产线的正常作业?"

"这个不会,我们只是在试验品上做标记即可,不会影响正常的作业。"

林海翻看到最后一页,忽然问道:"这次'五小'活动参加了吗?"

"参加了，写的是如何让质量意识渗透在岗位工作中。"

林海点点头，"嗯，那个我看到了，不错。我建议，您把这个文件也改成一个建议，参加'五小'活动。这样的话，我就可以拿着建议，以筹建咱们公司工会工作项目——'职工创新工作室'的名义去跟公司领导沟通。毕竟刚才您也说了，部门领导不太认可，这样，由我们工会来推动，可以绕开很多障碍。"

邓炜连连点头，惊喜地笑着，"我明白，林主席，太好了。"

几天后，当胡总、郑部长、高部长听完林海的汇报，都对此事给予肯定，员工有热情钻研业务，这是公司之福，尤其听了林海介绍说上级工会给予的资金支持，都很感兴趣。

林海介绍说："创新工作室目前启动资金大概是2万元，计划由工会经费支出。下一步，将申请上级工会专项补贴，有支持金、奖励金，职工创新工作室支持金可获3000元，奖励金看申报项目，最高可获2万元支持金。如果取得了创新成果，还可以申请区级乃至市级的职工创新工作室，能申请下来的话也有丰厚的支持金。"

"有多少？"胡总两眼放光。

"我了解到的是区级分为三个星级，一星级1万元，二星级5万元，三星级15万元。"

"力度不小啊！"郑部长感叹。

高部长不停地翻看那个方案，"力度是不小。但是小林，假如出了创新成果，知识产权怎么归属呢？"

林海笑了，"您放心，当然是属于职务发明，归公司。"

高部长笑着说："这个会签署一份协议吗？"

"可以签。我研究过《专利法》了，明文规定，执行本单位的任务或者主要是利用本单位的物质技术条件所完成的发明创造为职务发明创造。职务发明创造申请专利的权利属于该单位，申请被批准后，该单位为专利权人。当然，为稳妥起见，签一份协议是最好的。我也跟他们沟通过了，他们没有意见，他们的初衷是干点实事，降低产品的不良率。"林海解释道。

高部长点点头，"我全力支持。生产线的设备或者资源他们可以随意使用。"

胡总嘱咐林海，"小林，员工有热情、有想法，这是好事，我举双手赞成。但是，这个事务必考虑周全，实验运转、实验安全、资金使用等，该有的制度必须建立。至于场地、设备等，直接跟高部长和郑部长沟通。"

出了胡总的办公室，林海就给邓炜发条信息：事情办妥，有空找我详聊。此事毕竟是以工会的名义来推动，林海特意拜会了邓炜的部门领导。从在"五小"征集活动中发现邓炜的建议说起，到工会决定筹建职工创新工作室，与质检课龙课长作了详细沟通。龙课长看着这位公司的红人，听到公司高层的表态，当即表示一定全力配合工会，把这件事做好。林海连连道谢，邀请龙课长在创新工作室的技术业务上多多给予指导。龙课长欣然接受，直言"咱们一家人不说两家话，都是为了公司好"。他明白这种顺水人情怎么做，毕竟邓炜他们的实验不影响本职工作。

邓炜收到消息后马上跟他的两个同事分享了，三个人开心得不得了，非要请林海一起坐坐，林海推辞了。林海要他们争分夺秒地把一系列制度制定出来，工会这边尽快准备申请材料上报，因为新一年度的职工创新工作室申报已经启动了。实验室选址直接找的高部长，几个人在车间转一圈下来，根据邓炜的想法，在仓库一角选中了一间六十多平方米的杂物间。高部长当即安排人给清理出来，打扫干净，电路、排风检查一遍。绿色油漆地面一擦，锃亮照人，跟新的一样，只是墙面有破损，林海让袁雪协调管理部尽快找人粉刷。然后根据邓炜他们的实验室布置方案、设备清单，兵分八路，马不停蹄，用了不到两周的时间，实验室顺利落成。

所有支出都是工会经费支付的，管经费的晓静眼见钱哗哗地支出有点慌，提醒林海把好关，按道理都应该提前做好预算的，这没事还好，有事可就是大事。林海也明白，干工作要守规矩，但不能循规蹈矩、画地为牢。为了经费支出的事，他们也一起开会研究过，林海的意见是，凡是符合经费支出管理规定，有利于维护员工权益，有益于员工发展，该花的钱必须花，能提前花的绝不暂缓花，好事要好好办，更要尽快办。

职工创新工作室落成后，林海他们以工会的名义特意举办了一个简短而不失隆重的揭牌仪式。胡总率一众中高层领导莅临，让邓炜和他的两个伙伴感觉跟做梦一样。在现场的讲话中，胡总表达了对创新工作室的支持,希望创新工作室立足公司发展所需,出成绩、出成果,为广大员工树立钻研业务的榜样。林海也特意在众位领导的面前感谢了质检课的龙课长,感谢他为了工会的工作项目支援了人才等。一席话下来让龙课长很受用,他高调表态,鼓励邓炜他们大力发扬质检人认真负责、严谨求实的工作作风,为实现公司高质量发展作贡献。

《幸福花田》小报新一期的头条新闻由此出炉:《花田"五小"岗位创新大赛结硕果——花田精工职工创新工作室落成》。照片主图选用了胡总和林海揭牌的瞬间,副图选用了邓炜向莅临领导介绍工作室的场景。新闻稿中,还介绍了上级工会对职工创新活动的支持政策。

史雅看到这期小报的时候,直接给林海微信发了个大大的点赞动图。但连她也想不到的是,一场针对林海的"围剿"正从董事会内部开始悄悄酝酿。

第十四章

春风圆梦

每年迎春花吹响金黄色小喇叭的时候，工会的"三八"节慰问工作便着手筹备了。往年的慰问活动包括趣味运动会、插花培训等，还有为女员工准备的礼物，以实用性为主，洗护用品之类，礼轻情意重。今年，在公司工会的精心策划之下，特意举办了线上普法答题活动，围绕《民法典》《劳动法》《女职工权益保护法》出题，题库早早下发，让大家预热学习，基本上参与就有奖，除了一二三等奖，普惠奖品是价值百元的洗护用品和防疫用品。二百多位女员工全部参与，学法答题拿奖，一举多得，皆大欢喜。当然，林海他们没有忘记充分利用小报进行宣传，袁雪精心设计了一款海报，宣传主题叫：因为奋斗，你是花田最美一枝花！以公司和工会的名义祝姐妹们青春常驻。按林海的话说，公司和工会，是手心和手背，风雨一同扛，好事一起办。

大伟他们约林海喝酒约了好几次，直到说工会代表要反映一些员工的事情，这才在一个周五把林海约出来。周同说"姐夫"来，姐也得出席。他们就把袁雪也一起约上了。

　　林海跟袁雪商量说："咱俩是不是需要有一个人保持清醒？"

　　袁雪毫不客气，"当然是我啊，我得保护林主席，不然林主席会抱着马桶哇哇吐。"

　　这次去的是大伟的老乡小田开的狗食馆。饭馆不大，收拾得挺干净，两个雅间给他们留了一间最好的。小田以前也在花田精工干过，听大伟说，小田那时和他一样胖，因为进了公司的化成车间，三个月下来成功减肥30斤，把小田媳妇吓坏了，再也不让小田去上班了。按大伟的说法是小田媳妇嫌小田太瘦了，硌得慌。化成车间是全公司最累最苦的车间，高温高湿，进车间便是一身汗，一个班下来，工服湿了干，干了湿，夏天里高腰雨靴可以倒出二两汗水来，空气里还弥漫着硫酸的刺鼻气味。这也是袁雪所说的员工流失最多的车间。小田从公司出来后，就跟媳妇卖早点，从俩人一个摊位，干到一人一个摊位，虽然辛苦，倒也舒心，小赚一笔，没几年就盘了一个小店，专门做早点，用心做，味道好，干净实惠，生意好得很。后来又租了一个三百平方米的饭店，因为祖上就是干厨子的，自己也算是耳濡目染、尽得家传，口味变口碑，在滨城也都知道吃正宗鲁菜得来这家。就在干得风生水起之际，不料疫情暴发，餐饮业受到很大的冲击，饭店关了门。一时没有生计，小田实在没辙，开始学炒股。按小田的话说，大概是自己特别爱吃韭菜馅水饺的缘故，他一进股市，从小赚几百块钱开心得要命，到一个交易日亏个万儿八千的无动于衷，终于从小韭菜被割成老韭菜。小田媳妇气得不得了，辛辛苦苦赚来的钱都赔到股市里了，不能再玩了，再玩下去就是倾家荡产的节奏了。小田也郁闷，都花钱上过炒股培训课，怎么还是亏！索性，咔咔清了仓，剩下的钱就盘了现在这间狗食馆。股市转一圈出来，他成功地从三百平方米干到了现在的一百平方米。又一次刻骨铭心的瘦身。

小田手艺着实不错，好吃有嚼劲的九转大肠、香嫩滑口的木须肉、酸甜酥脆的糖醋里脊、肥而不腻的把子肉、滑嫩可口的爆炒腰花、脆甜香酥的拔丝山药……让众人啧啧称赞。这手艺至少能匹配三千平方米的饭店。听了林海的评价，来雅间敬酒的小田开心地大笑。小田听大伟介绍过林海的事，挺敬佩他的。

大伟他们几个这次约林海和袁雪喝酒，也是想好好和他们聊聊。他们被林海的小作文打动，幡然醒悟，加上现在公司面貌焕然一新，看到进步的机会，但是怎么搞，方向不明。

大伟初中都没读完，原因是杀猪为业的老爹看他打幼儿园开始到初中，一次奖状都没拿回来过，索性动员他给自己打下手，并许诺他每头猪的猪尾巴不卖了，卤了都给他吃。大伟一直耿耿于怀，经常怀疑是不是因为自己爱吃猪尾巴，才导致学习排名一直在班级后面晃荡。辍学之后，他很快成为一个杀猪好手，也练得一身好力气，一头二百多斤的猪对他来说就跟玩偶一样，抓住猪脚一较劲就能把猪轻松掀翻在地，麻绳咔咔一绑，闭着眼就能一刀放血。农村杀猪还有一个吹气的环节，那是为了方便刮净猪毛。操作流程是先用尖刀在猪后脚割个小口，而后用一根油亮的拇指粗的一米多长的钢筋笔直插进去，在皮下左右捣鼓几番，再用嘴吹气，跟吹气球一样，他五六口气吹进去，眼见那猪神奇地膨胀起来。他老爹开心得不得了，这真是龙生龙，凤生凤，老鼠的儿子会打洞。他逢人就说祖业后继有人了。后来，大伟羡慕进城打工的发小们，世界那么大，他也想去看看，加上农村留守老人消费能力不足，生意不温不火，他便跟老爹撂了挑子，出门打工去了。本来吧，他认命了，就想踏踏实实地在公司干到退休就回老家养老，然而现在机会来了，心里痒痒，也想进步。

　　和大伟情况差不多的还有周同和姚新亮。这哥俩比大伟好一些，至少混了个高中毕业证才踏入社会。周同的第一份工作是在老家的养鸡场，彼时年纪小，按他的话说就是狗屁不懂，虽然打扫鸡圈、喂鸡，弄得满身都是鸡粪味，但按月给开工资也还好。另外，伙食不错，每天吃鸡。后来进城，蹲过马路干零工，在工地上绑过钢筋、烧过电焊，交了3000块钱培训一个礼拜成为一名保安，干了两年后，因薪水太少，果断进厂。干黄了三家小加工厂后，进了现在的花田精工。姚新亮也没有比他好很多，高考落榜后就进了镇上的砖瓦厂，他没想到小时候玩泥巴，长大了还玩泥巴。再后来，随亲戚去了南方，进电子厂，打螺丝，把米粒大小的螺丝拧到电子产品上。在那里把自己修炼成新一代"打螺丝大神"。按他所说，打着瞌睡也能拧进去！后来他厌倦了那种生活，感觉流水线就像一支针筒，不停地抽取着他的青春，在一种属于中老年人的暮气慢慢升起之际，他从南方来到北方，"打螺丝大神"便成为一个遥远的传说。

韩立文作为一名大专生，当然比他们好很多。但是，韩立文却说心里的煎熬丝毫不比他们少。他出身农村，师范学校毕业后，一无门路，二无关系，好工作找不到，粗活重活不想干，在亲戚的介绍下卖上了保险。奈何农村老百姓都没那个闲钱，公司又让出业绩，没有业绩就解雇，他只好对自己的七大姑八大姨三姐夫四表舅下手，对付了半年，业绩毫无起色，最终被扫地出门。后来有亲戚等用钱，去退保险的时候才发现不能退全款，韩立文被亲戚们骂得狗血喷头。他只好从东北一路南下，最终落足这座小城。

每个人的人生都是一个段子。

这些笑中有泪的故事，让他们频频举杯，与君共饮一杯酒，与尔同销万古愁。

大伟喝得醉眼蒙眬，"'姐夫'，你得帮帮弟兄们，弟兄们靠你了，弟兄们要进步！"

周同也对袁雪说："姐，我们这些事都是真的，只有相同经历的人才知道人生太不容易了。天南海北，千山万水，背井离乡，想想都可怜自己。"

袁雪忙安慰："如果放在以前，我是真的不信，只有进入社会,才发现各种离奇的遭遇,都不是虚构的,我信!但是——"说着举起杯,"你们也要相信自己,永远记住,命运这个瘪犊子是握在你们手心里的。"

林海心里哀号:这小姐姐是继续喝嗨的节奏,我得少喝点了,因为明天有事,陪怡菲去桃花堤看花。怡菲对他极度不满,直言自己是一个备胎,还说林大主席要当劳模。

"你说是不,老林?"袁雪看林海有点走神,没举杯,举杯对林海的杯子碰一下,"不实在啊,喝了!"

几个人一阵哄笑,大伟起哄,"'姐夫',敢对我姐不实在,我们可不干。"

林海苦笑,赶忙喝一口,岔开话题,"我告诉你们,刚才老袁也说了——"

"谁老了?"袁雪冲他瞪眼。

林海赔笑,"小……小袁。"看袁雪不再追究,他继续说:"小袁同志不是说了嘛,命运这个瘪犊子是握在你们手心里的。很简单,穷则思变,差则思勤。你们必须要拿出一个新的样子来,不仅在思想上要有变化,更要在行动上见到变化。现在公司的情况大家都知道,机会就在眼前,千万不能错过。"

大伟说:"知道啊,但是怎么下手啊?让我们去提升学历?我们行吗?"

"拿个大专文凭相对容易,到时候都有复习资料,及格就过。你考过了还有补助,市总能给4000元,你也不用花钱。"林海扭头又对袁雪说:"回头您受累整理一份报名的学校、专业等,让大家都了解一下。"

袁雪点点头,"没问题,趁热打铁,看看咱们公司有多少愿意报名。多好的机会啊,拿学历还不花钱。"

林海接着说:"包括现在郑部长正在酝酿的技师制度,都将在这次多能工培训和技能大赛中选拔,按月领取技师津贴。胡总说了,人才应该有人才的待遇,干得好和干得差不能一视同仁。"

大伟摇摇头说:"我就是对自己的能力没有信心,你们想想,我连初中都没读完,以前学的那点鸡毛蒜皮早就忘到九霄云外去了。"

袁雪急了,"你就拿出杀猪的劲头来,就把那考试当成一头猪。"逗得大家一阵哄笑。

林海明白大伟的心理,也安慰说:"这个别担心,考成人大专的难度不是太大,只要你拿出杀猪的劲头来,我保你过关。回头组织个补习班,韩立文,你是师范学校毕业的,正好当补习老师。"

韩立文眼前一亮,"您还别说,林哥,像大伟这个情况的还真不少,如果搞个补习班,绝对是积德行善的好事。您放心,咱们工会有安排,我绝对服从。"

大伟起身,举杯敬韩立文,"韩老师,老弟的前程就全靠你了。"周同和姚新亮也连忙起身去敬韩立文。

韩立文被一声声老师喊得很受用,一仰脖,半杯酒落肚。

林海扭头对袁雪说:"姐,你少喝点。"

第十四章 春风圆梦

袁雪也不知是故意的还是咋的,"啥,再喝点?来来,敬领导。"

林海一看这分明是刹不住车的节奏,连连告饶,"喝一口,喝一口。"

"啥?一口闷?太爷们了,听你的!"这小姐姐说着竟然喝水似的清空了杯中酒。

林海瞬间石化,但是没办法,那双漂亮的大眼睛正笑盈盈地盯着他呢,偷奸耍滑肯定没戏了,只好举杯硬着头皮爷们一把。

大伟在一边呵呵笑,"不是一家人,不进一家门哪。"

林海连忙岔开话题,"工会是我家,温暖你我他。"

席间,周同提起了一个同事,自己的老乡小魏,在裁剪车间,因为他学过叉车,有证,一直想换个叉车岗位,就是为了多赚一点,家里挺困难的,父母都有病,问林海能不能帮忙。

林海沉吟一下,解释说:"这个叉车工的轮换,目前是限于不同车间之间,基本上是一个萝卜一个坑,把别人替掉显然不太合情理。所以,只能等待机会。家庭困难的话,咱们不是有温暖基金吗?他为啥不申报?"

周同说:"明白,那就等机会。温暖基金这个事我也跟他说了,他不好意思。"

"我说你们是不是都喝多了,机会就在眼前啊。"袁雪开口说道:"这次技能大赛不是有一项叉车工的项目吗?让他也报名参加,如果拿个冠军,估计也就能顺水推舟达成心愿。至于温暖基金，符合条件就申请，大丈夫能屈能伸，这没有什么不好意思的。"说得大家眼前一亮，叉车冠军不让干叉车岗，确实说不过去。

林海在心里记住了小魏，找机会，得跟他聊聊。

当晚散场的时候，林海叫了个代驾师傅。上车的时候，袁雪还闹唤："这点小酒有啥啊，跟你说的一样，还差二两五呢。"林海说："记得挺清楚啊，看来上次真没喝多。"袁雪呵呵一乐，上车就闭目养神。到地儿后，林海打发走代驾师傅，便来请袁大小姐，一连呼唤几声，她闭着眼睛也不吱声。

"又装上了。"林海嘟囔着。

"你说谁装呢。"她换个姿势，还不想下车。

"这后座是不是比你的床还舒服。"

"我乐意。"

"以后不准喝酒了，这要变成酒晕子，怎么嫁得出去？"

"你这口气跟我妈一样，讨厌！"说着，袁雪小腰一扭，起身下车。

"哎哟喂，就是给一个小小的建议。"

她一语不发，下车便往小区走。林海赶忙从副驾座上下来，去送她。夜风轻柔，适合散步的好天气。袁雪这几天的郁闷来自老妈催她去相亲，相亲对象是某某领导家的公子，她是真不想回家面对老妈的喋喋不休。

听见林海屁颠屁颠地跟来，她连头也没回，"你不用送我了，自己回吧。"

林海答应一声,"好吧,你自己慢点,我回去了。"

袁雪一听,哼了一声径直而去,心里却有一种莫名的悲伤弥漫开来。她必须承认,自己喜欢林海很久了,奈何林海有个宝马女。这让她纠结,想考走换一个新工作,但又特别想留下来和林海一起干工会工作。进楼,按电梯,感觉身后有异样,一回头,林海正笑眯眯地看着她。袁雪直觉心里一暖,眼泪不争气地落下来。她很快擦掉,对林海也视若无睹。此刻,她不想说话。

"这段时间太累了,这两天你好好休息一下。"林海不知怎么安慰她才好。

电梯门开了,林海随袁雪进去。

电梯里林海有点手足无措,"都怪我说错话了,对不起啦,您大人有大量,好不?"

袁雪的唇角扬起一个弧度,跟没听见一样,答非所问,"以后好好地关照大伟他们四个。"

林海愣了一下,笑道:"当然,咱们工会是'娘家人'嘛。"

袁雪轻轻摇摇头,"也许有一天,我就离开公司了。"

林海看着袁雪的侧脸,没说话。挽留?不挽留?他不知道。

袁雪仿佛读懂了他的沉默,也没再说话。

电梯门打开的时候,她才看着林海说:"我到了,你回吧。注意安全。"说着替林海按下一楼键,林海反应过来的时候,袁雪已经转身出去,电梯门给了他们两秒钟时间四目相对。

第二天早上八点多的时候，怡菲开车载着林海去看桃花。

看着浑身洋溢着青春活力的怡菲，林海用一口地道的山东话打趣说："跑那么远看桃花，妮啊，你不知道最美的一朵桃花近在眼前吗？"

"俺知道啊，照照镜子俺就看见了。"怡菲得意地笑。

"嗯，俺想做你的镜子，一辈子看着你。"

"老林，别花言巧语，你说你要提升学历，我要看到你的行动，要看到你的转变。"怡菲面色一正。

"俺一直很拼的，俺当年参加高考的时候都没有这么拼。"

"我跟你说过很多次了。干工作拼一点，当然是好事，那证明你有上进心。但是老林，人生有无数个方向，你得找对一个更远大的方向。你认为在企业里干工会没有天花板吗？你已经头顶在天花板上了。再者说了，天天围着员工转，对于你来说，能转来什么？"

这样的话，怡菲说过很多次了。他不想辩论。人在不同的角度有不同的看法，在不同的位置有不同的见解。

看林海不说话，怡菲一噘小嘴，"怎么？你的沉默是代表默认还是无声的抗议？"

林海看着远方，"我在想，当我有一天决定离开公司，我应该在什么时候离开。你也知道，我是一个有始有终的人，现在开展的一些工作是我推动的，我想兑现我给弟兄们的承诺，把降薪提回去，努力再加点薪。"

"假如，在我和你现在的工作之间必须作出一个选择，你选什么？"

　　林海笑着说："俺今天已经用行动证明了，放弃没完没了的工作，选择和你看桃花。"

　　怡菲显然对这个回答不满意。她叹口气，"你也知道我父母的想法，他们希望你能出人头地。除了学历稍微差点，你不缺什么，能力、智商、情商，换个地方工作，你一定能一样干得风生水起。林海，我不求你大富大贵，我只想顺顺利利地和你在一起，这是我唯一的愿望。"

　　"和你在一起，是我最大的心愿。"林海抬手为她理了一下长发，"上哪里去找这么漂亮的媳妇。"

　　怡菲笑成了一朵花，"我漂亮吗？"

　　"嗯，比那开了二十级美颜滤镜的网红还要漂亮一百倍。"

　　"得了吧。我可告诉你，赶紧把那些有网红嘚瑟的软件都卸载掉，假如你每天在那上面花一个小时，你这辈子就完了。"

　　"为啥啊？"

　　"玩物丧志。"

　　"其实我早卸载了，倘若不是好多联系人在用微信，这个我也会卸载的。你也知道，我是几乎不看朋友圈、不发朋友圈的那种人。"

　　"你确实够奇葩的。"怡菲长叹一声。

　　林海苦笑，"我为什么要关注别人的生活？我为什么要把自己的生活晾晒出去？当人人都成为自媒体的时候，自媒体已经成了时代的阑尾。"

"还阑尾？有那么多余吗？这根儿上的原因，是你活得不够精彩，没有值得炫耀的，所以也就懒得去看别人的炫耀。"

林海笑呵呵，"是是，有道理。我会努力让咱们活得精彩。"

怡菲摇摇头，"得了吧你，人家说得好，恋爱期的花言巧语只能信一半。话说回来，如果有一天，我父母为你找到一份工作的话，你不能拒绝。"

"什么？为我找工作？"

"是。那天我听他们聊天提起过。"

"好。"林海点点头，心里却莫名希望这事成不了。李老头的嘱托，胡总他们的信任，大伟他们的期盼……至少，他不想这么快就离开公司，他很难违背自己的承诺。而这，也不代表对怡菲不是真爱，相反，他深爱这个姑娘，很爱很爱，就像这个季节的桃花义无反顾地爱着这个春天。

桃花堤，据说始于元朝，兴盛于运河之畔，后来乾隆皇帝下江南路经此处，见岸边桃林茂盛，垂柳依依，弃船登岸观花，并乘兴赐名"桃柳堤"。

历史是个好东西，可以为朴素的事物镶金嵌玉。

人面桃花相映红。怡菲开心得想跟每一朵桃花合影，也不知拍了多少照片，最后林海拦着给手机留点电才算作罢。俩人在桃花堤溜达将近两万步，依旧不愿回。是啊，太久没有在一起了，都让怡菲生出备胎的错觉了。

小魏，魏树峰，个头不高，一脸憨厚，就像简配版的王宝强。小魏是个学习的好苗子，奖状贴满家里一面墙，奈何父母身体不好，家中兄弟多，负担重，初中毕业后便放弃了读高中的机会，跟着大哥出门打工了。早年在一家物流公司工作的时候学会了开叉车，干了几年，离开物流公司进了现在福利待遇更好还给上保险的花田精工，本想能干个叉车工，因为没证没有干成，考完证后机会没了。

　　林海向他解释了现在的情况，支持他报名参加叉车工大赛，通过大赛为自己创造调岗的机会。小魏说："能理解，只希望在比赛前有几天练手的机会。"林海说："没有问题，这事我帮你去协调。"

　　当林海问起家庭情况的时候，小魏沉默片刻，才缓缓道来。小魏的三个哥哥结婚后各自成家立户，家里只剩小魏和父母。哥哥们都是打工为生，靠卖力气赚一些辛苦钱，还得养活自己的一家人，虽然每年也给父母一点钱，但那对于常年吃药的父母来说无异于杯水车薪。于是，小魏把赡养父母的更多责任扛了下来，每个月的工资留下自己日用的花销，剩下的都给父母汇过去。父亲因为年轻的时候在煤矿挖煤落下了风湿病，母亲有慢性肾炎，只能靠吃药维持着。小魏不抱怨，很通透，父母是自己的，不照顾那还算个人吗？自己可以苦点，甚至可以不买房、不娶妻，无所谓，只要自己问心无愧于父母。他感慨说："人都说，孩子来到这个世界上，有的是来讨债的，有的是来报恩的，我可能是第二种吧。"

　　林海听完心里很沉重，他安慰小魏说："父母要好好地赡养，你也要把自己照顾好。回头把困难职工补助申请一下，不管钱多钱少，都是工会和公司的一点心意。也没有必要难为情，这块儿的信息我们也不公开。"

小魏的心里涌起一股暖流，"我知道，林主席，谢谢！"

"还有，提升学历那个事你也报一下，学费工会先给你垫上，就算你的借款，公事公办，按银行利率付个利息，等顺利毕业了，报销的钱下来再还，多退少补。"

林海说完这话，小魏几乎不敢相信自己的耳朵，"这……这样也可以吗？"

在小魏得知"求学圆梦"普惠政策的时候，他就动心了。提升学历，拿到大学文凭，是他做梦都在想的事情。他曾无数次问自己当年放弃学业是否正确，如果没有放弃，是不是他早就大学毕业且寻到一份好工作，可以为父母带来更好的医疗条件。

林海注视着他充满惊喜的眼睛，点点头，肯定地说："可以。但是你必须考好了，把学历证书拿下来，才能获得4000元的学费报销。工会这边你也要走一个借款的手续。"

"您不怕我还不上吗？"小魏的眼睛有点湿润，还笑着开玩笑。

"我相信任何一个孝敬父母的人。"林海拍拍他的肩膀，"你要相信自己，相信未来，老天一定会给孝敬父母的人好运气！"

"谢谢林哥！"

为小魏的事，他们工会特意开了个会。申请困难补贴的事情按政策来说没有任何问题，预计从上级工会那里可以申请到3000元的补贴，公司温暖基金这块儿每年可以申请到6000元。晓静说："这块儿我来跟上级工会对接，公司温暖基金这块儿咱们要有一个会议记录，还有财务人员和主席的签字。"对于借工会经费给小魏缴学费让昔云和晓静有些为难，因为找不到相关的规定，都说没有这个先例，审计肯定是通不过的。

林海也刻意地去查相关适用的条文，但是没有找到，他说："首先，用工会经费解决职工困难，原则上没有问题；其次，规定是死的，人是活的，工作随时都在发生变化，好多规章制度也是处在一个不断完善的过程中，咱们可以做第一个吃螃蟹的人。"

袁雪不认同这一点，直言道："话是如此，但如果按照规定来衡量，这就是违规，是要有人承担责任的。换句话说，第一个吃螃蟹的人，可能会发现一种美味，也可能会中毒一命呜呼。"

林海看了大家一眼，"我一直记着，工会经费是员工缴的，我们只是管理者。既然工会经费是员工缴的，为员工应急理所应当。其实，这个钱我个人借给他也没有问题，我的主要目的是开一个好头，让工会经费更好地帮助有困难的员工，也算是帮扶职工的一个工作探索。要不这样，借据上设立一个担保人，我来担保，他还不上，我来还，另外借款期间按银行利率走。"

昔云笑道："这么说倒是说得通，我就是担心万一哪天来个铁面审计人员，可能会有问题。"

"责任我担。袁雪你如实记录。"林海笑着说："有时候，干事业就像摸着石头过河，说创新有点夸大，至少算个探索。"

袁雪用笔敲了敲桌子，一字一顿地说："就怕搬起来的石头最后砸自己的脚。得，你这些话我都记下来了。天塌下来，你得站直了，我们可是要钻桌子底下。"

林海笑道："好好好，真有那一天，我肯定舍得一身肉，护你们周全。"

当小魏从晓静手里分别接过6000元的温暖基金和4000元的学费借款时，他有些哽咽，不住地道谢。

林海拍拍他的肩膀，说："工会帮你解决一些事情，是理所当然的。上级工会的困难补贴还要过一段时间才能发，一些流程要走，等下来了晓静姐会联系你。"看着有些激动的小魏，林海的心里颇有感触，他想起人见人敬的李老头，他想，如果李老头在，也一定同意他的做法。因为他们的理念一致，工会只有把员工的利益视为立业之根，才能诠释存在的价值。

在工会代表的发动下，66名员工有报大专的，有报本科的，根据自己的条件和兴趣报了专业。林海很开心，胡总也很高兴，连连称赞。于是新一期的《幸福花田》头版头条便有了：《我有一个大学梦——66名花田员工主动提升学历》。头版图片用的是大家排队交报名表的场景。这事晓静办得漂亮，跟学校一联系，

第十四章　春风圆梦

那边老师一听有66个员工报名，开心得不得了。晓静就问老师能不能登门给办个入学登记，一方面是为了方便员工，希望学校老师集中讲解一下相关事宜，帮助大家顺利取得学历；另一方面就是公司工会想拍点图片，宣传一下"求学圆梦"这个行动，希望能带动更多的员工主动提升自己的学历。学校老师一听，一口答应下来。

这期小报里还刊发了"金牌厨师"评选活动的消息。员工通过扫码打分的形式点评每道菜品，每位厨师得分按月统计，赵二虎获评当月"金牌厨师"。工会在食堂的一面墙上特地设置了霸气十足的"金牌厨师"榜单，赵二虎的照片、名字用KT板喷出来，贴在了对应的月份。袁雪说："咱们公布在报纸上不就行了吗？"林海说："这等好事就得让大家随时随处都看到，有肉不能埋在碗里。"

食堂老王对林海直念叨："这招太好了，您可不知道，这个赵二虎以前懒得要命，总感觉做大锅饭没有出息，自从看了您上次的现场演示，就像开了窍一样，得闲的时候也不抱着手机刷抖音了，缠着我学活儿。在袁雪的采访稿件中，二虎自己也总结了两点收获：第一是不论做啥，只要用心就有大收获；第二是本领练好了是自己的，人生荒废了也是自己的。"这番表态，让老王刮目相看。

看到新一期小报后，"吐个泡泡"给林海发来一条微信：精气神有了。

林海立马给她回复一句：真金白银不远了。

这条新闻信息上报给开发区总工会后，被开发区总工会《工会通讯》选用了。《天津工人报》记者收到这期报纸后，也一眼看中了这条新闻，立马就要了林海的联系方式，对事情的始末了解一圈，要走了稿件和照片的电子版，没几天这条新闻再度见报。那记者小姐姐也实在，一下给林海寄来二十份报纸。

嗅着淡淡的墨香，林海心潮澎湃，那感觉就像大姑娘上轿——头一回。这是肯定，是褒奖，但是公司工会只不过做了一件在其位当谋其职的事情。

当林海拿着报纸给胡总报喜的时候，举起的手指还没落在门上，就听见胡总在拍桌子。

"你回去告诉这些班组长，能干就老老实实干，不能干就下来，能干的人一抓一大把。就冲他们的态度，就冲他们对这件事的理解，他们根本不配留在管理岗位上。"雷烟火炮，声音很大，林海听了个一字不落。

林海觉得站在门外不妥，转身要走之际，门开了，出来的是制造三课的课长，看见林海跟他打招呼也没理，面色难堪的样子就跟债主突然变成债务人一样，急匆匆而去。林海隐约猜到了什么，依旧抬手敲响了门。

气得在屋里转圈的胡总看到进来的是林海，怒火才消了一半。

林海直言不讳，"胡总，刚才我在门口听见几句，是不是因为班组长轮岗的事？"

"是啊，气死我了，说班组长意见很大，认为公司不该不信任他们，你说这都是什么水平？让这种水平的人留在工作岗位上，那就是整个公司管理的失败！"

"您别上火，他们有意见很正常，他们要没意见才不正常。"林海劝说道。

胡总坐下去，"也是啊，有意见说明他们心虚了，就怕下去了再也爬不上来。越是这样，越要改，能者上，平者让，庸者下。"胡总说着，火又上来了。

林海赶紧当好"消防员"，"不过，话说回来，干得好端端的，让别人来干一段时间看看，这事搁谁心里也别扭，从个人角度来说都能理解。但是从发展大计来看，如果不放条'鲶鱼'进去，这改革的目的就达不到。依我之见，回头看看怎么做做工作吧。"

胡总揉着脑门，"好，你琢磨一下。都有你一半就省心了。差太多了！"他忽然想起什么，"哎，你来找我有啥事？"

林海递过报纸。

"哦？《天津工人报》！小林，这报纸可真是有年头了，创刊于1949年，是新中国成立后全国第一家地方工人报。"

"能办到现在真的不容易。"林海感慨道。

"太珍贵了，我好多年没有看过这报纸了，咱们工人自己的报。想当年，我原来的单位是这份报纸上的常客，我写的一个好人好事还上过这份报纸呢。"

林海眼睛一亮，"是吗？真没想到您是位大笔杆子。"

"呵呵，不行啦，已经被你们这些后浪拍在沙滩上了。"胡总的眼睛忽然一亮，"嚯！咱们那个员工提升学历的事上报纸了！"胡总喜笑颜开，拿手指敲着那个豆腐块，"记得给史董事寄几份，让董事会看看咱们的活力。"

林海连声应承，胡总指着报纸说道："小林，有道是干一行钻一行，干一行想一行，我建议，你们工会不仅要好好学习工会的业务知识，还要在工作实践中多开阔眼界、多打开思路、多从理论中找方向。比如，订份《天津工人报》，多关注一下全总、市总有什么好政策、好举措，多了解一下别的区域、别的单位的工会有什么新经验、好点子。"

"是，胡总，您所言极是。任何工作，没有最好，只有更好。尤其现在，党和政府都非常重视工会工作，我从上级工会所了解到的信息也是这样，现在谁还把工会当成养闲人的地方那可是大错特错了，所有的工作都在深化，都在研究如何做得更扎实、更有效，怎么更好地服务职工。就拿开发区总工会来说，现在推行的一项项工作，猛一看，看得我都眼晕，但是仔细看就会发现，每一项工作瞄得准、做得细，是用一颗匠心把职工服务好，把职工队伍建设好，把营商环境营造好。真应了有人说的那句话，简单的事情用心重复做，你就是专家……"

胡总看着眼前侃侃而谈的林海，想起当年自己刚参加工作时的样子，一样的虚心，一样的专注，一样的敢想敢干。这才是年轻人应有的样子。

第十四章　春风圆梦

第十五章

匿名举报

　　物流显示林海寄给史雅秘书小方的报纸已经签收，而林海却没有收到"吐个泡泡"的消息。林海以为史雅还没来得及看，却不知道报纸和几封匿名信正摆在董事会的会议桌上。

　　董事会秘书何方汇报了匿名信的内容，他说举报的内容很多，总结一下，主要有公司工会和公司管理两个方面的问题，大致有三块：一是举报花田精工工会财务支出违规问题。对利用工会经费为食堂购置洗菜机、切菜机、净水机的必要性及其价格的合理性提出异议，对利用工会经费为无科研背景的质检人员设立创新工作室提出质疑，对自媒体时代中不利用免费的自媒体平台却要花钱印制报纸、海报等提出不解。二是举报林海提拔的程序问题。对林海从一名设备课普通员工连升三级享受课长待遇提出异议，跨级提拔前所未有，严重影响了管理干部的积极性，建议董事会彻查此次提拔中的程序问题。三是认为公司工会主导的所谓"幸福2+1"计划有作秀之嫌，对公司生产经营的促进作用微乎其微，而且徒增公司财务支出，浪费工会经费。另外，提出的多能工轮训，经实践验证，不熟练的操作导致不良率上升以及生产效率降低。还有，提出的班组长轮岗计划严重影响了班组长的积极性，基层管理人员一致认为此举严重扰乱了管理人员选拔机制的实施。

董事长佐藤佑二听完汇报心情颇为复杂，对公司总经理胡志广他是信任的，公司目前反馈来的各类信息令他振奋，他乐见工会为公司带来春天般的活力，然而莫名出现这么多的举报信让他颇为费解。他环视一圈，淡淡地说："各位，谈一下想法吧。"

副董事长和几位董事逐一表态，大致意思是，认为有必要予以彻查，以示公正。确有问题，按公司章程惩戒；没有问题，继续支持公司现有改革。

史雅是最为郁闷的。她一直坚信胡总和林海的所作所为是在全力推动公司迈上一个新的台阶，也一直相信他们定能开创一个全新局面。轮到她发言的时候，她淡然一笑，拿起林海寄给她的《天津工人报》说："事情特别有意思，一边是市总工会报纸刊发的公司新闻，另一边是匿名举报信。市级媒体报道一家公司的新闻，我想在整个开发区，也是比较少见的。因为从层级关系上来讲，市级报纸刊发基层工会的新闻大多应是区县级。换言之，这条新闻能登上市级报纸，是因为公司和工会这项工作做得非常好，有新闻亮点。再说说这几封匿名信，我都看了，不知各位是否注意到：第一，匿名信都是打印件，字体、字号、行距乃至字间距，都是一样的，也就是说，这极有可能是出自同一个人、同一台电脑，乃至同一台打印机；第二，匿名信的语言特点、叙述的口吻、用错"的地得"的地方，也应是出自一人之手；第三，我们都知道匿名信的落款有好几种，有公司员工，有班组长，还有食堂员工——"

"史董事，我觉得今天讨论的，是对举报内容是否彻查的问题，不是推理破案，查一下，自然清者自清、浊者自浊。"何秘书打断史雅的发言。

史雅一笑，"何秘书误会了，我最讨厌的影视剧就是推理侦探类型的。我，只是在陈述一个事实。"她看也不看何秘书，继续说："各位，如果说公司员工、班组长举报我不做评价，而食堂员工也举报的话，那便滑天下之大稽了。为什么？因为所购置的食堂设备大大降低了食堂员工的工作强度，极大改善了他们的工作环境，现在，他们要举报给他们带来莫大好处的工会，那一定是智商有问题。"

何秘书对着史雅一笑，"史董事，有没有问题，需要彻查才能澄清。"

史雅报之一笑，"何秘书，我支持彻查，我没有说反对啊。没错，我支持胡总和工会的革新，因为我从革新中预见到公司发展的前景，它为精益生产持续推进开辟了一条活力之路，它丰富了管理和人之间的关系。"史雅举起那份报纸，"我不希望看到，因为这些匿名信，毁掉了他们的努力和探索。"

董事长佐藤佑二听了史雅一席话，那份复杂的心绪消解一半，他同样在意这个管理探索，在他内心里，即便这个探索会犯下一些错误，也是可以谅解的。因为，没有容错空间的管理，无异于故步自封。他点点头，"史董事的发言很好，提醒我们大家要尊重事实。我也乐见这个管理探索，能激发出公司健康发展的活力。既然有举报，要么是确有其事，要么是革新触动了某些人的利益。举报本身，说明公司内部有不和谐因素，查一下也好，消除这些因素，让公司轻装前行。那么，由谁代表董事会去彻查，大家可有意见？"

何秘书说道："董事长，我认为此事重大，涉及财务审计等问题，需要组织协调相关人员，应充分酝酿研究。"

佐藤佑二抬手打断何秘书的发言，"好，这事就由何秘书牵头。"

"董事长……"史雅刚要说什么，被佐藤佑二阻止了，"史董事，新工厂事宜您多费心，市场千变万化，要争分夺秒。"

这个日本小老头今天让史雅有点看不懂。

当晚，史雅犹豫再三，拨通了林海的电话。林海接通了电话，史雅的声音很大，他和袁雪两个人听得很清楚。当史雅把举报一事说完，林海的脸色慢慢阴沉下来。

"多谢史董事。欲加之罪，何患无辞。我问心无愧，他们想怎么查都行。"

"是吗？我应该相信你吗？"

第十五章　匿名举报

"鸡蛋里挑骨头不是新闻,是每一天都在上演的老故事。"

"不要转移话题,如果你为非作歹,我第一个饶不了你!"

"您放心,一分钱也没有到我的口袋里。"

"好。你记住,不能把他们想得太简单了,这次他们甚至准备把你从工会主席的位置上拿下来。你说你这是拉了多大的仇恨啊!"

"没事,我无所谓的,我没有官瘾。只要胡总在,'幸福2+1'计划不停摆就行。"

"这也是我担心的事情。你们工会还是提前做一些应对吧。"

"好。"

"我跟你说的这件事不要外传,心中有数即可。"

"明白。"

"万一,我是说万一你被撤职,你怎么办?"

林海笑了,"史董事,您放心,即便开除我又如何,我早想好了,我准备去开个狗食馆,自己当老板。"

电话里传来史雅一阵银铃般的笑声,"嗯,届时我会经常去捧场。不过,还有一条路可选。"

"啥?"

"跟我去建新工厂。"

"还有这等好事?"

"到时给你弄个部长干。"

"好啊,先谢谢史董事啦,我得争取让他们撸下来。"

"打住,无论如何,先帮着胡总把你们的'幸福2+1'计划搞成。因为，这是你的承诺。"

"明白。"

挂了电话。林海和袁雪对视一眼，摇摇头，苦笑。

袁雪却跟喝了二两醋一样酸不溜秋地说："这史董事跟您关系匪浅啊，这么大的事都敢告诉您，连退路都给您准备好了。"

"别瞎说了，刀架在脖子上了。"

"这一定是班组长轮岗闹出来的鬼，恰巧又遇见第一次谈判结下的仇，正好就是阎王奶奶害喜病——怀了鬼胎。"

"嗯，大眼睛也很聚光嘛。"林海瞟了一眼袁雪。

"得了吧，都火烧屁股了，你怎么应对？"

林海挠挠头，"怎么应对？我真的不知道该应对一些什么。有什么见不得人的事吗？没有！"

袁雪给逗乐了，"那班组长培训还搞不搞？"

"搞，那不都定好了吗？老师都定好了，通知也下了。"

"你真不怕把你给撸下来吗？"

"我心里没鬼，怕个锤子！走，回家！"

俩人去停车场开车，到车跟前，林海刚要往车里钻，就听袁雪说："完犊子了。"

"怎么了？一惊一乍的。"

"车胎瘪了。"

林海拿手机一照，轮胎侧壁赫然一道口子，是人扎的。

"报警？"袁雪问他。

"得了吧，狗咬你一口，难道你还咬回去？"

第十五章 匿名举报

"咬一口我让它瘸一条腿。这就是写举报信的龌龊小人干的，太不够揍儿了，有事当面来！"袁雪愤愤不平。

林海被她骂街的样子逗乐了，连忙安慰，"好好好，别生气，讲文明，树新风，跟狗食人犯不上。"

"那我怎么回家？"

林海笑呵呵，"咱有备胎啊。今个儿看我怎么得楞，教你一手如何换备胎。"

"那要是没有备胎呢？"

"我背你回家。"林海说着，从后备厢拿出备胎和工具。

袁雪说："你是猪——"她生生把"八戒"俩字给咽回去了。猪八戒背的是媳妇。

"我没那么笨，好不？"林海咔咔地按着千斤顶，嘴里不闲着，"看来我就是开二手车的命啊，你说要是新车，那还不心疼得失眠。"

袁雪抱怨，"我们跟你干工会也真是倒霉，这次闹不好真的随你吃瓜落儿不说，搭个车还让人扎了胎，这以后要给你放个炸弹，我还得给你陪葬。"

林海换轮胎的手艺还算过关，一会儿就收拾得利利索索。袁雪拿瓶水给他简单洗了一下手，俩人上车回家。

送袁雪上楼的时候，她忽然说道："我觉得你的备胎应该来四个。"

"啊？为啥啊？"

"你说万一哪天把你四个轮胎全扎了该怎么办？"

林海满头黑线，依然倔强地说："没事，我会在后备厢装辆自行车，绝不会让你走回家。"

袁雪笑成一朵花，"那我不管，没有自行车你就背我回来。"

史雅把匿名信的事告诉了胡总，胡总气乐了。第二天，胡总就把郑部长、高部长和林海召集来，把事情简单说了一下。郑部长和高部长紧锁眉头，一番折腾肯定又近在眼前了。

胡总说："无论接下来发生什么变化，都要稳步推动我们的计划，我们要用改革成果证明我们是对的。小林，你做好思想准备，他们估计要借着匿名信来找你报上次结下的仇。"

林海大大咧咧，"没事，大不了把我撸下来。真到那一步，'幸福2+1'计划就靠你们了。"

胡总一瞪眼，"他敢！"

昔云和晓静听说这个事后，有点慌神，闹不好，这是被团灭的节奏。袁雪苦笑，怎么办，跟着这么二的主席干活，难免吃瓜落儿。昔云说："这得赶紧想辙啊，不能坐以待毙。"晓静叹着气说："账本在那里摆着，还要做假账吗？千万不能动，动了就是授人以柄。"袁雪安慰她们："钱又不是揣在自己口袋里，钱是花在员工的身上。咱们骑驴看唱本——走着瞧。大不了，就看看天塌下来咱们愣子主席能不能自己扛得住！"

林海该干吗干吗，天要下雨，娘要嫁人，挡不住的事情就别费那个脑子。他翻看一下报名班组长培训的名单，五十多人报名,三十六名班组长都来了,比他预想的还要好。员工有上进心,才是一个正常的状态。不过,也有可能是因为胡总前几天的发飙助攻。大伟、周同、姚新亮、韩立文、小魏也在其中。

开课这天,开发区总工会李老师早早就来了,他听同事说花田精工的员工学习最认真,自己备课也下足了功夫,准备用五堂课的时间,把班组长应具备的素质讲清楚,把如何提高管理素质讲明白。林海感动不已,不断道谢。

胡总出席了开班仪式,并对学员们提出了要求。

"看到大家来参加培训,我很欣慰,保持一颗学习之心的人,才会不断进步。班组是企业生产的基本单位,班组长是企业的兵头将尾,是班组工作的组织者和管理者,班组长能不能服众,有没有影响力和号召力,归根结底,体现的是胜任力,是素质的高低。我认为一个优秀的班组长,应具备三方面能力。一是具备良好的职业道德素质。要爱岗敬业,要以身作则,要平等待人,要顾全大局。二是具备良好的文化技术素质。应熟练掌握车间、岗位的技术指标、工艺规程、操作要领,要熟悉本班组生产设备的性能、构造、维护保养知识。这就是我们现在为什么开展多能工培训的目的。三是具备良好的管理素质。班组长是最基层的管理人员,应具备管理意识和管理能力。你们自己清楚,现在大多班组长的管理全靠吼。吼一天下来,累不累?"

胡总看着台下的几十双眼睛,顿了一下,继续说:"本来,我想少说点,但是,我想不到的是班组长轮换工作还没开始,就有人坐不住了。你怕什么？有真本事，能让员工服你，你什么都不用怕。我想对大家重申一遍，班组长轮换的目的，一是为新工厂培养基层管理人员，二是让真正有管理能力的人走上管理岗位。能者上，平者让，庸者下。这就是公司的用人原则。能提拔你的，只有你自己。"

台下的学员听着胡总的讲话，清醒地认识到公司这次是玩真的了，有本事、有能力才混得开。

林海本来不想发言的，但是胡总点名了，他只好起身。

"正如胡总所说，保持一颗学习之心的人，才会不断进步。这句话说得非常好，我是深有体会的。我本身是一个工会小白，对工会工作懂得很少，后来，因为李主席生病休假，在李主席的推荐下我临时代理了工会主席。为了干好这份工作，不负李主席的嘱托，不负胡总的信任，我开始认真地学习思考工会工作。在这个过程中我明白了，工会全心全意服务广大员工，是法定义务，更是法定责任。如果这一点做不到，那就应该'当官不为民做主，不如回家卖红薯'。接手代理工会主席后，我就挨了当头一棒，董事会给大家降薪的事各位都知道，我相信很多人对这个2%还是满意的，能谈到2%，不是凭借巧舌如簧，是靠我们的'幸福2+1'计划构想打动了董事会。"

林海看着台下熟悉或陌生的面孔，忽然意识到自己应该再多一些时间走近他们，再多一些心贴心的沟通，若是如此，还会有匿名信的事吗？他继续说："包括'求学圆梦'计划，包括食堂的'金牌厨师'评选，包括技能大赛，包括今天的培训等，

第十五章 匿名举报

都是这个计划的一部分,都是为了大家的明天会更好。我唯一的希望,是我们一起努力,干出点样子来,我们不仅要把2%降薪涨回来,还要争取让董事会给我们加薪。可能有些同事对班组长轮换不理解,我想问一句,你真的愿意原地踏步吗?你真的认为班组长是你职业生涯的天花板吗?你真的认为胡总所说的能者上、平者让、庸者下就是要分出三六九等吗?不是,兄弟们,那是督促你们去不断学习,持续提升自己,要做工作的能者,不要做工作的平者、庸者。我喊大家兄弟,是因为在我的内心里,我把你们都当成我的兄弟。每个人都不容易,我感同身受。尽管有的很熟,有的不熟,无关紧要,工会愿意为你们每个人的发展提供力所能及的帮助,这是工会的义务所在、责任所在。前段时间有员工反映,对报名'求学圆梦'考过没有信心,现在我要通知大家一声,在胡总的支持下,学历提升补习班将从本周六开始,在现在这个会议室为大家补习功课,帮助大家顺利获取学历。最后,我真诚地希望今天这个培训班里将来能走出课长、部长。因为我们的胡总说了,能提拔你的,只有你自己。"

掌声热烈,一如既往。李老师在课堂上也领略了传说中的花田版掌声。

培训完成后,林海特意跟李老师要了课件,便于大家复习。李老师很开心,评价大家学习的认真劲儿确实名不虚传,在这样的课堂上,自己讲得也很起劲。他说讲过课的都知道,见惯了那些学习乱象,交头接耳者有之,闭目养神者有之,玩手机者有之，打呼噜者有之，神游八方者有之……在那样的课堂上，自己唯一想做的事情就是尽快讲完，各奔东西，互不打扰。但是在花田精工，大家聚精会神听课的样子，整齐划一的热烈掌声，给予了讲课老师最大的尊重。

晓静把装有讲课费的信封递给李老师的时候，李老师连连摆手不要，林海劝道："咱们是按规定来的，按标准来的，您如果不要，下次没法请您享受我们员工的掌声了。"盛情难却，李老师只好收下。

三天后，林海收到一个快件，里面有四百块钱，还有一张纸，上面写着歪歪扭扭的三个字：对不起。

袁雪拿起那张纸看了看，撇撇嘴，"轮胎三百，人工费一百，没劲，我还想换种回家方式试试呢。"

林海却感慨一声，"这世界没有那么多的坏蛋。"

第十六章

就地免职

　　何秘书组建的调查组是上次来谈判的原班人马。这个调查组很快就通过了董事会授权。董事会开会那天，史雅出差在外，不知是不是巧合。当她知道的时候，并没有感到意外，只是在心底希望他们不要折腾出幺蛾子。

　　调查组前往花田精工的时候没有打招呼，所以当他们出现在胡总办公室门口的时候，让胡总颇为意外，"何秘书？您……路过还是……"

　　何秘书微微一笑，"胡总，我们是奉董事会之命特意前来调查一下匿名信的事情。"

　　"哦，好的，好的。对了，听史董事说，上次您来回去就生病了，让我心里着实过意不去。"

　　"呵呵，感谢胡总挂念，症状比较轻，没几天就康复了。"

　　甄有理打开文件包，拿出一份授权书，"胡总，这是董事会的授权书。劳烦您安排相关人员认真配合我们的工作。"

胡总一摆手,"眼花,看不清,我就不看了,我们肯定配合好。先屋里请。"

吴友芙说道:"胡总,事情紧急,我们现在需要跟全体工会工作人员面谈,烦请您安排。"

胡总答应得颇为干脆,"好,会议室请。我马上通知他们。"说着就走到隔壁敲了郑部长的房间门。

郑部长开门一看,明白了,刚要上前打招呼,被胡总拦下,"马上通知工会全体人员到会议室开会。给何秘书他们准备点茶水。"郑部长答应一声,转身去安排。

胡总把何秘书一行人引到会议室落座之后,故意试探性地问道:"何秘书,匿名信举报的事情很严重吗?"

何秘书淡淡一笑,"胡总,严不严重,调查完才知道。希望您多多理解。我本来不想来的,无奈董事长指定我来,我实在无法推托。我们呢,就是按照举报的内容进行核实,清者自清嘛。"

胡总连连点头,"是是,若真有问题,自当严惩不贷。另外,何秘书,我希望不要影响我们正在进行的改革,毕竟刚刚起步,员工们的热情很高,董事长也很期待。"

何秘书很客气,"那是那是。我们这次来,目的也是为胡总的改革彻底扫清不稳定因素。另外,一会儿我们跟工会工作人员的谈话,您就不用安排人员参与了。"

"好好好,那我就不打扰您的工作了。"正说着,林海、袁雪、昔云、晓静走进会议室，胡总转脸嘱咐他们，"小林，你们好好配合何秘书的调查，一定要严肃认真、坦诚地直面问题，不要有压力，也不要背包袱，董事会就是为了了解情况。我先回去了。"

林海和袁雪、昔云、晓静四个人一看来者，心里凉了半截，这是他们曾经唇枪舌剑交锋的地方，现在，对手又杀回来了。

四个人坐在何秘书一行人的对面后，林海微笑致意，"欢迎何秘书来检查指导工作，我们一定全力配合。"

何秘书颔首，那双深邃的眼眸盯着林海，"林主席，咱们就开门见山吧。董事长对举报信的事非常重视，此次委派我们来，目的就是把事情调查清楚，争取还大家一个清白。"

甄有理又一次亮出那份委托书，"林主席，这是董事会的调查授权书，您请过目。"

林海连连摆手，"不必了，甄律师。从内心里来讲，我们也特别感谢董事会能来核实情况，澄清事实，还我们一个清白。"

何秘书一副很满意的样子，"好，感谢你们的配合。下面，就由吴友芙女士宣布一下调查组的决定。"

吴友芙理了理那头大波浪，以极其严肃的语气宣读起来："经调查组对举报信所反映的问题予以综合研判，结合公司管理规章及财务审计规定，为进一步彻查举报问题，现作出如下决定：一、冻结公司工会财务账户，调查期间停止一切财务支出；二、工会向调查组完整提交近两年的财务资料、有关文件和会议记录，以及现金和实物情况，除核查以上审计项目外，调查组有权向相关单位和个人进行调查核实财务支出项目；三、公司工会应当对所提供审计资料的真实性和完整性作出书面承诺，并为开展审计工作提供必要的条件；四、鉴于举报信反映问题较多，现决定暂时免去林海代理工会主席一职，暂停一切工会工作。董事会特派调查组，二〇二二年四月一日。"

林海面不改色，什么都没说，仿佛丧失了语言功能似的。袁雪和昔云、晓静面面相觑，心往下沉，一种深深的无奈和无力感充斥了每一个细胞。这是要解散工会吗？

对面三人显然对工会这几个人的沉默感到意外，他们仿佛没有听到刚才宣布的决定。

吴友芙继续补充，"鉴于林海停职，调查组临时征用工会办公室作为调查之用，林海的办公电脑也将被封存接受审查。"

林海依旧没有任何回应，他的大脑在飞速运转，评估接下来的哪些工作会受到影响。

何秘书用鹰一般的眼神盯着林海，"林海，刚才的决定听清楚没有？"

林海收回神来，淡淡地说："听清楚了。"

"有问题吗？"

"有。"林海和袁雪异口同声。

林海转过脸，看着袁雪，"你就不要说了。"

袁雪没有理他，直接发问："为什么要免去林海主席的职务？为什么要暂停一切工会工作？"

何秘书盯着袁雪，慢慢地说："事情很简单，根据举报信反

第十六章　就地免职

映的问题,林海有重大的违规嫌疑,公司工会工作存在很大的问题,怎么可能继续行使工会主席的权利?怎么可能继续开展工作?"

甄有理刀片般的嘴唇紧紧闭在一起,歪了歪,只听他说道:"各位,请注意措辞,暂时免去,暂停一切工会工作,不是最终的认定。它的意思就是,在调查结果出来之前,这一切必须暂停。"

看袁雪小脸煞白,还要争论,林海抬手制止,"我说一下我的问题。"

"好。"何秘书将身体舒服地靠到椅背上,一副胸有成竹的样子。

"我的问题很简单,现在工会和公司开展的多能工培训、班组长培训、员工学历提升班以及计划开展的技能竞赛等,全部交由公司管理部、制造部负责。除此之外,我同意所有的决定。另外,审查中如果确实存在违法违规情况,作为工会负责人,我承担全部责任。"林海直视着何秘书的眼睛。有的人看眼睛就可以洞彻心底,而面前这位估计孙悟空来了也看不透。

何秘书沉吟片刻,痛快地答应了。他很满意现在的局势,兵不血刃,轻松地掌控一切。

"那……"

林海知道吴友芙想说什么,不等她说完,直接对袁雪她们三人说道:"昔云、晓静配合交出调查组所需要的一切资料。袁雪通知工会代表,在此期间员工反映的所有问题直接对接管理部,交由郑部长处理。"说着掏出办公室钥匙,交给袁雪,"受累带调查组领导去我办公室认认门,然后安排保洁彻底消一下毒,把钥匙留下。从现在开始,我就不过去了。"说罢看一眼对面三人,"我的电脑密码是222222,六个2。"

何秘书的脸上露出一丝微笑,心里说"你真是够二的",嘴上却说:"很好。在此期间,如果有需要问大家的,还希望大家多多配合。"

"随叫随到。"林海答应得很干脆。

袁雪忽然问道:"我想请问一下,公司工会还义务承担了两项重要工作,既然暂停一切工会工作,是不是这两项工作不用做了?"

"什么工作?"

"给园区管委会上报公司疫情情况报告,以及公司工作场所的消杀。"

"让管理部负责。"何秘书淡淡地答道。

等他们都走了之后,林海点上一支烟,烟雾缭绕得很慢,一如此刻林海的心情,郁郁而结,无处释怀,也无处立足,连办公的地方也没有了,就像一个多余的人。直到胡总打来电话找他,他才起身而去。

胡总的办公室里,袁雪和郑部长也在,想必已经了解情况了。

一见面胡总就问,"怎么谈成这样?"

林海苦笑一声,"没事,配合调查吧。我也提条件了,多能工培训、班组长培训、员工学历提升班以及计划开展的技能竞赛等,全部交由公司管理部、制造部负责,这些不能停。"

"他妈的,连办公室也给收走了。"第一次听见胡总爆了粗口。

郑部长说:"要不先去我那屋挤挤?"

"不行!再找一间办公室,收拾得跟之前一样。"胡总说。

"胡总,谢谢您的关怀,算了,我啊,还是回设备课,原来的位子还空着呢。"林海挺感动,但不想给他们找麻烦了。"就这样定了,设备课是我的福地,能保佑我时来运转。"他还开玩笑。

"能屈能伸,倒是个爷们!好吧。这几个家伙再瞎惹惹,我饶不了他们。"

林海呵呵一笑,"您消消气,没事的,潮起潮落生活才精彩。另外,郑部长,那个疫情报告和现场消杀的工作我继续做,我知道您那人手也不够。"

袁雪愤愤地瞪他一眼,"调查组说得很明白了,停止一切工会工作,逼着我们撂挑子。"

郑部长苦笑:"让我这个老头上吗?"

"我是工会的,我也不干了。"袁雪气呼呼的。

郑部长连忙说:"不对啊小袁,你也是我管理部的兵啊。"

林海上前解围,"袁姐姐,这回我给您打下手,您怎么安排我怎么办。"

袁雪哼了一声,把一个随身包递给林海,"给,现在那办公室已经归他们了,刚才把所有财务档案全部搬到那屋了,出门上完锁,还一本正经地贴了盖有董事会法务部大印的封条。"

"让他们折腾吧,我感觉那屋风水不好,这才住进去多久就被赶出来了。"林海调侃道。

袁雪心里那个气,她真想赏他一拳,这都什么时候了,还云淡风轻、嬉皮笑脸的,最后还是一咬牙忍了,也故作轻松,付之一笑,"嗯,设备课最适合你。"

郑部长一寻思,说:"小林,你就别回设备课了,在袁雪那屋再加个工位,这样有啥事沟通也方便。"

"好,听您的。"流浪的林主席痛快答应。

这时候胡总忽然埋怨起郑部长,"老郑,我疏忽了,你也是,把他们的加班当成理所当然,从这个月起,给他们做加班费和交通补贴。"

林海却拒绝了,"工会就是为大家服务的,怎么能要加班费?"

这话一出,气得袁雪直翻白眼,恨不得狠狠地咬他一口。

胡总又说:"这个非常时期,要不要把李主席请出来压阵?"

林海沉吟一下,说:"还是算了,别让他着急上火了。毕竟,现在的局面,他即便来了,也很难改变什么。"

正所谓好事不出门、坏事传千里,董事会调查组进驻的消息很快传遍公司,林海的手机微信就跟开了锅一样,消息铃声

第十六章 就地免职

此起彼伏，迫使林海不得不把手机调成静音模式。大伟、周同、韩立文、姚新亮、食堂老王、设备课孟课长、邓炜、小魏以及工会代表们、提升学历的学员们等，纷纷发来消息求证，为他打抱不平，林海逐一解释安抚。

晚上加完班，林海送袁雪回家。两个人出奇地默契，一路无言。

车子缓缓停在袁雪家小区门口，袁雪忽然开口："我们去那里坐一下吧。"

林海抬眼看去，一家烧烤店的霓虹灯在夜色中流转——相遇。有趣的名字。

"好。我也正想喝点。"林海干脆地答应，"今天我请你吧。"

"不，我要安抚一个有情有义的倒霉蛋。"袁雪微笑的样子比霓虹灯还好看。

俩人进店，选个窗边位置坐下。服务员很热情地迎上来，袁雪荤的素的点了七八种，要了两瓶啤酒。

"你开车就别喝了。"袁雪说。

林海说："不开了。"

"好吧，明天我去接你，给你带早点。"

"跟你妈汇报了吗？别让他们担心你。"

"嗯。"袁雪拿起手机，发了条语音，"爸，我已经回来了，晚点回去，就在小区门口烧烤店跟几个朋友一起吃个饭。"

烧烤很快上来几样，袁雪把啤酒打开斟满杯。

袁雪举杯，"来吧，老林，喝了这杯再说吧。"

"姐夫"驾到

俩人轻轻一碰杯，一饮而尽。

袁雪边吃边说："这事多少还是让你挺郁闷的，干得正风生水起的时候，一盆凉水哗的一声劈头浇下，想想就挺凉的。"

林海给她满上酒。"我的感觉是，仿佛一只羽翼刚刚丰满的鸟，刚要扑棱着小翅膀翱翔九霄，却被人给一把拽下来。"

"壮志未酬，摔个屁股蹲儿。"

林海举杯，"无可奈何花落去。"

袁雪举杯一碰，"似曾相识燕归来。"俩人一口闷。

"其实，生活就像跷跷板，因为一起一落才其乐无穷。"

"什么其乐无穷，这年头本来就是不干事不犯错，少干事少犯错，多干事多犯错。我还以为这种事是属于机关的戏码，没想到一个企业里也是这样。"袁雪愤愤不平。

"介有嘛啊，小姐姐您千万别上套，这就是他们的计谋，就弄个大窝脖儿让你堵心，就故意得楞你，让你不开心。"

袁雪举杯，"得了吧您，别安慰我，今天是我安慰你。"

林海苦笑，"好好，一醉解千愁。"

"你今天的表现确实让我很意外，干吗那么配合他们，他们说啥就是啥，还把你从办公室轰出来了！"这小姐姐说着说着火又升腾起来。

林海呵呵笑，"好戏在后面呢，这算啥。不信走着瞧。"

"走着瞧？不知我还有没有那个机会了。"袁雪叹口气。

她话里有话，林海盯着她，想从她的脸上寻找答案。她低着头，一下一下地转着啤酒杯。

"我一直想告诉你,又忍住没说。"

林海的耳朵一下支棱起来,"啥?"

"我前些日子参加一个学校行政岗位的招聘考试,最近就要出结果了。如果考上,面试也能过的话,我可能就离开公司了。"

"那天你说过,我猜到了。"

"就不想挽留我吗?"

"那毕竟是一份稳定的工作,待遇也好。"

袁雪轻轻叹口气,"其实,你不懂。"

"其实,我也未必会留在公司。"

"为什么?"

林海犹豫一下,还是说出了口,"我女朋友的父母一直瞧不上我在企业工作,最近在找关系想让我到好一点的单位去,前两天告诉我,已经有眉目了。如果我达不到他们认为的那种'好',肯定会拆散我们。从我内心来说,至少,我想在兑现给大伟他们的承诺后再离开。但是,我能左右吗?"

袁雪沉默片刻,"她很漂亮吗?"袁雪没有见过怡菲。

林海答非所问,"她倒是不在乎我的工作。"他喝口酒,"咱们换个话题吧。"

袁雪轻笑一声,"可怜的李老头,当初最看好的俩人也许让他错付了期待。林海雪原(袁),呵呵……组合不再有。"

两个人喝完整整十瓶啤酒,在林海的劝说下,袁雪方才作罢。酒不醉人人自醉。

"什么四大发明、五大发明,我觉得最牛的发明就是酒,它的晶莹剔透里有千般温柔,它的沉默不语里藏着一颗最懂你的心。"

"恭喜你今晚喝出了新境界。"林海扶着她往回走。

进了电梯里,袁雪转过身,看着林海,忽然伸手钩住他的脖子,"别动,我看看你那个疤。"林海苦笑,任她靠上前来。袁雪用手指抚摩着那个笑脸伤疤,"这是我留给你的纪念,会带给你幸福和好运。"

林海闭着眼睛,"好。我好好留着。"刚说完就觉着额头被两瓣温柔的唇轻轻地吻了一下,他愣了一下,伴装不知,"别瞎胡撸,怪痒痒的。"

袁雪呵呵笑了笑,"我在撒酒疯。"

第十七章

萌生去意

犹豫再三,林海还是把停职的消息告诉了怡菲。怡菲很高兴,"老林,知道什么是天意难违吗?就是这样,赶紧收拾一下,准备辞职,别伺候他们了。辛辛苦苦、没白没黑的,最终落此下场,太伤感情了。"

"我身正不怕影子斜,随便他们折腾。"

"你应该潇洒地说'此处不留爷,自有留爷处',换个更好的地儿,让他们看看。"

"要走,我也得清清白白地走,不能稀里糊涂地走,戴着有罪的帽子走那可不行。我老林以后是要写自传的人,这么走,到时候这个章节不好落笔啊。"

"哎哟妈啊,挺聪明的一个人,怎么一到关键时候就犯拧?你是招了什么五迷三道,要不要给你开个瓢儿?"

……

怡菲把这事捅咕给父母后，本意是催他们赶紧给办，找人找关系赶紧把未来的姑爷从水深火热之中拯救出来，却不料惹来一顿奚落。

"咦，这在我姑娘心里是本事挺大的一个人啊，怎么一下被人收拾得跟脱毛的凤凰一样？"

"哼，在职场不是有点能力就可以吃得开混得香，要学会经营关系才能不至于虎落平阳被犬欺、马失前蹄万人踩。嫩啊！"

这夫妻俩一唱一和，丝毫不顾及女儿的感受。怡菲气呼呼地转身而去。

调查组很快把工会的各种账目核查一遍。这天，又约谈了工会这四位人员。

何秘书一脸严肃，"各位，经过调查组核查，公司工会的问题很多很大啊。简单来说，规章制度形同虚设，再这么下去，就要变成独立王国了。今天把你们召集来，就是要深入核实一些问题，希望你们严肃对待，如实回答。林海，有问题吗？"

林海很爽快，"全力配合。"

"好。甄律师，开始吧。"

甄有理往鼻梁上推一下酒瓶底般厚的眼镜，开口说道："林海，我想问一下，您清楚基层工会的经费收支管理的八项原则吗？"

林海闻言一蒙，心想这是知识竞赛吗？意思他懂，但真的无法完整背出来。这有意思吗？

第十七章　萌生去意

"遵纪守法、依法获取、经费独立、预算管理、服务职工、勤俭节约、民主管理、依法监督。"晓静一看情况不妙，赶紧解围。

甄有理很不高兴，"我问你了吗？"

晓静淡然一笑，"甄律师，我们是一个集体，做任何事情都会充分综合考量，严格按照规章制度，集体研究决定。"

甄有理又犯了咄咄逼人的毛病，"严格按照规章制度？目前来看是很不严格吧！"

晓静故作惊讶，"噢？有这样的事吗？请您明示。"

甄有理把手中的材料翻得哗哗响，"既然知道预算管理原则，为什么在诸多支出中没有预算？既然知道勤俭节约原则，为什么在诸多支出中造成浪费？你身为工会财务工作人员，为什么没有把好支出关，竟然还出现违规借款的闹剧？"

看来这哥们儿在短时间内发奋苦读了工会的所有规章制度，终于补上了自己的知识短板。

林海稳住情绪，淡淡地说："甄律师，你这劈头盖脸地扣了一堆帽子，我们也不知从何处作答，咱们一条一条来捋一下可好？"

甄有理伸出手指点了点林海，"请注意你的措辞，什么叫劈头盖脸地扣了一堆帽子？冤枉你们了吗？"

林海淡然一笑，"话不说不明，理不辩不清。咱们从预算管理这条开始可好？"

"你们的预算未免太含混了吧？为什么出现一连三年同样的

预算？你们做工作就会复制粘贴吗？"甄有理边说边敲桌子。

林海压下火气，"甄律师，这是由工会工作的特点决定的。"他翻开晓静为他准备的材料。"预算支出包括职工活动支出、维权支出、业务支出、资本性支出、事业支出以及其他支出。也就是说，只要在此框架之内，便没有问题。"

"没有问题？工会预算编制的原则是：统筹兼顾，保证重点；量入为出，收支平衡；真实合法，精细高效。请问这个精细高效是什么意思？"甄有理盯着林海。

"甄律师，支出预算的最大意义在于计划性，因为工作中会遇到各种各样的变化。打个比方，在困难职工帮扶中，我不能计划本年度限10名帮扶名额，这是无法预知的，我不是能掐会算的神仙，它有可能会超过10名，也有可能1名都没有。如果按照您的逻辑，1名都没有的话是不合规定的，是称不上精细的，难道我需要指派10名员工，你家今天要着火，你家明天要病两口人，你家后天要一起出个车祸……凑足10名吗？"

"强词夺理！《工会系统经费管理使用负面清单》中明确了严禁无预算、超预算支出，你可知道？"甄有理双手一摊。

昔云开口道："林主席的比方虽然很荒诞，但是很形象地说明白了预算应该是什么样的。我们市的《工会系统经费管理使用负面清单》中明确了严禁无预算、超预算支出，假如出现此类情况，请注意该条款后面还有一句，严禁追加预算不履行相关程序。另外，《基层工会预算管理办法》第二十四条规定，基层工会在预算执行过程中，对原实施方案进行调整优化，导致

第十七章　萌生去意　　　　　　　　　　　　　　　　227

支出内容调整但不改变原预算总额的，不属于预算调整，不需要履行预算调整程序。也就是说，我们所有的支出属于内容调整，不改变原预算总额。即便如此，我们还是慎重地开了工会委员会，并一致通过，这是有会议记录的。"

吴友芙也忍不住了，出马帮腔，"请注意，林海代理工会主席一职已经被免去了。我想说一下，你身为工会经审委员，职责是监督工会认真贯彻执行财务工作的规章制度，合理使用工会经费。"

昔云点头，"您说的没错，我也是这样做的。"

"那么请问，勤俭节约原则要求，基层工会要贯彻中央厉行节约、反对浪费的要求，经费使用要精打细算，少花钱多办事，节约开支，提高经费使用效益。这个要求为什么没有得到有效执行？"吴友芙质问。

"请您明示。"昔云不卑不亢。

"在自媒体时代，为什么放着免费的、传播更快的自媒体平台不用，反而要花钱印制内刊？"

昔云微笑，"这个问题得由林主席来回答。"

吴友芙一股无名火升腾起来，"刚才我已经提示了，林海代理工会主席一职已经被免去了。"

昔云故作恍然大悟，"哦！对不起，我习惯了。"

林海放下手中的笔，"关于内刊的事，我来说明一下。这个问题我们开会研究过，她们的意见在开始的时候确实跟您的想法一样，是我执意要做内刊的。"

"难道开会仅仅是走个形式？"

"难道开会就是一言堂？"

吴友芙和甄有理接连发问。

林海微笑，"两位且听我——道来。"

袁雪却打断说："这个还是我来说吧，为什么呢？因为我是从不理解走向了理解，并充分地认可这个想法。"说着她就掏出手机，把林海发在内刊上的那篇小作文里的一些语句作了分享解读。她直言："如果你固执地认为新时代的宣传工作就是一切上网，那就说明你对宣传工作只是人云亦云、一知半解。因为，新时代宣传工作的核心是如何入脑入心、见行见效，用什么宣传载体、宣传工具并不是主要的，而选择什么样的宣传载体、宣传工具是因时而需、因地制宜。"

袁雪的声音很好听，理解也很透彻，如果做老师，一定是个好老师。

甄有理斜着眼问："我们是来听你讲课的吗？"

袁雪冷冷地说："我是在告诉你为什么不做自媒体。"

吴友芙转移话题，"好，即便这是理由，那么这一百份900元的价格是不是偏高了？"

袁雪说："这是在本地打印店询来的价格。走访了四家，经综合比对，用纸、打印效果、包税、包送货，选择一个价格最低的打印店。"

"据我查到的信息，这价格比网上报价贵，为什么？"

"您从网店实际打印过吗？谁能保证网店的印刷质量？"

"比价的凭证有吗？"

"有需要的话，我可以亲自带你去走访一下打印店。"

"我要的是三方比价的凭证。"

"请问什么规定里哪一条要求900元的东西要三方比价？"

"你不要胡搅蛮缠，没有比价凭证就是你们工作做得不到位。"吴友芙怒火爆燃，啪地一拍桌子。

袁雪轻蔑一笑，"我不拍，手疼。"

何秘书忍不住了，喝道："够了！有就有，没有就没有，这是干什么？这就是你们的全力配合？"

甄有理又开始放大招，"食堂里的设备，洗菜机8500元，切菜机5206元，净水机2399元，合计16105元。为什么动用工会经费购置？"

林海淡然一笑，"甄律师，我市《基层工会经费收支管理办法》的第十三条明确规定，资本性支出是指基层工会用于工会建设工程、设备工具购置、大型修缮和信息网络购建而发生的支出。其中包含了用于购买、自行建造办公用房、仓库、食堂等建筑物（含附属设施）的支出。"

"为什么没有三方比价？我从区总工会了解到的信息是5000元以上必须三方比价。"甄有理追问。

林海反问："你如何界定没有三方比价？三家头部电商的商品链接、截图，与客服沟通记录截图，这些您没有看到吗？"

"比价是需要比价单的，比价单是需要加盖商家公章的。你们应该做到全国比价，要保证全国最低价！"

"全国比价？依您的说法，这设备没个三年五载是买不来的。"林海哭笑不得，简直无语了。

何秘书看甄有理还要说什么就拦住了，"甄律师，知道结果就可以了。下一个问题。"

甄有理点点头，"好。下一个问题，请问这个职工创新工作室创立的意义何在？三个质检员能够创新出什么？我们的电池工艺已经有数十年的技术积累，他们能在质量控制上有什么新的创新？我认为这有作秀之嫌。工会经费多得花不完了吗？"

林海看着甄有理，"甄律师，这是一个专业问题，应该虚心听从专业人士的建议。创立职工创新工作室，充分征求了胡总以及制造部高部长的意见，我说他们是专业人士您不会有异议吧？"

"好，工作室的事暂且搁置，我会请教专业人士。对于职工创新工作室和食堂设备，既然花的是工会经费，在工会固定资产目录里没有看到，算不算工会资产流失？"看来这甄有理是花了很多的心思和精力。

林海不以为然，"很简单，还没有录入。"

"那就是工会固定资产管理不善。"甄有理示意一下做记录的吴友芙。

袁雪忍不住了，啪地一拍桌子，"工会四个人包括三个兼职的，你们知道工会承担了多少工作？上报疫情报告哪一天不是加班到晚上十点？哪一天不是早上七点赶到公司做工作场所消杀？哪一天不是一门心思、千方百计调动员工积极性助力公司发展得更好？就因为没有及时录入，你就给定性为管理不善？真是欲加之罪，何患无辞！"

"你是什么态度？"甄有理斥责道。

看袁雪被怒斥，林海怒从心起，但不动声色地安慰袁雪，"你看你，刚说了拍桌子手疼。没有必要生气，要多理解。就像有人说过的一句经典的话，在一个坏蛋的眼里，往往以为别人都和他一样坏。"

"林海！"甄有理噌地起身。

何秘书气得胸膛一起一伏，盯着林海，"很好！这就是你们对调查组的态度。"说罢，扭头对甄有理说道："把今天的审查情况都如实记录下来，今天先到这里。"

看他们三个人离开之后，林海冲着袁雪苦笑，"说得好！"

袁雪呵呵一笑，"说那么多句，不如您，一句顶一万句。"

晓静也苦笑，"还不知他们在报告里把我们写成什么样呢。"

昔云一摆手，"爱咋的咋的，大不了这工会工作不干了，每天忙忙碌碌也没有啥好处，图什么？最后还落一身不是！"

林海冲三位姐姐合掌致歉，"对不住姐仨了，这一切都怪我，干事不严谨，我现在才明白什么叫多干多错、少干少错、不干无错。"

晓静赶忙劝，"小林别这样，你的初衷是为了大家好，这些事叫事吗？这样的调查组，是司马昭之心，路人皆知。人家就是奔着复仇来的，鸡蛋里挑骨头是意料之中的。我建议，咱们也别冲动,继续配合调查,完事了看他们怎么个意思,再做回应。我就不信没有说理的地方!"

林海点头,"是,晓静姐说得对,咱们别冲动,走一步看一步。"

何秘书他们三人离开会议室后直奔胡总办公室。胡总正在打电话,看见三位连门也没敲就满脸怒气地闯进来,心里十分不悦,也没起身,抬手作出一个请坐的手势,继续通话。三分钟后,胡总撂下电话。

"何秘书,您喝点什么?"胡总起身问候。

何秘书抬手制止,直言道:"胡总,您手下这些兵脾气很大啊,又拍桌子又骂街的,连调查组都不放在眼里了。"

"哦?有这事?不可能吧?我了解他们,都是讲道理的人。"

"您的意思是,我们不讲道理?"何秘书反问。

"何秘书,这话我没说过。"看着何秘书的表情,他语气冷淡,"我没在现场,不知道发生了什么。"

"好,既然如此,我会如实向董事会汇报。就目前所掌握的情况,这个林海足够开除了。"

胡总一听急了,"什么?开除?犯什么法了?"

"您不用着急,我这还没调查完呢,等调查完让董事会来作决定吧。"

"董事会也得分清是非、讲点道理。"

"董事会只基于事实作出决定。"

第十七章　萌生去意

"好。"

两人不欢而散。

胡总很快喊来郑部长、高部长、林海，问林海怎么个情况，林海苦笑，"我给大家放个录音吧。"

大家一听到"全国比价"就明白了，这分明是拿着放大镜、显微镜吹毛求疵往泥里玩命摁。胡总气得直说："这样心术不正的人，幸亏是在企业里，假若到了机关里，那肯定是祸国殃民的败类。"

郑部长挠头，"那咱们不能坐以待毙，这样闹下去的结局，肯定对公司正在进行中的改革有百害而无一利。"

高部长摇摇头，一脸的焦灼，"过两天我和胡总去跟董事长汇报一下吧，毕竟我是董事长带来的，沟通起来应该好一些。"

胡总长叹一口气，"好吧，也只有这样了。"又对林海嘱咐道："告诉大家，控制一下情绪，少给他们一点把柄。"

袁雪笔试通过，准备参加面试的消息和林海准备参加笔试的消息，是在周五这天同时收到的，一个是上午，一个是下午。都是好消息，但两个人的心情谈不上欣喜，反而异样复杂，所以也没有跟对方分享。

怡菲父母为林海物色的单位是一家国企，岗位是行政岗。连报名都是怡菲帮着弄的，怡菲爸爸已经打好招呼，林海只需要用心参加笔试、面试，基本一路绿灯。当然，笔试成绩必须过关。怡菲还特意给林海准备了笔试、面试的资料，鼓励他玩命地突击学习，争取考个好成绩，给他爸长长脸。林海说："我去谢谢叔叔吧。"怡菲说："等考过再说吧，不过好久没去你家了，也不知未来的婆婆是不是还记得我。"前两天怡菲的朋友从韩国回来，带了不少高丽参给她，她想孝敬一下未来的婆婆。林海说："那就明天吧。"

当天晚上，林海把消息告诉老妈，老妈说："你再说一遍，我没有听清。"确定是怡菲来家里后，她觉得心中的郁结一扫而空，浑身轻松，马上就安排林吉利收拾屋子，准备迎接未来的儿媳妇大驾光临。

第二天上午，怡菲接林海一起回他家。老妈的气色格外好，仿佛年轻了几岁，一见到怡菲就亲热得不得了，拉着手上下打量、嘘寒问暖，就跟找到了失散多年的亲人一样。林海亲自下厨，大盘小碟、五颜六色地张罗了八个菜。

老妈对怡菲说："这手艺还凑合，你这辈子有口福了。"

说得怡菲粉面飞霞，"阿姨，他还有进步空间，您还得继续培养。"

席间，怡菲说起林海工作的事，林吉利问儿子："你咋没说呢？"

林海满不在乎，"大海还有个潮起潮落，谁这辈子能屁股夹着钻天猴一路朝天飞？没事的。"

"具体因为啥？"林吉利感觉这事太突然，盘根问底，他得搞明白。

于是，林海把前前后后的事简述一遍。

林吉利第一次很严肃地对他说："你保证没有往自己兜里揣钱吧？"

林海信誓旦旦地说："您就放心吧，我啥样您还不知道吗？即便缺吃少穿、饿得奄奄一息，也绝对不会干那事。"

林吉利这才放心地点点头，"这人脸上有了灰可以洗掉，但这人生有了污点那可是要背一辈子的。洁身自好，就是幸福，就是金山银山。"

老妈看不惯他啰唆，守着未来的儿媳妇不好发作，就劝说："好了，别啰唆了，这不好工作来了吗？正好趁这个机会换掉，你说一个企业里咋还那么多事呢。"

林吉利说："是啊，有福之人不用忙，无福之人跑断肠。林海你哪天得去好好谢谢怡菲爸爸，这国企可不是想进就能进的。"

怡菲连忙摆手，"叔叔，您千万不要客气，小事情。再者，能不能进去还得看林海，笔试、面试都得过才行。"

老妈一个劲儿地劝怡菲，这个菜好吃，那个菜林海做得比以前还好，来，尝尝，把怡菲劝得一顿饭吃了三顿饭的量。

老妈恨不得明天结婚、后天抱孙子，"怡菲啊，前些天我去时代广场看房子了，我觉得还不错，你看哪天有空咱们一起去看看，毕竟以后是你们住。"

怡菲脸上飞过一片红晕，"阿姨，实话告诉您，我爸妈早把房子给准备好了，离那个时代广场不远。我倒是建议您和叔叔买套新房搬出去住，毕竟这房子也没个电梯，以后你们年纪大了上下楼也轻松。"

老妈一听，心里欢喜，嘴上却说："这可使不得，那么好的地界还是让你爸妈住吧。"

林吉利闻言不由得看向林海，行啊，青出于蓝而胜于蓝，我老林家确实基因强大，房子都是媳妇给准备。

林海怕老爹把家庭秘闻透露出来，赶紧打岔，"您今天多喝点吧，来来，我给您满上。"

老妈自然对林吉利颇为不满，他那眼神泄露了心底的语言，桌子底下照着他的小腿就来一记无影脚，"别，少喝点，血压高。"

吃完饭，怡菲来到林海的房间里，摸着肚子低声嚷嚷："哎哟，撑死我了，肚子都圆滚滚了。"

林海直笑，"那你不会少吃点啊，来，我给你揉揉。"

怡菲坐在床边，斜靠在林海胸前，林海拥着她，一只手轻轻在她肚子上转着圈按摩。

"这手感，感觉是你胖了呢！"

"我才一百斤，就是今天吃撑的。"

"没事，我会慢慢地把你养成怡菲贵妃。"

"好啊，以前的衣服穿不下，那就有新衣服穿了。"说着，嘻嘻地冲林海笑，那意思是好好赚钱吧。

林海叭地在她脸上亲一口，"那是，这么漂亮的媳妇，得天天穿新衣服。"

第十七章　萌生去意

俩人腻歪到下午三点半，怡菲回家，顺便把林海送回出租房。路上林海就央求怡菲上楼坐一会儿，怡菲伸手扭住林海的耳朵，"想什么呢？马上就考试了，赶紧好好准备。这工作是真不错，各方面待遇比你现在好很多呢，我妈还惦记让我去呢。"

这小姐姐的脾气、秉性林海自然清楚，一向说一不二，他只好悻悻作罢："好，我好好复习、好好考。"

第十八章

拘留五日

林海决定好好地考一把。

现在的局面之下，他肯定要被调查组一撸到底，那样的话留在公司也没什么意思。自己不是神仙，不能改变什么，只希望胡总他们把计划进行到底，为员工谋点福利。他从内心里舍不得，舍不得那份刚刚发芽抽叶的计划，舍不得大伟他们这些兄弟，舍不得他认识的每一位真诚的人，但是，天下没有不散的筵席。也只能这样安慰自己。他想起李老头，觉得对不住他当初的信任，辜负了他的嘱托。他决定去看看他。

第二天上午，林海买点水果就去了李老头的家。他犹豫一下要不要喊着袁雪，后来又打消了主意。她也要考走了。

李老头比以前瘦了很多，他咳嗽俩月了，还时不时咳上几声。见到林海他很开心，赶紧吩咐老伴："快，给我救命恩人沏茶。"

林海笑着说："您言重啦。"

李老头看着林海，叹口气，"公司现在的事，我都知道了，让你受委屈了。"

"我一直瞒着您，怕您着急上火。"

"我知道。我跟胡总说了，让他回头去跟董事会交涉，他们有什么权力查工会的账？只有上级工会可以。"

"查就查吧，我始终认为，钱花在员工的身上没毛病。"

"目的决定手段。看他们下一步怎么玩耍。"

林海犹豫一下，还是开口说："李主席，我今天来，一个是看看您，一个是要跟您说个事。就是有一个国企的工作机会，我女朋友爸爸给问来的，我想去试试，看看能不能考上。"

李老头好像并不意外，"这是好事，人往高处走嘛，我支持。你就安心复习，争取考上。"说着咳嗽两声，"我当初啊，把你们选中干工会，可是千挑万选的。因为，工会工作不是谁都能干好的。首先是心要善，心善才能对员工好，才能任劳任怨不计较、心甘情愿作奉献、真心实意为大家；其次是眼要亮，要能善于发现员工有什么困难、需要什么帮助；最后是行得正，做事不跑偏，不做亏心事。"

林海点点头，"是，经过这段时间的锻炼，我也是越来越清晰地认识到您说的这三点。"

李老头让林海喝茶，又说道："小林，你知道我为什么干工会吗？"

林海想了想，貌似他从没提过，"这个真不知道。"

"我是建厂就来到公司的。我之前在一家国企干工会，后来企业重组，要裁员，我当时并不在裁员名单里。因为我是干工会的，知道困难职工都有谁，没想到一直关注的一个困难职工在裁员名单里，恰巧厂里让我去给他做思想工作提前退休。我寻思去就去吧，明知道这工作不好做，还是硬着头皮去了那职工家里。到他家一看，家徒四壁，父母疾病缠身，几乎就是躺在床上等死，妻子无业，孩子上学，那职工一见我就哭了，拿出病历单让我看。我心里那个难受啊，我就说我去找厂领导问问，尽量留下你。见到厂领导，我说这个职工应该留下来，家里太困难了。领导两手一摊说，这个人数都定完了，真改不了。我想了想说，不行就把我的名额给他。"

坐在一边的阿姨开口道："你还好意思说。想起这茬儿，我就气不打一处来。"

李老头笑了，"是是，真的是对不住老婆孩子。你阿姨气得差点儿跟我离婚，整整三个月没有给我做饭。后来，我就下岗了。"

"现在回想起来，后悔当初的决定吗？"林海问他。

李老头笑着摇摇头，"我清楚失业对家庭意味着什么，但是我不后悔。当时的想法很简单，我是干工会的，有责任帮助他渡过难关。"

"那您是怎么来到这家公司的？"林海问道。

李老头眼睛里闪着光，"那是我的一个同事听说了这事，特别感动，回家就跟家里人说了，他有个弟弟，就是现在的胡总，听了我的事，二话不说，告诉他哥，问问老李愿意去开发区吗？

愿意的话找他报到去。"

林海感慨："看来人生在世，还得多做好事。"

"没错。我来公司后，胡总就说了，您还是干工会吧，得空的时候帮着后勤忙活一下。说到这里，一定得提一下，那些年建工会的都是国企，像民企、合资企业、外企啊，哪有建工会的。当然，后来随着开发区工会的推动，现在建立工会组织的企业越来越多了。"

"那作为合资企业，胡总为什么要主动建工会？"林海问。

"因为胡总之前在国企干过，他一直很认可工会在企业中发挥的作用。他曾说过，企业管理中，行政要多讲法，用制度管人管事，而工会正好多用情、用贴心关爱来团结引领员工，二者相辅相成，一定可以推动企业健康和谐发展。事实也是这样，这么多年过来，当初一起建厂的企业有很多已经倒闭关门，现在我们公司还是活力充沛地发展着。当然，这也与产业和产业链有一定关系。话说回来，我到公司后，那时候厂子刚建起来，招的员工大多是农村来的，他们倒是能吃苦，可怎么能忍心让他们多吃苦。我就想办法一点点改善他们的工作环境、生活环境，一直到现在。"李老头说得意犹未尽。

林海这一刻才懂了李老头，可爱可敬的李主席。

"我到车间的时候，好多人都提起您来，问您啥时候回来，现在怎么样，都牵挂着您呢。"

"能得到大家的认可就足够了。你干得也不错，'姐夫'都整出来了，可见大家多么认可你，这叫得多亲哪。咱们干工会要的就是这个劲儿——员工真心实意把你当成亲人。"他想起了袁雪,"小袁这姑娘也不错,我可听说了,她是大家心目中的'姐'。"

林海微笑,"大家开玩笑。袁雪呢,确实多才多艺,给您的报纸您都看了吧,写稿排版啥的,都是她弄的。"

"报纸我每期都看,看好几遍,做得非常好。可惜,她也要走了,前两天给我发微信了,说是考上了,就差面试了。"李老头的眼神中还是没有掩饰住一丝落寞,自己的工会班子要少一位了,下一个人选是谁呢?

"估计她没有问题,我这块儿说不定,考不上就跟着您继续干工会。"林海安慰他。

李老头呵呵一笑,"你走我高兴,你留下我开心。"

林海笑着说:"那我就两个方面一起努力,让您高兴加开心。"

林海走了之后,李老头对老伴说:"难为这孩子了。老伴儿,我得出山了。"

然而,还没有等他回公司,一波未平,一波又起。

林海去考试这天,何秘书从董事会带回来新的决定:为全力推进新工厂建设,经董事会研究决定,临时调任胡志广总经理为花田精工动力电池制造有限公司总经理。在此期间,暂由董事会秘书何方代行花田精工有限公司总经理职责。

这不亚于一场地震。

第十八章 拘留五日

董事会召开之前，佐藤佑二特意跟史雅做了沟通，一开始史雅极力反对，认为此举将抹杀公司良好的发展势头，甚至引发更大的动荡。

佐藤董事长说："史雅，何秘书跟我汇报，胡总经理偏袒那个工会主席，阻挠调查组的调查，甚至，放任工会的人对抗调查组的调查。另外，经过前期的调查，也发现了一些不按规章制度做事的证据。"

史雅只觉脑仁疼，心想这老头喝了什么迷魂药，"董事长，胡总和工会的人在做什么，怎么做的，我想您通过那些报纸也可以窥见一斑。您也应该清楚当初首次停工谈判的事情，那根本就不是平息事态的套路。"

"我知道。我很清楚。"佐藤董事长起身，走到窗前的书案前，铺开宣纸，研墨，润笔，挥毫，写下六个大字：真金不怕火炼。然后落款署名，盖章。"中国有句老话，真金不怕火炼。这六个字送给你。"

史雅若有所悟，"动荡是有代价的。"

佐藤董事长把毛笔放在笔洗里涮来涮去，"清者自清，跳到黄河也洗得清。"

"我们的老话是——跳到黄河洗不清。"她揶揄这个老头。

"中国还有一句老话，棋看一步，可成高手；棋看三步，方成大器。新公司也要很快落成了，我需要真正有能力的人担起来。"

史雅仿佛意识到什么，"好。"

胡总在董事会会议结束后就收到了消息,史雅把董事长的墨宝拍个图片发过去,附上四个字:新工厂见。后面加了个笑哭脸的表情。胡总一看就明白,这是要挪窝了。想问个明白,又感觉董事长墨宝意有所指,于是就回了一个笑哭脸的表情。

所以,当甄有理宣读董事会决定的时候,胡总故作诧异,佯装不解,走到窗前,故意冷场,晾了他们三分钟,才叹口气说:"既然是董事会决定的,那我无话可说。何秘书——不,何总。这公司事比较多,您就费心了。"

摇身变成何总,连他自己都觉得太容易了,他故作大度地呵呵一笑,"恭喜胡总高升。"

胡总摆摆手,"我这都发配边疆了,哪里来的高升。那我这几天就尽快跟何总交接一下工作吧。"

"不着急的,胡总。看您,干啥事都是雷厉风行。"

胡总笑道:"早脱身早轻松,我现在巴不得马上去新工厂那边看看。对了,说起交接工作来,我必须向您着重介绍一下现在推进中的技能竞赛、岗位创新大赛、多能工培训、'金牌厨师'评选等几项活动,都是董事长很看重的,我啊,就差摘果了。"

何总笑呵呵,"这可真是前人栽树、后人乘凉了。胡总您放心,这工作一定好好推。"

胡总又意味深长地说道:"这些工作啊,都是工会在帮衬,您就抬抬手,工会那边差不多就得了。"

何总闻言,故作为难,"这个……这个,我努力吧,胡总,因为董事会非常重视这事,我也不能马虎大意。您说是不?"

"何总,您别为难。"胡总呵呵地笑。

林海考完试,打开手机,就看见袁雪发来的微信消息——胡总要去新工厂,何秘书变何总,改天换地!

他感到有点蒙,这啥意思?这可不是改天换地,这分明就是天崩地裂!

他便给袁雪回复:真的假的?

袁雪很快答复:郑部长说让你回来就找胡总报到。

当胡总见到林海的时候,就问上了:"你……你考啥试啊?小林,你该不是要跑路吧?"

林海尴尬地笑了笑,"这事比较突然,我还没有跟您汇报。"

胡总放下手里的文件,"坐吧,坐下说。"

林海便从自己女朋友的父母开始讲起,自己确实也很无奈。

胡总听完,叹口气,"你也知道,新工厂马上落成,正是用人之际,史雅跟我说过好几次了,好好培养你,你以为你的天花板就是工会主席吗?连董事长都说你是可造之才。你想想,只要你好好干,将来弄个部长干是问题吗?再过几年干个老总也不是问题。"他看着林海,"你知道我为什么没有告诉你这些吗?我是怕你飘了,怕你眼睛只会往上看,忘了初心。"

林海心里涌动着一股巨大的暖流,自己辜负了他们的赏识。他愧疚地低下头,"谢谢。"

"谢什么谢,这都是你干出来的。你要没有这两把刷子,你一定还在设备课过你的安心日子。"胡总起身走到窗前,"我以一个过来人的身份告诉你,别以为国企安稳,有本事,在哪里都一样风生水起。别以为国企简单,机关又如何,我侄女是有过亲身经历的。她说,你想象不到在那个职位上原本应该高素质的人为什么像个不讲道理的地痞,你怎么能相信一个对自己下属都戾气相向的人会对老百姓慈悲为怀。当然,这是个例。另外,我觉得你女朋友父母的思想有问题。你,难道一辈子就按照他们指的道走下去吗?你自己好好想想吧。"

"好。"林海起身。

"慢,我还要告诉你,我这去新工厂任职,是一步棋,无论接下来怎么折腾,你要心字头上插把刀——忍。假如,你还想留下的话。"

出了胡总的办公室,林海心里千头万绪,莫衷一是。

两天后,怡菲发来好消息:亲爱的,笔试成绩位列第三,不错不错!

林海回复一个笑哭脸的表情,回复消息:原本以为我是最差的,没想到还有比我更差的……

怡菲发来信息:面试时间未定,应该就在最近几天,你继续好好准备,听通知。

"好。"林海回复完信息,心里五味杂陈。

袁雪那边面试也很顺利,且自我感觉良好。不过,让她有点不解的是,一位评委加她微信,说要吃个饭聊聊面试的问题。

她犹豫一下，还是告诉了林海。

林海一听就急了，"聊什么？你觉得会聊什么？搞不好这就是个圈套。"

袁雪还不信，说："不会吧，人家是一位处级领导。"

"你见过坏蛋脑门上写着'坏蛋'两个字吗？你见过流氓脑门上写着'流氓'两个字吗？小姐姐，你不要被那冠冕堂皇、衣冠楚楚、风度翩翩的外表蒙蔽了，他们受过良好的教育，但是为什么有的人台上说一套台下做一套？你说，为什么面个试还要蹭顿饭？"

"那怎么办，我都答应了。"

"还有别人吗？"

"他说本来想约那几位评委一起来，结果人家都没有时间，就我们两个人。"

"那我扮成你男朋友陪你去。"

"面试时他问了，问有男朋友吗。"

"面试也能问这样的问题？唉！好吧，什么时候？"

"周六晚上。"

"那回头给我发定位，我周六去一趟，没事更好，有事我及时出现。"

让林海这么一说，袁雪心里乌压压一片阴云密布。太难了，自己考试就没有顺利的时候，难道这次也要泡汤？

何秘书这几天和胡总交接工作，也就没顾上继续调查。但是换帅的风声早已传遍公司，员工们听说新来的总经理就是上次谈降薪的那位，加上工会工作几乎停摆，都莫名感觉未来不妙。大伟和韩立文他们商量，要不要做点什么。韩立文说，就按照林哥交代的，补课不停，别的事不要管，等调查结果。

当李老头出现在公司的时候，把胡总吓一跳，"您怎么来了？您不在家里好好休养，来干吗啊？"

李老头笑眯眯，"我听说变天啦，来看看啥样。"

胡总嗔笑着迎上前，"来生这气干吗。"

"我是不放心我们工会那些人啊，现在都让人踩到泥里去了。"

胡总凑到李老头耳边，"我嘱咐完了，让他们再忍忍。我估摸这个是董事长的一步棋，就看那瘪嘴鲶鱼折腾出多大的浪。咱工会又没有什么贪污腐败，能有多大的事啊？！"

"行，我见见我的兵就回去。"李老头转身就走，"你忙你的吧。"

李老头出了胡总办公室，就去袁雪那屋，一进门，全屋人集体起立，围上来嘘寒问暖。这热情让李老头有点不适应，"好久不见，来看看大家。"

"李主席您这是正式回归吗？"有人问。

"我还得歇段时间，身体一直不舒服。"

跟大家聊了一会儿，把袁雪和林海喊出来，让他们俩陪他转转。

袁雪一脸的难为情，"李主席，真是不好意思，这工会的阵地失守了，封条都贴上了，您往哪里去转？"

李老头呵呵一笑,"这有啥,胜败乃兵家常事。"他神情里的底气貌似来自胡总的耳语。回头看看他们俩,又问道:"你们的事怎么样了?"

"啥?"袁雪吓了一跳。也不知这小姐姐想哪去了。

林海上前汇报,"我那笔试过了,下周三面试,袁雪面试结果还没出来。"

"好吧,天要下雨,娘要嫁人,顺其自然。"李老头边走边说,"到哪里都不能忘记自己是干过工会的人,有机会的话,要接着干,多为大家谋福利,多为大家解难事。"

袁雪说:"李主席,我们这事都八字才写了一撇呢,不一定。"

"好吧,你把昔云、晓静喊出来,我就不去屋里转了,太热情了,搞得心脏有点受不了。"

不一会儿,昔云和晓静出来,一见李主席,一半的欣喜、一半的委屈在胸中交互激荡,眼泪差点落下来。李老头赶紧安慰:"哎哟,看你们俩,都瘦了。我李老头对不住大家了,现在的事我门儿清,确实委屈你们了。"

昔云说:"李主席,您是不知道,那要是委屈也就罢了,简直要把我们四个变成窦娥的节奏。"

晓静也诉苦:"您说,调查就调查,说事就说事,咱好好说,是吧,没有说不开的事,没有解不开的疙瘩,真是奇了怪了,就把你当作犯人一样审讯。我们是犯了什么滔天大罪吗?"

"他妈的!下次喊我来,我看他们怎么兴风作浪。"李老头的第一次骂街就这样载入历史。

周六这天上午，袁雪把对方发来的酒店的位置转发给林海，后面跟了几个字：三楼，桃花源。

"收到。"林海回复她。

"我一上午有点心神不宁，要不然不去了？"

"你如果不去，这次面试可能会被刷下来，你能接受吗？"

"我不知道。我为什么会遇到这样的事、遇到这样的评委？"

"人性之恶会因为权力膨胀起来。"

"那我要不要带把刀？"

"不用，你找找以前我送你的防狼喷雾，放在包里。"那是因为经常加班，他们都很晚回去，林海特意买给她防身的。

"好。还要注意什么？"

"总结一下新闻里的案例，我觉得你应该提前到，防止饮料茶水被下药，他带来的饮料坚决不碰，就说喝了过敏。然后一旦发现他有不怀好意的言辞，就要引起警惕，立刻发消息给我，我会尽快赶到门口。接下来你的手机开启录音，如果他有实质性动作就起身闪躲，并大声喊叫，我会迅速冲进去。"林海慢慢帮她分析。

"想想都怕，我不想去了。"

"你自己决定。"林海回复她。

袁雪皱着眉想了想，无奈地说："好吧，你一定要保护好我。"

"我去接你，把你送到酒店。"

"那你可不能离开，即便是你们家房子着火了也不能离开。"

"哎哟喂，咱多想点好事、多说点吉祥话好不？放心，我守着你。"搞得林海在下午出门的时候，还真的神经兮兮地把燃气和电器检查一遍。因为，这个乌鸦嘴确实比较灵。

"还有还有，手机充好电，还要缴足话费。"

"好。"林海苦笑，寻思要不要买台新手机备用。倘若安全课都用这种方式来上，效果一定很棒。

下午五点，林海开车去接袁雪。大老远就看见她站在路边东张西望。车停下，待袁雪一上车他就调侃道："你看你，也没好好捯饬一下，这样人家肯定看不上你。"

"别开玩笑了，我的心突突直跳。你替我拿个主意吧，去不去？"

林海看她皱着眉脸色确实不好，自己心里也不舒服。为什么？为什么要折腾人？他恶狠狠地说："去！他敢胡来就把他打出屎来。你呢，也别紧张，就当二次面试。"

"我去，还二次面试？我现在只关心会不会跟上次一样，给你带来麻烦？"

"放心吧，我现在天天锻炼，俯卧撑都是拿拳头做。"

"这有啥用？"

"增加拳头骨头硬度，打人自己不疼啊。"

"好，出发！"说着，袁雪拿出那瓶防狼喷雾在林海眼前晃了晃。

林海侧身就闪，"悠着点，别走火，出师未捷身先死那就找乐了。"

"呸呸呸,说点好话。"

到酒店后,林海跟着袁雪上楼,熟悉一下走道,认识一下房门,那人还没来。林海到门口抽烟,袁雪坐在一楼大厅等着二次"面试"。五点五十分的时候,一个长相颇像《乡村爱情》里"皮校长"的中年男子快步走进酒店。大背头,黑框眼镜,比"皮校长"个头高,西装革履,腋下夹着一款精致的鳄鱼皮手包。一扭头,就看见袁雪起身相迎。

林海心里苦笑,又一个大背头。他掐灭烟头,进了大厅,与袁雪对个眼神,目送他们上楼。电梯是透明的,他看见那个"皮校长"春风得意地正跟袁雪说着什么,袁雪满脸笑意,不住地点头。林海也上到三楼,在离"桃花源"不远的休闲区坐下来。一会儿,便见点餐完毕的服务员从雅间里出来。

袁雪忽然发来消息,"他说我的事很简单,就一句话的事。"

"钓鱼都是先打窝。我在三楼不远的地方。这人长得有点像《乡村爱情》里的皮校长。"

"啊,他真的姓皮,皮处长。"

俩人的联系断断续续。

"他说在市里有两套房。"

"存款没有几百个W,估计他都不好意思说。"

"天啊,他说他的股票价值250万元。"

"一会儿估计会说他是单身,还有你特别像他的初恋。"

"天啊，他真这么说。"袁雪一次次被林海的预言惊呆了，难道天下男人的套路都一样吗？

这里的厨师效率很高，一会儿就把菜上齐了。

"劝酒你说自己酒精过敏。"

"他又说一遍，我的事就是一句话的事。"

"这是鱼饵。"

一会儿，微信里的袁雪没动静了，估计开吃了。林海叼上一支烟，静静地等着。所有的猜想一一成真，他感觉今天必有一架。他来之前特意穿了一身运动套装，担心对方人高马大一身腱子肉，他还琢磨要不要带上菜刀、砖头啥的。

雅间里的袁雪如坐针毡，吃什么都味同嚼蜡。她假装被皮处长不好笑的笑话一次次逗笑，她一次次举杯祝福皮处长飞黄腾达……她想这是自己这辈子吃过的最恶心的一顿饭，脸假笑得快要麻木了。

"他在背《桃花源记》。"微信吱的一声又响了。

"流氓不可怕，就怕流氓有文化。一会儿，他该说心里也有一座桃花源等你住进去了。"

一会儿袁雪回复："我去，他真这么说了。"

林海的眉头越皱越紧，正犹豫要不要进去，门忽然开了，皮处长满面春风地走出来，往洗手间而去。

袁雪的微信在此刻响起，"他说送我一套房，钥匙都放桌上了。"

"你小心点，估计下一步要动粗了。"

"你别走远啊。"

"就在跟前。"

果不其然,皮处长从洗手间回来,把门一关,从袁雪身边经过的时候就按捺不住了,要去抱袁雪。袁雪吓得一声尖叫,起身要逃,这时候门被一脚踹开,林海举着手机录像。皮处长触电一样把手从袁雪的肩头挪开,稳住心神。

"你是干什么的?闯进来是什么意思?"

"皮校长,你这拉拉扯扯的是什么意思?"

"你认错人了,我不是皮校长。请你出去。"

"我管你是谁,你对这个小姑娘拉拉扯扯是什么意思?"

"把手机放下来,不准拍我!"说着他就要冲上来跟林海抢手机。

林海按下录像停止键,保存之后迅即装在口袋里。看他到跟前,林海想也没想飞起一巴掌把他精致的眼镜扇飞了,紧跟着照裤裆踢了一脚,皮处长就像虾米一样在地上缩成一团哀号连连。林海乘势而上,玩命地朝着他身上一顿乱踹。皮处长一看没完没了,连滚带爬窜到墙角,挣扎数次才终于站起身来。他的大背头凌乱不堪,瞪着一双交织着愤怒和惊恐的眼睛,依然嘴硬。"你……你是谁?你知道我是谁吗?你敢打我?"

这时候听见动静的服务员开门一看,吓得尖叫一声就退了出去。

这一顿乱踹让林海有点喘,他指着皮处长说:"我是谁,我是你大爷!光天化日,你敢耍流氓!"

第十八章　拘留五日　　255

"我……我们是谈恋爱,你管得着吗?"

"老娘会跟你这种人渣谈恋爱?"回过神来的袁雪勃然大怒,抓起盘子、杯子、筷子,还有那房子钥匙,一股脑儿砸过去,皮处长的脑门登时见红。

袁雪扔完了东西还要往上扑,林海一把拉住她,"你一边儿去,交给我。今天非得打出他的屎来!"说着抡拳就打,把最近的怨气、晦气、怒气一股脑儿地发泄出去。皮处长哪里见过这阵仗,再一次被打翻在地,抱着头嗷嗷叫。

这时候几个男服务员来劝,"别打了,再打出人命了,已经报警了,有啥事派所儿去说吧。"

袁雪的气消了大半,也怕出事,赶忙拉住林海。

林海停住手,气喘吁吁地说:"这体能还不行,两个回合就累成狗了,回头我还得好好练练。"都这份儿上了他还在贫。

警察就像在楼下吃饭一样,没一会儿就到了,分开人群,现场乱糟糟一片,一看墙角的皮处长吓一跳,浑身血迹斑斑,脸上青一块紫一块,已经不见"皮校长"的样子。

"咋回事啊?"

林海走上前,"警察同志,这位皮处长,光天化日之下耍流氓,我见义勇为教训一下。"

皮处长闻言吼道:"警察同志,他血口喷人,我们就是朋友聊天,他进来就打我。"

袁雪又一次暴怒,"谁跟你是朋友?你就是一个流氓!"

警察大概明白了什么情况,"好了,别吵了,回所里说。"

说罢扭头问皮处长,"你没事吧？能走吗？"

皮处长佝偻着身子,咧着变形的嘴说:"走是能走,就是浑身疼。"

警察说:"那就行,走吧。"

酒店老板哭丧着脸,"同志,我这损失怎么办？还有饭钱。"

警察说:"没事,你算算,回头谁的责任由谁来赔。"

袁雪突然说:"饭钱我付,如果这个流氓付钱,我会恶心一辈子。"

三个人,很顺利地进了派所儿。林海这才发现拳头上蹭破了好几处,看来还是不够硬。俩警察给他们分别取完证,袁雪当场释放,林海的情况有点复杂,要等皮处长伤情鉴定结果出来。皮处长因为是公务员身份,监察机关已经介入。在袁雪的再三请求下,警察让她见了林海一面。一见面她就掉眼泪,"对不起,这次又连累你了。"

林海安慰她说:"没事,能护你周全就好。你放心吧,把车开回去,回头来接我。"

周一的时候,结果出来了,皮处长都是皮肉伤,尽管林海属于正当防卫,但是有过当之嫌,处五日拘留,并处五百元罚款。林海等来这个消息,心中不服:"我这明明是救人,打的是流氓,怎么能拘留？"警察笑了,"你都快让人家断子绝孙了,把医生都吓一跳,从医三十年第一回见肿成那样的。"林海问:"那我举报他的事怎么样了？"警察说:"这个监察机关已经介入,真有事,他跑不了。"

第十九章

动荡之下

当得知儿子蹲拘留所的消息,老妈差点儿晕过去。这孩子是不是吃错药了,怎么会跟人打架?林吉利还算冷静,问打来电话的警察怎么回事。警察把事情简单讲述一遍,说没几天就放出来了。林吉利这才放下心来,安慰老伴儿:"没事,儿子是见义勇为,我为儿子感到自豪!"老妈怒道:"嘛玩意儿?还自豪?真要见义勇为,干吗蹲拘留所?"正吵着呢,未来的儿媳妇打来电话。

"阿姨,林海的电话怎么打不通?昨天就没联系上,怎么回事?"

"怡菲,林海蹲拘留所了。"老妈带着哭腔。

"啊?怎么回事?"

林吉利接过电话,一五一十地把事情叙述了一遍。

怡菲直觉脑袋嗡的一下,差点儿晕倒,眼泪刷一下流下来,

"这可怎么办，马上要面试了，这么好的机会就错过了吗？"她无论如何也想不到，这苦命的爱情刚见点亮，一转眼就黑了天。见义勇为？林海，我倒想问问这个女同事是怎么回事？你们什么关系？就这么巧遇上？

怡菲挂了电话，又冷静下来，林海不是那样的人。她又给老爹打电话，不料响了两声咔的一下给挂断，过了三分钟，才打回来。

"闺女，怎么了？"

怡菲这一刻格外冷静，"爸，林海因为见义勇为被拘留了，后天就要面试了，您给想想办法。"

电话里一阵沉默，怡菲不知道老爹气成啥样了。他自然明白，见义勇为怎么会蹲拘留所？肯定是跟人干架了。

"晚上回家再说。"

怡菲听到冷冷的这一句，觉得没戏了。林海没戏了，就这样错过面试，错过一份好工作，甚至错过自己。

父母不会允许自己嫁给一个工人。

下午下班后，她在车里默默流泪，用光了半包面巾纸才回家去。

饭菜在桌，父母在一旁。她径直回自己的屋，被妈妈喊住了，"坐下。"

"没事，不能帮就不用帮，错过面试是他命中的安排。"她说得很轻、很冷。她不想挣扎了。

老两口本以为等来的是一顿吵闹，没想到是这样的安静。

第十九章 动荡之下

"你不是小孩子了,你也知道,现在捞个人是不可能的,没有人愿意去以身试法。"

"我知道,没有办法就算了。"

怡菲妈看宝贝闺女这个样子又生气又心疼,她把所有的怨气都放在了林海身上,"我清楚记着,上次来,脑门上打着补丁,这次又直接被派所儿拘留了,我不知道这孩子是不是喜欢打架还是有暴力倾向?"

"他很好。"

"好能进派所儿?好能在公司被撸下来?"

"你们不了解究竟为了什么,就不要妄加非议。"怡菲的语气里突然夹满了雷烟火炮。

"怡菲,说话要讲良心,干吗用这种语气跟我们说话?我们不是没有让步,也给他机会了,现在是人家选择不要,人家就喜欢当工人!"

"工人怎么了?你吃的用的穿的住的都是工人造的!"

怡菲爸赶紧灭火,"好了好了,哎呀妈呀,这是干吗啊,别吵吵了。"

一阵沉默之后,怡菲爸缓缓地说:"你明天去拘留所问问,能不能请假出来面试。我问一下朋友,他说拘留期间拘留人遇到有参加升学考试或者其他情形的,被拘留人或者其近亲属可以提出请假出所的申请。"

怡菲听了这话,眼泪不争气地又落了下来。

怡菲爸爸心疼女儿,把面巾纸递过去,"别哭了。我和你妈,就你一个孩子,我们做的任何事都是为你好,至少出发点都是为你好。我们现在只有一个愿望,就是在我们有生之年,看着你有一个幸福的家庭,有一个快乐的人生,等我和你妈都老了,我们也能放心地去。"

怡菲妈也落了泪,她生气女儿不理解父母的心。

"我们不是说工人不好,不是看不起工人,你也见过很多工人家庭是什么样。举个例子,我的初中同学,船厂工人,厂子经济效益不好,半死不活的。那天见着了,就跟我诉苦,后悔当年没有和我一起当兵去,否则再差也不至于落到这般田地。前两年给儿子买了房,按他的话说,棺材本都进去了,儿子也不争气,每月房贷还得他还,最后手里所剩无几。他说就怕得病,病了连个看病的钱也拿不出来。所以,这是我们当父母的最担心的地方。我们从小拿你当成宝,吃喝用哪样不是最好的?你得懂我们的心啊!"

怡菲第一次把爸爸的话心平气和地听完。她承认,说的都是实话,是现实。她擦擦眼泪,淡淡地说:"吃饭吧。"

第二天,她直接去了拘留所,好话说尽,掉了两串泪才终于让见一面。

林海看见来的是怡菲,愧疚感瞬间满怀,他低下头,吐出三个字,"对不起。"

怡菲淡淡地笑了笑,"我曾经想过在无数种地方和你约会,但从来没有想过还能在这里和你相见。"

"我……也是一时莽撞,有点过。"林海只觉得心里装满了砖头一样，沉重，坠得难受。

"我真的怀疑，你上辈子是不是一个演员，上辈子没有演够，然后这辈子继续。真的，你看看你，一下成了工会主席，尽管是代理的，你耍得风生水起，活脱脱就是公司的一个风云主角。然后剧情跌宕起伏，你一下又被撸下来。这还不算完，我从未听说过有工会主席打架的，你打过一次还不够，赶在面试之前，还要打一次更狠的，一下把自己干到派所儿，干到拘留所。你就这么喜欢打架吗？你什么时候也能为我打一次！"

泪水在眼圈里打转，看着垂头丧气不敢与她对视的林海，怡菲心如刀绞，"我不管你为什么打架，不管是为了谁，我告诉你，你要喜欢她，就请放过我！我会成全你们，会祝福你们。"

"你不要误会，绝对没有的事。"林海抬起头，一脸的焦灼。

怡菲盯着他继续说："你不是小孩子，做任何事难道没有想到后果吗？难道没有想到面试在即吗？"

"对不起。"林海再次无力地垂下头。

"对不起能帮你出去面试吗？"怡菲吼他。

林海用缠满纱布的双手紧紧抓住自己的头发。他明白耍得确实有点过，怒令智昏，把皮处长当成了出气沙包。

怡菲把心里的怨气一股脑儿撒出来，不由得又开始心疼这个男人。

"注意时间。"旁边的警察提醒道。

怡菲站起身来，"你抬起头来。"

林海慢慢地抬起头，看着怡菲，莫名感觉她成熟了许多。

"现在，还有一个机会，你向拘留所提出请假出所的申请，去参加面试。如果申请不下来，那就彻底错过了。"

怡菲说完，深情地看了林海一眼，仿佛作出一个巨大的两人都无法面对的决定，转身而去。林海看不到的是，那一刻她泪如雨下。

然而，造化弄人，皮处长跟监察机关的人一个照面下来，直接休克，被送进了急救室。在其休克原因未明的情况下，林海请假出所的申请被驳回。

林海接受了这个结果。

怡菲也接受了这个结果。

走出拘留所的那天，小雨淅沥，连老天都在伤心吗？或者是喜极而泣。

林海看见两个撑伞的女人一齐走向他，一个是怡菲，另一个是袁雪。

这个时候她们才意识到来接的是同一个人，瞬间就明白了对方是谁。她们几乎同时停下了脚步。

怡菲还是迈开步，走上前，从手提袋里拿出两把巨大的叶子："这是柚子叶，据说是可以去晦气的。网购的，福建来的，两天就到了。"然后在他身上轻轻地拍打起来。周身拍遍，放回手提袋，她又拿出一瓶褐色的水，拧开盖，"这是柚子水，来，洗洗手，洗去晦气。"

第十九章　动荡之下

林海也不知这是哪里来的规矩，乖乖洗手。

袁雪尴尬得就像被一枚巨大的钉子钉在了原地，她想找个裂缝钻进去，但是没有。她就这样看着这个漂亮的跟电影明星一样的女孩细心地给林海"施法"。

一瓶水用完，怡菲递上纸巾。

"好了，仪式结束。现在，你跟谁走呢？"怡菲说罢，看看袁雪。

"不……你不要误会……"袁雪直觉脸腾地就红了。

林海看着怡菲，"我的同事是来给我送车的。"说罢就看向袁雪，"袁雪，你先回去吧，车你先开回去。"

"好，我先回去。"袁雪感觉此刻的自己才是那个被释放的人。她逃一般地转身匆匆而去。

林海上了车，坐在副驾座位上，胡子拉碴，一脸沧桑。

"那个瘪犊子过堂的时候吓尿了，直接休克抢救去了，警察在他休克原因未明的情况下，驳回了请假出所的申请。"

"过去了，不提了。"六个字，怡菲说出了云淡风轻的境界。

"对不起。"

"有人说，一个喜欢道歉的人，并不是真的觉得自己错了。"

"好吧。去哪儿？"

"去晦气的仪式还没结束。结束了，你就自由了。"

"我愿意在你的拘留所里待一辈子。"

怡菲笑了，"以前听郭德纲相声，他说过一句话——昨晚我拿你的承诺去喂狗，第二天早上发现狗死了。"

林海沧桑的脸上浮现出一丝笑意,"难道我是毒鼠强工厂吗?"

"嗯,你还是厂长。"

车子在一家洗浴中心门口停下,怡菲下车,从后备厢取出一个大袋子,"这里面都是衣服,你泡完澡,把身上这些衣服都扔掉,从里到外,统统不要,全换新的。"

林海顺从地接过袋子。

"你去吧,我在大厅等你。"

林海深情地看了一眼怡菲,他想用胡子扎一下她的脸,还是忍住了。他怕把晦气带给她。

泡完澡,林海穿衣服的时候才发现从里到外无所不有,红裤衩、红袜子、红内衣、红领带、白衬衫、灰西装、黑腰带、黑皮鞋。他一一穿戴整齐,走了出去。怡菲起身,整理一下他的领带,拽拽他的衣服,还是挺合身的。"去理个发吧。"她指了一下大厅一侧的美发屋。

"我怎么有种新郎官的感觉。"

"你想多了,林厂长。"

林海理完发,随怡菲上车。

"你回哪儿去?"怡菲问他。

"我想回到过去。"

"回得去吗?"

"怡菲……"

怡菲没有说话,发动车子,将林海送回了他的出租房。她

第十九章 动荡之下

没有下车,说单位还有事情。林海目送她的车子消失在街头。

上了楼,林海躺在床上给父母打个电话。

"爸,我回来了。"

"这是放出来了?"林吉利的语气里充满了揶揄的味道。

"我妈呢?"

"她不想接你电话,她说没有你这个劳改犯儿子。"

"林吉利,我什么时候说过这话。"电话里传来一声怒吼。

林海赶忙安慰,"好啦,没事了。你们都放心吧,怡菲接我回来的,她给我收拾屋子呢。"他不知道为什么这么撒谎。

"好,回头回来接受家法伺候。"林吉利说得很轻松,大概是为了给老伴儿出气。

"好,等你们准备好十八般刑具。"

撂了电话,他就睡着了。拘留所的床铺,他睡不惯。

一觉到晚上,只收到袁雪一个消息:明天你上班吗?

"上。"

"好,明天早上去接你。"

放下手机,他盯着天花板愣神,感觉怡菲有点不对劲,变了,说话的口吻、看他的眼神都变了。不知过了多久,他拿起手机,发了一条消息给怡菲:我睡了一下午,刚醒来。

过了很久,晚上十点的时候怡菲才回复:我要睡了,林厂长,晚安。

林海有点蒙。我真的是卖耗子药的吗?

第二天早上，袁雪准时来接林海。

林海钻进副驾驶座位，接过早点，问道："这几天公司里怎么样？"

"胡总跟调查组交接完了，他已经去新工厂了。调查组本来上周三要继续跟工会人员面谈，听说你请病假了，就延后了。"

"你的事呢？"

"皮处长的领导亲自来跟我道歉，说我面试通过了，但是，我拒绝了。"

"为什么？"林海纳闷地问。

"我突然很厌恶那个圈子，虽然我那么渴望进去，但是我觉得那里不适合我。我还是老老实实地待在企业吧。"

"这话太偏激，在哪里都一样，都会遇到一些人渣。"林海叹口气，"既然拒绝了，就不用想了，脚踏实地，立足当下，你完全可以好好把人力资源研究一下，以后当个总监都不是问题。"

"是，我也是这么想的，只有翅膀越硬，才能飞得越高。"

"相信你，支持你。"林海大快朵颐地吃着大饼夹一切。

"好吃吗？"

"好吃。"

"我做的。"

"行啊，上得厅堂，下得厨房。"

袁雪微微笑，"比不过你女朋友。她心很细，很漂亮。"

林海笑笑，没有说话。

"我那天去接你,给你带了衣服,本来想把你送到澡堂子,洗去所有的晦气,再换上新衣服。现在衣服在后备厢,晚上记得带回家试试,不合适就换。"

"哎哟,买啥衣服,没有必要。"林海心里五味杂陈。

"你为我打了两次架了,这一次还干进了拘留所。凭什么?难道上辈子你欠我的?"

林海笑了,"也许是,上辈子没有保护好你,这辈子还上。"

袁雪突然伸出手抚摸一下林海手背上结痂的伤痕,嘴角翘起可爱的弧度,"你这练得还不行啊。"

林海苦笑,"下次再干架,戴个防切割手套。"

"还下次?打住吧,不能再打了,再打该进监狱了。你不知我这些天是怎么过来的,懊恼、悔恨、后怕、沮丧、焦急,我是每天晚上哭一抱儿的节奏。"

林海连忙安慰,"好了,过去了。"

"过去什么啊,也害得你丢掉一份好工作。"

"没事,除了怡菲很生气,我没事的,也许还有更好的工作在等我。"

"挺好听的名字。那天去接你,我很尴尬。"袁雪想想都感觉不寒而栗。

"我看你倒是云淡风轻的。"

"得了吧,如果地上有道缝,我早钻进去了!"袁雪皱着的眉头忽然舒展开,换上一副揶揄的表情问道:"我很好奇,为什么那天你的预言都那么准?为什么能知道那个流氓下一句会说什么?"

林海笑道:"我都是瞎蒙的,不过坏蛋的套路基本都差不多。"

"你很精通嘛。"

"不论在哪里混,可以不做坏蛋,但要知道坏蛋的套路。"林海掰着手指头,"人无非有四贪,贪权、贪财、贪色、贪玩。每一种贪,套路大同小异。"

"你贪什么?"

"顺其自然,随遇而安。贪什么贪,玩那些弯弯绕多累啊。"

这几天林海不在,郑部长把消毒的工作安排给了保安,也不白干,给加班费。林海上班后第一件事就是去拜访郑部长,胡总已经赴新工厂上任。

"小林,听袁雪说你病了,怎么样了?"

林海举起手背给郑部长看伤疤,"惭愧,我原以为是见义勇为,派所儿说有点过。"

郑部长吓一跳,"好家伙,这是干架去了啊!那你面试的事怎么样了?"

林海苦笑,"就因为这个错过了,泡汤了。"

郑部长一听就乐了,"我告诉你,这是老天不同意你走。胡总知道了一定很高兴,临走前还念叨你,你说要走他心里特别扭,他说把你罩住了,兴许你就不会走。"

"其实我是真不愿意走,在这里多好啊,难得胡总和您的信任，让我放手干，到别处去怎么可能有这样的空间。"

"好。你安心好好干，现在还是那句话，忍！再忍一忍。"

林海点点头，"好，听您的。"

新上任的何总气宇轩昂，大背头又黑又亮。一上班，他就把甄律师和吴友芙喊到办公室，指示尽快完成调查，让甄律师冲锋，吴友芙要避免与工会人员发生冲突，准备代理工会主席。平息此次事件之后，要全面推动公司生产正常化，尽快见成绩、见效果。

调查再次启动。甄有理敏锐地发现了林海手背上结痂的伤痕，他对何总耳语几句，出了门。

何总开口说："上周人不齐，调查不得不推迟。希望各位积极配合好，每个人的时间都很宝贵，不要再出现类似的情况。"他连林海的名字都懒得提。

袁雪的手机亮了一下，是小萌的微信信息：甄律师来查林海的身份信息。她隐隐感到不妙，查林海的拘留信息？

袁雪把手机递给林海，林海接过来一看，在对话框敲了两个字：无妨。他明白，甄律师有路子。

何总继续侃侃而谈，说自己如何不情愿地被董事会安排到这里云云，把自己描绘成一个"背锅侠"，而后话锋一转，既来之，则安之，自己也希望能在接下来的工作中，与大家一起努力，不仅要推动公司尽快实现生产正常化，还要让公司努力实现全方位的高质量发展。直到甄律师回来，才关上话匣子，说：

"我们开始吧。"

甄律师打开文件夹，径直发问："市工会系统经费管理使用负面清单中明确规定，严禁以现金奖励代替实物奖励，为什么技能大赛要设立现金奖？"

林海整理一下思绪，开口说道："第一，现金奖不是工会独立设立的，是工会和公司共同设立的，在此条件下，没有规定明确指出不可以设立现金奖。第二，此举没有改变工会经费为职工服务的方向，没有违背工会经费服务职工的原则。"

"如果是这样，要规章制度何用？"甄有理打断林海。

"甄律师，我的话还没有说完，你这样武断地打断我，就是为了尽快一锤定音、马上定罪吗？这是调查应有的态度吗？这是了解事情原委的正确方式吗？美国著名人际关系学大师卡耐基说过：'倾听是我们对任何人的一种至高的恭维。'我的小学老师也告诉我，情商低的人，最喜欢打断他人谈话！现在，我领教了。"林海举重若轻。袁雪、晓静和昔云强忍住笑意。

"你……"甄律师的脸有点扭曲。

"林海，无关的话就不要啰唆了，回答问题。"何总的脸上浮现出恼怒的神色。

林海看一眼甄律师，继续说："刚才说了两点。第三，此举秉持了民主管理原则，在设立奖项之初，我们就通过工会代表充分征集了员工意见，100%的员工认为，物质奖励往往与自己的需求相左。我认为，应该把这份奖励的支配权交给员工，这也是工会工作精准服务的一种有益尝试，真正实现了依靠工会

第十九章　动荡之下

会员管好、用好经费,体现了民主管理。同时,也符合勤俭节约原则。以前的时候给员工发烧水壶、发锅、发餐具、发面包机等,难道员工家没有锅吗?吃饭用不起餐具吗?所以说,买一堆员工不需要的东西不仅不能让员工满意,也是一种变相的浪费。有员工直言,留在手里毫无用处还占地,要么送人,要么忍痛低价卖出。综上,300元钱,和300元的奖品,在价值上是相等的,但在服务职工的效果上有天壤之别。"

"好,那你告诉我,规定明确,物质奖励最高不得超过300元/人,为什么出现一等奖1名,奖励3000元;二等奖2名,每人奖励2000元;三等奖3名,每人奖励1000元?"甄律师敲打着文件夹里的材料。

"这个问题可以参考我说的第一点,现金奖不是工会独立设立的,是工会和公司共同设立的,在此条件下,没有规定明确指出不可以设立现金奖。工会是严格按照300元/人出的奖金,剩下的钱是由公司出的。"

何总怕甄有理再纠缠找虐,示意吴友芙,"记录清楚,下一个问题。"

甄律师翻过一页纸,开口道:"市工会系统经费管理使用负面清单中还有一项规定,严禁擅自提高标准、超范围发放讲课费等,前些日子讲课费的支出标准是什么?"

"按规定发放的,每学时最高不超过500元,一学时为45分钟。讲了两个学时,实际上是将近120分钟,支出1000元。"

"请问对方是什么技术职称?"

"不知道。"林海想也没想,脱口而出。

"不知道?"甄律师的眼睛里隐隐冒出兴奋的小星星。

不料林海的身子往前探一下,接着说:"我知道我请的是一位拥有二十年工作经验的工会前辈,我知道这么多年以来他是讲过几百堂课的老师。"

甄律师敲打着手中的材料,一字一顿地说:"我市党政机关培训费管理办法中明确规定,副高级技术职称专业人员每学时最高不超过500元,正高级技术职称专业人员每学时最高不超过1000元,院士、全国知名专家每学时一般不超过1500元。谁给你权力聘请没有技术职称的人员讲课?讲课质量能保证吗?"

林海微笑,"我们是一家合资企业,不是党政机关。"

甄有理也微笑,"可这份文件是我在区工会的网站上发现的。"

林海一时语塞。

昔云想起什么,打开手机搜索一下,开口道:"这份文件我知道,确实是挂在区工会的网站上,但是,您可能没有发现区工会还下发了一个通知,明确了具有行政职务的人员,副处级及以下干部可以按照每学时500元标准执行;局级及正处级干部可以按照每学时1000元标准执行;具有中级职称及以下人员可以按照每学时500元标准执行。那天来讲课的李老师是正科级。"

"你确定吗?"何总问道。

"我确定。不过,还是请甄律师去区工会核实一下。"

"好,记录下来,回头核实一下。继续下一个问题。"何总吩咐道。

甄律师继续发问:"《花田温暖基金使用办法》中,一次性为困难员工发放500—10000元的救助金,原则上同一员工每年有两次申请机会。请问这些规定是谁定的?"

"公司和工会共同制定,执行中共同审核把关。"林海答道。

"这样缺乏严谨性的制度可谓漏洞百出。假如,有工会人员和员工合谋骗取基金的话,简直是唾手可得。"甄律师摇摇头。

林海微笑着看看甄律师,"第一,假如的事情,总归是假设。第二,不是说有了法律就完全遏制了各种犯罪。您也知道,死刑和无期徒刑都阻挡不住一批批国家蛀虫、社会败类、地痞流氓前赴后继地走向监狱、走向生命的终点。这是什么原因?第三,申请救助金有严格的审批流程。比如,必须有社区、居委会或者村委会等加盖公章的证明,还要有致困的原因证明,例如因病致困的,需要提交病历材料、家庭收入证明等。"

"你的意思是法律无用、制度无用?"甄律师摸摸自己稀疏的胡须。

"不,是看谁用。一个没有贪心的人怎么用都不会出现问题,反之,有贪心的人即便在最完善的制度面前也能找到满足贪欲的漏洞。"

"既然你也是尊重规章制度的,那你告诉我,为什么工会经费支出里会出现一个4000元的学费借款?哪一条哪一款规定允许的?我查遍了工会的法律条款没有找到。"

"一项事业如果不分析事物的变化、发展,只是生搬硬套现成的制度条文来处理问题，那注定无益于进步，也无益于发展。"

"我们不是在探讨哲学问题，请直面我的问题。"

林海说："我刚才说的，是一个关于是非曲直的基本道理。就借款这件事，第一，借款是要还的；第二，借款是要按照银行同期贷款利率支付利息的；第三，借款是为了给困难员工应急，帮助困难职工是工会的使命；第四，借款是有担保人的，当借款人无法还款的时候，由担保人偿还。"林海早就知道这个事一定会被挑出来。

"我不理解，担保人为什么不能直接借款给员工？多此一举是为了作秀吗？"

"因为工会是员工的家，工会经费是属于员工的，它唯一的去处就是花在员工身上。我借钱和工会借钱是两种概念，我们需要传递的是工会的温暖，是员工心中的仰仗，是员工值得信赖的托付，又怎么能理解为作秀？"

"我看到的是一笔找不到依据且不符合规定的借款。"

"你看到的是钱，我看到的是情。"

何总用手中的笔敲了敲桌面，"法律、规章、制度，是用来遵守的。否则，要它有何用？"

这时候，甄律师的手机屏幕亮了一下，他打开一看，嘴角浮现一丝笑意，把手机递到何总面前。何总看罢，点点头，示意甄律师继续发问。

"一个不守规矩、不尊重法律的人，必然会受到法律的制

第十九章 动荡之下 275

裁。林海，你说，我说的对吗？"

林海仿佛猜到什么，"对。"他很干脆。

"那么，请问你为什么进拘留所？"

昔云和晓静一愣，袁雪没有告诉她们，毕竟，这事儿不光彩。

林海举起手背，让他们看清伤痕，"因为打了一个流氓。"

"我不关心打了谁。"

"明白，你只关心我蹲过拘留所。"林海盯着他，"而我想告诉您的是，对于人渣，暴力是最好的教育方式。"

"好，记录下来。"甄律师笑着对吴友芙说。

调查报告很快完成，并提交至董事会，后面还附有一份调查组的处理意见。

报告中大致列举了八项问题：

一、未按照《工会预算管理办法》严格执行预算管理。

二、工会采购中，未严格执行三方比价原则。

三、工会固定资产管理不善，由工会出资购置的设备未列入工会固定资产目录，形成工会资产流失风险。

四、违背工会系统经费管理使用负面清单规定，以现金奖励代替实物奖励。

五、擅自提高标准、超范围发放讲课费。

六、《花田温暖基金使用办法》存在制度漏洞，且直接把工会经费借款给员工，无任何制度依据。

七、原工会代理主席林海有道德瑕疵，日前曾被公安机关处以五日行政拘留。

八、以不当言论攻击调查组。

处理意见共有四条：

一、鉴于原工会代理主席林海在任期间暴露的各类问题，已无法胜任该项工作，依照《公司职工奖惩条例》第十六条规定，建议开除。

二、工会经审委员刘昔云、工会女职委兼财务谭晓静、宣传委员袁雪，其工会职位予以保留，留用察看，察看期限一年。一年后，视其表现决定是否继续担任工会职位。

三、为进一步强化工会工作人员的法律意识、制度意识，有效提高工会经费管理，完善"花田温暖基金"管理制度，推动工会工作合法、合理、有序运行，拟推荐集团财务干部吴友芙担任代理工会主席。

四、落实法规制度必须坚持严字当头，决不能做选择、搞变通、打折扣。决定追回借款。

佐藤董事长看到这份报告后，把史雅喊来，指了指那沓打印纸。史雅摇摇头，"董事长，那个就不用看了，还是听一下吧。"

史雅打开手机，播放出调查组的现场录音。一个多小时，佐藤董事长一动不动，听到最后，脸色沉了下来。

"您看怎么处理？"史雅问道。

佐藤董事长沉吟片刻，直接在处理意见上修改起来。修改了前面两条：

一、免去林海工会代理主席一职，返回原工作岗位；

二、工会经审委员刘昔云、工会女职委兼财务谭晓静、宣传委员袁雪留用。

两天后，调查组甄律师颇为失望地宣读完董事会的处理决定。董事长的决定让他们极度不满，不明白董事长为啥给改成这样，处罚太轻，隔靴搔痒一样。

何总问道："在调查组的努力下，董事会决定不做过多的追究。大家对处理结果有不同意见吗？"

听完处理决定，昔云、晓静和袁雪松了一口气，处罚之轻让林海感觉有点意外，代理工会主席不干就不干了，没有什么大不了。他说："我同意前三条，不同意第四条。"

甄律师的眉头拧成一团，"不！你说了不算。"说罢，扭头对吴友芙说道："吴主席，请把借款人魏树峰喊来，我要正式通知他董事会的决定！"

"弱者，也有尊严。他的钱我还，我现在就去取。"林海瞪着他。

"需要我重申一遍吗？我需要将董事会的决定通知他。"甄律师挺直身板，怒目相向。

何总给吴友芙使眼色，吴友芙连忙劝甄律师，"甄律师，您不必生气，我觉得这个事嘛，目的是把借出的钱要回来，至于谁来还，不重要。"

林海起身出了办公楼，驾车去往银行。从ATM机上取完钱，他刚坐进车里，微信响了一下，怡菲发来的，他打开一看，如遭雷击，心如刀绞。

"当你看到这条消息的时候，我已经在高铁上，以380公里的时速逃离这座城市。是的，逃离。逃离你，逃离我的家，逃离这座城市。除了逃离，我别无选择，不然，我会抑郁的。我想去外面散散心，我想开启一段新的旅程，由我主导的，而非被安排好的生活。禅语说，放下，即自在。让我们轻轻放下过去吧，放下我们苦命的爱。请原谅，我很累，我爱不起来了，我也快乐不起来，感觉脖子上套了无数的绳索，我不知道哪一条会突然一勒。请原谅我的不辞而别，对不起。我会照顾好自己，也请你照顾好自己。"

林海一遍遍给怡菲打电话，但是她关机了。

直到这一刻，林海才发现自己对怡菲的关心太少了。然而，什么都晚了。怡菲，你去了哪里？

第二十章

红棉吉他

看林海半天没有回来,袁雪特别担心,直接给林海打去电话问怎么回事,只听他解释说:"马上回,卡被吞了。"

回公司后,林海把钱递给袁雪,"替我去交,利息也算一下。"

袁雪感觉林海不对劲,眼圈发红。她没有继续问,接过钱就去了工会。代理工会主席吴友芙已经在林海原来的办公室里办公了。

晚上八点多的时候,林海和袁雪两人正在加班,林海的电话响了。

"喂。"林海不认识的号码,他怕有怡菲的消息,毫不犹豫地接通了。

"林海,你把怡菲藏哪里了?"是怡菲的妈妈。

"阿姨,我在公司加班。怡菲自己走的,我给她打了几十个电话，她始终关机。"

"都是因为你，没有你什么事都不会发生！林海，你去把我女儿找回来！"电话里一阵怒吼。

"阿姨，我比您更希望她能回来。"

"我女儿回不来，我跟你没完！"那边说完就挂了电话。

声音很大，袁雪听得很清楚，听得山崩地裂。怡菲为什么好端端的就离开了？怎么了？发生了什么？

怡菲在下午的时候给她爸爸发了微信，她在微信里说："爸，当您看到这条消息的时候，我已经去了另外一座城市。我辞职了。你和我妈千万不要担心，我懂得如何保护自己。我去找我的大学闺密。这些天我一直在想，从小到大，我就像被你们养在温室里的花朵，从上学到工作，包括生活中的一切，都是被你们安排好的。我知道，这是你们的爱。可是，当我选择的爱情不符合你们标准的时候，我真的怀疑，是我还没有长大吗？我想，真正的为我好，应该给我一些自主选择的空间。我不是小孩子，我有明辨是非的能力，我能通过一个人的言行看透他的内心。最近这段时间，我感到很累，甚至不想说话，我好怕自己会抑郁了。于是，我决定离开这座城市。就当我出门旅行吧，去放松一下心情。好好照顾我妈，你们都要好好的，过段时间我会回来。"

当怡菲妈妈看到这条消息的时候，立马想到了林海，她说一定是林海带着女儿私奔了！她要怡菲爸爸报警，怡菲爸爸摇摇头说："不会的，你就别闹了，如果是，那就成全他们吧，孩子长大了，应该有自己的主见了。"怡菲妈妈不依不饶，"如果是，我就把那小子送进监狱！"

直到在回家的路上，袁雪才打破沉默，问道："你和怡菲怎么了？"

林海缓缓叹口气，"怡菲走了，不知道去了哪里。都怪我，我没有意识到她内心的压力那么大，我应该替她分担一些的。"

"现在联系不上了吗？"

"关机了。"

"你不用太担心，她去外面放松一下心情就好了，会回来的。"

"她连我们之间的感情也要放下了。"

袁雪心里一震，安慰他说："她说的不是真心话，你也不要入心，等她回来再面对面好好谈谈。"

"我想去找她，可是连个方向也没有。那个时间段的高铁我查了，南来北往的都有。"

"那就在微信里多劝劝她，只要她开机，就会看到的。"

"会吗？"林海仿佛看到一丝希望。

"好像开机后可以接收72小时之内的消息。"

"好，谢谢。"

袁雪苦笑，"谢我？谢我什么？不是因为我，你就面试成功到新单位，然后怡菲也开心，更不会走了。"她这段时间一直对林海充满愧疚，也不知道该如何弥补。

"跟那个没有多少关系,主要是她父母一开始就没有瞧上我。这是根源。"林海的话里透着深深的无奈。他想,从此以后,要像老妈早晚上三炷香一样,每天早晚给怡菲发微信。他要像老妈一样虔诚。

晚上回到家里,他瘫软在沙发上,闭着眼睛,回忆和怡菲的过往。

那是两年前疫情刚开始的时候,他去上班,行驶到九大街的时候,看见路边停着一辆红色的宝马车,有一个穿防护服的人在招手,就靠了边。那一刻的怡菲包裹得像个粽子,戴着护目镜,捂着N95口罩,她迎上前,声音很好听,"您好,您好,我是中心医院的,我这车子没油了,趴窝了,打车打半天也没有,我着急去十三大街隔离点送物资,您看能不能捎我一段路?"

林海没有犹豫,下了车,"好,物资装我车上,我送你。"

物资不多,两个大纸箱。林海让怡菲指路,十来分钟送到了地方。帮忙帮到底,他抱着箱子送进隔离点,又问她:"你现在回吗?我送你回去。"怡菲说:"还得等会儿,还有一些事情要交代给隔离点的人。"林海说:"那这样吧,我去给你找点油,然后来接你。"怡菲跟遇到菩萨一样,感动得不得了,"好好好,加个微信,您到了告诉我。"

林海直接去加油站买散装汽油,没有想到手续还很烦琐,姓名、身份证号、住址、单位、购买数量、用途、现场照相、联系方式等,履行完一大堆的手续,加油站才卖给他一只绿漆面铁皮桶外加10升95号汽油。然后他去接怡菲，给她车子加完油，看她车子打着火，才放心离去。微信里怡菲问他花了多少钱，林海说："算了，你们把大滨城的疫情防护线守住就行了。"怡菲心里过意不去，给他转了200元，林海直接给退回了，说啥也不要。两个人就这样认识了。此后，他们就像普通朋友一样相处着，偶尔彼此问候一下。林海也没有多想什么，毕竟连人家长啥样都不知道。

直到有一天，老爹打电话告诉他，邻居家的小飞因车祸去世了。林海打小就跟着飞哥玩，那时他最喜欢的事情是看飞哥弹吉他。飞哥高中毕业后没有考上大学，起初一门心思去当兵，第一年考空军飞行员，右眼视力差0.1遗憾落选，他钻被窝里哭了三天三夜。第二年考武警，不凑巧的是踢足球崴脚了，第三天就要体检，他一瘸一拐地去了后，跟人家解释半天证明自己不是瘸子，结果还是没去成。这次他没哭，钻被窝里给家里省了五顿饭。后来，他大彻大悟，留起长发，背起吉他，成为市里酒吧驻唱歌手，有时还和乐队去北上广等大城市酒吧巡演。在他去酒吧当驻唱之前，林海有空就缠着他学弹吉他，飞哥被缠得烦，说："好吧，给我做饭吃，我就教你。"那时候飞哥父母白天上班顾不上他，他只会煮面。于是，林海凭借着七岁煎出人生第一蛋，九岁炒出人生第一碟菜，十五岁搞定四菜一汤的厨艺，成功搞定飞哥的胃，学会了弹吉他。飞哥去酒吧驻唱后，把他以前的那把旧吉送给了林海，林海视若珍宝，每天爱不释手地弹着。

那是在一个凌晨,飞哥的乐队在回家的路上,遇上一位富家千金酒后飙车,结果闯红灯的富家千金、飞哥和一个乐队的成员不幸去世。

伤心的林海在微信朋友圈发了一篇悼念飞哥的文字,配上了那把旧吉他的图片。"你再也吃不到我做的菜,我再也无法得到你的指导,飞哥,今夜我想弹奏一曲为你送行,愿你在天堂里能听到……"怡菲看到后感动得稀里哗啦。

从此,她一点一点地认识这个家伙,直到送他一把锃亮的红棉吉他。

"我要你给我做一辈子饭。"

"好!"

"我要你给我弹一辈子吉他。"

"好!"

"你要每天给我送花。"

"好!"

"送什么花?"

"爆米花!"

……

他们相爱了。

疫情和工作让他们极少相聚。偶尔相聚,怡菲总说:"非常时期,距离最美丽。"林海也经常故作愤愤不平,"介叫嘛事,我出门喷了两遍酒精了,如果碰上查酒驾的就直接去派所儿了!"好不容易抱住要亲一下,这丫头直接钻进他怀里喊:"马三立说了，病从口人。"

……

林海不停地给怡菲发微信，但是一切石沉大海。

第二天早上，袁雪在小区门口左等不来，右等不来，过了一刻钟还没见到林海的车子，一个电话打过去，足足响了半分钟，那边才"喂"了一声。

"喂什么喂？几点了，是不是还没睡醒？"

"哦哦，路上了。"

十分钟后，袁雪见到头发凌乱、衣服皱皱巴巴的林海，她还闻到了浓烈的酒气，心里一阵疼。

"你要不想被查酒驾，下来，我开。"

林海乖乖地下车，坐到副驾座位上。袁雪打开手包，拿出一支梳子递给他，"你这发型演张飞都不用化妆。跟谁喝的？"

林海忽然想到自己被电话吵醒的时候是躺在沙发上，抱着怡菲送给他的吉他，沙发旁边立着一只汽油桶，是当初给怡菲加油的那只，他告诉怡菲这个桶要留一辈子，这是他们之间的"红娘"。他差点儿说和吉他以及汽油桶喝了一点。昨晚他把汽油桶找出来，是为了给怡菲发个"红娘"照片。

"自己喝的，不小心，多喝了一杯。"

"几个菜啊，喝成这样？"

"就一包狗屁果仁。"林海对着化妆镜拢了拢凌乱的头发。

"没意思。"袁雪打着火，起步。"你要想喝，哪天我带两瓶好酒，你炒四个菜，咱俩好好喝一顿，一人一瓶，看谁先钻桌子底下。"

"嗯，然后接下来就是一个抢马桶的游戏。"说完林海竟然笑喷了。

袁雪没有笑，心里隐隐作痛，"以后少喝点吧，对身体不好。早点还热，趁热吃。"

林海忽然想看自己昨晚发了些什么，果然，定情信物吉他，"红娘"汽油桶，竟然还有自己弹唱吉他的视频。他调到静音后才打开视频，醉意蒙眬的自己边弹边唱：

> 不要说你我之间太遥远
> 最好不要再相见
> 可是我对你的爱依然不变
> 你依然是我幸福的岸
> 最美的灿烂
> 我会等你回头那一天
> 我会给你时间
> 我要等阳光照上你的脸
> 我要看见你快乐的容颜
> 要回到从前
> 那过去的故事好缠绵
> 山盟海誓对天喊
> 相偎相依相濡以沫到天边

到今天我依然迷恋
深深地想念
会在一个瞬间
你终会发现
其实我们都没有变
其实一切都可以实现
似花非花花飞远
别被乱花迷了眼
你要你要仔细看
爱情不是太突然
需要时间来考验
似花非花花飞远
别被乱花迷了眼
回头其实并不难
……

　　林海回设备课的消息，是孟课长在宣传栏看到的，除了不解还有费解，一个能把员工热情激发起来的人才，怎么能像橡皮泥一样想被怎么捏就怎么捏？
　　林海一进门，孟课长和几个同事就围上来，"小林，欢迎回家。"
　　林海淡淡笑一下，"是啊，只有在这里，我心里才最踏实。"
　　孟课长拍拍林海的肩膀，"群众的眼睛是雪亮的。"

"就是嘛，摆明了就是来复仇的，大家都知道。"

"林哥，有道是，是骡子是马拉出来遛遛，就看看把你换下来，她能怎么耍。"

"皇帝还轮流做呢，只要对百姓好，谁做都无所谓。"林海很大度。"对了，孟课长，上次跟您说的那个小程序，前些日子我那朋友说在测试了，一会儿我问问怎么样了。"

"好，你放手大胆干。"孟课长真挚如初。

林海坐回自己原先的工位，心里五味杂陈。尽管他一再告诉自己一切都无所谓，但真的成为现实，还是觉得自己就像一只被射进球门又弹出来的足球，很难装作无所谓，输了就是输了。

中午去食堂吃饭的时候，老王看见他，径直奔过来，"小林，事我知道了，这帮人做事太下流，我真想整点巴豆在他们饭菜里。"

林海吓一跳，连忙按住他的手，"老王，这事可不能做，这话以后也不要说。风水轮流转，皇帝到她家，咱们顺其自然。"

老王皱着眉，"你说，咱们整得好好的，正是一个上升的好势头，怎么遇上愣子领导派他们下来？我这'金牌厨师'还搞不搞？那几个小子最近这几天有点蔫了。"

"郑部长那边没有推动这事吗？"

"那天我碰见他问了，他说这是工会主要负责的，他给问一下。"

林海摇摇头，"我听说新来的何总给他们部门挑了一堆的毛病，估计正忙着整改呢。你这样，安抚大家，继续好好干，再说，这个评分活动也没有说停止啊。"

"好，小林，你慢点吃，我给你加个菜。"

林海拉住老王，"我最近胃口不太好，吃得很少，您就别麻烦了，好意兄弟我心领了。下次，咱俩喝点。现在正是忙的时候，您赶紧忙您的去吧。"

老王说："好，那可说定了，找时间咱哥俩喝点。"说罢转身而去。

"那咱哥几个喝点吧？"

林海一抬头，大伟和韩立文端着饭坐了下来。"你们都上白班啊？"

"是啊，这不正好下班和你喝点吗？"

林海想答应，又拒绝了，"回头再约吧，我还得和袁雪他们整理报告。完事就得奔十点了。"

"没事，哥们儿可以等。"韩立文说："我和大伟早就想和你坐坐了，最近发生的事太多，怕你心乱，也就没有打扰你。现在基本就这样了，一起放松一下吧。"

林海点点头，"好，那下班再联系，好久没聚了，看看他们几个上白班的话也一起喊着，我订个地儿。"

大伟和韩立文下班后就来到袁雪的办公室，等着林海和袁雪，忙活得差不多了，林海和他们俩出去抽烟。袁雪看见林海的手机放在一边，还没有锁屏，顺手拿起来，她想了很久了，想拿到怡菲的手机号。她很快查到，记下来后，无法抵挡自己的好奇，点开林海的微信，置顶的那个人正是怡菲。

聊天记录里，林海的独白，石沉大海。她看见几条视频，刚想点开看看，就听见门外有声音，赶忙把手机熄屏放回原处。

林海最终订的是袁雪小区门口的那家烧烤店——相遇，一来是送袁雪回家方便，二来这个时间去喝酒，别的店估计都该打烊了。

四个人一辆车，九点多赶到烧烤店。袁雪说："你们等我一会儿，我去拿酒。"大伟说："姐啊，咱就牛二就行了。"林海说："得了吧，牛二喝多会变二的。"

袁雪回到家，就跟老爹说："我今天请我那救命恩人，就在小区门口烧烤店，您看喝点什么酒？"袁老师进了屋给找出两瓶舍得来，说："就这个吧，存了多年了，一瓶能顶你们一桌子菜钱。"袁雪也不懂，拎着就走。老妈拦住了，"你可不能喝，另外，回头把小林约家来吃顿饭，我和你爸要正儿八经谢谢这个小伙。"这一刻的袁雪格外乖，连声答应："好好好，听您的。"

酒往桌上一放，大家一看，都知道这是几百块钱的酒，老百姓谁喝这个。大伟说："要不咱们还是牛二吧，喝了可惜。"林海说："你现在就有点二了，今天就喝这个。"他听袁雪说过，她老爹爱喝两口，家里存了不少大江南北各种各样的酒。

袁雪自己没有喝，说老爹会生气的。其实，她是想看着点林海。一连几个早上，袁雪都清晰地闻到林海身上烟酒混杂的气味，她什么也没有说，佯装不知。

第二十章　红棉吉他

这次他们没有一口闷，酒的度数高，好酒得慢慢品。大伟和韩立文都为林海抱不平，直言需要怎么做吩咐一声，他们一定全力以赴。林海摇摇头，劝他们："不管是谁，只要处处想着员工们，真心实意为大家好，你们就支持。我无所谓的，干什么都是干。"袁雪说她不想干工会了。林海劝她："不要这样，你就当为了大伟、韩立文、周同、姚新亮这些好兄弟，坚守阵地，跟郑部长一起把咱们'幸福2+1'计划继续下去。"袁雪说："你还不知道何总现在怎么折腾郑部长呢，让那个甄有理在工作汇报里鸡蛋里挑骨头一样给挑出各种不妥、各种不合规，气得郑部长一个说话从来没有半个脏字的人天天骂街，你说，他还顾得上'幸福2+1'计划吗？"林海说："这是要把郑部长挤对走，给甄律师腾位置吗？"袁雪说："郑部长也是这么说。"

　　两瓶好酒喝下去，几个人有种五体通泰的感觉。本来韩立文说今天就到这儿吧，但林海不依，要了六瓶啤酒，一人俩，对瓶吹，谁吹完谁走。

　　最后喝完散伙，大伟和韩立文打车一起走了，林海要去送袁雪回家，结果进了小区他就撑不住了，抱着一棵树就哇哇吐起来。袁雪忍受着那再次发酵的酒香，给林海捶后背。

　　"不对啊，你酒量怎么变得如此之差。"

　　"别提了，最近状态不好。可惜了，白喝了，早知道就喝牛二了，吐出来不心疼。"林海抱着树还开玩笑。

　　"你吐完了吗？我送你回家。"

　　"我的经验是，一吐酒，至少要吐三次，吐干净才……"哇一口又出来了。

一会儿,袁雪扶着摇摇晃晃的林海,走到车跟前,袁雪打开车门拿出一瓶水,让林海漱完口,又把他塞进车里,发动了车子。

当林海打开家门,眼前的一幕把袁雪吓一跳,茶几上下站满了高高低低的啤酒瓶、白酒瓶,竟然还有一只汽油桶——自焚?

"你怎么搞的乱七八糟?"袁雪心疼地问他。

"没事,这两天比较忙,没顾得上。"林海像刚跑完马拉松一样筋疲力尽地斜躺在沙发上。

"汽油桶是干吗的?"袁雪有点生气。

"那……是空的。我就是拍个照给怡菲看。"

"威胁她?不回来你就自焚?"

林海笑得嘎嘎的,"你……误会了,我们……就是因为汽油桶认识的,它是我们的'红娘'。"说完,顿时黯然下来。

"我不信。拿你手机给我看,不然,我给你扔了。"袁雪故意说。她想看看林海发的视频。

"好吧,你看……"林海把手机递给袁雪。

袁雪打开微信,点开视频。

视频里,林海弹着吉他,用沙哑的嗓音唱着一支歌:

　　这个城市没有了你
　　街头只剩下了回忆

我们走过的路
我们看过的海
我已再也再也
没有勇气面对
什么错与对
什么是与非
空空，如也

这个城市没有了你
生命再也没有回响
没有了你的笑
没有了你的闹
断了线的风筝
和往事喝个醉
什么飞啊飞
什么醉啊醉
空空，如也

……

第二十一章

推倒重建

何总这些天比较舒心,终于把林海拉下马,虽然未能直接开除,但也让这个小子颜面受损。不知天高地厚,还狼崽子一样屡屡叫板,这下服了吧!接下来,得把握机会好好耍耍了。他把吴友芙和甄律师喊到办公室,"现在,一切尘埃落定,咱们是时候搞出点成绩来了。一个原则,董事长喜欢的,就是我们的工作方向。"

吴友芙有点挠头,"何总,我这两天一直在思考这个问题,就是现在工会和公司推动的一些活动,之前咱们认定为无预算开展的,现在是停止还是继续?停止说明咱们是正确的,继续的话会不会让人抓住把柄,也属于无预算运作?"

何总皱着眉,问:"那些工会的规章制度你是怎么学的?"

甄律师有些同情地看着吴主席,"友芙姐,你开个追加预算的会通过一下就得了。"

"就是嘛。哎呀,小吴,你得多琢磨琢磨。机会给你了,把握好了,等换届的时候就扶正你。把握不好我就没有办法了,只能物色别人。"何总说得很直白。

吴主席一个劲儿地点头,"明白。还有,那个小报呢?是停还是继续办?"

何总叹口气,"这个小报是董事长题的字,你说呢?董事长很关注这个的,咱们也需要通过这个向董事长间接地汇报工作。"

"可是小报是林海和袁雪一起编的,我问袁雪了,她推托都是林海干的。"

甄律师给支个着儿,"我觉得完全可以摆脱办报模式,直接升级为新媒体,用图文、音视频等形式搞得丰富多彩,肯定比小报出彩。董事长题字变成新媒体头像,如果觉得有难度,咱们可以找专业的来做。"

何总眼前一亮,"我看行,就这么搞。我认识一家传媒公司,一个当过记者的朋友开的,这是他们的强项。我打个招呼,回头甄律师你去联系一下。另外,你帮着小吴多参谋一下,舞台给你了,要多出彩、少出错。小吴,你还得团结好现在工会的这三位,都是女人,还不了解女人的心思吗?"

吴友芙若有所悟地点点头。

晓静接到原来林海办公室电话的时候,心里一惊,吴主席!犹豫再三,还是硬着头皮接通。电话那边的吴友芙声音甜得发腻,"晓静啊,我是你吴姐,你现在有空吗?我找你有点事。"

晓静一进门，吴友芙的身子就跟泥鳅一样从办公桌后面绕出来，"来来，晓静。"

这热情让晓静有点接受不了，"吴主席，您找我什么事？"

"来来，坐下，就是闲聊一下。晓静，姐没有拿你当外人，你也不要拘束，何况咱们现在是一个战壕里的人了，咱们啊，得团结起来，好好地把员工服务好。"吴友芙拉着晓静坐下来。

"好，吴主席，您有啥事吩咐就好。"

"您看，别一口一个主席的，多生分，以后就叫姐。喊你过来，就是想征求一下你的意见，下一步工会的重点工作咱们研究下。"

"哎呀，这个工作以前都是小林操持的，具体我也……"正说着，她的手机响了。晓静看了一下，"不好意思，吴主席，同事打电话，估计有急事。"

"没事，接您的。"

"哎，小梅啊，啥事？部长找我，哦，好，我马上去。"晓静撂了电话，"对不起啊，吴主席，我们部长找我。"

吴友芙哪里晓得这是晓静跟同事小梅串通好的，过几分钟打电话说部长找。吴友芙心里不高兴，脸上笑容可掬，"好，改天咱再聊。对了晓静，送你个小礼物，我朋友前段时间从香港带回来的，钱包，美国货。"说着，她起身从办公桌下拿出一个手提袋。

晓静一脸感激地连连摆手，"吴主席，这可使不得，您的好意我心领了，谢谢，谢谢。"说罢就转身而去。

晓静没有看到的是，吴友芙像被点中穴道一般，举着手提袋十来秒没放下来。

吴友芙不死心，怎么送礼物都送不出去？先后又约来昔云和袁雪，礼物也变换花样，钱包、唇膏、护肤品，结果依旧没送出去。那个袁雪竟然还提出了辞去工会职务的请求，说经常加夜班，父母认为不安全云云。

吴友芙郁闷至极，堂堂主席给下属送个小礼物竟然碰壁！

甄律师替她把脉，"姐，这是要架空你的节奏吧？"

"架空我？对她们有好处吗？"

"毕竟你是后来的，是踩着林海上来的，之前又跟她们不熟，所以贸然套近乎，她们一时之间接受不了。"

吴友芙皱着眉，"那怎么办？"

甄律师伸出手指在桌面上画个叉，"如果是我，一定来个不破不立，推倒重建。只有把前任的一切抹杀掉，才能重打锣鼓另开张！"

"有道理，不过会不会引起波动？"

"晓之以理，诱之以利，动之以情，你想想，有理有利有情，工人们所求所想尽在其中，还闹唤啥？"

吴友芙冲甄律师竖起大拇指，"高！怪不得何总器重你，简直就是小诸葛。"

接下来的两天里，吴友芙挑灯夜战，火力全开，攻下了三个成果。

第一份曰《关于大力提升花田精工员工技能的方案》，以

298　　"姐夫"驾到

无预算、不合规为理由取消"五小"岗位创新大赛，另行启动"花田精工员工金点子大赛"，奖金加倍；升级技能竞赛方案，聘请精益制造专家重新制定竞赛项目，奖金翻番；停止多能工培训，认为术业有专攻，多能工培训循序渐进，以三年为一个岗位周期，进行轮岗活动；停止"金牌厨师"评选活动，做好食堂工作是食堂员工的应尽职责，且食堂工作不具备创新增效基因；停止现有的班组长培训，对班组长培训进行升级，在聘请专家认真评价班组长整体情况的基础上，本着缺什么补什么的原则开展精准培训；就连韩立文志愿服务的"求学圆梦"补习班也因疫情期间不聚集被叫停，当然，吴主席升级的方案是聘名师，保证员工一考必中。

第二份曰《关于完善花田精工温暖基金管理办法的方案》，对原管理办法进行了推倒式修订，在原来28条的基础上又增加了28条，从基金管理到基金申请，从核实办法到追责机制，环环相扣，步步把关。另外，由于疫情等原因，外省市困难员工因难以实现实地核实，故将困难员工的家庭限定为居住我市。

第三份曰《关于升级内刊〈幸福花田〉为新媒体的方案》。这个方案无非按甄律师建言，请专业人士来打理。一是体现专业性，通过借用外脑的方式，加强采编力量，让专业的人做专业的事；二是扩大社会影响力，通过升级为自媒体，顺应时代发展潮流，以更快更便捷的网络传播方式，力争将自媒体办成企业社会形象及企业文化的展示舞台。

何总看到三份方案，频频点头，"小吴，你看吧，别说自己没能力，挤挤还是有的——"忽然觉得有所不妥，连忙解释，"就跟榨花生油一样，靠的就是压力。甄律师，你说呢？"

甄律师点点头，"我觉得友芙姐的潜力完美地被何总激发出来了。"

"好，小吴啊，在实施之前，还是征求一下员工的意见。比如你们工会内部要开会讨论一下，还有工会代表，聚在一起，开个座谈会举手通过一下，然后正式发布，尽快实施。总之，绝对不可以出现不合规的情况。"

吴友芙胸有成竹，"何总，您放心，一定严格把关，这个后面还将跟一个追加预算的会议决定。"

这几天，林海一直在专心测试设备档案管理的小程序。做程序的同学叫苦连天，"前前后后忙活三个月，你们单位看看赏点辛苦费吧。"林海说："得了吧，我们是你的小白鼠，是你的测试员，还没找你要补贴呢。"当然，玩笑归玩笑，他建议哥们儿把程序嵌入加密程序，挂网上卖，保证可以一本万利，财源滚滚。那哥们儿一试，果然当月就卖出三套。后来，胡总眼中具有算卦、起名天赋的林大师，用一个晚上的时间为他这个程序取了个"统计大师"的名儿，根据其特点、适用性、面向客户等方面，字字珠玑地整出一篇三百字的广告文案，并让袁雪帮着给做了宣传海报，感动得他稀里哗啦。

去了新工厂的胡总听说林海被发配回设备课后，心下不忍，便建议史雅把林海调到他手下。史雅说自己不是没有想过，她认为从哪里跌倒就应该从哪里爬起来，这样才像个男人。胡总说：“怕是没有那个爬起来的机会啊。”史雅说：“你是对林海没有信心。”胡总说："好吧，回头我再安抚一下他，我是真担心那个'幸福2+1'计划会就此泡汤。"

还没等胡总安抚林海，郑部长病了，直接请了一个月假，要好好休养。胡总闻讯吓一跳，一脚油门开到医院。郑部长一见到胡总，直接从床上坐起来，"您怎么来了？"

胡总说："哎哟，你都快把我吓尿了，怎么个情况？"

"没事，我就是胸闷，医生建议静养一段时间，输点液，通通血管。"

"那……"

郑部长知道胡总想说啥，"老胡，咱们这么多年了，我也没有必要瞒你，胸闷是真的，当然主要的还是那个何总和甄有理，那家伙是'真有理'，什么工作凡是能给你挑出毛病的，保证是有理有据。这段时间天天折腾，我真怀疑这家伙以前是干审计的，数额小的支出问你怎么没有三方比价，数额大的问你怎么没有招标，这合着咱俩的签字屁用没有，开过的会等于全是放空屁！"

胡总拍拍郑部长的肩膀，"老哥，这都是可以预想到的，咱别着急，别生气。"

"我就纳闷了，董事会怎么派这么几个人下来瞎折腾？"

"我不是跟您说了嘛，事出反常必有妖，我猜，这是董事长下的一步棋。"

第二十一章　推倒重建　　　　　　　　　　　301

"我是想不明白。那你说，我是不是回去跟他们斗去？"

"您就安心养病。"

"现在不光我那一摊要交出去，就连小林那个'幸福2+1'计划估计也要泡汤了。"

胡总不厚道地笑了，"没事，咱不能皇上不急太监急。等皇上急了再说呗。"

郑部长呵呵一笑，索性继续躺下装病，"好吧，我两耳不闻窗外事，一心躺平养好病。"

晓静、昔云以及袁雪，听了吴友芙对三份方案神采飞扬的介绍，尤其听到何总对方案大加赞赏，便什么意见都没有了。按照吴主席的安排，她们当即着手组织工会代表及班组长准备参加座谈会，征求大家对方案的意见。

座谈会召开这天，工会代表及班组长坐满了会议室。吴友芙顶着一头新烫的大波浪雄赳赳气昂昂地走进会议室，浑身上下散发着势不可当的活力。

甄有理以管理部代表的身份出席会议。

在吴友芙的安排下，袁雪主持会议，晓静、昔云、袁雪分别宣读三份方案。袁雪为大家介绍了新上任的吴主席和管理部代表甄有理，工会代表的掌声显然有点应付，但依然让他们两位感觉很享受。

宣读完毕后，便进入交流座谈环节。工会代表举手频频提问，袁雪负责递话筒。

"请问取消'五小'岗位创新大赛,另行启动'花田精工员工金点子大赛'有无必要?因为,活动已经临近尾声了,该交的提案都交完了,现在重打锣鼓另开张,实在没有必要。"一名工会代表问。

吴友芙淡定地回答:"这位代表问得非常好。首先,我们做工作的前提,是合规,相较于之前的活动,新推出的金点子大赛在评奖类别、奖金等各方面均有提升,这应该理解为升级优化。至于必要性,显而易见,让活动合规举办,让更多员工获得奖励,并获得更高奖励,对大家来说是一件好事。"

"据我所知,现有的技能竞赛项目是制造部历经一个多月调研确定的,现在要聘请精益制造专家重新制定竞赛项目,专家能不能深入一线把岗位工作搞明白?另外聘请专家是需要费用的,有必要吗?"姚新亮起身问道。

吴友芙心中升腾起一丝怒意,这帮工会代表事太多了,幸亏之前在甄有理的对抗演练下,她算是有备而来。她从容答道:"精益制造专家之所以被称为专家,原因就在于他可以围绕精益生产,并能结合企业生产特点,推出针对性更强的竞赛项目。至于费用,打个比喻,这就像是奥迪和奥拓,都是汽车,都能跑,但驾乘体验绝对是不一样的。"

韩立文站起身要过话筒,"我想问一下求学圆梦补习班,有没有必要以疫情期间不聚集的理由停止大家的学习?因为大家都很自觉地严格做好了防护。另外,工会要为大家聘请什么样的名师?名师能不能结合每名员工实际情况量身打造学习计划？"

"疫情期间不聚集，是国家疫情防控的要求，每个单位每名员工都应该遵守。现在，也只是临时停止。另外，我觉得大家不要对专家或者名师有误解，他们之所以成为专家或者名师，都是有真本事、真能耐的。至于怎么教大家学习，我想，名师应该比你更有说服力吧。"说罢，看也不看韩立文，直接问道："下一个，还有谁？"

大伟慢慢起身，接过话筒，"我问一下温暖基金这块儿，我觉得将困难员工的家庭限定为居住我市，既不合情也不合理。难道家庭在外省市的员工就不是公司的员工吗？大家说对不对？"

"对啊，不合情理。"现场响起一阵嘈杂声。

吴友芙脸色微变，大声说道："大家安静一下。"她想站起来，被甄有理按住了，稳定一下情绪，解释说："大家应该清楚，我们基金首要面对的是困难员工，其次才是困难家庭，也就是说，大家都享受这个福利。"

大伟接过话茬儿说道："领导，我刚才问的是——难道家庭在外省市的员工就不是公司的员工吗？公司有80%多的员工户口是外地的，如果他们的家庭都不在这里，是不是这个基金就是为20%的员工设立的？"

吴友芙解释道："为什么这么安排，主要考虑在审核方面，因为疫情、核实成本等原因，不方便去外地实地核实。"

这时候周同站起来，也没有要话筒，直接大声说："领导，我记得之前的规定里说，家庭所在地居委会、村委会的盖章证明材料，都可以作为申请凭证，为什么这次规定里删掉了？"

吴友芙很坚决地说道："很简单，为了防止作假。因为这块内容确实也没有可以借鉴的案例，而且工会支出必须经得住上级的审计。所以，请大家多多理解。"

大伟笑了笑，"好吧，希望菩萨保佑家在外地的兄弟们，然后把这个福利留给20%的人吧。"说罢便引起一阵哄笑。

吴友芙意识到，这批工会代表是不会和自己一条心的。

她静静地看着那些哄笑的员工，过了片刻，方才开口说道："这是工作座谈会，有不同意见要好好表达。菩萨都出来了，那你就天天求菩萨保佑吧。"

大伟腾地就火了，刚要起身，被周同一把拉住，气得一拳砸在桌子上。吴友芙和甄有理一下子想起来上次那个拍桌子的就是这个胖子。

袁雪怕出意外，赶忙说道："哪位同事还有问题？"

现场一片安静。

吴友芙清清嗓子，"好，既然没有问题，我们现在开始举手表决，超过到会人数三分之二即视为通过。"

结果，三份方案均踩线通过。这就意味着倘若此次不是喊班组长来参加，三个方案将无法通过。这让吴友芙极为不爽，在跟何总汇报的时候，便提议解散工会代表。

何总沉吟半晌，"也就是说，这些工会代表是林海带出来的？"

"肯定是，当初不知那小子给了他们什么好处。"

第二十一章　推倒重建

"那就重选吧，选出有素质、有能力、有影响力、能代表员工的代表来。"

甄有理却说："我担心，这些人恰恰是最有影响力的。"他深知林海在员工中的影响力，但没有明说。

"难道班组长的影响力还不如他们？"吴友芙问道。

甄有理苦笑一下，"我查了一下，现有的职工代表里，只有三名班组长。所以，我担心即便重新选，有可能还会选出这帮人。"

何总微微颔首，"是。那个姓林的小子笼络人心有一套。甄律师，你认为当下该怎么办好？"

甄有理说："这事不能操之过急，不然会影响接下来的各项活动开展。试想一下，无人参加怎么办？"说罢便看向吴友芙，"姐，您应该多往下边转转，接接地气，推介一下自己和工会工作，让大家都慢慢认同你。"

"对，小吴，就这么办。现在开始，多往下跑，接接地气，拢拢人气。另外，我会让管理部、制造部共同出台一个通知，所有活动，全员参加。现在，尽快启动方案里所有的活动和安排。"何总吩咐道。

甄律师说："何总的这个提议好，这就不怕冷场了。另外，那个传媒公司的老总我沟通完了，这两天就来跟友芙姐对接，报价可能高点，但是活儿绝对专业。"

"钱不是问题，只要活儿漂亮。"何总叮嘱吴友芙。

等传媒公司老总给吴友芙报完价，吴友芙差点儿晕倒——30万元，还是友情价。老总说得头头是道，"这是一个团队来服务的，从采访、撰稿、编辑、排版、校对、发布，全流程服务，至少要五个人，这个价格真心不高。"那老总还翻出手机，举例为五六个客户精心打造的新媒体样板。

吴友芙只好请示何总，工会经费才多少钱，这30万元可掏不起。甄有理说："价格是市场价，我都打听过，但是价格低的也有，就是写个新闻稿狗屁不通还一堆错字，你要有能写稿、懂校对的人也可以。"何总说："要不这样，工会掏5万元，剩下的公司掏。"

事情就这样定下来，昔云、晓静、袁雪举手表决通过，然后一番招标下来，终于尘埃落定。吴友芙不知道的是，事成之后，甄有理收下一箱茅台，何总得到什么甄有理不知道。

第二十二章

一波三折

当林海听说吴友芙全盘推倒之前的所有工作另打锣鼓另开戏,没有一丝的惊讶,这让袁雪很惊奇。

"你是不是看破红尘了?"

"小施主,看破不必说破。"

袁雪气得给他来一记粉拳,"还小施主,林大师,既然遁入空门,跳出三界外,不在五行中,那就不要让我闻见你身上臭烘烘的烟酒味,那可是犯戒的。"

林海无奈赔笑,"好啦好啦,两耳不闻窗外事——"

"一心一念是怡菲。"袁雪打断他。

林海的脸色不好看起来,这是他胸中之块垒。"以后不要提她了。"

他依旧深深想念着惦记着担心着怡菲,她在梦中回来过无数次,每一次都让他惊喜到潸然泪下,早上醒来,枕头是湿的。

他无数次问自己,前世到底欠了怡菲多少泪水?一个太平洋吗?够不够?他想找到怡菲问个清楚。

袁雪心里一阵疼,看着消瘦了许多的林海,她的眼圈红了,伸手抓住林海的小臂,"对不起。"

林海的脸上泛起一丝苦笑,"真的很难,需要时间慢慢消化。"

"中毒很深。"袁雪叹口气。

"我是不是不像个男人?"林海苦笑。

"不,你是男人中的稀有品种。"袁雪拍拍林海的手背,"我的老爹经常教育我,月有圆缺,人有聚散,事有成败,哪来那么多忧愁感伤,人活在世要多听听马三立、马志明、郭德纲的相声,人生的最高境界就是——没皮没脸、没心没肺。"

"没皮没脸、没心没肺。好一个四大皆空。这一定是袁老师数十年的经验之谈。"

"是啊,我老爹说了,只有比坏蛋活得长,才是圆满的人生。"

林海被逗乐了,"老爷子太逗了,哪天我得请他喝一顿聊个天。"

袁雪心如鹿撞,大大咧咧,"我老爹还说了,要请你吃饭,答谢你对我的救命之恩。"

林海哈哈大笑,"得了吧,还救命之恩。不过,老爷子的好酒确实应该给他破费一瓶。"

"幸福花田"新媒体很快推出第一期内容，头条推文是"幸福花田"开启新媒体新时代，详解了新媒体的栏目构成，包括公司新闻、工会工作、在线申报等。何总转发到干部群，要求全员关注，要把新媒体当作了解公司新闻的窗口、员工学习的阵地、服务员工的平台。

新媒体第二期头条是何总召开中层干部会议的新闻，文中配了何总讲话的照片，摄影技术很好，拍出了领导风采。这期的第二条推文是《"幸福花田"新媒体受到员工欢迎》。文中配了一幅照片，两位员工面对手机喜笑颜开，其中一位还做出指点的动作，形象地传递出员工对新媒体超级满意的效果。图片还配有一段文字：

"幸福花田"新媒体自推出以来，迅速吸引广大员工的关注，并受到大家的一致称赞。来自公司压延车间的赵群和钱演表示："幸福花田"新媒体拉近工会与我们的距离，把工会的服务直接送达我们手中，使工会服务看得见、摸得着，我们非常喜欢这样接地气、有人气的工会工作。除此之外，我们还看到工会新推出的一系列活动，让我们感受到实实在在的获得感、幸福感和安全感。我们将在今后的工作中，在工会"娘家人"的带领下，为公司发展作贡献。

大伟看到第二条推文的时候，骂了一声"兔崽子"。上班后,他直接找到赵群和钱演。

"你们挺会说啊!来,给我重复一遍。"

赵群和钱演有点蒙圈,"哥,咋回事啊?"

大伟把手机一亮,"咋回事?你们看看这是谁?"

赵群和钱演才明白过来,"我去,这话可不是我们说的。"

"是啊,那天他们领个带相机的来拍照,让我们配合一下,就拍了这个。"

"他倒是问了,说公司的微信公众号怎么样啊,可是我就说了两个字——还行。他怎么给整出这么一大段。"

袁雪转给林海的时候,林海回复说:"很专业嘛,小袁你得学学,看看人家的新闻素养!"

"奇怪,我这脑子确实跟不上花田新时代的脚步了,我还是怀念食堂老王娶了'仨媳妇'这样的经典之作。"说完就是一阵捧腹大笑。

伴随着"求学圆梦"培训班叫停,大家心里都特别不爽,刚要专心专注学点知识就给喊停了,那种感觉就像一只鸡腿刚塞嘴里又让人给抠出来,讨厌又恶心。大家催韩立文想想办法,而韩立文确实没有办法,没有场地怎么教?他只好去找林海。听罢情况,林海直挠头,场地确实是个大问题,现在郑部长养病去了,高部长也没有那么多权力给协调。

"这个女人嘴上喊得好听,什么聘名师,什么保你一考必中,现在这耽误多少事,大家都怕考不过又得等一年,这可怎么办？"韩立文气得直跺脚。

林海安慰他说："急也没用，别着急。不行就以网课的形式给大家讲，试试钉钉那款软件。然后每堂课你提前整理出一份电子版的学习资料，让袁雪给大家复印一下。"

"这个网课我想过，就是有的同事没有电脑，手机里也看不清啊。"

"对照着学习资料，应该好一些。让大家克服一下困难吧，这也是没有办法的办法了。你这块儿肯定更辛苦了。"

韩立文叹了口气，"我辛苦倒是没有什么，就是觉得气不顺。还有作文课不行你给客串一下吧，这不是我强项。"

林海斟酌一下，"那行，我先找找还有高人吗，如果找不到，我就为人师一回。"

"那我先替大家谢谢你了，回头谁考过了都得请你喝酒。"韩立文笑着说。

"好，就喝牛二！"

林海很快把这个任务交给袁雪，"袁老师，请您出马吧，给大家讲讲。"

袁雪却回绝了，"你的小作文比我写得好，你来吧，回头我以一个小白的角度听听课，看看能不能对大家有益。"本来，她还想帮林海找点资料啥的，但是这哥们儿一闲下来准会以酒浇愁，所以，就得让他忙起来，忙到脚不沾地肯定就没有时间胡思乱想了。事实也如袁雪所想一样，忙起来的林海看着眼神都比以前亮了许多。

至于为大家打印复习资料的事，林海纠结半天，自己掏钱买了五包打印纸放到袁雪办公桌下。袁雪说："有这个必要吗？"林海说："毕竟打印的量比较大，复印机就用公司的吧，毕竟也是为员工们服务，你是工会的人，也说得通。"袁雪埋怨他："你就干脆在外面打得了。"林海苦笑，说："外面老贵了，耗费太多，哥们儿还得攒钱娶媳妇呢。"袁雪被逗得哈哈大笑，说："就你这抠抠搜搜的样儿，肯定这辈子打光棍了。"林海也不急眼，叮嘱说："记得双面复印，能省一张算一张。"

这天，袁雪正在用复印机复印学习资料，甄有理正巧走过，一看打印不少纸，就停住脚步，拿起一张纸一看，立马皱起眉。

"这是在打印什么资料？"他问袁雪。

"这是员工的复习资料。"袁雪毫不在意。

"为什么在公司打印？"

"我是工会的，要为员工服务。"袁雪看也没看他，整理那些打印好的资料，一沓沓用订书机给逐一钉好。

甄有理很严肃地说道："谁允许的？这种行为可以定义为侵占公司财产。"

袁雪有点蒙，"什么？侵占公司财产？这打印纸是自己买的！"

"纸都是白的，难道还有第二种？"甄有理的质问声惊动了办公室里的同事，他们一个个站起身来，小萌来到袁雪身边连

第二十二章 一波三折　　　　　　　　　　　　313

问怎么了。

袁雪说:"小萌,把我办公桌下面的打印纸拿出来,让他看看跟公司的打印纸一样吗?"

小萌大致明白了什么意思,到袁雪办公桌下抱出三包打印纸,"这品牌确实跟公司的打印纸不是同一个牌子。"

甄有理哼了一声,"如果这几包纸就是为了做样子呢?"

袁雪差点儿气晕过去,她迅速冷静下来,冷冷一笑,"这种主意您都想得出来?"

"放肆!太没有规矩了!"甄有理气得直叉腰。

袁雪不动声色,"你不信,那就找地儿去化验!如果我用了公司半张纸,我赔一切损失,还要辞职谢罪。"

"即便纸是你的,但是油墨是公司的!"

"我是工会的人,我为员工打印点学习资料不违规,不犯法!"

"好!你等着!"甄有理马上给吴友芙打电话。

吴友芙正跟何总在一起,一听甄有理气呼呼的,吓一跳,还跟自己工会的人有瓜葛,连忙答应一声"马上到"。跟何总简单汇报下,何总皱着眉说:"你赶紧去吧,好好处理。"

吴友芙到现场,了解完情况,拿起来打印完的学习资料,看了看,很不高兴地质问袁雪:"补习班已经停止了,正准备聘请名师,谁允许你给他们打印学习资料的?你这是公然违背工会和公司作出的决定吗?"

袁雪毫不客气,"吴主席,名师什么时候来?员工们等得起吗？考不过，就得等下一年了。"

甄有理忍不住了，"吴主席，看看，这就是你的兵，连点规矩意识都没有！"

吴友芙皱着眉，"袁雪，我正式通知你，你工会宣传委员的工作被停。"

"没有问题。加班统计疫情情况以及上报的工作从今天开始，我就和林海退出了，毕竟他也不是工会的人了。"

"同意，别人一样干。"她指了指那沓打印好的学习资料，"打印好的，你拿走，这几包打印纸留给公司，顶油墨费用。从今以后，禁止任何人打印与工作无关的材料。"

此事就此告一段落。甄有理不解气，又跑到何总办公室，说："何总啊，赶紧给我来点实职吧，不然我在公司说话跟放屁一样，不管用啊。"

第二天，一纸通知出现在公告栏里。任命甄有理暂行管理部部长一职。

林海听袁雪叙述了事情经过，心里特别内疚，埋怨自己想得太简单。袁雪却想得开，乐不可支。

"这多好啊，我终于可以准时下班啦。可以有自己的时间，去看电影，去逛街，去吃吃喝喝玩玩闹闹！"

"好是好，大家的学习资料就从外面打印吧。"林海苦笑。

袁雪点头，打趣他说："嗯，这行善积德做好事，老天会赏你一个好媳妇。"

话分两头，吴友芙对疫情上报这事当天竟然疏忽忘记了，园区管委会防疫办网格员一看没有收到汇报，吓一跳，以为公司出现重大疫情，赶紧打电话，结果座机无人接，好不容易打通林海手机，林海迷迷糊糊地揉着惺忪睡眼说："我现在不负责了，难道他们没有安排人给上报？"

防疫办网格员气得不得了，这家公司的防疫态度可不行，太不重视了，早晚出大事。于是第二天早上跟领导一汇报，带着几个人来到公司，在大门口拉上了隔离带，逐一查验核酸证明，刚好有不少错过昨天大筛的，都是今天早上才补筛的，结果估计要下午才能出来，公司一下乱套了。上夜班的员工本来都下班了，一看上白班的进不了公司，又被请了回去，先顶一下班。

何总接到汇报后心急火燎，赶到公司的时候好话说尽也没用，事关疫情防控大局，一旦出事谁都担不起责任。吴友芙自知理亏，赶忙认错，确实大意了，本来想安排人的，结果下班的时候一忙就忘了。何总的鼻子都快气歪了。最终，好多员工进不了厂，只得停了一条生产线。

吴友芙赶紧补救，找了一圈人，昔云和晓静家里老的老小的小，晚上加班肯定不行，找管理部小萌他们，也都被一条好理由回绝——这本来就是工会的事。万般无奈之下，甄有理代理部长说："不行就让保卫课来顶上吧，回头给点补贴。"一听到有补贴，保卫课一口应承下来，前提是得教会怎么上报。袁雪已经被工会停职，甄有理不想看见林海，只好换了一副假惺惺的笑脸让袁雪去帮忙，袁雪乐见有人接下这活儿，欣然前往。

正所谓福无双至，祸不单行。消停没两天，甄有理又折腾出一个风波。

虽然多能工培训叫停，但小魏开叉车那块儿没有人告诉他，原因很简单，当初是林海拜托高部长跟车间打的招呼，高部长的面子下面哪敢不给，直接安排叉车班班长带他。公司对叉车管理非常严格，除了持证上岗，还对叉车工的工服、工帽都进行了明显区分。甄有理代理部长这天四处巡视，刚好看见小魏开着叉车从车间里往外运下脚料，直接叫停了小魏。

"熄火，下车。"

小魏有点蒙，一一照做。"领导，有什么问题吗？"

"你是叉车工吗？"

"我有证的。"

"我问的是——你是叉车工吗？"

"我不是，但是我是多能工培训的名额。"

"还多能工培训，你不知道多能工培训已经停止了吗？"

小魏平时开叉车都是用休息时间，叉车工也乐意有人帮着干点活儿，就把一些简单容易的运输废料留给小魏。这时候车间外吸烟区一帮人看见有领导训斥小魏，就围了上来看个究竟。

大伟远远也看见这一幕，发现好像是小魏，也赶了过来。分开人群，就见甄有理对着小魏劈头盖脸训斥，什么没有规矩，没有安全观念，必须严肃处分。

第二十二章　一波三折

"干吗啊，这多大点事？"

甄有理一转脸看见熟悉的大伟，心里就发狠：你自己送上门来的，那我就借着这次机会把你开了。

"多大点事？无证上岗，出了事你能负责？你负得起吗？"

"他是有证的，哪来的无证上岗？"

"那他为什么没有穿叉车工的工服？"

"他是特许的，是多能工培训的一部分。"

甄有理急眼了，"还他妈的多能工培训，不知道早停了吗？"

大伟的怒火腾地蹿起三丈高，一把薅住甄有理的衣领，"你他妈的骂人？"

甄有理怎么也是个爷们，哪能忍气吞声，去拽大伟的手，拽了三下没动弹，转手去抓大伟的脸，大伟猝不及防，被他给挠出火辣辣两条伤口，蒲扇大的巴掌抡起来就给了甄有理一个大嘴巴。啪的一声脆响后，甄有理直挺挺地趴在了地上。无奈有人早就看这帮人不顺眼，趁他不注意就踹了他两脚，现场一下子乱成一锅粥。

甄有理爬起来，浑身是土，一侧的脸颊火辣辣的，他挣扎着掏出手机，边录边吼，"你们一个也跑不了！"

这一闹，那些来拉架的不愿意了，"什么？我是来拉架的，你咋冤枉我？"

"冤不冤派所儿过完堂就知道了！"说完他就报了警。

这时候高部长、何总、吴友芙闻讯赶来。

高部长怒了，"都戳在这里干吗？还不上班去？"他一看甄有理那损样,基本明白怎么回事了,肯定是作妖碰见了孙悟空。

甄有理扯着嗓子吼:"谁也不准走,先去派所儿!打了我就这样完事?没门儿!"

何总差点气晕,心里那个后悔就别提了,都是猪队友,一个个就没有省心的,真是不把厂子搞停工决不罢休!

高部长看着甄部长的狼狈样子,"那好吧。"说完对着那帮班组长怒吼:"所有的班组长给我听好了,我不管你们缺多少人,生产线停了,我就把你们全撸下来。"

这时候有人小声嘀咕,"这跟我们有啥关系,都是因为小魏开叉车。"

高部长看一眼那个班长,"小魏开叉车,是我批准的,你有意见吗?小魏调任叉车岗的通知昨天我就签完字了,他现在是等工服送来。我正式通知你,我不管你班组少多少人,今天的生产计划完不成你就给我下来!"说罢转身而去。

何总知道高部长是董事长提拔起来的,平时一直比较客气,现在看他发飙也是没脾气。他刚要上前劝劝甄部长,就听见警笛声大作,很快警车拐个弯就直接开了过来。何总叹口气,守着众人的面也不好数落甄有理,扭头把火撒到了吴友芙头上,"把事处理好!"说完扭头就走。

吴友芙一刹那感觉自己变成了吴窦娥。这关我什么事啊?我处理?我又不是警察!

两个警察下了车,哗啦就把手铐拿出来,"都别动,怎么回事?谁报的警?"

第二十二章 一波三折

甄有理迎上前，"警察同志，是我。我是公司的管理部部长，因为发现有员工违规作业，在制止的时候遭到他们围殴。"

"他们？都有份？"警察有点诧异，心里哀叹：你这人怎么拉下这么多仇恨啊？

"我被打倒后，好多人打我，他们都有份。"甄有理悲愤交加。

"警察同志，冤枉啊，我是来劝架的！"

"我是来看看啥情况的！"

"我是路过的。"

"好了好了，先别说话，不问不准说。"说完就对甄有理说："说清楚，到底谁跟你动的手？"

甄有理转了一圈，找到大伟一指："他，他先跟我动的手！"然后把小魏以及凭着印象记住的几十个嫌疑人都指了一遍，正好又看见走来的林海，他眼睛一亮，"警察同志，还有他！"

警察就说："你，这边来。"把林海划到了嫌疑人那一堆里。

林海顿时蒙了，"这是咋回事？"

"他指控你打了他！"

林海扑哧笑出声，"我……我是刚从办公楼过来的。"

"就有你，你踹了我一脚！"甄有理死死咬住他。

林海笑着问："甄律师，难道我是孙悟空吗？可以分身来踹你一脚？"

这时好几个人都做证，"现场没有林主席。他诬陷！太不要脸了！"

甄有理瞪着眼吼："我说有就是有！"

　　林海问警察，"我是有人证的，这种情况我还站那堆人里吗？"

　　"因为受害人指控你，所以有事一会儿去所里说。"警察解释。

　　既然受害人这么指控，警察也没办法，让一帮嫌疑人排好队，差点把吴友芙算进去，甄有理赶忙拦住，"警察同志，跟她没有关系。"

　　警察数了数，嫌疑人五十九名，一看人太多了，呼叫中心从监狱给调来一台大巴车。他们排好队一个一个进了车，甄有理一弯腰想钻到警察的小车里，警察看他一身土，便说："你也去大巴吧。"结果，他从大巴车头走到车尾，感受一路的怒目相向。

　　当警车呼啸离去，车间里就闹翻天了，班组长让一人顶三个坑，干不完不让下班。大家都感觉这公司从上到下的管理者脑袋被驴踢了一样，根本不跟你讲道理。有人三说两说就跟班组长吵了起来，又想到自己比较好的同事也被冤枉带走，更是怒不可遏。

　　话说周同和姚新亮都没在现场，听说林海也被冤枉之后，就知道是那个甄部长冒坏水，索性一商量，想让派所儿放人，只有一条路，给董事会施加压力——停工。

　　随后，由韩立文起草一封请愿书，工会代表一行人带着请愿书在各车间转了一圈，签了几百个名字，按了几百个手印。

请愿书要求严肃处理甄有理,让派所儿释放所有被带走的员工,还大家一个公道。袁雪清楚,此时最值得信赖的只有高部长。在她的沟通下,高部长在办公室接待了工会代表。

高部长听取了他们的意见,最后说:"把请愿书交给我吧,我现在就去市里转交给董事长。"他还提出一个要求,在此期间,希望大家团结员工们维护好生产设备,尤其那些尚在生产线上的产品,严格按照岗位操作流程,保证进入下一生产环节的质量,不能出现损坏,不能产生浪费。韩立文他们同意了高部长的要求,当即把意思传达了下去。

第二十三章

柳暗花明

当天下午，高部长驾车一路狂飙赶往市里总部，面见了佐藤董事长，递上那封厚厚的请愿书，介绍了公司里发生的事情。佐藤让他即刻返回，与工会代表保持沟通，不能让事态恶化。

史雅也从"情报员"袁雪那里知道了事情始末，听到林海"二进宫"，心里不由得想：这种事不躲远点凑上去干吗？

看着那封厚厚的请愿书，佐藤深深叹口气，告诉史雅："我一直认为，一个管理者的基本素质是怀有悲悯之心，不恃才傲物，不恃势横行，这才能实现政通人和。可惜他们不懂，悲悯之心是心底的善良，可与天地万物和谐相处，可与世间之人相亲相近，无论身居何位，皆能感同身受他人的不易和艰辛。我很遗憾，在我的任期内出现这样的事。"

史雅若有所悟，"董事长，目前最关键的是恢复生产。"

"何秘书刚才在电话里说，保证尽快解决问题。"

"您觉得他可以吗?"

"他没得选。"佐藤看着史雅认真地说:"不论情况如何,你现在不用回新工厂了,那边交给胡总,你呢,做好准备,去接替何秘书。"

史雅觉得有点突然,"接替?"

佐藤点点头,"我现在可以告诉你了,何秘书要回来接受调查。当初让他去公司,是为了方便查他。从第三方审计结果来看,他的问题不少,目前的证据也显示,甄律师以及财务人员吴友芙也有一定的问题。"说着,从抽屉中取出一份免职书,三个人名字都在其中,董事长的签字及印章赫然在列,不过日期还没有落。佐藤仿佛知道这一天终会到来,提笔把日期填上。

史雅一直觉得这老头在下一盘棋,现在谜底揭开了。她痛快地答应:"好!我马上准备!"

回头,她让小方给郑部长和袁雪发条信息:准备复工。

且说派所儿的所长一看拉回满满一车的人,不由得血压升高、一时头大。简单问一下情况,大致明白了咋回事,便判定这帮人就是马志明相声《纠纷》里的"丁文元"和"王德成",吩咐先关起来"蹲蹲性"。在民警的指挥下,一车人排成队进了一个滞留室,甄有理发现不对,赶忙说:"同志,我也关起来不对吧?是他们打我。"

警察说:"是吗?怎么搞的,一帮人打你一个?"言下之意是:哥们儿你是不是犯了众怒?

这时，出警的警察走过来，问他说："你感觉身体怎么样？申请伤情鉴定吗？"

"要，我一定要他们赔偿并承担刑事责任！"甄有理愤愤不已。

"好，一会儿带你去医院鉴定。"

然而，还没等去医院，何总的电话追来了，接通了就一句话："又停工了，你在派所儿等我！"

滞留室大概从来没有一次进来这么多人，整个房间只有一条长凳。尽管林海已不再是工会主席，大家还是把长凳给他让出来，看着大家席地而坐，林海有点不好意思。林海不知道这个甄律师到底有多恨自己，非得让自己短短时间内"二进宫"。小魏在林海身边，不停地道歉，说自己连累了他也连累了大家。林海安慰他："没事的，顶多教育一下罚个款。"大伟毫不在乎："天塌下来我顶着，你们都别承认，哪怕捅你们电棍，就说是我动的手。"林海苦笑，告诉大家："就按事实说，甄律师骂了大伟，大伟气不过就薅住他衣领子，然后是甄律师先动的手。"

何总万万没有想到此事会演变成停工事件，在心里咒了一万次甄有理，干吗触犯众怒？！现在闹的几百人签名请愿停工，那么只有一条路可选——让甄有理松口，把所有人放回来。他心里清楚，即便圆满解决，自己的锦绣前程也极有可能就此断送了！

吴友芙那边根本指望不上，组织工会代表开会，等了半天一个没来。组织班组长开会,零零散散地来了三五个,让他们去劝员工复工,一个个摇头不语。吴友芙鼓足勇气走进员工休息室,一帮员工各聊各的,对她根本视若无睹。她落寞地刚出门,便听见休息室里爆发出的起哄声简直能掀翻屋顶。她在心里深深叹口气,终于发现,来这里干工会,将成为自己职业生涯中最悲催的事情。

吴友芙回到办公室,默默收拾起自己的东西,心里告诉自己,是时候离开这里了。下班之前,她喊来了袁雪。

袁雪还以为吴友芙要她出马去劝员工复工,结果是吴友芙要离开了。她自己的决定。一只行李箱立在一边,办公室的钥匙放在桌上。

"一会儿,钥匙你收着,我就不回来了。"

袁雪有点蒙,这事太突然了,一时之间不知该说什么。

吴友芙说:"我的孩子比你小两岁,快大学毕业了。我提这个,就是告诉你,有时候我说话办事就像对自己孩子一样,难免居高临下,以长辈自居,不顾及大家的感受。所以,在工作中如果有冒犯你的地方,还希望你能多多包涵。很多时候,我也是身不由己。"

"吴主席,有些事情过去就翻篇了,您不用提了。"袁雪不明白自己为什么感觉尴尬。

"我不是主席了,从现在开始。我喊你来,一个是把钥匙交给你,另一个是想问一件事。"

"好,我知道的一定告诉您。"

"我不理解,我主导的工会工作,也是努力地帮助大家过得更好,我计划花那么多钱,为什么员工们看不到?"

袁雪看着她一脸的疑惑,缓缓说道:"我干工会工作,先后跟着李主席和林主席,他们受到员工的欢迎,有一个共同的特点,他们是一心一意把员工当成自己的兄弟姐妹,事事处处都想着大家的利益,想着怎么能让大家生活得更好、工作得更舒心。所以,有时候钱不是万能的,感情才是。"

吴友芙若有所思,过了一会儿,才叹出一口气,"我明白了。谢谢。"

何总赶到派所儿的时候,天已擦黑。他看着蜷缩在走廊长椅上有些狼狈的甄有理,仿佛也看到了自己的处境。甄有理似乎明白了何总到来的目的,他没有起身相迎。丢车保卒,让他心里无限悲凉。一个堂堂大律师被群殴之后,竟然用不上半点所学,只能忍气吞声地独自承受,现实果真比小说更荒诞。

"老甄,公司现在停工了,一团糟。"何总语气沉重。

"我去撤案。"甄有理头也没抬。

"委屈你了,我们没得选。"

甄有理站起身来,突然之间萌生出和吴友芙一样的去意。他苦笑着进了警察的办公室,何总不放心,也跟了进去。

警察听到撤案的请求,再三确认是主动自愿后,欣然同意。末了给他们上了三分钟管理课,总结起来就一句话:如果员工是水,管理层便是小船,水可载舟,亦可覆舟,只有真心对员工好，事业才能一帆风顺。

当滞留室里几十号人听说被释放的时候，都不敢相信，陆续走出滞留室后，发现迎接他们的是何总。

何总笑容可掬，"让大家受委屈了，我已经严肃批评了甄部长，他已经同意撤案。大家就自己打车回家吧，然后明天继续好好上班。"

大家都约好了似的，默不作声，各自离去。

林海看到甄有理瘦削的背影，忽然有点同情他，走过去，看着他有点肿的脸，说了一句："你还是挺爷们的。"

甄有理心里莫名暖了一下，他竟然笑了，"你这个小兔崽子，小嘴叭叭的，应该去干辩护律师。"他这一笑，就像一粒火星落在汽油里，俩人的关系瞬间升温，如老友重逢。

林海也笑了，"回市里吗？"

"我这脸猪头一样怎么见孩子？我回公司。你打车把我送回去。"他不想跟何总走，不想听他解释。

"你大爷的，你把我弄这来该不会就是为了让我给你打车的吧？！"林海故意逗他。

"你答对了。"

大伟看林海和甄律师在说什么，不放心，喊林海一起喝点去，林海推辞改天，打个车，和甄律师上了车。

车上，两人说得不多，但一切心有灵犀。

甄律师说："有时候，身不由己。"

林海说："理解。"

甄律师说:"我要离开这里了。江湖一别,彼此放下。"
林海说:"再来滨城,少斗嘴,多碰杯。"

消息很快传遍公司,韩立文和周同、姚新亮在微信群和林海确认大家都出来之后,他们说:"目前条件达成一半,还有严惩甄有理这个条件没达成,不能复工。"

林海用语音说:"算啦,我跟他交流过,他说要离开这里了。做人留一线,日后好相见,还是让大家复工吧。"

听林海这么说,韩立文他们一致同意,让工会代表通知各班组员工明日复工。袁雪收到消息,也在第一时间报告给高部长和史雅。

袁雪给林海打电话的时候,林海正在回家的路上。

"你出来了?"

"嗯,在路上。"

"史雅说准备复工。"

"明天就复工了,让她放心吧。"

"是说你,还有工会。"

"我?还是算了,我想轻松点。"

"前两天还大善人一样热心地给大家打印学习资料,现在为什么蔫了?"

"觉得好累。"林海这两天一直处在郁闷中,前两天怡菲的手机开机了,但是拨打了十多次,她始终没有接。

电话里袁雪沉默片刻,说:"我不知道怎么安慰你,我只希

第二十三章 柳暗花明

望在你累的时候、不开心的时候,多听点马三立、郭德纲的相声,让自己每天多一点快乐。"

"好。我努力,没皮没脸,没心没肺。"

"慢点开,回家不要喝酒,借酒消愁愁更愁。"

林海这些日子并没有嗜酒。不只因为要专心为员工们准备写作课,那天他回家,遇见做卫生的父母,看着他们佝偻着身子,染白的双鬓下汗水闪亮,突然发现他们老了。老妈问:"怡菲呢,忙什么呢?好久不见她了。"林海迟疑一下说:"怡菲去外地学习去了,要半年。"老妈的眼神里飘过一丝疑惑,"走得那么急吗?也没来打个招呼。"林海说:"你们歇会儿吧,我来做。"他脱掉外套忙活起来。老爹闻到了他身上的烟味,什么也没说。在林海走的时候,林吉利才跟出门,轻声说:"少抽点,对身体不好。"老爹的眼神里还有好多话,林海看出来了,他大大咧咧地说:"好,没事儿。"

林海始终不明白怡菲为什么这么狠心,发个消息就闪身不见,微信不回,电话不通,仿佛从这个世界消失了一般。他想过放下,但是很难,放下是撕裂之痛,捧着是锥心之痛。他不止一次预想过未来,如果没有怡菲,他或许就此俯身到红尘中,低成一粒尘埃,开一间狗食馆,甚至连名字都想好了,就叫"送你一杯忘情水"。他应该烹制出五种滋味的忘情套餐,还有一款忘情酒。有那么几天,他对酿酒产生了兴趣,还认真比较了网上的酿酒设备,想了七八种酿酒配方。他也想过背着怡菲送的那把吉他,去流浪,他那两下子还无法卖唱,但是可以成为一个博主,做一款视频号,名字就叫"走过整个世界去找你"。有时候,他觉得怡菲其实并没有离开这座城市,她只是不再爱自己了,或者她爱上了别人。有那么几个周末,他带着面包和水,把车停在怡菲家的附近,去等她,倒是有一两回看见了怡菲的父母,却没有怡菲。

第二天,员工们正常上班,仿佛什么都没有发生。何总站在窗前,一个人,一个上午。甄有理和吴友芙已经撤了,早上才告诉他,这让他恼火,树还没有倒呢,怎么猢狲就先散了。中午的时候,史雅来了,给他送来免职书,回总部待命。他没有感到意外,将一切工作交代给康复归来的郑部长,下午就走了。

来的时候无人相迎,走的时候无人相送。

消息传出,除了几个刚跟何总混个脸熟的中层领导,公司上下欢欣鼓舞,终于不折腾了。工会代表们纷纷问工会下一步怎么办,林海说听领导安排吧。袁雪把吴友芙退回的钥匙给林海,他没要。他对那间办公室没有一丝的怀念。

下午的时候,袁雪告诉林海,下班后去给帮个忙,搬点东西。林海说:"帮忙可以,得管饭。"袁雪说:"有酒有肉。"

路上,袁雪告诉他去她表姐家。林海皱眉,"没听说你有个表姐。"袁雪说:"我还有表哥呢。"车子一路向北,在袁雪的指

第二十三章　柳暗花明

引下，停在永定新河之畔的一个洋房小区里。袁雪走到一户门前，在密码锁上一番操作，门打开，进屋换鞋，把各屋的灯打开，处处灯火通明。

房子宽敞，足足两百多平方米，现代简约的气息中融合了些许中式风格，开放式厨房被一个吧台与客厅隔开，在吧台一侧，厨房一面墙前立着一个双开门恒温酒柜，近百支红酒躺在里面，等待主人"翻牌子"。

"这还是个酒晕子。"林海调侃。

"得了吧，你以为都跟你一样一沾酒就喝得哇哇吐！"袁雪指着客厅里那一堆纸箱子，"看好了，箱子上都标了房间，你先把书房的箱子搬进去，书分类排列。"

"这主人咋不在呢？"

"估计还得一会儿，从市里来，赶紧收拾，今晚收拾不完不吃饭。"袁雪说着，去抱一个写着床品的箱子，试了两下没动弹，小脸给憋红了。

林海笑了，"来，看苦力哥表演。"

在袁雪的安排下，林海把纸箱子抱到各屋，然后去书房收拾书籍。书房里有一张宽大的书桌，林海把箱子打开一看，基本是一类一箱，摆的时候简单很多。在他打开最后一箱的时候，发现一个木质相框反扣着放在最上面，他好奇地翻过来一看，目瞪口呆——史雅！

照片里史雅抱着一个小女孩，她的脸上洋溢着阳光明媚的笑容，小女孩三四岁的样子，笑眯眯地看着史雅。

袁雪不知什么时候出现在门口,"看啥呢?"

林海回过神,问她:"你表姐是谁?"

这时候外面门一响,传来一阵说话声。

"哎呀,终于到家了。"

"累死我了。"

袁雪嘿嘿一笑,"我表姐来了。"

林海跟着出去,史雅、小方,还有个五六岁模样的小女孩。

"妞妞,你来了?"袁雪冲那个小女孩迎上去。

妞妞看见林海,怯生生地问袁雪:"阿姨,他是谁啊?"

史雅有点意外,笑着说:"没有想到你会来帮忙,谢谢!"然后告诉妞妞,"妞妞,这是林海叔叔。"

妞妞看见林海手里的相框,"叔叔好!叔叔,你为什么拿着我和妈妈的照片?"

林海蹲下身来,微笑着说:"我是来问问妞妞,这个应该摆在哪里啊?"

妞妞说:"我知道,你跟我来。"

林海跟小方打个招呼,跟着妞妞进了书房。

史雅埋怨袁雪,"你咋不告诉我一声。"

袁雪说:"没事,这不请个苦力来嘛。"然后附在史雅耳畔低语,"这家伙最近失恋了,心情不好,连工作都没兴趣了,您得敲打一下。"

史雅笑着刮了一下袁雪的鼻尖,"我看,把你介绍给他,就全都解决了。"

第二十三章 柳暗花明

袁雪的脸腾地红了,"不行不行,这人一身的臭毛病。"

小方说:"车里还有一堆东西,喊你们家的苦力给搬一下呗。"

书房里,妞妞把林海领到书桌前,说:"叔叔,放这里就可以。这样的话,每天妈妈工作累了,只要一看这个照片,就不累了。"

林海笑着问:"是吗?这么神奇吗?"

"当然啦,我是妈妈的小太阳。"妞妞得意地扬起笑脸。

袁雪走进书房,"妞妞,你去客厅等着,我和林叔叔去搬东西。"

林海、袁雪和小方又从车上搬下几个行李箱,小方指着车子后排一堆塑料袋的菜对袁雪说:"这是你要的,今晚就看你的手艺了。"

袁雪指了指往屋里搬东西的林海,"厨子在那呢,有本的。"

小方故意扮出一副望眼欲穿的模样,"哎呀妈呀,我就喜欢会做饭的帅哥。"

袁雪没好气地说:"饭店里厨子一抓一大把,明儿带你去!"

"嗯?一身臭毛病的人也值得你吃醋?"小方逗她。

东西都搬进屋,她们三个去归置东西,林海把客厅地面卫生收拾利索,然后奉命进了厨房。按她们买的菜,掂对了六菜一汤,水煮大虾、蒜蓉西蓝花、鸡蛋羹、清炒土豆丝、炝炒空心菜、蔬菜沙拉六个家常菜,一个丝瓜鸡蛋汤,还蒸了三根胡萝卜、两根玉米做主食。前前后后,在统筹方法的加持下,等她们收拾完屋里的一切，林海已经开始收拾灶台卫生准备收工。

妞妞围着餐桌直转，"哇啊，太丰盛了，我饿了。"

"哎哟喂，真不愧是有本的。"史雅一看那菜的色泽就知道火候把握得极好，绝不是出自小白之手，她招呼大家，"赶紧赶紧，洗手开吃。"

史雅还特地开一瓶红酒，说不喝点对不住这么多菜，问林海喝点啥，红白啤都有。林海以开车为由以水代酒。

席间，史雅简单介绍一下情况，因为她被委派来接替何总，胡总被新工厂那边的事情拴住了，甚至可能就留在那边了，为了工作方便，她就搬到这里。房子买了好几年了，准备给父母养老住的，但是他们一直没有搬过来。她说："一直非常欣赏公司工会所做的一切工作，包括董事长也一直非常认可。"她还提及了董事长那天跟她说过的话，一个管理者的基本素质是怀有悲悯之心。她来了之后，希望工会能重整旗鼓，把停止的工作都重新启动，把员工们的积极性重新调动起来，推动公司各方面工作稳步提升。

袁雪表态说："一定在林主席的领导下好好干、加油干。"林海没有明确表态，只是笑着说尽力而为。那种感觉就像被恋人抛弃了，现在恋人又回来要破镜重圆，可还能回到过去吗？

林海忽然想起怡菲的不辞而别，我是不是真的被怡菲抛弃了？

林厨子的手艺不是浪得虚名的，妞妞的小嘴就没停，一个劲儿地吃吃吃，害得史雅一个劲儿地叮嘱她别撑着——她做的

第二十三章 柳暗花明　　　　　　　　　　　　　　　　335

饭，孩子从来没有吃成这样！不只孩子爱吃，她们也吃出了蔬菜的原本味道。林厨子一向不喜欢用这精那精的各种增鲜调味品。结果，史雅她们三位酒还没喝完，菜就吃没了。

林海试探着问："吃好了吗？好像还有俩土豆。"

妞妞替她们回答："叔叔啊，我还没吃饱呢，你就再做点吧。"逗得史雅他们三人掩嘴大笑。

林海起身，"好，你们先聊会天，一会儿就好。"

土豆去皮洗净切丝，还剩下的两根小葱洗净切丁，鸡蛋四颗，想起冰箱里还有半根火腿，取出切丁，面粉适量，混合成一盆，加水加盐，搅成糊状，然后取出煎锅，点火加油，不一会儿外焦里嫩的土豆饼端上桌来。

"哇哦，这是什么啊？看着就好好吃。"妞妞叫道。

林海笑着说："这是中国比萨。"说着就给妞妞夹一块，"很烫的，凉一会儿再吃。"

"好。叔叔你太棒了，以后能天天给我做饭吗？"妞妞眼巴巴地望着林海。她的眼神让史雅的心隐隐作痛。

"那叔叔就开个饭馆吧，你天天去吃，想吃啥叔叔给你做啥，好不好？"

"可是我喜欢在家里吃呢。"妞妞噘起小嘴。

"好吧，只要妞妞想吃叔叔做的饭，就给叔叔打电话。"

"那好，拉钩！"妞妞伸出纤细的小指，和林海拉完钩还认真地盖了"章"。

史雅不好意思地笑了笑，"这孩子，我做啥饭从来没吃成今天这样。以后你们几个就常来，咱们一起聚聚餐。林海下次别开车了，和袁雪打车来，一起喝一杯。"

三个人一瓶红酒，粉面飞霞。看她们吃完，林海主动去收拾残局，史雅连忙去拦，林海说："善始善终。你们说说话，或者看看哪里还没有收拾利索。"

史雅说："那有洗碗机，直接放里面就行。"

林海笑着说："我不相信机器。"然后她听见三个女人发出同一个声音，"噢，我的天。"

这时候妞妞说话了："机器就像傻瓜一样，我只信叔叔。"说完还打个饱嗝，逗得大家一阵大笑。

在送袁雪回家的路上，林海问袁雪，"你这个表姐是什么时候认的？"

"在调查组来的时候。"

"太可怕了，身边藏着一个卧底。"林海逗她。

"不要敌我不分。"

"史总也是好心，很看重当初咱们做的工作，也一直很关心大家。虽然连你也瞒着，这不是我的初衷。"袁雪看着林海的侧脸，"史总的原话是，是个男人，从哪里跌倒就从哪里爬起来！"

林海微微一笑，他对史雅印象很好，虽然强势，但是讲道理、有大局。

"笑什么？"

"她为什么离婚？"

袁雪狐疑地盯着林海,"你……要不要我做红娘给你们牵个线?"

"就是聊天,随便问问嘛。"

"她很强势。"袁雪说。

"也讲道理。"林海补充。

"你对她很了解嘛!"袁雪盯着他,"确实,听她说过一次,男人,给一次机会就够了。具体什么事我不知道,她给过对方两次机会。"

林海的心一下沉重起来,怡菲会不会和史雅的心里想法一样?

看着林海沉思的样子,袁雪似乎猜到什么。看着车窗外划过的一盏盏路灯,她轻声地说:"人生哪能多如意,万事只求半称心。这是前两天,我那练了三天毛笔字的老爹给我写的字,还正儿八经给裱了起来。我老妈说这字写得简直就是逮了俩螃蟹蘸上墨爬出来的!"

林海被逗乐了。他最佩服生活里的段子手,那是活得通透的人。

袁雪继续说:"不过,我喜欢。我老爹那是模仿弘一大师的书法,我觉得有的字写得还是挺有味道的。比如那个'人'字,那一撇是快要趴下的姿态,写得极短,而那一捺,长而厚重,像一个犁。老爹问我能看懂吗,我说是不是该低头时要低头,该放下时要放下?他告诉我:'对了一半。人生苦短,不可能好事全被你占尽,事事全部如你意,所以,无论顺与不顺,要学会低头放下,更要埋头努力,像农村春耕一样,踏踏实实,以犁的姿态奋进前行,才有那春种一粒粟,秋收万颗子。'"

林海长舒一口气:"是啊。一撇一捺,一辈子。"

每个人的人生都不容易,无论好人还是坏蛋。

第二十四章

幸福起航

早上，林海刚坐到工位上，小方的电话就打了过来：史总有请。

林海跟孟课长打个招呼说领导找，孟课长对公司目前的情势自然知道，笑道："财神爷摸脑壳——好事临头！赶紧去吧！"

见到了林海，史雅开门见山，"我知道最近发生的一系列事情，让你心理压力蛮大的。胡总之前想找你谈谈，我也想找你谈谈，又一想，其实在一个爷们身上这都不叫事。生活赐予你什么，扭扭捏捏没用，犹犹豫豫没用，唉声叹气没用，只有干干脆脆、大大方方接下来，苦辣酸甜都是命，该吃吃该喝喝，还得抬头向前看、向好干。"

看林海低头不语，她接着说："我希望你能拿出最初的劲头来，拼一把，把'幸福2+1'计划继续下去。你也知道，当初也正是这个计划打动了我，它不仅包含了你的心血，也给予我以及董事长无限的期待。说实话,这个计划自从提出来之后,有些人是不看好的,他们认为企业有一套适应自身发展的管理模式就足够了,工会,只需要给员工发好福利、组织开展好文体活动就可以了。他们从来没有认识到且认真研究过工会工作本身所蕴藏的巨大能量和深厚价值。我和胡总都一致认为,工会推出的系列活动,为精益生产持续推进开辟了一条活力之路,它丰富了管理和人之间的关系,至少,可以视为对现代企业管理的一份有益探索。"

一席话,说得林海几近冰封的心里涌动起一股暖流。

史雅继续说:"'幸福2+1'计划,必须进行下去,必须出成绩、见成果、出人才。这不仅是证明工会作为的机会,也是你的机会。你应该清楚,公司发展势头良好,新工厂的建设也是日新月异,何况现在正是用人之际,代理工会主席不是你职业生涯的天花板。"

林海淡淡一笑,"说起这个'幸福2+1'计划,我跟袁雪说过,我高考时都没有这么玩命。为了干好这份工作,无论是不是代理的,我真的不在乎,我也没去想干得多好能给自己带来什么,就是单纯地在其位、谋其职,不给李主席丢脸,不给工会抹黑,全心全意去帮助大家,不仅不降薪,还要让大家有一个更好的发展。但是,我没有想到一个调查组的到来,撸掉了我,赶跑了胡总,把郑部长挤兑到医院里,一切的工作全部推翻,简直就是破坏小分队。我从失望到无望,从想不明白到不想明白,到现在,真怕折腾了。"

第二十四章 幸福起航

史雅同情地看着他，微笑颔首，"所有的折腾都来自私心。之所以让他们折腾，其实是董事长的一招调虎离山之计，他要调查何秘书。这也是后来，我才知道的。而且，何秘书一直想去新工厂当老总，董事长一直没有松口，这次放他来这里，也是要让他看清自己的斤两。"

"戏太真，伤太重，希望以后不要有这样的斗争。"林海感慨。

"这个我可以保证。不过，你得抖擞精神，永远抛弃那种给你一只鹤你都不用娶媳妇的心态，不要妄想做什么与世无争的神仙，人生在世，三十而立，你还不到三十，你有大把的时间去努力。"

林海目瞪口呆，袁雪这个家伙连这等糗事也给我抖搂出去了吗？他微笑着说："那都是说笑的话。史总，我明白，您和胡总一直非常器重我，最近发生的一系列事情，确实影响了我的心态。"

"其实董事长很看好你，说你是可造之才。一句话，千方百计，多给工会脸上贴金，多给公司发展助力，多让员工有所收获。"

史雅的一席话，就像对着林海心底的死灰吹了几口气，连林海自己都没想到心底还有火星，火星还能变成霍霍燃烧的小火苗。史雅清晰地看见他的眼睛明亮起来，那份神采就像他们在谈判桌上畅谈"幸福2+1"计划时一样。他干脆地应声："好，竭尽所能。"

史雅满意地看着他，"明天，我会在会上宣布，你官复原职，还要兼任管理部副部长，多跟郑部长学习一下管理。"

林海一怔，吓了一跳，"副部长？"

史雅继续说道："这也是董事长交代给我的任务，要为公司培养人才。未来，新工厂那边，肯定要分流一部分人过去。所以，你要心怀大局，与郑部长、高部长一起把基层管理者培训计划做实做好，培养出一批中坚力量。"

"明白。我们马上行动起来，把浪费的时间追回来。"

出了史总的办公室，他给袁雪发个消息：我办公室钥匙呢？

正在为林海打扫办公室的袁雪一看消息就笑了，真是欠收拾，这下服帖了。"门已开，径直回。"她回复。

林海推门而入，袁雪正在擦桌子。

"你是不是早就知道我会回来？"

"不是啊，我还寻思着您撂挑子不干了我接手呢。自己一间办公室多爽啊！"袁雪的脸上挂着几颗晶莹的汗珠，让洋溢在脸上的笑意多了几分可爱。

林海从纸巾盒抽出两张纸，"别累着，擦擦汗。以后跟着我好好干，等哪天我给你提拔个代理副主席。"

"啊？咱能不能不代理？"袁雪说罢，眯着眼盯着林海的小眼睛，"哎，史总给你下了什么迷魂药啊？怎么转脸就一百八十度大变样？"她说话的语气拿捏得别有意味。

第二十四章 幸福起航

林海学着她的语气缓缓说:"你表姐说,我那个表妹啊需要好好管管,为了给你足够的权力管好她,我决定让你兼任管理部副部长。"

"啊?太偏心了!"袁雪一脸委屈,心里为林海高兴,脸上瞬间多云转晴,"不过也好,给我整来一位特别关心我、爱护我、保护我的好领导。哪天咱们庆祝一下吧!"

"好,等我发了工资。"林海笑道,"对了,我之前电脑里的文件在哪里?"

"都拷回来了,这点小事还用您吩咐嘛。"袁雪白了他一眼,"哎,你不怕这屋风水不好了吗?你看那吴主席也是待了没多久就走了,这地界一般人压不住啊。"

"为员工做好事,什么妖魔鬼怪都挡不住!"林海说完一抬头,看见袁雪两根白皙的大拇指挑在面前。

"为你点赞。做好事,老天都会帮助你!"

林海笑着说:"我现在需要的是你、昔云和晓静的帮助。史总交代过了,让我们重启'幸福2+1'计划。"

"这个没有问题,不过有件事现在比较棘手,就是他们搞的那个新媒体,今天电话打到我这里来了,问发布运营的事情跟谁对接。"

"他们做的东西太高大上了,理念不同,我们要做就自己做。关键是花那么多钱,太让人心疼了。"林海说。

"是,如果自己做当然更好,还可以省下30万元。但是,合同签完了,钱也付完了。怎么办?"袁雪直皱眉。

林海沉吟一下,"那这样,你把合同找出来给我看看,另外问问当初是谁给介绍来的。"

"好。"

"还有,晚上我得加个班,梳理一下工作,下班后你坐班车回?"

袁雪一口回绝他,"不!我就要坐你的破车,还得管我饭!"

"好好好,有福同享、有难同当的好同志。"林海说着,就坐到电脑前准备开工。

"对了,你电脑密码我给你改了,改成了六个6,以后六六大顺,心想事成。"

林海走后,史雅喊来郑部长和高部长,就下一步工作安排进行了沟通。郑部长和高部长一致认为应该重启"幸福2+1"计划,而且在节奏上、声势上、频率上要以狂风骤雨一般的气势扫尽这段时间的颓废懈怠。

高部长说:"现在,员工当初的那股心气已经被他们的瞎折腾消耗殆尽,以前我下去,还能在休息室里看见不少员工利用休息时间在抄笔记学习,现在看不到了。食堂那边也是,饭菜质量又回到从前。"

郑部长的眉头拧成一个疙瘩,"是啊,食堂老王那天跟我提起来还气得不得了,说什么拿我们食堂员工当机器人一样,把食堂搞好确实是我们的本分,但是话不能那么说。那一通的埋怨,听得我头都疼。"

史雅说:"确实很遗憾,大好的形势被搞得一地鸡毛。工会那边我已经沟通完了,他们尽快以最短的时间重启系列活动。按照董事长的工作安排,现在时间紧、任务重,我们必须在完成生产计划的情况下,为新工厂尽快培训出一批管理人才和技能操作人才。"

郑部长看一眼高部长,"我和老高肯定全力配合。小林那边没有问题吧?前段时间也把他折腾得够呛,都动了离开的念头。"

史雅笑着说:"放心吧,小火苗又燃烧起来了。另外,让他兼任管理部副部长的事情我已经告诉他了,您多多栽培。"

郑部长笑道:"这个您放心,我一定倾囊相授。"

林海回到设备课,跟孟课长汇报一下情况,孟课长很开心,一连说了三个好。末了他又说:"我得尽快申请给招个人,或者你给踅摸一个靠谱的员工,把你这工位给坐上,从风水角度分析,这样把你的后路堵上,让你没有退路,可以帮着你跟钻天猴一样一路向上飞,不到老总不罢休。"逗得林海哈哈大笑,"借您吉言,这事我想着。"

晚上,林海就把这事跟袁雪说了,看看有没有合适的人选,给孟课长配一个。袁雪说:"办公楼里的肯定不会去设备课,只能从下面车间里选,不过'求学圆梦'补习班和班组长培训班里有一位女员工,看上去年龄也不大,好像是在包装车间,回头了解一下情况,合适的话就推荐一下。""噢?两个学习班都报了?"林海问。袁雪说:"是的,看来是挺爱学习的。"林海说:"可以,我原来那份工作也不需要太高的学历。"

然后,林海和袁雪一起梳理了之前的工作,按照全面启动、主次先后的原则,花田"五小"岗位创新大赛征稿延迟一周,其间选评委、采购证书,该项活动准备收尾;多能工培训继续推进,由高部长团队评价培训情况,视评价结果择机启动技能大赛以及技师评选;班组长培训继续开展;"求学圆梦"补习班继续举办,视情况增加师资力量;职工书屋全面开放,员工可根据自己的时间在此补习计算机操作知识;食堂"金牌厨师"评选活动继续;温暖基金管理规定再修订,全员覆盖,不限家庭所在地。

第二天,史雅召开一次简短的中层干部会议,宣布重启"幸福2+1"计划,并宣布了对林海的任命。会上,史雅听取了管理部、制造部和工会的工作汇报,要求凝心聚力推动"幸福2+1"计划,并着重要求工会不管是用新媒体还是用传统媒体,核心是以接地气的宣传进一步加强员工思想引领。史雅特别强调,各部门管理干部要深刻领会"幸福2+1"计划对公司发展的积极意义,要保证"幸福2+1"计划出成绩、出人才,为新工厂储备一批管理人才和技能人才。凡是对计划执行不力、敷衍了事、影响员工积极性的"中梗阻""庸懒散"行为,将采取先免职再严处的方法,动真碰硬、严肃整治,为公司二次创业保驾护航。

林海和袁雪也重启了原来的工作节奏,又加了一晚上的

第二十四章　幸福起航

班，并根据会议内容整理出四篇宣传报道。四篇报道全部围绕"幸福2+1"计划展开，头版头条是《花田精工吹响二次创业号角——公司新任总经理史雅对"幸福2+1"计划重启作出重要部署》，介绍了史雅对公司各项工作的部署。其他版面包括：《多能工培训取得阶段性成果 技能大赛开赛在即》，高部长介绍了多能工培训情况，并预告了技能大赛开启时间；《继续把关心关爱员工放在工作首位》，由郑部长介绍了温暖基金管理规定重新修订的情况，并表示即日起继续推动食堂"金牌厨师"评选活动开展；《坚守做员工"娘家人"的信念不动摇》，以倡议书的方式对工会代表发出号召，希望大家继续当好员工贴心人，以建设"幸福花田"为己任，关心员工工作生活，对员工遇到的问题、提出的意见要及时反馈且尽快解决，并以身作则团结广大员工参与到各项活动中，为公司二次创业作贡献。第四版以海报形式宣告"幸福2+1"计划重启，海报主题宣传语为：以向善之心向美而行。副标题为《因努力，我们的明天会更好！"幸福2+1"计划即日重启！》。

当样报呈报给史总的时候，史雅一脸的幸福，"哇，没有想到我也会上头版头条！"

袁雪说："您的照片我们千挑万选，用了这张，我们一致认为这张最有范儿！气质惊艳，霸气十足。"

史雅满意地频频点头，"拍得不错，但是以后别给我用美颜滤镜，我不喜欢美得太假，掉价。"

袁雪赔笑，"对对对，史总根本用不到美颜滤镜！"

"那是。"史雅毫不谦虚，又冲林海吩咐道："尽快印，尽快发，别忘了给董事长寄几份。还有胡总，让他看看姐姐我也是上过头条的人了！"

"好，尽快。还有一件事，得跟您汇报下。"林海说。

"不重要的事你们自己定。"

"就是那个何总搞的自媒体，花了30万元，他们的理念不适合我们目前的宣传工作，我们想解除合同。"

袁雪补充说："这个自媒体，从操作上来说很简单，我们自己就能玩得转。我们面对的是员工，也不需要流量加持，花那个钱就是浪费，我们林主席昨晚心疼了一晚上。"

史雅点点头："确实让人心疼，几十万花出去，不是我们想要的。那就协商解除吧。另外，'五小'岗位创新大赛的评委怎么样了？"

林海说："考虑到评委应该熟悉公司的生产环节和工艺，我们决定从制造部和管理部聘请，以制造部为主。"

"可以，一定要公平公正。"史雅嘱咐道。

"这块儿没有问题，高部长和郑部长亲自上手。"

"后续，要搞一场颁奖仪式，振奋士气，为技能大赛预热。"

"嗯，这个袁雪正在策划，我们准备搞得声势大一点。"

正说着，史雅的手机响了，小方打来的。因为史雅的父母还没搬来给她看孩子，只好让小方先过渡一下。

"妈妈，我不喜欢吃外卖。"

"比萨也不喜欢了吗？"

第二十四章　幸福起航

"我喜欢林叔叔做的中国比萨。"声音很大,他们都听到了。

"我告诉林叔叔了,可是林叔叔这两天特别忙,等忙完这两天就去给你做,好不好?"

"你老是这么说,我已经不相信你了。"

袁雪指了指林海,史雅会意,把手机递给林海,"好吧,你林叔叔刚好来谈工作,让叔叔跟你说。"

"妞妞。"林海用俏皮的语气喊道。

"叔叔,你啥时候有时间啊,我想吃中国比萨。"

"叔叔知道啦,这两天叔叔确实很忙,简直是没白没黑、没早没晚,就跟阿凡提的小毛驴一样不停地跑啊跑,腿都累成竹竿了。"

手机里传来妞妞快乐的大笑,"哈哈哈,你太搞笑啦,叔叔。"

"不过呢,叔叔有时间的时候,也会研究怎么给妞妞做更好吃的中国比萨。你期待吗?"

"期待啊,我都饿了三天啦。"

"那不行,你得用一份好奇心好好地去品尝每一种食物,你一定会从中发现不同的味道、不同的惊喜。再说了,中国比萨再好吃,如果天天吃,也会吃腻的,对不对?"

"嗯,好像有点道理。"

"妞妞,叔叔还有工作要忙,等叔叔有空的时候一定给你做,好不?"史雅在一边说。

"好吧!再见叔叔,再见阿凡提的小毛驴,哈哈哈……"

这个调皮的小丫头逗得史雅和袁雪掩嘴大笑。

郑部长这天特意把林海喊到管理部，向大家介绍了新上任的副部长。林海跟大家都熟，还是客气地让大家多多支持帮助。同事们也都知道林海的事，毕竟为大家少降薪付出了很多。小萌更是一口一个"姐夫"叫着，摇着袁雪的胳膊附耳轻声说："姐啊，以后我就靠'姐夫'罩着了，记得多吹点枕边风，哪天也在工会给我谋个职。"气得袁雪直翻白眼。

郑部长让林海先从食堂开始熟悉管理部工作，正好把"金牌厨师"评选工作推动一下。他明白史雅的意思，让林海一项一项工作去体验，先把管理流程搞明白。

食堂老王得知林海官复原职的消息，开心得不得了，告诉手下的员工，天亮了，好好干吧。林海去食堂了解一下情况，也给大家打气，拿出为自己兄弟姐妹做饭的心意来，公司不会亏待大家的。并且根据之前的投票结果补上了当月的"金牌厨师"榜单，依旧是KT板喷绘照片和名字，让榜单有了竞争的味道。

昔云和晓静根据开发区总工会提供的素质提升课程菜单，又圈定了一批专题培训课程，开发区总工会李老师接到邀请就问："你们那边现在稳定下来了吗？"昔云说："上边来的人折腾出一个烂摊子就跑路了，现在林海主席又回来了。"李老师说："那就好，这小伙还是很靠谱的，您就把上课的时间定好了，我这边安排讲师日程。"晓静根据工会代表反馈的意见，一些中层干部也想学习提高，他们一商量，还是借助开发区总工会的培

第二十四章　幸福起航　　　　　　　　　　　351

训资源，又推出了企业中层干部管理能力提升培训系列课程。因为有不少班组长也报了该项课程，所以安排与班组长培训课程岔开时间，让大家都能参加学习。奈何日程安排满满，大家学习的心情又非常迫切，只好开启夜校模式。加上"求学圆梦"补习班，整个公司里呈现出了浓厚的学习氛围。这让史雅、郑部长、高部长倍感欣慰——这样的企业不火都难！

除了何总在任时期，开发区总工会的李老师对花田精工的印象非常好。一天下午讲完课，李老师就跟林海他们几个聊天，对开展的"幸福2+1"计划非常感兴趣，说要持续追踪一下，日后完全可以当作自己讲课的生动素材。林海让他多提宝贵意见，说："我们工会的几个人，其实都是工会小白，也是摸索着干。"

李老师说："你们所做的，实质就是深化产业工人队伍建设改革的企业版。无论是在着力提升产业工人技能素质上，还是在优化产业工人职业发展通道和晋升激励机制探索上，都是在瞄准造就一支'有理想守信念、懂技术会创新、敢担当讲奉献'的产业工人队伍。"

李老师还给出了两个建议。一个是在有理想守信念以及敢担当讲奉献方面再作更多的探索，就是在员工思想引领上下功夫，带领广大员工听党话、跟党走，学习好践行好劳模精神、劳动精神、工匠精神；另一个是干得好，也得总结好，要有意识地把经验总结好，形成有自身特色的工会做法、工作理论。

对于产业工人队伍建设改革，林海之前学习过，总感觉体系庞大，企业只能做好其中的几个分支，但是李老师的这番话让林海深受启发，得到深化产业工人队伍建设改革企业版的评价，说明工作方向对头，几个工作抓手找得准，关键是可以形成一个工作机制，进而形成有花田精工特色的工会工作理念。他意识到，改革不可能千篇一律，那样的改革一定是花架子、空架子，真正的改革应该是法无定法、式无定式，适用于企业自身的，各具特色、各有千秋。

送走李老师后，林海和袁雪返回课堂，发现还有好多员工没有走，在认真地记笔记，其中就包括那位女员工。她皮肤白皙脸庞清瘦，那身工服在她身上显得有点肥大，正低头奋笔疾书。袁雪问："要不要喊她出来聊聊？"林海说："别打扰她学习，回头找个时间。"

妞妞千呼万唤终于盼到了周六，这天"阿凡提小毛驴"叔叔要来看她，给她做好吃的。

路上，袁雪就感叹："这孩子是不是跟你有缘？怎么那么喜欢你？"

林海苦笑，心想：这丫头说话怎么不走大脑，孩子跟我投缘，那孩子她妈的位置放在哪里？其实这是袁雪故意说的，就是要刺激刺激这个家伙。

林海辩解说："因为，要征服一个人的心，先要征服她的胃。"

袁雪不放过他，"恭喜你，一下征服了四个女人的胃。"

林海心里一阵哀号，脸上不动声色，四处嗅嗅，"奇怪啊，一股老陈醋的味道。刚才咱俩买菜的时候买过醋吗?"

袁雪翻着白眼,"菜市场有个卖醋的,说免费尝,不酸不要钱,我没客气,喝了二两。"

林海强忍住笑,"有这等好事,下次一定喊着我,俺打小就喜欢吃醋。"说完肩膀就挨了一记粉拳。

到了妞妞家,这小丫头简直山呼海啸般地迎上来,"叔叔,阿凡提叔叔,小毛驴叔叔……"边喊边龇着糯米小牙咯咯地笑。

林海佯装不高兴,"怎么小毛驴叔叔都出来了?"

妞妞笑呵呵,"哎哟喂,妞妞逗你玩呢。"

小方和史雅都迎出来,把买的菜拎进厨房。史雅说:"天气不错,咱们去河边转转吧。"林海看看时间说:"这样,我先把猪蹄用电高压锅焖上,回来后这道菜就成啦。"

史雅对小方和袁雪说:"你们都跟着学学,我准备点水果带着。"

小方懒洋洋地说:"学啥啊,直接找个会做饭的当老公就都解决了。"

袁雪点头,"是啊,新时代的厨房是留给男人的。"

林海恍然大悟,心想:怪不得这年头剩女比较多,原来是因为会下厨的男人比较稀缺。

猪脚洗净,加姜片、料酒焯水,捞出后洗净,热锅下油,将猪脚煎至微黄,加酱油、红糖、五香粉、姜片拌匀,水加半碗入高压锅,按下猪蹄烹饪键完活儿。

小区离河边不远,一行人步行前往,三个女人带着野餐垫、

354　　　　　　　　　　　　　　　　　　　"姐夫"驾到

水果，林海领着妞妞。走了没一会儿，妞妞就喊上了："好叔叔，我走不动了。太阳好晒，我要融化了。"

林海刮刮她的小鼻子，"你这个小人精，不就是想让我背着你吗？"

妞妞一阵大笑，"你真是聪明的阿凡提。"

林海俯身背起她，"满意了吧？"

"太满意了，就跟骑小毛驴一样，哈哈哈……"

史雅又气又笑，"妞妞，不准没有礼貌，叔叔该生气了。"

到了长长的河堤上，绿树成行，花树成团，宽阔的永定新河碧波荡漾，鸥鸟翔舞，初夏的风光让人心生欢喜。一行人在河堤上边走边聊。紫外线是女人的天敌，没一会儿，她们仨直接找个树荫，铺下野餐防潮垫，拿出水果饮料，或坐或卧，各自逍遥。林海带着妞妞站在河堤上看鸥鸟。

妞妞此刻的表情里带着一点哀愁，像一只迷路的蝴蝶轻轻地在花间扇着翅膀。

"妞妞，你不开心吗？"林海问她。

"叔叔，我好想有个爸爸。那样的话，我可以每天让爸爸背着我玩，爸爸也能每天给我做好吃的饭。然后，妈妈在下雨天也不用害怕打雷了。"

林海望着这个六岁的孩子，心里一阵难受，他安慰她："妞妞，妈妈会给你找到一个好爸爸，你要学会耐心地等待。"

"如果是你也很好啊。"妞妞抬头望着林海，眼睛闪着意味深长的笑意。

林海笑了，一时不知该说什么，"妞妞，记住一句话，好饭不怕晚。好爸爸也一样。多一点耐心，好吗？"

妞妞看着波光粼粼的河水，"你能给妞妞当干爹吗？"

"能给漂亮的妞妞当干爹，真是太棒啦。"林海笑着。

妞妞的笑脸灿烂起来，"干爹！"

"哎，好妞妞。"林海怜惜地摸摸妞妞的头，这么小的年纪就有了忧愁。

妞妞抬头问道："干爹，如果不开心的时候，应该怎么办？有时候妞妞不开心，不知道怎么办；有时候妈妈不开心，妞妞也不知道怎么办。"

林海看着宽阔的河面，说："不开心的时候可以喊出来，嗷——这样。"

"嗷——"妞妞学他。

"不是这样，要大声，最大声。"

"我不会呢。"

林海看看四周无人，憋足一口气，一声长啸横空而出，他从未试过，却感觉在十多秒的浑厚声波输出中胸间压抑已久的块垒土崩瓦解，生出莫名的轻松。

声音吸引了史雅她们，正迷惑的时候，就听见妞妞也学着林海的样子使劲地对着瓦蓝的天空呼出长长的嗷声。

"怎么样？"林海问妞妞。

妞妞满脸惊喜地说："干爹，好神奇，我觉得心里好舒服。"

"嗯，以后不开心的时候，就和妈妈到这里喊喊。不过记住，不能在家里喊，会把邻居家的小宠物吓得上蹿下跳。"

"哈哈哈，那多好玩啊。"

"但是，如果把邻居家的老奶奶老爷爷吓一跳，让他们不小心在楼梯上摔一跤，把腿摔坏了，把头磕破了，那就不好玩了。"

"好吧，妞妞记住了。"

史雅看着妞妞和林海比画着开心的样子，一时之间有些恍惚。

第二十五章

"车神"小魏

在处理新媒体的合同解除事宜之前，林海让袁雪先给那家传媒公司透点风，说公司正就此事的招标以及服务报价等进行合规性审查。袁雪说："这不好吧。"林海说："对方吃到嘴里的肉会轻易吐出来吗？我就是先诈他一下，一个有猫腻的何总如果不办点有猫腻的事情，那就不是他了。"

林海又联系了一下经办人甄有理。这哥们儿回到董事会便因为何秘书的事情受到牵连，一连几天接受调查。他以前在何秘书的授意下办过几次事，自己本身是搞法律的，知道要害在哪里，下意识也会规避一下，所以问题不是太大。至于新媒体招标这个事情，他得到的一箱茅台也是何总授意给的。吴友芙的问题比他大，财务报销方面为何秘书提供不少帮助，比起何秘书给她的小恩小惠可谓微不足道。

当甄有理看到林海的消息，心里明白几分，没有多说什么，他直言:"是我经手办的,但对方是何秘书的朋友,你的诉求不就是解除合同嘛,我先跟对方谈一下。"林海也没多说什么,告诉他啥时候来滨城请他喝一杯。

跟甄有理大律师的关系可谓不打不相识,虽然不是挚友,交情也不深,但那份惺惺相惜的友谊在两人之间很微妙地存在着。这世界哪里有那么多的冤家,换一个角度,多一分尊重,便没有解不开的疙瘩。

甄有理的效率很高,第二天就传来消息,对方表示,可以解除合同,需要扣除前期开发费用、服务费用合计4万元,剩余26万元退回花田精工。林海收到消息先跟郑部长汇报一下,郑部长认为可以,他都没有想到可以这么轻松地解决。然后两人请示史雅,史雅认为也合理,毕竟对方前期投入比较大。看领导同意了,林海先是给甄有理回复一个点赞的卡通表情,又回了一句:领导已同意。

很快,传媒公司派人与林海签署了解除合同协议,然后一个电话打回去,那边便原路将款打回。

袁雪好奇,"以前跟甄有理打得就像仇人一样,现在连这么难办的事情都给办了,你用的什么迷魂药?"

林海说了两个字:"尊重。"

之后,林海没有忘记还甄有理这份情,他把甄律师推荐给了开发区总工会,让他加入了普法师资库,基层工会隔三岔五地请他讲个课,他赚点讲课费,极好地提升了他的家庭地位。有好几次他说:"你要请我讲课,一定免费。"林海说:"忙过这阵子肯定请您来普法，不过，人情归人情，规矩是规矩，您要免费就不请您了。"

新媒体账号回到手中，斟酌再三，他们决定继续保留，自己运营。林海说："不论新媒体的技术如何七十二变，核心仍然是内容为王，没有好的内容，那就是鸡肋，食之无味，弃之可惜。所以，咱们就把它当成一个为职工传播消息的小灵通，有就发，没有就不发，不必折腾自己每天必须发几条，转来转去的内容浪费自己的时间，也浪费别人的时间，给网络增加了负荷，也耗费了电力资源……"啰唆得袁雪脑瓜直晕，赶紧喊停。

韩立文的补习班办得风风火火，他已经成为员工心目中的韩老师。备课、讲课，24小时有问必答，占据了他大量的业余时间，白白净净的脸颊明显消瘦许多，不过眼神明亮，精气神跟一百瓦灯泡一样。

周六这天，林海也没补补觉，早早地来到单位，先去了办公室，看袁雪做的《花田"五小"岗位创新大赛颁奖方案》。

"五小"岗位创新大赛评奖已经展开，估计下周结果就可以出来了，颁奖筹备这块儿必须提速。方案定不下来，心里便老悬着事，吃不香，睡不安。在林海的心目中，热烈、振奋、难忘，是颁奖活动的关键词，颁奖的形式，要有足够的仪式感，要给每一位参与者留下深刻的印象，要让每一位获奖者终生铭记这荣耀一刻。时间、地点、出席领导、主持人、主持词、颁奖词、获奖人出场方式、颁奖人、颁奖音乐、摄影摄像、领导致辞、活动总结、宣传……每一个细节都决定着活动的圆满程度。

估摸着课间休息的时候,林海去了趟大会议室,在门口刚好遇见大伟和姚新亮。

"姐夫,您咋来了?我姐呢?"大伟嬉皮笑脸地四处找。

"别瞎闹,你学得怎么样了?你要考不过,准备拿出半个月工资请客。"林海给他胸膛来了一拳。

"放心吧,有韩老师,肯定没有问题。"

林海忽然发现课桌上除了学习资料,还有面包火腿之类,便问道:"这怎么还带面包?"

姚新亮说:"哦,食堂是按上班人数准备饭菜的,我们这培训的没有准备,上周因为这个情况,大家都是在外面吃的。"

林海一皱眉,"这怎么可以?你们干吗也不说?"

"寻思这是私事,又不是上班。"大伟说。

林海掏出手机,"我问问食堂。"他拨通了老王的电话。

老王正在家里凝神屏气给媳妇艾灸,他的手机铃声很大,吓得他一激灵,艾炷一抖,媳妇烫得嗷嗷叫。他拿起手机一看,赶忙对龇牙咧嘴的媳妇做出一个嘘声的动作,接通了电话。

"林主席,林部长,有啥吩咐啊?"他满脸堆笑。

"大周六的,没耽误您的好事吧?"

老王哈哈大笑,"老啦老啦,力不从心啦。"

林海说:"男人绝对不能说不行。呵呵,好啦,不跟您逗贫啦,有个事您给解决一下。"然后把详情说了一下。

老王想一下,说:"今天中午的话可能来不及了,因为饭菜

第二十五章 "车神"小魏

都是定量的,不行给大家做捞面吧,让大家稍微晚一点去用餐。对了,有多少人用餐?"

大伟说:"今天来上课的有56个人。"

老王说:"好,我告诉值班的人。"

"一人给加个鸡蛋——加俩鸡蛋。"林海说道。

"好,我马上安排。"边说边对着媳妇腰上烫着的地方轻轻吹气。

林海挂了电话,走进会议室,正好韩立文进来,他便对大家说:"今天中午大家都去食堂吃捞面,一人加两个鸡蛋,回头门门考一百分,不辜负韩老师的辛苦栽培。"

会议室里响起一阵热烈的掌声。

林海接着说:"从今往后,凡是参加培训,中午都管饭,但是要提前报人数,以后大伟和姚新亮负责上报,给韩老师多分担一些工作。"

韩立文笑着说:"感谢组织关爱。对啦,咱们那电脑操作课的电脑怎么样了?"

林海说:"我找郑部长了,说仓库还有几台旧电脑,已经安排下去了,做系统看看,能用的这两天就给搬到职工书屋去。数量不多,加上原来的几台,估计三四个人一台应该够。大家克服一下困难吧。"

"行,没有问题。"

"周一你找袁雪拿一把书屋的钥匙,书屋的门工作日都会开着,其他时间谁要去学习直接找你。另外,有空的时候你去看看，还需要添置什么。"

"最好添置一台投影仪，便于讲课。"

"好，我周一就办。"

韩立文对大家说："大家谢谢林主席吧。"

一阵热烈的掌声再次响起。

史雅这天也来单位加班，被第二次掌声吸引，走出办公室，拐过弯就看见林海笑着从大会议室出来，小心带上门。林海一抬头看见史雅，快步迎上来，"史总，您今天也来加班？"

史雅笑道："林主席所到之处，掌声雷动啊。"

"正好，也跟您请示一下，参加补习班的员工因为不属于上班时间，食堂没有备餐，都是自己带的面包，我就自作主张，让食堂给做点捞面。"林海笑着说道。

"这种事你定就行，不用汇报。这样的事也汇报，是嫌领导不累吗？"

"是，应该多为领导分忧。对了，那个《'五小'岗位创新大赛颁奖方案》差不多了，您有时间听听吗？"

史雅看看表，"好。"

走进史雅的办公室，房间里飘着一股好闻的香气，一种淡淡的纯净淳朴的森林气息。

"喝点什么？"史雅问。

"不麻烦了，我长话短说，就不耽误您的时间了。"

"好。我一会儿去地铁站，接我的父母，他们来照看妞妞。"

"妞妞这两天乖吗？"

"自从有了你这个干爹,懂事多了。"史雅的脸上洋溢着笑意。

"啊?她告诉您了?这个小丫头,说好了是我们俩之间的秘密。"

"谢谢。"史雅看着他,"孩子懂事很多。"

"好,回头不忙了我带她到处转转,逛逛咱这大滨城。"

"嗯。说正事吧,你对方案有没有一种怦然心动的感觉?"

"当然有!"林海简明扼要地介绍一遍。

史雅连连称赞有想法、有新意,"我的建议是,场地布置上看看怎么加强一下,从视觉上营造出热烈的氛围。"

林海脑海中噌噌飞过几种方案,他起身告辞,"我想到几个点子,得马上去记下来,代我问妞妞好。"

"好。"史雅莞尔一笑,看着他的背影,感慨女儿的眼光真的随她妈。

周一早上,林海正在职工书屋调试从管理部淘来的一台旧投影仪,晓静匆匆寻来。她今天早上跟开发区总工会李老师确定班组长培训课时间的时候,李老师问:"全区的职工叉车大赛你们公司有报名吗?"晓静忽然想起这个通知是在调查组来之前下发的,因为调查组一搅和,就没有办,现在马上截止报名了,内部海选显然来不及了。

"这是好事,不行就让叉车班班长推荐几位吧,谁的技术好,他应该清楚。"林海说。

"每家公司就限报两人。"晓静说。

"那就推荐两位，回头比赛的时候，咱们工会的人也跟着，给选手拍个照片宣传一下。"

晓静说："好，推荐谁就直接报了。"

"还有，记得问一下比赛项目，咱们选手提前准备下。既然参加，就全力以赴。"

林海拍拍脑门，这样的机会如果错过了，最对不起的就是员工。能走出去，在全区的舞台上亮相，即便没有获奖，至少也开阔了眼界，增长了见识，发现了短板，知道了努力的方向。想到这里，他在群里艾特了昔云：把目前区总工会包括上级工会进行中的活动梳理一下，能参加的咱们一定要参加。

不到一刻钟，昔云回消息：目前了解到的，叉车技能比赛是一项，还有"优秀人才"评选、"技能标兵"评选、"岗位之星"评选、"合理化建议"评选、构建和谐劳动关系"三个一"工作法成果评选、"金牌团队"评选、"最美食堂"评选，除了叉车技能比赛，剩下的大多是十一月份开始申报。林海回复：大多数可以跟我们现在的工作结合上，只不过需要我们有意识地去组织引导、总结和遴选。

大家一商量，兵分两路：一路整理活动详情，在新媒体上公布每项活动的参与办法；另一路以"成就自己的高光时刻"为主题，在小报上做个宣传海报，并将每项活动的新媒体链接生成二维码放在海报中，扫码可获知详情，让小报和新媒体形成互补互动。

叉车班班长老李最终推荐的叉车司机参赛选手是小魏和小郭。按老李的话说,这次派两个新兵蛋子去练练兵,以前的员工这几年都去历练过了,也就他拿个第三名。预赛那天,林海因为和高部长、郑部长一起确定最终的"五小"岗位创新大赛获奖名单,就安排晓静当领队带他们两人去参赛了。

按林海的话说,晓静出马,一个顶俩。小魏和小郭初生牛犊不怕虎,竟然在预赛中从一百多位选手里脱颖而出,两人笔试都是满分,实操竞技都进入了前20名。不只林海大呼意外,连叉车班班长老李也是直呼有戏,这两个新兵蛋子可真给他这个老师傅脸上贴了金。

老李来了劲,在决赛前两天什么工作也不给他们俩安排,一上班就给他们俩进行特训,模拟比赛项目,让他们练定力、找感觉。

决赛这天,林海、袁雪、晓静、昔云以及老李一齐出动,亲临比赛场地为小魏和小郭助威。林海叮嘱他们:"不用去管对手的表现什么样,始终以自己为主,专心专注完成自己的比赛就是胜利。"

决赛依然是分为两块内容,第一个环节是现场扫码答题,答题范围包括叉车司机的理论知识和安全驾驶知识,须在15分钟内完成30题。小魏和小郭将题库背得滚瓜烂熟,从容不迫,用了不到十分钟顺利完成。

第二个环节是竞技类项目实操竞技,主要考验叉车司机安全快速、精准平稳的操作能力。这次安排的实操项目跟预赛不同，提升了难度，分别是"穿针引线""叉车稳运球""叉车投篮赛"三个项目。

"穿针引线"项目，是在桌面上放置六枚直径三厘米的螺帽，叉齿上提前绑好一根铁丝做"针"，选手用此"针"将螺帽两个一组叠起，比拼谁用时短、摆得好。

"叉车稳运球"项目，是在一个塑料托盘中央放一个直径15厘米、高30厘米的纸筒，其上放一个篮球，另外两个托盘四角分别放一个同样的纸筒，选手依次将三个托盘叠起，而后穿过限宽障碍通道，用时最短者胜。

"叉车投篮赛"项目，是用调整好宽度的叉齿把支架上的篮球挑起，举高1.7米后，转至直径50厘米的大桶前，分开叉齿，使篮球落入桶内，每人投三个，投中且用时最短者获胜。

台上一分钟，台下十年功。倘若没有平日里工作中的技能磨炼，不可能行云流水般顺利完成这绣花一样精细的比赛项目。比赛现场，25名进入决赛的选手逐一出场，屏气凝神，熟练地倒车、转弯，赢得现场观众的阵阵赞叹，偶有失误则引得一片叹息。按照出场顺序，小郭第十个出场，除了"穿针引线"项目耗时过长，其他均顺利完成。林海他们看得手心直冒汗。老李则是紧张得双鬓流汗，盯着手机为徒弟计时。在小郭完成后，他迅速总结不足，叮嘱小魏每一个项目应该注意什么。

小魏一直在静静地观察每一个对手的表现，心里暗暗琢磨每一个动作如何更准确、更快速地完成，斟酌每一个项目快与慢的节奏感如何把握。他看到表现优异的对手时，心里也有压

第二十五章 "车神"小魏

力,情绪也有波动,但是看到前来助威的师傅和林海他们,一股暖流在胸中涌动。他告诉自己一定要稳住再稳住,只有在不出错的基础上才有机会争取到好成绩,这是回报他们关爱的最好方式。正是他们的帮助,自己才如愿来到叉车岗;正是他们的关爱,让他的家拨云见日,每次往家里打电话,都能听到父母开心的笑声。

小魏是倒数第二个出场的,当他启动叉车的那一刻,整个心神就完全专注于比赛项目,该快时动若脱兔,该稳时静如处子,一个个螺母像直接用手摞的一样,双双整齐排列,赢得在场观众一片掌声。看着小魏心无旁骛的眼神,叉车仿佛与他人车合一,心到眼到,眼到车到,乖巧顺从地做着每一个动作。

比赛结束后,在等待统计成绩的时间里,林海感觉小魏至少应是前三名。袁雪拿出手机在一边候着,等成绩公布的时候给大家留个欢乐的合影。现场公布成绩的时候,是从第三名开始的,第三名没有听到熟悉的名字,现场响起一阵热烈的掌声和欢呼声,他们的心一下子提起来。第二名也没有。当他们几乎要泄气的时候,裁判公布出冠军获得者——花田精工公司魏树峰。他们像是听错了一样迟疑了一下,瞬间一阵欢呼,袁雪一阵连拍,抓下了一张最动感的照片。

照片里,林海兴奋地和小魏击掌相庆,老李振臂仰天欢呼,昔云和晓静激情相拥,小郭挥拳欢呼。

林海看着这张照片,有点遗憾地对袁雪说:"这张最好的照片里没有你。"

袁雪扒拉一下手机,"不是我,能拍出这么好的大片吗?"说着翻出另一张照片,"这张也不错啊。"

那是他们在一起的合影,冠军小魏和优秀奖获得者小郭手持火红的荣誉证书居中,林海和袁雪居其左,老李和昔云、晓静居其右,几个人一起竖起大拇指,袁雪靠着林海,另一只手在他脑后竖起一对小耳朵。

林海笑着说:"你的意思是我比较二吗?"

袁雪笑呵呵,"如果你这么认为那就是了。"她心里却说:哼,兔崽子,那是我在领土上插的一面旗!

最后,她非要把这张照片登在小报上,林海说:"那不显得我很二吗?"袁雪说:"那是胜利之V的手势,如果您固执地认为是二,登出来也显得您亲民,再说了,这是人家选手获奖的照片,他们的成功缘于背后有老李和工会的大力支持。"

这期报纸的头条是"我公司员工魏树峰勇夺开发区叉车技能大赛冠军"。剩下的版面经过与高部长、郑部长沟通,决定乘势而上,用两个整版发布了《花田精工技能大赛实施方案》,并以扫码延伸阅读的方式在新媒体发布了九大竞赛项目的启动时间、评分标准等实施细则。除此之外,还在四版以海报形式预告了"五小"岗位创新大赛颁奖时间。

史雅看到小报的时候,笑着说了一句,"照片拍得不错啊。"

"那是袁雪拍得好。"

"我说这张。"

林海一下明白过来，微笑着说："是啊，我看着有点二呢，主要是想发一张他们拿获奖证书的，选来挑去，就这张好。"

史雅点点头，笑道："也是，不二的话怎么能降伏我家闺女。她最近又念叨你了，夸他干爹做饭好吃，天下第一帅！"

林海呵呵一笑，"我也一直惦记娃呢，回头给她带点好吃的。"

"不要太宠她，教教她懂点事就好。也不知从哪里学的，现在做事情，动不动就讲条件。"史雅直揉脑门。

"好，哪天带出来遛遛，得一边玩一边教，这样效果才好。"

史雅笑了，"厉害啊，小朋友的思想工作也能做。"

小魏的冠军奖金是5000元，开发区总工会给拨下来后，林海第一时间通知小魏来财务找晓静领取。小魏却先来到林海办公室，他想用这笔钱直接还上林海借给他的学费钱。林海知道他家里缺钱，便说："这笔钱的意义很大，你就给家里汇回去，告诉父母这是你的奖金，让他们开心一下。至于学费那笔钱，当初打了欠条，还是按照欠条上写的来办，等你考上了，领取完学历补助再还给工会。"小魏说："我听说了，调查组来了之后是你先给还上了。"林海只好把晓静喊来，告诉她继续执行当初那个借款协议，垫上的钱先退回自己。这才说服小魏，跟着晓静去领了他的奖金。

小魏后来想请客，林海说："等你把学历拿下了再说。"周同也替小魏约林海，林海说："此事打住，现在正是关键时期，要专心学习，还想将来有点进步吗？"说得周同连连称是。其实他心里明白，林海怕小魏浪费钱。

小魏心里过意不去，过了几天给林海买了一条烟，拿报纸裹着，直接送到了林海的办公室。

小魏说："林哥，您收也得收，不收也得收，这是我的心意。"

林海看着小魏真诚的眼神，知道自己不应该收，但还是点点头，"好，以后不要这样了。"

小魏走后，袁雪来找林海商量表彰会的事情，看林海打开那个报纸裹的东西，一条中华烟。

林海说："小魏送的。"

"受贿？"袁雪盯着林海。

"他说请吃饭，说了好几次我拒绝了，没想到他买了烟。"林海看着袁雪，"如果不收下，他会非常过意不去。"

"这也不是收下的理由。"袁雪语气平淡。

"是的，但是不收，他也退不回去的。所以，我想收下来，然后以他的名义给他父母买点营养品吧。"说着拨通了周同的电话，"把小魏家里地址、电话给我找一下，不要告诉小魏，他给我买条烟，我不收下他会过意不去，但我怎么能收呢。所以，我就以他的名义给他父母买点营养品寄回去。"电话里周同劝林海不必这样，这无非就是一份心意，不用算得那么明白。林海回绝了，说心意应该心来领，让周同照办。

林海把烟往袁雪面前一推，"这就等于我买的了，你给你老爹带回去吧,上次我还抽他一条烟呢。"

袁雪说:"我老爹已经戒烟了。你也尽快戒了吧,一身的烟味。"

"好吧,那就留着娶媳妇用。"林海自我调侃。

袁雪差点笑喷,"嗯嗯,尽快,不然会放坏的。"

林海呵呵一笑,"努力,努力。"

袁雪白他一眼,"得了吧,就你这木头疙瘩,早晚被岁月的风沙打磨成一根包浆的光棍儿。咱们说点正事吧,颁奖仪式近在眼前了。"她最近对林海有诸多不满。

前些天的一个早上,一上林海的车她就闻到了浓烈的新奥尔良烤肉香味,一开始以为是林海特意为自己准备的新款早点,没想到是人家五点半就爬起来,专门给妞妞烤的鸡翅中,顺便也给她一份——夹在面包片里的两只脱骨翅中。她总不能跟一个小孩子争风吃醋。到公司,林海让她给史雅送去,如果不忙可让小方把鸡翅中送回家给妞妞,结果史雅和小方以没吃早点的名义咔咔一人吃了四只,边吃边称赞味道特正,吃完了俩人举着油乎乎的手还意犹未尽,若不是还记得妞妞,估计那一袋子能剩俩就不错了。还有一次,林海说哪天带干闺女去看电影,她生生地把到嘴边的一句话给咽了下去——干妈答应了吗?有一回她偷偷地问妞妞:"你有干爹了,干妈呢?"结果妞妞眼珠子一转,笑眯眯地说:"我干爹这么优秀的人,一般人配不上。"这小人精仿佛在那一刻看透了她的心思。

第二十六章

夏日胡杨

颁奖大会如期而至。

公司大会议室里，巨大的电子屏投射着袁雪精心设计的主题背景——花田精工"五小"岗位创新大赛颁奖仪式。主席台撤到了台下，把舞台留给每一名获奖者。台上铺红地毯，一条一米宽的红地毯从台口穿过座席通道一直延伸到会议室后排，这是他们特意布置的领奖通道，所有的获奖者由此通道登台领奖。会议室两侧悬挂着两条红底黄字的条幅，左侧写：学习改变命运，技能成就梦想；右侧写：以匠人之心赋能花田精工高质量发展。在厂区门口一侧，也悬挂一条"热烈祝贺花田精工'五小'岗位创新大赛圆满成功"的条幅，让所有出入厂区的人们为之振奋。

出席表彰会的主要有一百多位获奖者，以及工会代表、班组长代表、公司中层管理干部代表和公司高管。

袁雪作为主持人,林海建议她好好地打扮一下。袁雪一摆手,"得了吧,省得跟领导撞衫,我就穿工服。"结果,当史雅和高部长、郑部长在迎宾曲《喜洋洋》中走进会议室的时候,还是撞衫了——他们竟然都穿了工服。

表彰现场,昔云、晓静分别负责背景音乐和电子屏画面切换,小萌再次担起摄影摄像师的重任,工会特地为她购买了三脚架和手持云台。

所有人员落座,主持人袁雪正准备上台,忽然看见史雅接个电话,不由得停住脚步。

史雅很快挂掉电话,给袁雪打了一个暂停的手势。林海一看,汗差点儿下来,怎么回事?出了什么意外?正欲起身,就见史雅冲身旁的郑部长、高部长说句什么话,又冲林海一招手。

林海赶忙上前,"史总,怎么了?"

"董事长来了,要参会。现在跟我去迎接。"说着,几个人起身出门。

林海赶忙把突发情况告诉袁雪,让她嘱咐大家注意会场纪律。

他们刚到一楼,就见一辆黑色的轿车缓缓停在办公楼门口。几个人快步迎上去。

林海看见一位穿一身灰色西装的白发老人从车内出来,身材不高大,约莫一米七二的样子,体形微胖,浓眉之下的一双眼睛炯炯有神。

"董事长,本来是想请您来的,因为疫情原因还是打消了主意。"史雅上前一步说。

"我想了一下,还是应该来见见公司的优秀员工。"佐藤冲郑部长和高部长微微颔首,眼睛看向林海的时候问道:"这位就是我们的工会主席?"

史雅笑道:"是的,董事长,他就是工会主席林海,就是他改变了您的降薪计划。"说得佐藤哈哈大笑。

林海微笑着微微鞠躬,"董事长好!"

佐藤走到林海面前,拍拍林海的肩膀,"林,你干得很好,这次我来,是听说你和你的工会同事主动让出了大奖,精神可嘉,我很感动。我来,是为你们颁发一个特别奖。"

"谢谢董事长!"林海闻言颇为感动。

佐藤转脸告诉史雅:"奖品我已备好。还有一份给那个魏,叉车冠军。"他的司机将一个手提袋交给了小方。

史雅笑道:"那今天就由您颁发这个董事长特别奖。您请。"

佐藤董事长在欢快的《喜洋洋》乐曲中走进会议室,史雅对袁雪示意鼓掌的手势,袁雪心领神会,拿起话筒,开口说道:"各位同事,让我们以最热烈的掌声欢迎董事长的到来。"

一阵雷鸣般的掌声响起。那掌声里充满了真诚,持久而热烈。

佐藤被深深感染,对着员工们深鞠一躬。

随着董事长落座,颁奖仪式正式开始。袁雪首先对活动做了简单回顾，然后逐一介绍了出席仪式的领导，让他们再次享受了花田式掌声。

按照活动议程，林海对活动进行总结。他表示，活动实现了两个新高度，一是公司员工参与人数创新高，公司员工958人，903人参与，共收到创新建议912条；二是建议质量非常高，经评委会认真评选，一致认为30%的建议可以直接落地采纳，40%的建议可以优化改进后采用，其余建议可以作为各项工作改善的参考。

活动进入表彰环节，袁雪宣读优秀奖名单的时候，舞台电子屏的画面一变，所有优秀奖获得者的名字像五颜六色的落花飘舞，在虚化的公司俯瞰图的背景上缓缓落下。

郑部长对优秀奖进行点评。他认为，这次活动的成功，是多方智慧的参与共同造就的，公司、公司工会、广大员工，管理和被管理者，服务和被服务者，因为这一次活动，形成了良好的互动，成就了智慧的碰撞。他认为唯一的遗憾是大奖的获奖名额太少，很多优秀奖完全可以获得更高的奖项。

听到这里，佐藤董事长问史雅："除此之外，没有别的嘉奖吗？"

史雅告诉董事长："对获奖者的嘉奖还有一项，即所有获奖者自动晋级年度优秀员工提名奖。"

佐藤摇摇头说："这不够。可以为每名获奖员工每月加薪50元。"

"我们后面还有系列技能大赛，二次获奖可以有叠加吗？"

"每名员工每年有一次机会。加薪的意义在于让获奖者有物质的获得感,虽然不多,但是每个人每年可以有一次为自己申请加薪的机会。而且,可以激励更多员工参与进来。"佐藤一番解释,让史雅频频点头。

这时候,袁雪在台上宣布:"下面,掌声有请优秀奖获奖代表上台领奖。韩大伟、周同、赵立……"

伴随着颁奖音乐《万宝路进行曲》响起,他们踏着激情澎湃的旋律,在雷鸣般的掌声中,走过红地毯,登上了舞台。

"有请花田精工管理部副部长、工会主席林海上台为优秀奖获奖代表颁奖。"袁雪说罢放下话筒,拿起一摞证书当起礼仪。

林海登台,祝贺每一位获奖员工,为他们送上了火红的证书。到大伟和周同这哥俩面前的时候,这俩直接来一句:"谢谢'姐夫'!谢谢姐!"

袁雪的脸腾地红了。好在有颁奖音乐,不至于让台下听到。颁完奖,林海和获奖者合影留念。

质检课邓炜和制造部副课长陆远、压延车间班长刘波获评三等奖,大屏的画面随之分别切换到三个人的工作照和获奖建议名称的画面,高部长也随着画面的切换分别点评了三人的获奖建议。其中,对邓炜的《生产流程质量控制体系梳理》,他认为精神可嘉、意义深远,可推动精益生产再升级,目前已经取得阶段性成果。

高部长登台为三人颁发了获奖证书和奖金1000元的示意牌。

二等奖的获得者是韩立文和姚新亮,在他们俩走过红地毯

第二十六章 夏日胡杨

的时候，这突如其来的幸福让他们几乎有点缺氧，他们本以为获个优秀奖就不错了，没承想一下搞了个二等奖。姚新亮的建议也多亏了韩立文在内容撰写上帮了大忙。在点评中，涂板车间的姚新亮《关于极板涂膏工艺的改进建议》，高部长认为在完全实现该工艺的情况下，可实现精确涂膏，即在满足设计性能的情况下，有效降低了之前的铅膏使用量，据估算，平均可降低每片2%的用膏量，达成了降低成本的目的。而组装车间的韩立文《一种提升装配效率的操作方式改良》，通过特制夹具优化操作方式，实现效率提升，预计每人每班工作效率可提高10%。

郑部长登台为两人颁奖。韩立文和姚新亮谢过了郑部长，也对递证书的袁雪说了声"谢谢姐"。

郑部长闻言打趣说："下了台记得谢谢'姐夫'。"

袁雪的脸腾地又红了，郑部长竟然也调侃她！她只能佯装什么都没听到，匆匆下台，把舞台留给他们合影。

史雅告诉董事长，"这两位也是咱们公司的工会代表，他们在团结员工、服务员工的志愿服务中发挥了积极的作用。"

佐藤满意地说："企业管理的最高境界最终要回归到以人为本，实现全体干部员工的同心同德。"

史雅说："是的，目前的探索已经在充分地验证这一点。"

当袁雪请出一等奖获得者的时候，林海发现正是准备推荐给设备科的女孩——于想。高部长点评说："包装车间于想《二维码替代出厂说明的系统建立及其溯源功能构想》，在支出上做减法，在内容上做加法，虽然在初期会有技术和平台的投入，但是长期效益倍增,不仅实现了产品溯源、信息传递等功能,也推动公司实现数字化、智能化的升级,采用后预计每年可降低百万元支出。"

于想听到自己名字的时候都是蒙的,被通知参会时并没有说中奖的事。她的心在激昂的音乐中跳跃,清秀的双目在热烈的掌声里闪亮,她是今天最亮的星。

为她颁奖的是史雅。工装掩饰不住史雅的美,反而衬托出一种温馨的质朴。

"谁说女子不如男,祝贺你,小于。"史雅伸出手。

于想激动地说:"谢谢史总鼓励!"

史雅颁完奖,和于想合完影,就听袁雪说道:"下面,掌声有请史总讲话。"

史雅接过话筒,"各位同事,下面还有一个奖项——董事长特别奖。这是在会前临时增加的,也是今天董事长莅临公司的原因之一,有三位同事荣获该奖项。下面,有请公司管理部副部长、工会主席林海上台领奖。"

林海虽然提前知道详情,但心里还是格外激动,自己所做的一切,能得到公司上下的认可,再苦再累都值了。

袁雪和魏树峰听到自己名字的时候,几乎不相信自己的耳朵。袁雪直纳闷:今天我是组织颁奖的还能得到一份奖?

佐藤在热烈的掌声中走上台,他向史雅要过话筒,操着一口地道的普通话,"各位同事,大家上午好!我先来说明一下这个奖项。我一直关注着这个岗位创新大赛活动,我认为,这是凝聚员工智慧、推动公司健康发展的一种好方式。它非常有意义，可以让我们每一个工作岗位的员工都主动地去发现问题，思考问题，进而解决问题。这次大赛的作品我都看过，有很多值得称赞的好建议，这充分说明了这次大赛是成功的。这种成功不仅是征集到一大批优秀建议，也包括有效激发了我们广大员工的精气神。刚才，我跟史总也交流，企业管理的最高境界，最终要回归到以人为本，实现全体干部员工的同心同德。我想，这也是此次活动，包括正在进行的一系列活动的最大意义。"佐藤看了看林海和袁雪，"在这次活动中，我还听到有两位本来获奖的员工，主动要求把奖项让给同事。中国古人说，让者，礼之主也。这种礼让精神令我感动。我本来是没有计划出席此次活动的，听说这个事情之后，我觉得，我应当来。他们就是我身边的林海和袁雪。下面，有请高部长点评一下他们的作品！"

高部长分别介绍了林海和袁雪的作品。林海的作品《一种设备档案管理自动化程序的应用》，就是为设备课量身定做的一款自动统计程序。高部长认为该程序极大地提升了工作效率，成为实现设备保养维护精准化、智能化的一个范例，该程序对统计类工作也具有极大的借鉴意义，具有推广使用的价值。这条建议跟一等奖有异曲同工之妙。袁雪的作品《改善工作环境降低员工流失率》，从公司员工流失率最高的化成车间谈起，分析了员工流失的原因，提出了解决方案。高部长认为该建议非常中肯地提出了我们当下应该立即着手解决的问题，文中分析了成熟工和产品不良率之间的关系，诠释了降低员工流失率的现实意义和价值。

高部长点评完毕后,佐藤问道:"这两个作品原来是什么奖项?"

高部长答道:"在此,我也要说明一下,这次评奖我们不看作者是谁,不看作者是什么职务,只看作品本身。这两个作品,原来是二等奖和三等奖。"

佐藤点点头,"好的,谢谢高部长的精彩点评。中国古代有孔融让梨的故事,今天,在花田精工,有干部让奖的故事。我很感动,也很自豪我们公司里有这样感人的故事。"说着,他走到小魏的身边,继续说道:"也有像魏树峰这样的奋斗者的故事。作为员工,技能是立业之本、立身之本。当你尊敬你的职业,热爱你的岗位,你的技能一定能有更大的进步。因为,热爱让你开始用心地去学习、去观察、去思考、去努力做得更好。我身边的魏树峰,就是一个例子。他能在一个区域性的技能大赛中获奖,靠的不是运气,而是实力。公司有这么优秀的员工,我应当来。我也是临时性地准备了一份礼物,表达我的敬佩之情。"他一扬手,小方把包装得很漂亮的礼物拿上台来。

董事长给小魏颁发奖品的时候,拍了拍他的肩膀,"你很棒,希望你以后能为公司赢得更多荣誉,也希望你能把自己的技能与同事们分享,一起提高。"

小魏很激动,"谢谢董事长,我继续努力!"

董事长给袁雪和林海颁发完奖品,对他们两个人说:"我知道,《幸福花田》这份内刊是你们联手打造的,我是内刊的忠实读者,每一期都会给我带来不同的惊喜,让我从不同的视角看到公司正在发生的新的变化。"

"谢谢董事长!"袁雪说。

"你们的工会工作,让我发现了一座新大陆——企业管理的新大陆。它让我看到了一种有益的探索,事实上,不是所有的工会都可以实现这一点,因为人的认知,尤其是企业高层的认知,等等,诸多因素,都会决定和影响工会工作的走向和成效。而你们,无疑做到了最好——你们的心里装着同事,想着如何让企业发展得更好,让高层认识到工会的价值。更可贵的是,你们找到了撬动工作的支点,不仅可以撬动员工的热情,还能促进企业的进步。今天,在这里我就不说太多了。你们很棒!希望你们再接再厉!"佐藤再次握了一下林海的手。

"谢谢董事长,我们也很幸运,遇到您这样睿智的领导者。"林海说道。

佐藤呵呵一笑,很受用这样的赞美,"天时地利人和,我们一起努力,让花田精工的未来更美好!"

因为佐藤拿着话筒,所以他和三人的对话清晰地传送到台下,无论是有意还是无意,也向所有人传递出一个信号:不管是谁,只要你在努力,只要你足够优秀,公司是看得到的,公司绝对不会亏待你。

三个礼品包装里,除了董事长和他的秘书,谁也不知里面装的是什么。但是,哪怕是一盒巧克力,能得到董事长的褒奖,也是一份莫大的荣耀。

特别奖颁发完毕,董事长和三位幸运儿合影。合影的时候出现一个小插曲,小萌也不知是存心还是无意,看袁雪和林海的距离有点远,便做了一个离近点的手势,于是留下了经典的瞬间。之后小萌把照片单独裁切出两个人来,换上了一个红底,发给他们俩,附上一句:领证不用拍照了,这张刚刚好。照片里两人依偎在一起幸福地微笑着。袁雪看着照片笑成一朵花。林海也笑了,习惯了小萌的调侃。

董事长和林海他们三人下台后,史雅拿过话筒,"谢谢董事长。我想,董事长给我们大家带来的,不仅是这个特别奖,还给全公司员工带来了一份信心和鼓励。你的岗位就是你的舞台,你的努力最终都将成为你的勋章!公司绝不会亏待任何一位奋斗者!"

史雅的话讲得铿锵有力,引发台下员工的极大共鸣,一阵雷鸣般的掌声响起。待到掌声落下,史雅继续说道:"当下,公司围绕素质提升和技能提升作出诸多努力,出台了系列举措,学知识、练技能在整个公司蔚然成风。我相信,你是金子,总会有你发光的一刻!"

史雅指指身上的工服,继续说道:"你们知道我今天为什么要穿和你们一样的工服吗?我就是想告诉你们,只要你足够努力,只要你有足够的能力,你,也完全可以坐到我的位子上!"史雅不愧是辩论赛冠军,语气豪迈,气势昂扬,说得大家心潮澎湃,会场再次爆发出热烈的掌声。

"林海,就是你们的榜样。熟悉他的同事应该都知道,他原先在设备课，是一名普通的职员，因为兼职工会工作，一心一意为大家谋福利，满怀挚诚为公司谋发展，没白没黑，殚精竭虑，受过委屈，受过打击，我还听说，他的轮胎也被人扎过。但是，他依旧无怨无悔，初心不改。这样的员工如果公司不重用，那么这样的公司是绝对没有希望的！他能从一名普通职员走到今天管理部副部长的位置上，绝非偶然。公司不会辜负每一位奋斗者，不会亏待每一位实干家。公司的发展一定会越来越好，公司也会努力让每一名员工越来越好。现在，我要向每一位获奖者透露一个好消息，今天董事长临时决定，所有获奖者，每月加薪50元！"

热烈的掌声再次响起。这笔账大家都能算得很清楚，一次获奖等于每年加薪600元。

"每月加薪50元，虽然不多，但这是公司的一个态度！希望大家在接下来的'幸福2+1'系列活动中继续努力，个人取得更大成绩，公司取得更大发展。谢谢大家！"

活动在《喜洋洋》的音乐中结束，昔云和晓静在现场开始忙活为获奖者发奖金。

史雅他们陪着董事长离开会议室，时间快到中午了，她计划在开发区找个上档次的酒店为董事长举办一次欢迎宴。不料佐藤一听就否决了，他说："就在食堂吧，你们把它都夸得快赶上米其林星级餐厅了，我来一次怎能错过。"

史雅一听有点傻了，用眼神问林海，林海笑着重重地点点头，示意放心。林海心里有数，是因为今天的活动，他特意要食堂给大家搞得丰盛一点,都是员工最喜欢的几种家常菜,红烧肉、干炒鸡、清炒荷兰豆等。他相信美食无国界,董事长一定吃了还想吃。

一行人陪着董事长去食堂参观,老王一看来头一定不小,从一侧凑上来听指示,林海便去问郑部长,要不要让董事长点几道菜。郑部长问史雅,史雅也不好决定,便问董事长喜欢吃什么菜。佐藤摆手,"今天员工吃什么,我就吃什么。"

董事长对"金牌厨师榜"很感兴趣,当听到史雅介绍自从开展员工评餐以来食堂满意率逐步提高,他笑着说:"这个案例也在告诉我们,只要思想不滑坡,办法总比困难多。任何问题,只要找对了支点,一切都能迎刃而解。"说着他看向林海,"我想起你们那一期报纸的头条——食堂老王娶了'仨媳妇'。"把众人逗得哈哈大笑。

林海把老王拉过来说道:"董事长,这就是新闻主角——娶了'仨媳妇'的老王。"

董事长见到真人,哈哈大笑,握着老王的手嘱咐道:"老王,你一定要把好这一关,不仅要让员工们吃好,也要吃得健康、安全、卫生。"

老王很激动,"您放心,董事长,我们一定越做越好。"

林海用手机记录下这温馨一刻。

一行人又进入后厨参观一圈,对之前工会添置的设备也给予充分认可,对后厨的卫生环境也非常满意。在他们参观"金牌厨师"炒菜的时候,林海又提起了开发区"最美食堂"评选活动。老王信誓旦旦地说："老弟，我办事您放心，这荣誉拿不回来，我的姓倒着写。"

中午开餐后，一行人规规矩矩地排队，拿着不锈钢分餐盘逐一领餐。菜是红烧肉、干炒鸡、醋熘土豆丝、清炒荷兰豆，主食有米饭、馒头和大饼可选，汤是西红柿鸡蛋汤。

打完餐，落座之后，几个人神情紧张地看着董事长逐一品尝。老王在后厨紧张得直冒汗，不断问徒弟们："没忘记放盐吧？没有多放盐吧？"问得徒弟们都发虚了，有人说："师傅，您别问了，再问，我都不敢确定是不是放盐了……"

佐藤看大家只看他，笑道："色香味俱佳，我看以后请客户吃饭就在这里吧。"

大家这才松了半口气，史雅连忙笑道："董事长，您这金点子可以降低公司不少招待支出啊，足够评个三等奖。"让大家差点儿喷饭。

佐藤笑道："我说的是真的。"

"妥！"史雅对着郑部长嘱咐，"郑部长，这个事就交给你们了，找地儿装修一间雅间，标准要高，落成之时，请董事长来视察。"

郑部长笑道："好的，尽快完成任务。小林，好好谋划一下。"

林海赶紧应承下来。

董事长这顿饭吃得很满意。直到把董事长送走，史雅才彻底地松了一口气。想起食堂雅间的事情，又把郑部长和林海喊到办公室，嘱咐一定要尽快办，争取有点特色，在菜品设计上要突出中国菜的特点风味。这事搞成，确实可以降低不少招待支出。

末了，史雅问林海，"董事长给你们发的什么奖？"

林海说："我还没看呢。"

史雅笑道："赶紧回去看看，记得汇报。"

林海也好奇，回到办公室，他们俩的奖品放在一边，袁雪正在写今天的新闻稿。

"你就一点也不好奇董事长给的奖品是啥？"

袁雪一抬手，"这新闻稿还没写完呢，还有那闲心？"

林海呵呵一笑，"好吧，我来代劳。"三下五除二，把包装纸拆开，看见里面的包装盒就惊呼一声，"这老头真大方啊！"

"啥？"袁雪头也不抬问。

"手机。华为Mate 40 Pro。"

袁雪喜上眉梢，"前些日子我还惦记着换手机呢，这也太给力了。我看看，啥样的？"

"夏日胡杨。会不会咱俩的一样？"

袁雪拆开另一个，果然是一样的，取出手机，拿在手里，"真帅！喜欢！谢谢董事长！"那脸上的笑容就跟买彩票中了五百万元一样。

林海若有所思地说："传说胡杨生而千年不死，死而千年不倒，倒而千年不腐。这老头……也许是在要我们发扬胡杨精神继续艰苦奋斗呢。"

第二十六章　夏日胡杨

"奋斗！当然要继续奋斗！来来来，赶紧帮我把卡换了。"

"那旧手机里的东西呢？"

"当然留在旧手机里了，新手机就得另打锣鼓另开戏，开新局，启新篇，迈向新征程！"袁雪的神情极好地阐释了什么叫没心没肺。

林海喜欢这种状态，但是很难做到，甚至在父母面前也不能很好掩饰自己的情绪。父母最终还是知道了怡菲的事情，共同的想法是既然人家父母不愿意，就不要再纠缠了，好合好散，彼此放过，就是彼此成全。道理自然懂，可轻松放下好难。

第二十七章

一抹清凉

新一期的《幸福花田》全面报道了"五小"岗位创新大赛和董事长视察食堂的新闻。大量图片见证了此次活动的盛况，热烈的场面、隆重的颁奖仪式、创纪录的奖金、获奖者名单……包括魏树峰，奖了又奖，从一位班组不起眼的小人物一下变成全公司的明星，让更多员工感受到公司的新气象。董事长颁发特别奖和史雅颁发一等奖的图片格外惹人注目。林海想低调点，奈何照片里有董事长，也就只好听从袁雪的排版意见。小萌还把全场录像进行剪辑，让大家通过新媒体看到了表彰现场的热烈全景。这条推文的阅读记录不断翻番，让林海格外兴奋，好的活动，又延伸变成了一堂精彩的教育课。

这期的小报也因为获奖者的收藏，不得不加印一次。连高部长和郑部长也说值得收藏，还说上次头条不容易，以后还得靠林主编多多关照。

这天一上班，林海就去找设备课孟课长，把于想推荐给他，孟课长一听是获得岗位创新大赛一等奖的那位员工，有点喜出望外，催促林海赶紧协调。他急切需要一位心细如发的员工，帮他打理好课里的一些数据信息，手下那几位都是维修设备的好手，但对各类数据的整理确实不精通。

包装车间里，传送设备发出嗡嗡的声响，一件件产品被打上标签、钢印，然后封装进包装箱。于想正在统计成品数量，听说有人找，一抬头，看见车间门口的林海和袁雪。她放下手里的工作迎上去，热情地喊道："姐，'姐夫'。"

林海仿佛被一个巨大的镁光灯给闪了一下，整个人在那一刻几乎石化，还好有口罩，看不见他尴尬的表情。他万万没有想到这个看上去文文静静的女孩给他们来这一下。袁雪的脸也瞬间红了，幸亏有口罩，她笑着呵斥道："臭丫头，谁让你这么喊的。"

于想微笑着，"都是这么喊啊，多亲切啊。"

袁雪拍拍她肩膀上的土，"我和林主席来找你，就是想问问你愿意换个部门吗？设备课缺个细心的人，做一些数据整理的工作。"

于想的眼睛一亮，离开生产线去坐办公室自然是求之不得的好事，"可是，学历差点，可以吗？"

"你现在不是报名成人高考了吗？好好读下来就行了。"林海告诉她。

林海之前也从侧面了解了一下这个农村女孩的情况，她的父亲长年在外打工,家里只有她和妹妹边上学边照顾生病的母亲,在高考到来之际,母亲的病情突然加重,她因为和妹妹把母亲送到县城医院,错过了高考时间。父母为此内疚不已,要她去复读,她选择了放弃。后来,她让父亲留在家里照顾母亲,自己踏上了打工之路。她在饭店里当了三年服务员,因为工资太低,后来决定进工厂,进了现在的公司。

"我……真的可以吗?"于想不敢相信这么好的事会落在自己身上。

林海看着她,"你觉得自己能胜任这个工作吗?"

"能,我上高中的时候数学很好的。"于想干脆地回答。

林海笑了笑,"那我们就尽快给你协调,你等通知。"

"好,谢谢!谢谢姐,谢谢'姐夫'。"她的眉梢掩饰不住内心的激动。

"去忙吧,注意安全。"

"好!谢谢!"

看着于想瘦弱的背影,想起她的人生故事,林海心里生出几许怜惜。每个人的人生都有诸般无奈,唯有逆风而行,才能活成让自己骄傲的模样。

于想的人事变动手续很快办完。她去设备课报到的那天,是林海带她去的,不巧孟课长不在。

林海指着自己原来的工位说:"我以前就在这里工作,现在,这个工位属于你了。"说着就打开电脑,把那个统计程序的用法以及工作内容详细地给于想说了一遍。于想的理解能力很强，很快就上手了。

孟课长回来的时候，看着林海正在电脑前和一个女孩交代什么，明白是给他送人来了，赶忙说道："欢迎林主席莅临指导。"

林海赶忙起身，笑道："孟课长，千挑万选的人我给您带来了，还劳烦您多多关照。于想毕竟是咱们公司岗位创新大赛的状元，争取在您的领导下，以后继续多拿奖。另外，刚才您不在，我把岗位工作已经交代完了，那套程序她也会用了。"

孟课长看着于想喜笑颜开，"放心放心，于想跟我的孩子差不多大，我肯定把她当成自己的孩子一样好好培养，争取有一天也能像你一样爬得更高！"

于想直到坐在设备课的工位上，才相信这一切不是梦。她心里非常感激林海和袁雪，有一天去林海办公室，说要请他们吃个饭。

林海笑了，"于想，我们帮你，是因为你很优秀，你好好工作，就是对我们最好的答谢。"

"我知道，我一定会努力工作的，只是，我想表达我的谢意，不然，我过意不去。"于想一脸恳切。

"我知道，我们心领了。"林海很真诚地安慰她。

于想的眼睛湿润了，不是因为被林海拒绝，而是因为藏在心底的那份感恩。

"我从未想过自己的人生会有这样一个转折，不是说我不能承受在生产一线的苦和累，是因为你们，因为工会，给我的人生带来了新的希望。从求学圆梦开始，我没有想到自己有机会实现上大学的梦想,更没有想到有一天会离开生产一线到办公室工作。"于想笑了一下,继续说:"你不知道,我的同事们有多么羡慕我,说这一切应该发生在电影里、出现在小说里。"

看着就像邻家小妹的于想,林海宽慰她说:"是啊,为什么应该发生在电影里、小说里的故事会出现在你身上?因为你一直没有放弃自己,你拒绝让自己成为流水线上机器的一部分。我知道这么说有些残酷,但是现实就是这样!有太多的人,失去了梦想,丢掉了上进之心,每天像机器一样机械地去完成工作,只为了按月领到一份薪水。他们把蓬勃的青春活成了垂垂暮年,他们有时也会无奈,更多的是归于无可奈何。但是,你不同,你在用心思考工作,在努力让自己变得更优秀。事实证明,你是优秀的,不然一等奖也不会落在你的头上。设备课这个岗位,是一个机会,我们选择推选你,也是要把你当成一个榜样,让大家都向你学习,振奋精神,努力上进,去赢得职业生涯里更好的发展。"

于想点点头,"我知道,我会继续努力。"

林海继续说:"你的故事,我多少知道一些,你也是我的榜样,让我明白了,在躲不掉的人生风雨里,转过身面朝太阳的方向,那些风雨声都会变成为你响起的掌声。"

夏天最难熬的车间,就是袁雪在建议中提及的化成车间,这是全公司员工流失率最高的车间。此次岗位创新大赛上报的作品中,有不少涉及车间环境改善的建议。林海和袁雪商量了一下，决定邀请郑部长和高部长一起参加调研，结果他们正有此意，于是约定个时间直奔化成车间。

化成，就是利用化学和电化学反应转化成具有电化学特性的正、负极板的一道工艺流程。具体操作是将极板放在装满稀硫酸的化成槽中，进行第一次充电，化成的好坏将直接影响到蓄电池性能和使用寿命。高温高湿、接触稀硫酸和从排风设备边缘逃逸出酸雾是这个车间的环境特点。

一进车间，尽管戴了特制防护口罩，依然闻到酸雾的刺鼻气味。车间员工看到一众高层来了解情况，纷纷打开了话匣子，就车间排风、运输设备维修、劳保用品数量、高温高湿环境改善、工作服发放量等问题一一进行反馈。有员工指着身上的工作服说："一进车间干活，从五六十摄氏度高温的化成槽里取出充完电的极板，瞬间一身汗，工作服就跟水洗了一样。"有员工直接把高腰水靴脱下来，竟然倒出一汪汗水来。早就知道这个车间工作累，没想到累成这个样子。郑部长、高部长和林海都觉得心里不是滋味。以前也经常下车间，都是走马观花，离员工很远，看到的只是各条生产线正常运转，对员工的工作情况并不熟悉。

周同刚好也在现场，林海跟他要了一双橡胶手套，把手伸进化成槽里试试，一靠近化成槽，便觉得一股热浪席卷全身，跟蒸桑拿一样立马出来一层汗，额头、后颈的汗水流出来，眼看着工服的前胸后背都湿了一大块。稀硫酸的温度很高，虽然戴着手套可以承受，但手上的汗水就像打开水龙头一样流出，干一会儿活从手套里倒出汗水来根本不稀奇。

周同说:"要不要出个正板试试?"

林海说:"你做个样子看看。"

正板和负板相错而入,取出的时候都是先取正板,一次取两组,每组估计两斤左右,用一只手,拇指和食指夹一组,中指和无名指夹一组。这个工作干一段时间,手指先是磨出泡,而后磨出茧子,才算修成正道。

周同熟练地啪啪啪用几秒钟取出了一槽正板,林海反复试了几次,中指和无名指根本用不上力,夹不起来,只好作罢。

一行人心情沉重地在车间各处看了一圈,回到办公室,便就发现的问题逐一进行讨论,最终,确定兵分三路改善。

制造部负责环境改善,增加排气功率,降低酸雾逸出;增加通风设施,保障车间空气质量和降低室温;改善运输设备,降低劳动强度。管理部为一线岗位员工多加两套夏季工服和一套冬季工服,并在车间休息室增加洗衣设备;化成车间一线操作岗位职工每月增加一百元的岗位津贴,同时开展全公司岗位巡查,对重体力、环境差的岗位进行津贴补助评估。工会负责联合食堂熬制绿豆汤、酸梅汤,做好全公司防暑降温工作;在全公司设立车间小药箱,建立发放制度,常备防暑等急救药品,把关心员工健康落在实处。

此事成行,建议被重视,最开心的是袁雪,这让她有成就感,尽管所有的好处都跟她没有关系。林海也感慨,幸亏不是在一个推诿扯皮的企业里,否则不会这么轻松地解决问题。

林海组织袁雪、昔云、晓静开个工会专题会，确定完药品、药箱从连锁药房采购后，当天下午昔云和晓静就按计划完成采购。袁雪和林海也很快草拟一份保管发放制度，几个人商定了一下，提交郑部长先过目，然后又汇报给史雅审核。史雅看一下，对防止滥发每人只允许领取24小时之内药品剂量表示认可，只是问了一个问题，为什么不让班组长负责保管发放。林海没有说对有些班组长不信任，他通过工会代表确实了解到一些班组长经常克扣员工劳保，然后拿到厂外贩卖的事情。一个芝麻大的便宜都要占的人，怎么可能放心交给他？林海解释说这是工会小药箱，让工会代表负责顺理成章，就不给基层管理者添麻烦了。

老王接到暑期为员工熬制绿豆汤、酸梅汤的任务，反映说之前每个车间只供应一桶绿豆汤，车间都反映不够，今年是不是需要增加供应。考虑到每个车间人数不同，所需不同，林海便在工会代表群里发消息征求意见。很快，员工代表根据自己车间的人数，报来了数量。林海和郑部长一商量，决定人少的上午一桶酸梅汤，下午一桶绿豆汤，人多的车间各增加一桶。毕竟是解暑之用，用多了对健康也无益。接到安排的老王反馈说目前保温桶不够用，林海便让昔云给采购了十来只。考虑到各车间的环境，防止有人打开桶盖造成污染，还特地为每只桶配了两只挂锁，钥匙交给食堂保管，并在桶身上喷了车间名字以作区分。对食堂也提出要求，收回的保温桶要做到外部酒精消毒，内部彻底清洗，汤的熬制原料要用足，熬制时间不能少，口感也要保持好。老王说:"您放心,我安排专人盯着。"林海说:"如果你们食堂干砸了,你的姓不用倒过来写,去一横就好了。"老土?老干?老工?老王一阵迷糊。

　　绿豆汤不必多说,酸梅汤精心熬制后,老王特意把林海和袁雪喊到食堂品尝。乌梅、陈皮、干山楂片、甘草、冰糖……他掰着手指头介绍自己的配方。林海和袁雪用纸杯一尝,眼前一亮,"老王,咱们可以开个饮料厂了!"老王脸上笑出花,这味道绝对正宗,配料绝不含糊,就是成本高。好事传千里,如此美味的饮品勾起办公楼员工肚子里的馋虫,也向郑部长强烈要求给予同等待遇,于是给办公楼也增加两桶。就连史雅、郑部长、高部长也时不时到公共区来接一杯。

　　随着各项举措的实行,化成车间里很多计划在夏天跑路的员工放弃了离职想法,工作环境在改善,每月还能加钱,不是统一都加,一些从事辅助工作的老员工都没有,仅限于最艰苦的一线岗位员工,这让他们感受到了公司的善意。老员工也理解,虽然同在一个车间,但岗位不同,付出不同。他们也不愿意走马灯一样来来去去地换人,新员工因为操作技能的不熟练也经常给他们找麻烦。

　　在向各车间员工供应绿豆汤、酸梅汤的第二周,晓静接到开发区工会的电话,说今年区总工会的"送清凉"活动只派发物资,分配到花田精工的是八十多箱饮料,是绿茶、冰红茶之类的。

第二十七章　一抹清凉

林海收到消息后问道:"一名员工能分到几瓶?"

"两瓶。这两年情况特殊吧,之前还有花露水之类的。"

林海说:"两瓶太少了,拿不出手,不行咱们自己购买点花露水、毛巾、洗发水等。"

"可以,每人的标准呢?"

"控制在百元以内。看看找一家商超谈一下大客户价格。"

晓静答应一声,"下午我和昔云一起去看看。另外,送饮料的时间说是今天下午,您安排人接收一下。"

"好的,这个交给我。"林海应道。

下午,林海和袁雪一直等到快下班,才等来送货人的电话,说是一刻钟后到。然后,他们等了半个多小时,都下了班,那辆厢货车才晃晃悠悠地开进公司大门。

那哥们儿从车里出来还一脸歉意地抬腕看表,林海苦笑着说:"您是不是夏令时还没改回来?"

司机连连道歉:"对不住,上一家没人卸货,所以耽误了很久。"

"你们干吗不带个装卸工?"袁雪问他。

"原来有的,昨天'中招'了。"

袁雪吓一跳,"啊?你没事吧?"

"我没事。"他回答得非常肯定。

林海嘱咐袁雪戴好口罩,在一边点数,他和司机卸货,八十二箱,都存在了食堂库房里。值班的厨师要出来帮忙,被林海婉拒了。卸完车天已擦黑，签完字送走了司机，林海才拖着一身汗和袁雪准备回家。到了车跟前，林海打开车门，从车里拿出一支酒精喷雾，对着自己浑身上下就一通喷。

袁雪说："你这是干啥呢？"

"消毒。来，我给你喷喷。"

袁雪退后，"打住，我闻不惯这味儿。"她忽然意识到什么，说："不对啊，你是不是觉得这个送货的司机有问题？"

林海点点头，"我也是猜。他说他的同伴'中招'了，他却没事。"

"我明白了，我说让厨师和保安帮忙你都不让！你干吗不把我轰走？"袁雪醒悟过来，顿时急起来。

林海笑了，"我就是猜的。所以，我让你躲远点过数儿。"

"天啊！我真要'中招'了怎么办？快给我喷点酒精，多喷点。"

俩人消完毒，上了车，都换上一个新口罩。

林海问她家里有抗原吗？她蔫蔫地说"有"。林海说："不至于吧，这么快就有症状了？"她说："真的是浑身不得劲。"

她忽然盯着林海："如果真的'中招'了，我这可是跟着你干活染上的，要从你这儿算工伤。"

"好好，算工伤，你要隔离，我就包吃包住包治疗。"林海告饶。

第二天一早，林海还没睡醒，手机就闹唤起来。

第二十七章　一抹清凉

他迷迷糊糊地接通,"喂……"

"喂你个头,我'中招'了!怎么办?"

林海一下吓醒了,"啊?真的?"

袁雪的声音带着哭腔,"抗原结果,你看微信。"

林海打开微信界面,又找出抗原说明书对照图片,看罢他心里一凉:我也跑不掉了。

他连忙安慰袁雪,"你别着急,除了吃饭,其他时间都戴口罩了吗?"

"除了吃饭、洗漱,都戴口罩了。"

"好,现在把你昨天的衣服收拾好,再带些换洗的衣服,半小时后我去接你。"

"你把我送哪?"

"去快捷酒店?"

"不!"

"来我这里睡沙发。"

"不!"

"不不,是来我这里,我睡沙发。"

"这还差不多。"

林海挂了电话,决定给自己测个抗原。在等待出结果的时间赶紧去洗漱,一会儿回来一看,抗原检测试剂上有两道杠。

林海想:也许前两天就"中招"了。

第二十八章

一条消息

开车去接袁雪的时候,远远看去,她就像个逃难的人,大包小包的,神志萎靡,眼神迷茫。

林海下车帮她拿东西,笑问:"你这是在搬家吗?"

袁雪盯着他,"你怎么样了?你要是没事我绝对不能去你那里。"

"病毒就是个二傻子,找宿主不分男女,我也是它们的宿主了。"林海叹口气。

袁雪被逗乐了,眼睛一下亮起来,"好好,这我就放心啦。"

俩人上了车,林海问:"你告诉老爹老妈去哪儿了吗?"

"去你家。"

"啊?"

"啊什么啊?我说去公司宿舍!"袁雪白他一眼。

林海调侃说:"你说咱俩这算同居吗?"

袁雪斜着眼,心里说你想得还挺美,嘴上却说:"我睡床,你睡沙发,顶多算分居。"

林海呵呵一笑,"对对。"

俩人先是去菜市场买了一堆菜,猪肉、鸡肉、蔬菜、瓜果,估计三天不用出门。

回到家,俩人把大包小包拿上楼,林海领袁雪参观她的临时驻地。

"床单是新的,空调被是新的,枕头是新的……"

袁雪打断他,"好,这些都是次要的,三顿饭管好就行。"

"一会儿煮个鸡蛋面。"

"嗯,大早上咱就不喝了,晚上多整俩菜,好好放松一下。"袁雪笑眯眯地嘱咐。

那笑容让林海有点怀疑是不是请来个西天取经路上的小妖精。

俩人吃罢面,林海洗刷完毕,开启居家办公模式。通知史总和郑部长自己不幸"中招"的事,嘱咐食堂老王对库房的饮料严加消毒,告诉昔云和晓静安排好给员工"送清凉"的事宜。忙完这一通,又开始给补习班的员工备课,作文是一个拿分大题,怎么让大家快速掌握写作方法,他自己也是边学边总结。

袁雪去洗自己昨天的衣服,然后拿着两块抹布东擦擦西擦擦,宛若女主人。在某个瞬间,林海把她当成了怡菲,他一动不动地盯着电脑屏幕,整个身心却在感觉着她在做什么。

袁雪一连瞟了几次,发现他的不对劲,走到他身后,给他肩膀一巴掌,"想什么呢?跟木偶一样?"

"哦……我感觉自己有点发烧。"林海为自己的失态遮掩。刚说完,就觉得一只柔软的小手抚在他的额头上。

"我看看。"一会儿拿开,叭地弹了一下他的脑门,"没事!别自己吓唬自己!"

有一个瞬间林海想抓住她的小手,很快又放弃了这个想法。

中午袁雪点了个中国比萨和蘑菇汤。晚餐则是从下午就开始忙活了,俩人就跟过年一样卤猪手、腌鸡翅,择菜洗菜,正儿八经地整了六个菜。袁雪围着林海忙前忙后,跟个小丫鬟一样,一会儿系系围裙,一会儿擦擦汗,伺候得这个厨子很有成就感。拍黄瓜的时候,袁雪问道:"在家里拍黄瓜会被罚款吗?"

林海笑道:"嘘,隔墙有耳,以后咱说拍绿瓜就没事。还有啊,咱这菜刀要轻点拍,拍绿瓜容易断。"

袁雪笑得花枝乱颤,"真是个大忽悠。"

餐桌上,六道家常菜,六种诱人的色泽,一瓶芦台春酒在空气中丝丝袅袅飘着馥郁的酒香。袁雪满心欢喜地等着林海落座。她喜欢和林海在一起,就这样每一天都在一起,这种场景曾经在脑海中出现过无数次,未料想是那个"送清凉"的司机成全了他们。

林海习惯了做完饭把厨房收拾干净,这样他可以心情愉悦地去享受和美酒在一起的时光,现在又多了一个美女。

擦干手,林海刚坐下,手机就不合时宜地叫了起来。

"喂,爸。"

第二十八章 一条消息

"喂什么喂,你小子怎么这么久没回来了,搞什么呢?"林吉利来了电话。

"我最近比较忙,好多事,关键是还'中招'了。"

"啊?'中招'了?有药吗?"

"有的,您放心。"

林海妈的声音从电话里传出来,"哎呀妈呀,你好好待着吧,三个礼拜不用回来!"说罢就挂了电话。

袁雪快要笑抽了,"我还以为就我家是这样,看来你也不是亲生的。"

林海苦笑,"好啦,来,两个流浪的娃喝一口吧。"

一口酒落肚,一股暖流升起,袁雪有点迷醉地赞道:"不错不错,口感醇和,回味悠长。"那模样活脱脱是一个酒晕子。她看见林海吃惊地望着自己,赶忙掩饰,"我老爹喝酒的时候就喜欢这么唠叨,我学他呢。"

林海摇头晃脑地称赞,"这才叫喝酒!酒仙的品位。不像我,咔咔举杯就干,一副酒鬼的样子。"

正聊着,手机叫唤一声,林海拿起一看,史雅的消息:没事吧,有药吗?

林海回复:谢谢史总关心,目前还好,药备了不少,够用。

"谁啊?"袁雪啃着猪手问。

"你表姐。"林海放下手机。

"这个偏心眼的,怎么不问候我一下?"正说着,她的手机也响了。她赶忙擦擦手,点开一看,史雅问:你怎么样了?

袁雪回答：正在赶往发烧和"刀片嗓"的路上。

史雅回复：我怎么感觉是你和林海正在私奔的路上？

"啊？"袁雪惊叫一声。

"怎么啦？"

"史总问我怎么样了？我说正在赶往发烧和'刀片嗓'的路上，她回复我说，感觉你和我正在……私奔的路上。她是不是故意诈我？你是不是告诉她我在这里？"

林海也吓一跳，这女人的第六感一向很准吗？"没有啊，我怎么可能告诉别人这个？"

袁雪看着手机，"那我怎么回答？"

林海苦笑，"你告诉她，开什么玩笑，私奔也得找个帅点的！"

袁雪回复完把手机放到一边，摇摇头，"这表姐老厉害了，有时候看你一眼就知道你在想什么！"说罢手机又响一声。

袁雪看着林海，"你猜，她会怎么回？"

"哼哼。"

"啊？真是哼哼！你怎么那么了解她？"袁雪瞪着林海。

林海笑道："她还是在诈你啊。"

"那我怎么回？"

"您好好保重，我是花田小模范，带病不忘干工作。"

"这倒是比较像我说话的口吻。好吧好吧，就按你说的回，爱信不信，说私奔就私奔吧。"她回完了信息，瞅着林海，"哎，你说，她是不是对你有意思？"

第二十八章 一条消息

林海笑了,"那你问她啊,我怎么知道。"

"哼哼。"

俩人用了俩小时,吃空六盘菜,袁雪要去收拾,被林海拦住了,"新时代啦,厨房是属于男人的。"逗得她咯咯笑。

等林海收拾完回来的时候,这位小姐姐已经靠着沙发睡着了。

林海上前喊她,毫无反应。不放心,手指试试鼻息,睡得很香。过了一会儿又喊:"袁雪,小雪,醒醒,去床上睡吧,这里一翻身会摔下来的。"

只见她嘴角抽动一下,还是没有反应。其实她听到了,就是感觉浑身没劲,迷迷糊糊,一点也不想动。

"好吧,那我只能抱你上床了。"说着林海就伸展双臂,来个公主抱。抱起来就喊上了,"哎呀妈呀,看着你不胖啊,太重了,得有一百八。"

"九十九斤好不?"林海耳畔听到一声嘟囔,吓一跳,"啊,你装睡啊,吓得我差点把你扔了。"

"摔残了你负责一辈子。"袁雪没睁眼,又嘟囔道。

林海轻轻把她放到床上,"你是怎么啦?"

袁雪嘟囔着说:"我迷糊,睁不开眼,浑身没劲,你是不是给我喝了假酒?"

林海把她的拖鞋脱下来,给她盖上一条毯子,"好,下次把你老爹的好酒带来喝。现在,你好好睡一觉,床头给你放一瓶水,渴了自己喝。如果感觉不舒服就喊我。"

林海轻轻带上门，躺在沙发上借着酒劲就睡着了。半夜的时候，他一翻身，砰的一声从沙发上摔到地上，半天才缓过神，怎么摔地上了？起身就往卧室走去，到门口才想起里面还睡着一位，又回到了沙发上。

　　第二天一早，袁雪开始发烧，体温飙升到38摄氏度。林海忙前忙后伺候吃药喝水。

　　中午的时候，袁雪勉强喝了一碗西红柿鸡蛋疙瘩汤，微微出汗后，体温降下来一点，让俩人松了一口气。不料下午，袁雪的体温直接突破了39.5摄氏度。林海有点慌，整整一个下午，和病毒开展了拉锯战，两条毛巾轮番上，网上搜来的小儿推拿降温术也派上用场，一次又一次，把袁雪的手臂内侧推得发红，袁雪喊肉疼才停下来。功夫不负有心人，一通折腾后，体温回落了一些。

　　袁雪看着林海额头上的汗水，心里想：有这样的男人照顾，这样病一辈子也挺好。

　　"我小时候发烧的时候，我妈经常亲亲我的额头，说亲一下就好了。"

　　"管用吗？"林海坏笑着。

　　"好像……还是管用的。"她闭上眼睛，仿佛沉浸在从前的温馨里。

　　林海也不知哪里来的勇气，没征得她的同意，俯身在她光洁的额头蜻蜓点水般轻轻吻了一下。袁雪的脸更红了，说了句"讨厌"，一把拽过被子蒙住了脸，心里一阵窃喜。耳畔听见林

第二十八章　一条消息

海逗她说:"为了你好得快,要不要多亲几下?"

袁雪在被子里笑成一朵花,嘴里却呵斥道:"你想得美!"

林海知道袁雪的心思,其实自己也很喜欢她,以前因为有怡菲,他只能装作不知道,现在怡菲不在了,却发现自己的心儿近破碎,破碎到很难用力去爱。

晚上的时候,袁雪的嗓子开始疼,林海给她做了蘑菇肉丝疙瘩汤,还准备了一大盘水果,排得跟朵花一样,看着就有食欲。被眼前这个男人亲了一口,袁雪都不敢正眼瞧他了,低着头,忍着嗓子疼,一会儿就把盘里碗里的东西一扫而空。

看袁雪嗓子疼得都说不出话了,林海把网上搜到的锦囊妙计全部施展了一遍,什么盐水漱口、蜂蜜水、黄桃罐头、炖梨汤、盐蒸橙子等,把袁雪撑得直摇手,沙哑而痛苦地吐出几个字:"疼不死,也得撑死了,打住!"

林海不死心,查了半天又搜出一种双氧水漱口法,跟袁雪打个招呼就去街上买药。晚上十点多,他开着车转了大半个滨城才找到一家营业的药店,一下买了两瓶。

赶到家的时候十一点多了。他按照网上的方法勾兑了两大杯,当着袁雪的面先试一下,除了味道怪怪的,别的都可以承受。袁雪忍着怪味仰脸呼噜噜漱了一会儿,吐掉又拿盐水漱一次,竟然感觉好了一些。

林海去拿床头柜上的杯子时,袁雪的手机亮一下,他不经意看一眼,心突地缩成一团:怡菲发来一条信息。

"这是我的手机吗?"林海问。他们俩的手机是一样的。

"我的。"袁雪艰难地吐出俩字。

林海的心里刮过一阵二十二级的台风。袁雪怎么会有怡菲的微信？袁雪也是怡菲的卧底吗？我是不是看错了？

袁雪拿起手机的时候，才意识到林海看到了什么。她一直为林海失去怡菲、失去一份好工作而自责，于是有一天，她从林海手机里找到怡菲的联系方式记下来，几番尝试才联系上怡菲。她道歉，一切因她而起，请求怡菲原谅自己，原谅林海，回到林海身边。怡菲却拒绝了，说离开痛一时，不离开会痛一辈子。她不是不爱林海，因为决绝的母亲，她爱不起来了。后来，她们俩就成了朋友，经常彼此关心一下对方，有时候她也会把林海的消息告诉她，她也开心，希望林海越来越好。今天，是因为怡菲看到她在朋友圈吐槽"刀片嗓"之痛，给她发来一个缓解办法。

袁雪怕林海胡思乱想，拿着手机就出去找林海。林海坐在沙发上，面色难看。袁雪把手机递给他，"你自己看。我以后再跟你解释。"她的嗓音沙哑，说出的每一个字就像一粒铁蒺藜从嗓子里拽出来。

林海长长地舒了一口气，回转心神，自己给她发了那么多的信息，倘若深情依旧，岂能只言片语不回？他摇摇头，"不，没有必要。你回去休息，两个小时后再漱一次口。"说着，还若无其事般地淡淡一笑。

袁雪看着他的脸色恢复如初，才挤出一个痛苦的微笑，回了卧室。

林海的症状是在第六天开始严重的，浑身酸痛，低烧，嗓子疼得不厉害，但是"水泥封鼻"。好在这时候的袁雪渐渐康复，可以照料他。

　　躺在沙发上的林海一点也不爷们，直哼哼，袁雪跟个小丫鬟一样照料他。林海一会儿肩膀酸，一会儿脖子硬，一会儿指指额头，意思是要亲亲。捶捶捏捏可以，"亲亲"这个要求袁雪不会答应，顶多叭地给他弹一个脑崩儿。病号自然无法下厨了，袁雪被逼无奈，在他的调教之下，竟然学会了做些简单的家常菜。林海在三四天后开始腹泻，整整两天，吃药也不管用，不是在马桶上，就是在赶往马桶的路上。后来，袁雪想起这段，就怀疑林海腹泻之前的病都是装的，但他怎么可能会承认。

第二十九章

归去来兮

在林海和袁雪结伴康复的日子里，技能大赛已全面拉开，以赛练兵、以赛选拔的热烈氛围席卷了每个车间。林海在袁雪的协助下，也录制完成作文课视频，分享后在学习群里收获一片大拇哥表情包。课程题目叫作《作文三板斧》。从审题、构思、行文三个环节讲起，结合往年成人高考作文特点，以案例分析的形式让大家快速掌握写作的方法。

其间，他们还出了一期小报，内容主要是技能大赛和公司"送清凉"活动。小萌提供图片，林海委托韩立文提供文字素材。这俩人在这方面的能力还是不错的，林海计划着把他们拉进工会干点事，也算是培养工会的后备力量。在技能大赛中，韩立文、大伟、姚新亮、周同都表现不错，成绩名列前茅，胜任技师没有任何问题。

整整两周，俩人的抗原检测结果才转为阴性。看着抗原检测结果，两个人都明白，分开的日子来了，虽然没有明确什么，心底都荡漾着一份不舍。林海说："管吃管住多好啊，再住两天吧，万一还有残存的病毒呢？"袁雪盯着这个呆子笑着说："我妈起疑心了，再不回去就不让进门了。再说，你这每天嘭嘭嘭地从沙发往地上摔，万一哪天摔傻了怎么办？"夜深人静，那声音特别响，听得她揪心。

这个呆子这些日子就做了两件让她一想起来就笑成花的事。一件是竟然色胆包天地亲了她，另一件是赶上一次大筛，他跟社区汇报自己和女朋友"中招"了。他说得一本正经，脸不红心不跳。她用锐利的眼神、噘着的小嘴向他发出质问。他笑着解释说："说同事、说表姐、表妹、小姨子好像不合适，人家不信。"她对这个解释并不满意，又不好反驳，黑着脸拿捏他："别嬉皮笑脸的，赶紧做饭去，本姑娘饿了。"通过这些天的接触，袁雪想林海也许就是爱起来一团火、不爱了一块冰的那种男人。从那天他看到怡菲的消息开始，袁雪感觉到他心里的灰烬正在被风慢慢吹散，怡菲的决绝，让他失了面子。他可以输，但不能卑微。

收拾完下楼的时候，袁雪特别想让这个呆子给她一个大大的拥抱，但是转过身来的时候，他提着大包小包像个傻瓜，说："欢迎下次光临。"太没情趣了！袁雪翻给他一个白眼。

第二天，接袁雪上班的时候，林海就问："回家没挨审吧？"袁雪长长地叹口气，"还提，昨天你大包小包给我送上楼的时候，我妈去菜市场刚好回来，在背后盯着咱俩上楼。回家就问我到底住哪里了，我说公司宿舍啊，结果她立马掏出手机，把咱俩的背影照片亮了出来。"

"然后呢?"林海也觉得难为情，竟然遇上了盯梢的。

"然后爱信不信吧。我转身回屋，不经意地从画框玻璃反光里看见她在背后竟然冲我老爹乐。我的天啊，我想了一晚上不明白，盯梢可以带来那么大的快乐吗?"

林海连忙搪塞，"是啊，是啊，估计老同志的退休生活平时都太无聊。"

"我真是搞不懂。早上我出门的时候，人家老早起来把早点准备好了，说给你带一份，经常搭你的车也不给钱，就算补个人情。"

"哎哟，这老太太，想得真周到。"林海心里却在想，姜还是老的辣啊! 不过，自己喜欢。

自此之后，老太太每天都想得很周到，而且每天都有新花样。

到单位后，林海跟郑部长点个卯，郑部长一瞅他："气色不错，可不像大病一场的样子。"

"还好，我反应小一些，低烧了好几天，腹泻了好几天。"林海笑着解释。

"正好，一会儿跟史总碰一下技师选聘制度。"郑部长递给他一份材料，"技能大赛很快就结束了，史总的意思是，这个技师选聘和技能大赛颁奖一起搞，还是采用上次的颁奖模式。回

第二十九章 归去来兮 413

头你和袁雪再做个方案。"

见到史总的时候,她瞪大了眼睛,轻笑一声,"林主席,气色不错啊!"

郑部长也说:"是呢,我刚才也说不像大病一场的样子。"

"分明是旅游度假归来的那种人逢喜事精神爽的状态。"史雅那份笃定的语气让林海心虚,难不成这位是千里眼?

"嗨,遭罪的时候你们是没见,发烧好几天不说,还整整守了两天马桶。"林海诉苦。

袁雪也没有逃过这劫,幸亏口罩遮盖了大部分的表情。史雅一见到她就说:"真是奇了怪了,人家'中招'之后都是减了体重,你咋会胖了呢?"

袁雪呵呵直笑,"大概……大概是中了一种变胖病毒吧!"

确定完技师选聘制度后,史雅询问了班组长培训的进展。

林海说:"目前虽然进行了几次培训,现任的班组长在理解与应用上没有问题,但是,对没有任职经验的员工来说,可能只是掌握了理论。所以,我也一直在想,用一种什么方式来把大家的实战经验深入切磋交流一下。"

郑部长点点头,"是的,有些经验,是需要时间和实践来积累的。"

史雅看着林海,"那你有什么思路吗?"

林海说:"我在想,如果采用辩论赛的形式是否可行?让现任班组长做正方,让没有任职经验的做反方,就按现有的班组工作为场景展开。"

"嗯，我觉得这个点子不错。"郑部长说，"在PK中加强认知，对提高管理能力应该很有帮助。史总，这可是您的强项。"

史雅莞尔一笑，"好汉不提当年勇。这个办法不错，不过，辩论话题的设置要从班组管理场景中来，回到实际应用中去，让大家在辩论中思考，在辩论中学习，在辩论中共同提高。这个辩论也相当于基层管理的思想碰撞。点子很好，可以每年都搞。你们就尽快拿方案。"

"好，努力实现三个在。"林海笑道。

"啥？"郑部长问。

林海掰着手指头解释："贯彻史总指示，让大家在辩论中思考，在辩论中学习，在辩论中共同提高。"

郑部长笑道："年轻人的脑子好使啊！"

史雅蹙眉说道："奇了怪了，人家生完病脑子蒙蒙的，你这生完病脑子倒是灵光得跟一休一样。"看林海扭身要跑，赶忙喝住，"站住。"

林海未曾开言先转腚，"还……有事？"

"我想应该有预赛，每个班组，预赛不限人数，最后有两位进入决赛即可。能够进入决赛的员工都可获得三个月轮值期。也就是说，班组长培训要提速。新工厂胡总催了，要准备好一批即插即用的基层管理人才。"

林海想了想，说："三管齐下吧，首先，我们工会给大家准备点学习资料，在辩论赛开始之前，让大家把基础理论夯实了；

第二十九章　归去来兮

其次，在员工中开展班组管理问题的有奖征集，作为辩论赛题目设定的参考；最后，出一份花田精工班组长管理技能辩论赛方案。"

郑部长说："您那工会经费紧张吗？紧张的话走咱们公司费用。"

林海笑道："辩论赛奖金走公司费用吧。"

郑部长竟然给他弹个脑崩儿，"我也发现你现在脑子灵光得跟一休一样了。"逗得史雅掩嘴而笑。

史雅最后说，在钱的问题上，我们要严格要求自己，也要管好自己的团队，这是一道不可逾越的红线。她还说起何秘书，董事长念在他服务公司多年的份儿上，只是要他退回所有不属于他的钱，然后让他自己体面地辞职了。吴友芙也因为丧失职业操守被辞退了。

林海回到办公室，在工作群发了个消息：同志们，接领导指示，近期工作任务如下：1.为大家购置一批班组长培训书籍（昔云姐、晓静姐负责选购）；2.在员工中开展班组管理问题的有奖征集活动（袁雪出方案，统计整理评选）；3.策划"花田精工班组长管理技能辩论赛"（我）、筹划技能大赛颁奖仪式（参考上次活动，相关物料购置，袁雪统筹，昔云姐、晓静姐执行）。

袁雪在群里发个翻白眼表情：天啊，怎么干不完的活啊！

林海回应：今年的区级先进就推你们仨，三年之内一定要把你们推成市级劳模！

晓静发个掩嘴偷笑的表情：不错不错，月月有钱。

昔云发个龇牙大笑的表情：阔以阔以，谢谢领导！

袁雪发个垂首瞌睡的表情：哎哟哎哟，我想睡觉。

技能大赛的最后一项是叉车工技能大赛，高部长秉承促进实用、验证实力的原则，直接在工作场地进行。比赛不仅涉及面子问题，还关系着班组长轮值以及技师选聘，所以，就连叉车班班长老李也全力以赴，不敢怠慢。从现场手机答题到实操项目，老李和小魏、小郭始终名列前茅、不分伯仲。在最后一个计时操作项目中，林海看到小魏明显有一个换挡迟钝，以毫秒决定胜负的比赛中，这一个迟钝肯定会造成名次的变化。最终，老李夺冠，小魏以1.5秒微弱优势力压小郭夺得第二名。直到后来，林海问起小魏的时候，他才不好意思笑着说："老李毕竟是我师傅，平时很照顾我的。"

技能大赛以一场隆重的表彰仪式圆满落下帷幕之后，技师聘任活动启动，夺得每个班组前两名的技能大赛获奖选手直接晋级技师，每月可获得500元补贴。为了让制度形成长效激励机制，结合一线生产实际，之后每年每个车间只限一个技师名额，以名额的稀缺性体现技师价值。技师按年度聘用，均需接受年度考评，在以老带新工作中发挥作用有限的，以及新员工评价低的技师均不再续聘。获得连续三年聘任的技师，每月补贴提

第二十九章　归去来兮

高到800元。按史雅的话说就是，技师聘用相当于我们在基层技能培训的架构中安装了两台加速电机，保障了技能人才队伍的稳定输出。

后来，这项制度和班组长管理技能辩论赛、班组长轮值成为滨城产业工人队伍建设改革的典型案例。

一个多月后，在班组长管理技能辩论赛决赛举办那天，《天津工人报》等数家媒体以及开发区总工会和开发区十余家大中型企业工会主席和行政干部在开发区总工会的组织下观摩活动。史雅欢欣鼓舞，直言太给力了！在她这位专业人士的指导下，活动非常成功，每一位选手凭借扎实的理论基础和丰富的实操经验，展示出花田精工班组管理的实力和境界。气质超群的史雅作为现场评委导师之一，她对管理的深邃理解，对双方辩论的精彩点评，成为当天活动的最大亮点。

那天活动结束后，史雅在新落成的食堂雅间里摆了一场庆功宴。她还特地把胡总从新工厂邀请回来，与老朋友郑部长、高部长以及林海、袁雪、小方欢聚一堂。当天晚上，所有的致谢，所有的问候，所有的祝福，全部用酒说话。

席间，胡总跟大家介绍了新工厂建设情况，设备全部就位，马上准备开始调试，办公楼已经装修完毕，很快就可以启用，食堂工程正在收尾。他说："万事俱备，只欠人马。还望史总大力支持我的工作，把精兵强将分我一半。"

史雅笑道："没事，我的人就是您的人，您干一杯选一人。"

胡总打趣说："这可得拼老命了，不过看看今天桌上这几位牛人，小方肯定挖不走，高部长、郑部长这俩老头就别折腾了，那新厂子太远，就林海雪袁（原）组合吧。"

"先喝两杯再说话。"史雅哪能松口，她心里也舍不得这两位。

胡总还犟，"这是一对组合，我喝一杯，一口闷。"说着就把满满一杯酒一仰脖干掉。

史雅笑眯眯地看着林海、袁雪，"你们这一对组合表表态吧。"

林海笑道："史总，我是公司一块砖，哪里需要哪里搬。"

"不行，太虚伪，干一杯。"她一挥手。

胡总也打岔，"就是嘛，你这分明是嫌史总给的官儿太小，副部长，不小啦，一般人不奋斗二十年爬不上来的。赶紧干一杯，谢谢史总。"

林海连连称是，起身举杯，"谢谢史总！您一下子让我跨过二十年的煎熬，真心感谢，有时候我回想这一幕，就跟演电影一样。好啦，我用实际行动表达谢意！"说罢一仰脖，一滴不剩。

史雅笑着直摇头，"这小嘴，太会说啦。"说着举起杯，"你满上，我也有几句话跟你说。能让你跨过二十年煎熬的，不是我，是慧眼识人的你的伯乐胡总。你呢，也不是凭借花言巧语，按胡总的话讲，凭借的是IQ、EQ。今天我再送你一个SQ。"

"SQ？"胡总眉头一皱。

"Speed Quotient，大脑运转效率商数的英文缩写，又

第二十九章　归去来兮　　　　　　　　　　　419

叫'速商',遇事能准确认知并可以迅速作出反应的能力指数是也。"史雅解释道:"别看林主席平时蔫蔫的,在处理一些事情上反应很快,能马上厘清思路,制订出有效计划。"

"谢谢史总表扬!"林海有点不好意思。

袁雪在心里嘀咕,这几个Q怎么看都像拖着一根小辫子啊,这做事儿看来要善于抓住事情的小辫子,而不是被人抓住小辫子啊。

"我也得谢谢你,谢谢工会团队,在公司的发展进步中付出很多,贡献很大!你走,我是真舍不得,知道今天为什么要用这舍得酒吗?也许有舍才有得。啥也不说了,一切都在杯中。"两人举杯共同干一杯。

林海连续干了两杯,有点蒙。史雅却气势依旧,除了眉目之间多了几分妩媚,毫无醉意,看来酒量不错,招呼小方把酒杯满上。

史雅把目光又落在袁雪身上,"袁雪说说吧,也要跟你的搭档'跑路'吗?"

袁雪一本正经地说:"我要一颗红心向史总,除非有高官厚禄我才动摇!"

一句话逗乐一桌人。

"不是,不是,说错了,高官厚禄我也不动摇。"袁雪举起杯,"有这么漂亮的史总,有这么和蔼的郑部长,有这么可敬的高部长,我怎么舍得走?再说了,跟着林主席,你们不知道,一天到晚是干不完的活儿,"公主"都变成了牛马。我敬亲爱的史总，敬和蔼可亲的郑部长、高部长。"

史雅笑骂道："哎哟你这个小丫头'骗子'，也不知哪句真哪句假，我估计啊，是说给胡总听的。行啦，郑部长、高部长，咱也不猜了，喝一口吧。"

郑部长笑道："小袁，林海走了，他的位子就是你的。"

"太累，太累，我可干不了。"她嘴上这样说，心里却念叨：对不住啊，给个副总我也不干，我得努力给姓林的当领导去。

高部长给胡总煽风点火，"胡总您得拿出点诚意来，这么优秀的会务专家您可不能错过。"

胡总笑道："是是。小袁，袁总，以后林海归你管，干不干？"

"干了！"袁雪一副喜出望外的样子，等的就是这句话啊。

整整喝了三个小时才结束，一箱酒六瓶剩了半瓶，史雅喝得直晃悠，高跟鞋穿着有点危险，喊小方去给她拿双平底鞋，林海和袁雪分别给郑部长和高部长打个车送他们回家，胡总有秘书来送。

临上车的时候胡总还对林海和袁雪说："说好了，你俩不许变卦！"

袁雪笑道："胡总，说好了，我管着他。"

"OK！"

送胡总走后，俩人回来看史雅，小姐姐已经换上平底鞋，没有了高跟鞋的加持，感觉她从大姐大一下化身为邻家小妹。她看这俩人瞅她的鞋子，醉醺醺地叫道："看什么看？没见过姐

第二十九章　归去来兮　　　　　　　　　　　　　　　　421

姐我穿平底鞋？你们喜欢高跟鞋就送你们了，一人一只拿走。"看着他们俩，自己心里有点难受，她见不得别离。

林海不敢正眼看她，问小方："你一个人送史总行吗？"

小方没喝酒，摆摆手，"走你们的，这种事我干多了，虽然今天喝得比以前都多。"敢情这史总也是个酒晕子。

小方和袁雪把史雅哄上车，小方摆摆手，一溜烟走了。

袁雪看着有点晃悠的林海，"你没事吧？要不要抱棵树再哇哇哇地倾诉一下？"

林海坏笑着说："要抱也得抱个人！"

"呸，想得美！"

一个月后，林海和袁雪正式调到新工厂。林海升任新工厂管理部部长，袁雪任副部长兼人事课长。袁雪心里乐开花，脸上故意表现得很不满。胡总安慰她："这个人事工作，不就是管人的嘛，好好干，回头给你弄个副总当。"

离开之前，史雅跟胡总打招呼，要求林海依旧担任公司工会主席。她对林海说："你是工会的魂，你不干了这股气会散掉的，至少目前还没有一个合适的替代者。再者，以后两家公司完全可以只要一个工会。"林海说："按您说的办，我也舍不得公司，舍不得工会代表队伍，舍不得离干闺女又远了四五十公里。"史雅微笑，"好好干吧，未来是属于你们年轻人的。"林海说："您也年轻着呢。"她摇摇头，"老了。"

去新工厂前，他和袁雪还特意去看了妞妞。妞妞告诉干爹，妈妈也跟她学会了去河边嗷嗷喊。林海听了心里有点不舒服，安慰她说："也不要经常喊啊，把嗓子喊坏了唱歌就不好听啦。你呢，可以多给妈妈讲笑话，讲有趣的事情。"妞妞答应说："好的，干爹，我听你的话，我会在幼儿园好好学习，学会讲更多的故事。"

秋天的时候，李老头正式退休，史雅准备了一场盛大的员工代表大会，林海全票当选工会主席。在他的建议下，在征求了韩立文、小萌和于想的意见后，他们也进了候选名单。最终，韩立文当选副主席，昔云和晓静留任，小萌当选宣传委员，于想当选文体委员。袁雪离任，负责筹建新工厂工会。韩立文因为副主席这个身份，离开车间一线，成为管理部的一名职员。林海告诉他："你的能力没有问题，慢慢来，工作出色，才能成为晋级的敲门砖。"韩立文感激地说："到这一步，我已经很满意了，但是我会继续努力，像你一样，把工作干出彩，给员工带去更多的关怀关爱，帮助他们继续成长。"

经过对新工厂的一番了解，按照林海提议，胡总从花田精工调来一批精兵强将。小魏担任叉车班班长，大伟、周同、姚新亮等八九个人也一同前来参加岗前技术培训，他们将成为新工厂的首任班组长。食堂那边林海也没有放过，把排名靠前的"金牌厨师"赵二虎给调到了新工厂，负责食堂工作。林海告诉他们："班组长不是你们职业生涯的天花板，是一个台阶，能不能继续向上迈，靠你们自己。"大伟调侃说："您放心，我们一定玩命学、玩命干，连我媳妇都说了，早这么努力，什么大学考不上。我心里说：早这么努力一定找个城里妞当媳妇，哪有你的事！"袁雪说："干吗心里说啊，直接对你媳妇说啊。"大伟嘿嘿笑，"不行，那娘们心太狠……"周同说："是呢，都洗衣机的年代了，家里还摆着俩搓板。"大伟辩解说："那……那是收藏品，从老家淘来的。"

年终岁尾，一桩桩好事传来，先是"求学圆梦"补习班员工全部通过入学考试，接着开发区"最美食堂"历经一个月的评选，公司食堂以富有特色的管理和员工满意率颇高的评价被评选为开发区企业十大"最美食堂"之一。老王兴奋地给林海打来报喜电话，林海调侃他说："这下不用把姓倒过来写了。"林海也履行承诺，给老王和他的团队上了一次头版头条。邓炜和两个伙伴的努力也取得硕果，录制的极板操作、工艺培训视频和PPT学习课件得到了高部长的高度评价，后来获评开发区"职工创新工作室"。开发区总工会的各项先进评选也纷纷启动，韩立文说忙得做梦都在写材料。他还说小魏参加成人高考入学考试的作文投稿到《天津工人报》副刊发表了，题目叫《感恩》，写的是工会主席帮助他的故事。开发区总工会李老师说很感人，我们需要树立这样的典型人物，宣传这样的工会主席，让晓静报一下林海参评优秀工会主席的材料。林海说："那你们就辛苦一下，所有的先进评选咱们都报。"他还特别叮嘱韩立文把昔云和晓静的事迹好好整理一下，"怎么也得评个区级的工会

424　　　　　　　　　　　　　　　　　　　　　　"姐夫"驾到

先进工作者。"

新工厂是一个新舞台，所有的一切从零开始，林海和袁雪每天忙得像个陀螺，周末也成了工作日，连元旦那天，林海也只是回家吃顿饭。虽然儿媳妇没了，但是好在儿子也算有出息了。老太太很郁闷。林海呵呵笑道："您放心吧，您就把红包先准备好。"林吉利别的没说，只是嘱咐他少喝酒、少抽烟，革命的本钱糟蹋坏了，一切都如梦幻泡影。

袁雪老妈也不知女儿和林海进展到什么程度，元旦那天威胁她说："2023年了，今年不把自己嫁出去，我就把你轰出去。"袁雪直翻白眼："爸，告诉我，我是你们亲生的吗？"老妈不吃这套，对她直言："想留下住也可以，每月交食宿费3000块大洋。"老爹笑眯眯地说："反之，今年嫁出去奖励20万元，明年嫁出去奖励10万元，后年嫁出去奖励5万元。"这消息让袁雪喜出望外，早说嘛，嫁！早嫁！

元旦后，一个不幸的消息传来，回老家过元旦的小魏腿摔伤了，骨折，住院了。小魏就跟自己兄弟一样，林海决定去他的老家看看。胡总说："去吧，不差这两天，跟董事长也沟通了，招工改为春节后了，正好也发动花田精工的外地员工，回老家的时候宣传一下新工厂，去的时候从公司拿点钱，代表公司、代表我慰问小魏。"不料袁雪知道后，也要跟着去，胡总说："对啊，你得管着他，去吧，路上注意安全。"

考虑到小魏的劳动人事关系还在花田精工，林海让昔云她

第二十九章　归去来兮

们根据政策,给小魏支取了1万元的温暖基金。

小魏家在河北隆化县农村,离滨城三百多公里,四个多小时的路程。林海和袁雪早上六点多就出发了,袁雪开心得跟百灵鸟一样,大眼睛朝着车窗外东瞅瞅西瞅瞅,连那荒郊野地也成了美丽的风景。她说好久好久没出这么远的门了,要是多给几天假期就更好了。林海想起怡菲,他们曾做了一份出行计划,以大滨城为中心,一圈一圈向外辐射,要用脚步丈量祖国的山山水水,去探索每一座城市和小镇的美食和美景,遗憾的是直到分手也没冲出滨城。这次出去,疫情管控放松,听说春节的时候就放开了。

袁雪看他不说话,"想啥呢?"

"我在想以后至少应该每季度出去玩一次。"

"嗯嗯,这个主意好,到时候可以换辆越野车,小破车出远门不行。"

林海连忙说:"小破车听见会不开心的,万一把咱俩撂半道咋整?"

袁雪笑成一朵花,"没事的,正好多玩一天呗。"

林海知道袁雪的乌鸦嘴一向很准的,他没有想到的是,在返程的时候果然一语成谶,车子抛锚了。这是后话。

在中午十一点的时候,他们顺利赶到小魏住的医院。

躺在病床上的小魏看见林海和袁雪的时候,激动地差点儿忘了那条打着石膏的腿,林海赶忙上前按住他,"你就躺着吧。"

小魏说:"没想到你们真会来。其实不用的,过两天就回家静养去，就是一时半会儿不能回公司上班，我挺内疚的，您给我创造了这么好的机会。"

"这是……"坐在一边的一位消瘦的老人站起身，他穿着一件黑色的羽绒服，不太合身，像是儿子穿剩下的。

小魏说："这是我们公司的领导，林部长和袁部长。"他对林海介绍，"这是我父亲。"

林海和袁雪把手里的水果、牛奶放在一边，林海看着满面皱纹的老人家，赶忙上前握手，"大爷，您好。"

老魏的眼圈有点红，"我早就知道你们，小魏跟我提过好多次了，你们一直特别关心他，您前段时间给寄的东西我都收到了，谢谢，谢谢！"

小魏听说有人给家里寄了营养品，一问周同，才知道是怎么回事。

这时候，袁雪从包里把钱拿出来，"小魏，这里面有工会温暖基金的1万元，有咱们公司的5000元，这是胡总特批的。大爷，您收好。"

老魏颤抖的双手接过去，差点儿要下跪，林海赶忙扶住他，"大爷，这是公司和工会的慰问金，您尽管收下。"

老魏激动得不知说啥好了，他的嘴唇颤抖着，花白的胡须颤抖着，满眼感激地看着林海和袁雪。林海拍拍大爷的手臂，"小魏是我们公司的员工，我们是代表公司和工会来慰问的。对了，小魏，医生怎么说的，过两天能出院回家吗？"

"说是可以回家静养，过段时间再复查。"小魏说。

第二十九章　归去来兮

林海说:"那行,伤筋动骨一百天,你啊,就安心养着,春节也近在眼前了,胡总说等节后再开始招工,你回头问问村里的年轻人,有愿意去工作的,可以带些人去。"

小魏说:"好,我争取多带些人去。都需要什么条件的?"

"你也不用着急,等我回公司后把招工要求发给你。"袁雪说。

这时候有护士进来,说探视病人不要时间太久。林海和袁雪便要告辞,小魏说吃个饭再走,林海说:"等你节后回公司再请我们吃。"老魏满怀感激地把他们俩送下楼,一直看着他们的车子消失在街头。

时间已近中午,林海和袁雪找了个饭店,点了当地有名的"一百家子拨御面"和羊汤烧饼。一方水土,一种风景,一味美食,也许就是诗和远方的全部意义。两个人吃饱喝足,心想还早,就在小城里转了转,为干闺女、李老头、晓静、昔云等人买点山楂片、山楂干、山野菜等特产。出发的时候都两点了,预计六点多能到家。不料跑了一个半小时,车子忽然发出"嗡嗡嗡"的异响,接着加速无力,而后直接抛锚。林海再次领教了袁雪乌鸦嘴的厉害,叫着"完蛋了",打开危险报警灯,借着惯性靠向应急车道停下。

虽然路上车少,该做的措施不能少,林海拿出三脚架警示牌跑到一百多米开外摆好,气喘吁吁地跑回来,袁雪这丫头片子却笑眯眯地说道:"这下好了,可以多玩一天了。"林海说:"嗯,这荒郊野外的,如你所愿。"他钻进车里又试了几次,确认打不着火了，拽着袁雪到了护栏外，然后拨响了救援电话。结果被告知，现在救援车辆都出动了，最快的一辆需要两个小时左右到达。前不着村后不着店，也只能这样。袁雪才不管多久能到，拿出手机递给林海，"来，给我拍一张2023年的第一次抛锚。"以他的小破车为背景。

然后，袁雪就发到了朋友圈，很快收获了一大片笑哭脸的表情，既羡慕，又同情。她没有想到，怡菲竟然直接发消息：祝福你们。她认得这车。

袁雪忘了还有这位好友，她发信息解释：你误会了，我们是代表公司工会去一个受伤的同事家送温暖。

怡菲回复：傻丫头，这么久了，我再笨，也能看出来你喜欢他，好好珍惜他吧，好好爱他，他是为你打过架的男人。

袁雪沉默。她说得对，确切地说，是为她打过两次架。

山野的风一阵阵越跑越快，仿佛赶着回家。俩人身上的热量被吹得越来越少，看着袁雪一个劲儿地跺脚，鼻尖被冻得发红，进车里危险，不进车里太冷。林海看见沟里的垃圾，让袁雪等着自己，跑下沟底，扔上来一个破旧的雪糕筒，让袁雪拿着往后走，他顺着沟底继续寻觅，树枝、篷布、破轮胎，把这几样东西摆在了三脚架和车辆之间，然后告诉袁雪，差不多了，足够提醒后面的来车了，咱们进车吧。

车里虽然挡住了风，但挡不住温度的降低。为了安全起见，两个人轮换从后窗观望后方车辆，情况不对要马上下车。

袁雪打着冷战，一个劲儿地搓着冻得通红的小手，林海拉

第二十九章　归去来兮

开羽绒服把她的双手拽进自己的怀里，袁雪猝不及防，一下子羞红了脸，看她没有拒绝，林海直接把她拉进怀里用宽大的羽绒服包裹起来。袁雪像被点了穴一般，小脸紧紧贴住林海宽厚的胸膛。

　　林海贴着她的耳畔轻声说："据说，这是保暖御寒的好办法。"

　　"讨厌。"说着，袁雪在林海的腰间狠狠地掐了一把。

　　过了良久，只听她轻声地问："你知道我喜欢你很久了吗？"

　　"知道。"

　　"知道，那为什么像个傻子？"

　　"我需要时间把心里的空间为你腾出来。"

　　"其实，她也曾努力过，中秋节回来过一次，我们还见了面。她不敢见你，怕无法控制自己。她的母亲因为生气差点中风，她说自己不得不做一个爱情的逃兵，必须投降，必须背叛初心。经过这些日子，她已经慢慢平和了许多，在北京找到了一份不错的工作，她很忙，也喜欢忙。今天她在朋友圈看到我发的消息，认出你的车，说祝福我们。她让我好好爱你，因为，你是为我打过架的男人。"

　　林海轻笑一声，说："有人说过一句很经典的话，你以为错过了是遗憾，其实可能是躲过一劫。别贪心，你不可能什么都拥有；也别灰心，你不可能什么都没有。所愿，所不愿，不如心甘情愿；所得，所不得，不如心安理得。"

　　"我知道你曾经很爱很爱她。"

"所有的故事，都有一个结局。过去的，就让它过去吧。现在，你是不是感觉暖和了很多？"林海使劲地抱抱她。

"坏蛋！"

救援拖车来的时候，天已擦黑。拖车里坐不下俩人，于是他们的车和车里的他们一起被拖上拖车，开启一段奇妙的旅程。林海说："这是上天的启示，2023年我们要来个八缸的加速度。"袁雪想起老爹许诺的20万元，说："是呢是呢，啥事都得狠踩油门加速度！"

他们最终被送到一个坐落在乡镇的汽修厂，按救援距离交了拖车费。修车厂看门的大爷给他们的车做完登记，说："车先放这里，工人下班了，明天修吧。"也只能如此。林海和袁雪按着大爷指的方向奔向镇上唯一的旅馆。到了旅馆，前台胖胖的老板娘说只剩一间大床房了。林海啥也没说掏出身份证和押金。袁雪心里一阵紧张，这……这也算是加速度的一部分吗？

旅馆的房间虽不大，但收拾得很干净，林海很满意地"哎呀"一声。袁雪问"哎呀什么"。只见林海附到自己耳畔说："贴上个'囍'字就能做洞房了。"

林海万万想不到这丫头片子竟然给他肚子来一记勾拳，想得美！他抱住她连连告饶，"咱先出去吃点饭，吃饱了你打人更有劲儿。"

俩人在老板娘的指引下来到镇上的一家饭店，规模不小，特色十足，他们点了几个没吃过的菜，八珍驴肉、坝上蕨菜、八沟羊汤、蓑衣丸子、驴打滚,开一瓶地方酒九龙醉。美酒美食,喝得好吃得美,这一趟虽有波折,但目前来看也算不虚此行。

回到旅馆,洗漱完毕,袁雪看着笑眯眯的林海,讨厌地把一个枕头横在床中间,和衣而卧,说:"警告你,楚河汉界,不可逾越。"林海一个劲儿地说"好"。然后俩人开始聊天,从幼儿园聊到大学时代,从老公司聊到新公司,从老公司工会聊到新公司工会,从彼此的糗事到彼此父母的段子,从化作空想的曾经梦想到尘世间最世俗的心愿……一直聊到打哈欠,林海说:"来个温柔的晚安吧,然后我们去梦里接着聊。"

袁雪伸手摸摸他额头上那个笑脸伤疤,说:"我说过,它能为你带来好运。"然后凑上前轻轻地亲了一下,"晚安。"

第二天早上,林海先醒来,这个丫头片子像八爪鱼一样抱着他,脸靠在他的胸膛上。他没动,怕惊醒她,佯装熟睡,看她醒来什么反应。结果不出意料,她醒来看见自己的动作后触电一样缩回身体,看林海还在熟睡,轻轻推一把,"醒醒,醒醒。"林海没动,然后就觉得脸上被轻轻地亲了一下。在袁雪起身去洗漱的时候,他钻被窝里差点儿笑抽了。直到被袁雪掀了被子,他才故意揉揉眼睛,嘟囔着说:"这觉睡的,太累啦,梦见饭店老板说咱俩吃饭没给钱,非得让我干活抵饭钱。"袁雪笑问:"干啥活?"林海说:"让我抱着一头小花猪从山这边送到山那边。"袁雪一听差点儿晕过去!

汽修厂一检查,给换个燃油泵,乱七八糟加在一起花了

1000元。换完后一打火，小破车又满血复活地吼叫起来。林海交完钱，一脚油门踩下去，俩人重新启程。

路上，他俩又说起新工厂工会的筹备工作。林海说："新工厂一切都是新的，就像一张白纸，你作为工会筹建负责人，发挥空间巨大，得好好谋划，不仅要打好工作基础，还得围绕新工厂实现稳定生产发挥出立竿见影的作用。"

袁雪眺望着没入天际的高速公路，思绪仿佛也被无限拉长，"是啊，我正在系统地梳理，重点考虑如何尽快把新员工的思想统一起来、精气神激发出来，这是新工厂生产建设尽快步入正轨乃至高速发展的关键。这需要我们把工作进一步做细，春风化雨，润物无声。比如咱们的《幸福花田》，我想在新的一年里不仅要加强采编力量，还要设立副刊，鼓励两个工厂的员工们拿起笔来，写工作和生活中的故事，用他们的故事来影响更多的同事。写作能让员工养成主动阅读、主动思考的好习惯，主动思考是最有效的学习方式。"

林海连连点头，"嗯嗯，这个点子非常好，还可以发挥好职工书屋的作用，把职工书屋作为培养作者队伍的阵地。两家工厂可以在诸多方面比学赶帮超，这份小报就是一个擂台，看谁的亮点多、新闻多、业绩好。"

林海的一番话说得袁雪眼前一亮，"是呢，这下有的搞了，劳动竞赛、手机摄影比赛、征文演讲比赛、班组管理技能辩论赛都能搞起来，包括开发区总工会推动的职工社团建设，咱们应该顺势而为，建起来、比起来，这都是特色鲜明的花田职工文化建设的重要组成部分。"袁雪掰着手指头如数家珍。

林海喜欢两个人之间这种同频共振的感觉,脸上浮现出美滋滋的笑容,"我就觉得小报就是咱们的心血,真的是当'娃'来养。"

袁雪连连点头,说:"虽然辛苦,但是一期期排出来看,养这个'娃'让我颇有成就感。"她又接着说:"除此之外,我想还要结合好上级工会的工作部署。"

"你说得对,上级工会的工作部署应该好好学习领会,那是工作的方向标。包括各级工会的好做法、好经验,咱们都要认真学。比如开发区总工会推行了十多年的构建和谐劳动关系'三个一'工作法,它复杂吗?不,大道至简,其实就是'倾听、沟通、改善'三板斧;它简单吗?不,在几百家基层工会的实践之下,它不断得以丰富发展,且成效显著。它的最大意义在于让基层工会通过这个模式找到自己的定位,从努力'动起来'到大力'活起来',进阶到'火起来'。对于这些先进的理念和思路,咱们必须保持谦卑的学习之心。"林海越说眼里的光越亮。

袁雪很满意,"嗯,这谦卑的学习之心说得好,充分说明了把工作耍得风生水起的老林同志没飘。"

林海笑了一下,"我一直记着你表姐以前提起的董事长的那句话,一个管理者的基本素质是怀有悲悯之心,无论身居何位,皆能感同身受他人的不易和艰辛。说得真好,位置可以很高,但心一定要放在低处。"

袁雪歪头盯着他，带着些许揶揄的语气说："我表姐真的舍不得你离开。"

林海答非所问，微笑着说："咱们的运气不错，遇到了史总和胡总这般器重工会工作的人。面对这份信任，我觉得八缸的加速度都不够，至少得来两台神舟火箭的发动机。"

袁雪撇撇嘴，"你永远记着，你的好运气是我给你的。"说着，抬手照着林海额头上那个可爱的伤疤弹个脑崩儿。

林海呵呵直笑："跟我回家吧，我妈看到你一准儿倍儿高兴，肯定拽着咱俩去买房。买了房，咱俩的速度才能加起来。"

袁雪粉面飞霞，嘟囔着说："买什么房啊，我妈早给买完了。"

林海心里一激灵：嗯？老林家的男人都这么幸运吗？

第二十九章　归去来兮

后　记

　　为深入学习贯彻习近平文化思想，打造健康文明、昂扬向上、全员参与的职工文化，天津市总工会联合天津市作家协会、中国工人出版社开展天津市职工作家培育工程，深入挖掘中国职工文学起源地的深厚宝贵资源，创作职工文学精品，大力传承和弘扬职工文学，积极推动天津职工文学繁荣发展。通过培育工程，力求发现培育一批职工作家，点燃天津职工文学创作之火，推出讴歌新时代、颂扬主旋律、增强职工精神力量的现实主义小说作品，讲好中国故事、天津故事、职工故事，大力弘扬劳模精神、劳动精神、工匠精神，凝聚起为实现中华民族伟大复兴中国梦而团结奋斗的强大精神力量。

　　2023年4月培育工程启动以来，面向天津市职工征集5万字以上中长篇小说，先后召开两次专题工作推进会，举行职工作家培育工程座谈会，举办职工读书分享活动，基层工会认真组织，广大职工文学爱好者积极参与，共收到53部应征小说作品。天津市总工会、天津市作家协会成立专家评审组，推选出了10部小说作品，由此确定10名职工作家培育对象，随后邀请知名作家、评论家对10名职工作家培育对象作品进行指导，小说作品都在原有的基础上进行了结构和文字上的拓展完善，2023年底完成10部小说作品的成稿，经过中国工人出版社专业出版团队精心打造书稿，2024年4月出版发行天津市职工作家创作文丛。

感谢著名作家蒋子龙对培育工程的关注和支持，特别是蒋老逐篇审阅了文丛书稿，提出了修改意见，并亲自为文丛作序，倾注了大量心血，他对晚辈和新人的倾心扶植与关爱，让我们感动。全国总工会对天津市职工作家培育工程给予充分肯定，全国总工会宣教部专题听取汇报，提出指导意见，对丛书出版和推介也提出具体意见。感谢天津市委宣传部、天津市作家协会对丛书编辑出版的指导和支持。还要感谢王震海、狄青、张楚、邵衡宁、宋曙光、徐福伟、黄桂元（按姓氏笔画排序）等作家、评论家对职工作家培育对象进行了一对一悉心培育，对作品给予了一对一倾心指导，在此对各位领导和专家表示衷心的感谢。

由于编者水平有限，疏误之处，敬请广大读者批评指正。

天津市总工会
2024年4月